LA QUÊTE DU TRÉSOR DU TEMPLE

DU MÊME AUTEUR

AUX ÉDITIONS PRESSES DE LA CITÉ

De taille et d'estoc
Férir ou périr
Les Collèges fantômes

AUX ÉDITIONS PLON

Le Grand Incendie

AUX ÉDITIONS 10-18

Une étude en écarlate
Le Chien des Basqueville
La Ville de la peur
Les Exploits d'Edward Holmes
Le Pont de Montereau

AUX ÉDITIONS LE GRAND CHÂTELET

La Devineresse
Guilhem d'Ussel dans la tourmente

AUX ÉDITIONS LE MASQUE

Attentat à Aquae Sextiae
Le Complot des Sarmates
L'Archiprêtre et la Cité des Tours
Nostradamus et le dragon de Raphaël
Le Mystère de la Chambre bleue
La Conjuration des Importants
L'Exécuteur de la Haute Justice
L'Enigme du clos Mazarin
L'Enlèvement de Louis XIV
Le Dernier Secret de Richelieu
L'Obscure Mort des ducs
Marius Granet et le Trésor du palais comtal
Le Duc d'Otrante et les Compagnons du Soleil

(Suite en fin d'ouvrage)

Jean d'Aillon

LA QUÊTE DU TRÉSOR DU TEMPLE

Roman

PRESSES DE LA CITÉ

ISBN 978-2-258-14788-1
Dépôt légal : août 2018

Presses de la Cité
un département **place des éditeurs**

place des éditeurs

Les personnages

Alphonse, vieux fidèle de Mussy, et Malvin, son neveu

Philippe IV le Bel, roi de France

Humphrey de Bohun, comte d'Essex

Brisedent, argotier

Cappon, moine défroqué

François Coquillard, cagou du royaume d'Argot

Thomas Danbury, chevalier anglais

Pierre de Dicy, garde de la prévôté de Paris

Florida, ancienne garce

Esquieu de Floyran, ancien commandeur du Temple

Oliver Howe, intendant de Pleshey Castle

Robert de L'Aigle, chevalier

Hugues de La Celle, chevalier et seigneur de Fontaines

Roger Lawless, mercenaire anglais

Walter Littlegod, mercenaire anglais

Guillaume de Mussy, ancien bailli de Champagne

Joffroy de Mussy, son fils

Guillaume de Nogaret, garde des Sceaux

Perrine, lavandière, sœur de Florida

Première partie

LA TRAQUE DE ROBERT DE L'AIGLE

1

Vendredi 13 octobre 1307

Trois gros charrois de paille pénétrèrent dans la cour de la ferme templière de Vaux, chacun tiré par six vigoureux percherons.

Les conducteurs descendirent de leur siège tandis qu'un vilain sortait du manoir. Un laboureur, d'après son sayon rugueux.

— Je m'inquiétais, dit-il au charretier qui l'accolait.

Ce dernier, en cotte de laine rêche avec un manteau en camelot gris sans galon ni broderie, avait tout du paysan aisé. Cependant, il ne portait ni braies ni chausses mais un gambison de toile capitonnée sous son surcot. Surtout, un épais baudrier de daim ceignait ses reins avec, suspendus là, une lourde épée et trois couteaux. Ses deux compagnons étaient vêtus de la même façon.

Ce manant, c'était Gérard de Villers, commandeur des templiers de France. Mais ici, dans cette ferme, qui l'aurait reconnu sans la robe et le manteau blanc marqué de la croix écarlate ?

— Jusqu'au dernier moment messire de Molay a hésité, répondit-il d'un ton irrité au frère qui gardait le manoir.

Durant des semaines, Villers avait demandé au grand maître de l'Ordre de mettre à l'abri le trésor et les archives du Temple, car si Philippe le Bel s'en prenait à eux il tenterait de se les approprier. Mais Molay répétait toujours que le roi de France ne pouvait pas agir contre l'Ordre puisque celui-ci n'était justiciable que du pape. Quant aux calomnies qui circulaient au sujet des frères, et qui auraient provoqué le courroux royal, n'avait-il pas lui-même, dès le mois d'août, demandé une enquête à Clément V ?

Cependant, au début d'octobre, Molay avait remarqué avec désarroi l'expression distante et le visage fermé du souverain quand ce dernier l'avait reçu. Le roi prêtait-il foi aux rumeurs absurdes qu'on imputait aux pauvres chevaliers du Christ[1] ?

Ce furent finalement des révélations rapportant que Philippe IV rassemblait sans raison chevaliers et hommes d'armes à Paris qui avaient décidé le grand maître.

— Nous n'avons pas de temps à perdre. Il faut transporter nos coffres et vider les lieux au plus

1. Véritable nom de l'ordre du Temple.

vite, dit Villers. Demain, nous rejoindrons les frères qui nous escortaient depuis Paris et les chevaliers et servants qui nous attendent à l'embouchure de la Seine. Dix-huit navires nous conduiront ensuite en Angleterre.

Le manoir de Vaux, un corps de logis rectangulaire de deux étages flanqué de tours crénelées, avait été construit cent ans plus tôt par Philippe Auguste afin de menacer Gisors aux mains de Richard Cœur de Lion. Mais quand la forteresse était tombée dans l'escarcelle du roi de France, la maison forte avait perdu son intérêt stratégique. Elle avait alors été confiée au seigneur de Boisgeloup, qui possédait déjà le château de Neaufles.

Aymeric de Boisgeloup, cadet de ce sire, avait rejoint le Temple en 1222. Comme chaque impétrant, il avait offert à l'Ordre tout ce qu'il possédait, en l'occurrence pas grand-chose. Mais son frère lui ayant cédé l'apanage du manoir de Vaux, il en avait remis les archives au maître de Normandie.

Quelque cinquante ans plus tard, un vieux chevalier du Temple, chargé du scriptorium de la commanderie de Saint-Etienne-de-Renneville[1], avait découvert dans les chartes archivées une correspondance entre Philippe Auguste et le maître maçon qui avait construit la maison forte.

1. La plus importante de Normandie.

Troublé par ce qu'il venait de lire, l'archiviste avait montré ces documents au commandeur Robert Payart, précepteur des maisons du Temple en Normandie, lequel en avait tout de suite compris l'importance.

Payart était alors allé trouver le roi Louis IX[1], qui préparait une nouvelle croisade. Le maître de l'Ordre avait remis à son monarque une forte somme pour financer l'expédition et promis une centaine de chevaliers avec leurs servants. Comme le roi voulait le remercier, le commandeur lui avait demandé l'autorisation de transformer le domaine de Vaux en ferme, car son ordre avait besoin de nouveaux pâturages. En échange d'un loyer de cent sous d'or, les templiers avaient obtenu l'usage du château et des terres alentour.

Le précepteur des maisons du Temple en Normandie avait alors pu explorer les souterrains décrits dans les chartes remises par Aymeric de Boisgeloup. En effet, Philippe Auguste avait fait creuser une longue galerie conduisant quasiment au château de Gisors, qu'il envisageait ainsi de prendre par surprise. Cette excavation rejoignait une carrière souterraine où aboutissait déjà un couloir venant du donjon de Neaufles : un passage secret utilisé une fois par Blanche, la mère de Louis IX, le jour où elle s'était trouvée assiégée dans le château[2].

1. Saint Louis.
2. Voir *Dans les griffes de la Ligue*, du même auteur.

Dans la plus grande discrétion, le maître de Normandie avait aménagé le souterrain et les carrières, découvrant même une ancienne chapelle. Les templiers disposaient ainsi d'un refuge sûr et d'une forteresse secrète en cas de besoin.

Ces travaux terminés, la maison forte était devenue une simple métairie dans laquelle les gens du Temple entreposaient moissons et marchandises provenant de Normandie avant de les transporter à Paris. Philippe le Bel n'avait jamais remis en cause cet usage, sinon en accordant à l'Hôtel-Dieu de Gisors un droit de foire dans les pâturages du manoir.

Si au départ de Paris cinquante chevaliers accompagnaient les véhicules emplis de paille, ces templiers avaient abandonné l'escorte à une demi-lieue du manoir. Ainsi seuls les convoyeurs savaient où ils conduisaient les chariots.

Ces faux charretiers avaient été désignés par Jacques de Molay lui-même. Le premier était donc Gérard de Villers, le précepteur de France. Le second, Hugues de Chalon, avait l'habitude des missions difficiles pour le Temple. En revanche, le troisième, Robert de L'Aigle, n'était pas frère. Il prononcerait ses vœux à son retour à Paris, après avoir rapporté au grand maître comment s'était déroulée l'expédition et lui avoir confirmé que le trésor se trouvait à l'abri.

Robert avait été choisi pour deux raisons. Tout d'abord son arrière-grand-oncle, Guillaume[1], avait été maître de Normandie. La famille de L'Aigle avait donné nombre de commandeurs et Jacques de Molay était même le parrain du jeune chevalier. Il lui accordait donc une totale confiance. Mais ce motif aurait été insuffisant si Robert n'avait été un guerrier hors du commun. Vigoureux, courageux, altruiste et fidèle, il s'était vaillamment distingué durant la dernière campagne de Flandre.

Cadet de famille, Robert de L'Aigle avait été écarté de la succession familiale par son frère à la mort de son père. Nullement mortifié, il avait décidé de faire fortune à la pointe de son épée et rejoint l'armée rassemblée par le connétable Gaucher de Châtillon pour Philippe le Bel afin d'effacer l'humiliante défaite des Eperons d'or, ainsi nommée après que la chevalerie française, conduite par Robert d'Artois, avait été anéantie, le 11 juillet 1302, par une armée de fantassins et d'archers flamands, qui avaient ramassé sur le terrain quatre mille éperons. A la bataille de Mons-en-Pévèle, le 18 août 1304, il avait été un de ceux qui avaient sauvé le roi en combattant à ses côtés.

Trois ans plus tard, après plusieurs mandats pour le compte de l'Ordre, le grand maître lui avait enfin

1. Connu aussi sous le nom de Guillaume d'Aquila.

proposé de devenir moine-soldat, ce que le jeune chevalier avait accepté.

A peine eurent-ils mis pied à terre que les convoyeurs commencèrent à jeter la paille hors des chariots, dévoilant des coffres de fer. Cinquante huches qui contenaient les archives et le trésor de l'Ordre, mais également plusieurs besaces de cuir fort lourdes, car toutes emplies de pièces d'or et d'argent.

Aidés par le templier qui gardait le manoir, ils saisirent les coffres à l'aide des poignées sur les côtés et, les tenant à deux, ils les transportèrent dans le bâtiment.

Après une grosse heure d'efforts, toutes les huches de fer se retrouvèrent à l'abri. Les chevaux furent alors dételés, conduits à l'écurie, et les chariots rangés dans un coin de la cour.

— J'ai préparé des lanternes et placé des coupelles de suif tout au long du souterrain, annonça le dépositaire du manoir. Je vous préviens, on en aura pour la nuit entière.

Le transport commença. Ils descendirent les deux premières huches dans la cave. Le templier de garde et Gérard de Villers ouvraient la marche avec un premier coffre, Robert de L'Aigle et Hugues de Chalon les suivaient. Une lanterne était attachée à chaque malle de fer.

En bas, leur guide alluma d'autres mèches et ils découvrirent un trou dans un mur. Les pierres levées étaient entassées à côté, près d'un tas de chaux et de quelques outils.

— Quand on aura terminé, on scellera le passage, et il ne demeurera aucune trace de ce qu'on a fait.

2

Depuis que l'ordre du Temple avait été chassé de Saint-Jean-d'Acre et avait abandonné la Terre sainte, il s'était consacré au négoce et à la banque. Dans toute la Chrétienté, commanderies, fermes et entrepôts ne se comptaient plus. Emplis de marchandises, les navires templiers sillonnaient les mers, et les convois escortés de chevaliers parcouraient routes et chemins. Le fruit de ces échanges et de ces ventes garnissait les coffres des pauvres chevaliers du Christ, qui n'avaient de pauvres que le nom.

Cette richesse provoquait l'envie de nombreux princes. Le pape Clément V souhaitait qu'elle soit consacrée à une nouvelle croisade et le roi de France voulait unifier tous les ordres monastiques de chevalerie sous l'autorité de son fils.

Seulement, les templiers s'opposaient à une telle spoliation. Avec des centaines de commanderies entourées de murailles et défendues par les frères chevaliers, ils se savaient plus puissants que les rois et le Saint-Père. A Paris même, l'enclos du Temple, qu'on nommait aussi la Villeneuve, était une citadelle à la lisière des remparts de la capitale. Ses fortifications étaient telles que le roi de France y avait déposé une partie de son trésor.

Mais depuis des mois circulaient des rumeurs infâmes. On rapportait que les moines-soldats reniaient le Christ et la Croix, qu'ils étaient sodomites, idolâtres et même cathares. Jacques de Molay s'en était plaint à Philippe le Bel, mais ce dernier lui avait assuré qu'il n'écoutait pas ces calomnies.

Malgré tout, on avait rapporté à Molay que le roi agissait sournoisement, qu'il avait déclaré à des proches envisager l'arrestation et le jugement des templiers.

Le grand maître ne voulait pas y croire, mais les autres prieurs lui avaient demandé de prendre des précautions. Voilà pourquoi il avait rassemblé une flotte pouvant conduire les frères en Angleterre en cas de danger. Il avait également pris d'autres mesures, rassemblant toutes les richesses et les archives de l'Ordre dans des coffres.

C'est le 9 octobre que Jean du Tour, le trésorier du Temple, avait été secrètement prévenu que le roi de France faisait venir au Louvre et dans son château de Vincennes un grand nombre de chevaliers et d'hommes d'armes. Il y en avait déjà près d'un millier alors même qu'aucune campagne militaire ne s'annonçait. Cette force était-elle destinée à s'attaquer à la Villeneuve ?

Molay n'y croyait toujours pas, néanmoins sous la pression du maître de France et de ses commandeurs, il avait fait rassembler chevaux, chevaliers, hommes d'armes et chariots, qui étaient partis dans la nuit, par petits groupes. La Villeneuve étant hors de Paris, le roi ne pouvait totalement la faire surveiller et, surtout, il n'imaginait pas que les templiers avaient percé le secret de son entreprise.

Les chariots contenaient cinquante coffres de fer.

Hautes et raides, les marches s'enfonçaient profondément. Comme l'escalier était étroit, ils avançaient de guingois, un porteur devant et l'autre derrière le coffre. Enfin ils débouchèrent dans un couloir voûté creusé dans le roc. Au bout d'un moment, ils atteignirent une salle où se trouvaient entreposés des outils et quelques armes. Un autre souterrain y aboutissait, plus large, et ils purent marcher de front. Le tunnel se termina dans des carrières composées de plusieurs salles en enfilade, avec de nombreux passages obstrués par des éboulis. Ils empruntèrent un nouveau tunnel, celui-ci en pierres maçonnées, et le suivirent sur quelques centaines de toises, en montant progressivement.

De nouveau, les templiers pénétrèrent dans une salle de carrière. En son milieu trônait une grande croix entourée de plusieurs sarcophages de pierre. Dans une sorte de niche étaient entassées des amphores. Leur guide indiqua qu'ils y videraient le contenu des sacoches. Ces pièces serviraient pour des frères ayant besoin d'argent, s'ils se trouvaient en fuite.

Ils poursuivirent. La pente se fit plus raide et le boyau déboucha sur un carrefour avec une volée de marches. Des chauves-souris s'enfuirent à leur passage dans un bruyant brassement d'ailes. Après quelques degrés et un nouveau tunnel, ils arrivèrent dans une vaste salle.

— Nous y sommes ! s'exclama leur guide.

Il s'agissait d'une crypte voûtée en ogives, longue d'une quinzaine de toises avec une extrémité en abside barrée d'un mur à mi-hauteur. Sur ses flancs étaient disposés des sarcophages tandis qu'au milieu, et sur trois rangées, s'alignaient trente coffres de fer, chacun long de plus d'une toise et presque aussi haut et large. Tous fermés par de grosses serrures et portant une croix templière gravée.

— Nous nous trouvons dans une ancienne chapelle qui existait avant la construction du château de Gisors, indiqua leur guide en se signant. Elle a été maçonnée quand on a érigé la butte afin de construire le donjon. Philippe Auguste avait creusé jusqu'aux carrières qu'on a traversées. C'est là qu'aboutit désormais un tunnel qui part de la tour principale de Neaufles. Sa sortie était auparavant dans un prieuré, mais nous l'avons obstruée. Ensuite, nos frères ont creusé jusqu'au château afin de savoir s'ils pouvaient y pénétrer. C'est ainsi qu'ils ont découvert cette chapelle.

Il désigna la magnifique statue couronnée, tenant une palme, avec une roue à ses pieds.

— Elle est consacrée à sainte Catherine. Nous y avons rajouté Jésus-Christ entouré des apôtres.

Robert de L'Aigle en demeura émerveillé. Quel magnifique endroit pour dissimuler la fortune de la Villeneuve ! De surcroît, il s'agissait d'un lieu consacré, donc protégé par le Seigneur[1].

— Mais assez caqueté ! ajouta leur guide.

S'approchant du premier coffre, il l'ouvrit avec une clef qu'il gardait à sa ceinture. Ils y introduisirent les deux premières huches qu'ils avaient portées.

Le faux paysan referma et ils rebroussèrent chemin.

L'exténuant manège dura une longue partie de la nuit. Après quoi, ils prirent un peu de sommeil.

Le lendemain, à neuf heures, affamés, ils dévorèrent du pain et des charcutailles en discutant de leur séparation. Les trois templiers partiraient vers Rouen tandis que Robert reviendrait à Paris faire un compte rendu au grand maître. Ils abordèrent aussi le sort des chevaux. Impossible de les laisser sur place, car leur présence attirerait l'attention de paysans ou de voyageurs et, tôt ou tard, le bailli viendrait enquêter sur les animaux et les

1. On dit que la chapelle a été découverte par un gardien du château de Gisors. Voir Gérard de Sède, *Les templiers sont parmi nous* (Julliard, 1962).

chariots abandonnés. Or, il était nécessaire qu'il ne reste personne dans les lieux. Gérard de Villers avait donc prévu d'emmener les bêtes et de les abandonner peu à peu sur leur chemin. Mais le templier de garde du manoir avait objecté que si la situation à Paris devenait dangereuse, des frères auraient besoin de montures. Laisser quelques roussins dans l'écurie, avec une grande provision d'avoine et d'eau ainsi qu'une ou deux sacoches pleines d'or et d'argent dans une cache, pourrait sauver plusieurs d'entre eux. Après débat, il fut décidé que trois chevaux seulement resteraient sur place. Si on les découvrait, on ne se poserait pas trop de questions, et cela ne remonterait sans doute pas jusqu'au bailli.

Et si le roi de France ne s'en prenait pas à leur ordre, si les craintes de Villers et de Molay se révélaient vaines, les animaux parviendraient aisément à briser la barrière quand ils n'auraient plus de nourriture ou d'eau, à moins que le sénéchal de la Villeneuve n'envoie auparavant des servants les chercher.

Quant aux gros charrois, ils seraient conduits à quelques dizaines de milles sur la route de Rouen, puis incendiés. Ainsi ne subsisterait aucune trace du transport.

Avant de monter en selle, Villers et Chalon accolèrent Robert de L'Aigle avec émotion. Tous trois ignoraient s'ils se reverraient. Villers déclara alors au jeune chevalier :

— Je crains un sombre avenir pour notre ordre, Robert, aussi ai-je décidé de te communiquer un signe que seuls les commandeurs connaissent. Tu n'es pas templier, ni maître, mais tu mériterais de l'être, et surtout tu connais le plus important secret de notre société. Si tu as besoin de l'aide du Temple, ou si tu veux être certain d'avoir affaire à un commandeur, utilise ce signe. Ton interlocuteur répondra par celles-ci.

Il tira son épée et, de la pointe, traça quatre figures dans la boue de la cour.

3

Le vendredi 13 octobre 1307,
vers quatre heures du matin

Dans les jardins devant le Louvre, Hugues de La Celle, sur son destrier, surveillait le rassemblement des chevaliers, écuyers, hommes d'armes et arbalétriers.

Il avait lui-même tout minutieusement préparé. Les groupes, que l'on distinguait grâce aux porteurs de torches, arrivaient depuis la porte nord du château, d'autres venaient des maisons et hôtels attenants. Des dizaines de flambeaux éclairaient la scène.

La Celle, chevalier et seigneur de Fontaines, appartenait à une ancienne famille de Saintonge. Tout comme Guillaume de Marsilly, qui à la même heure amassait des troupes plus importantes au château de Vincennes, il faisait partie des conseillers du roi, avec Guillaume de Nogaret et le dominicain Guillaume de Paris, qui avaient préparé la formidable entreprise contre les templiers.

La Celle aperçut justement Nogaret, qui chevauchait à la tête de sa troupe de deux cents hommes d'armes. Peut-être était-ce le froid, mais il ne put s'empêcher de frissonner en voyant s'approcher le sinistre juriste.

Roturier, petit-fils de cathare, Nogaret était un avocat languedocien qui s'était fait apprécier du roi par ses talents de bailli au point d'être devenu conseiller au Parlement avant d'être anobli[1]. Désormais membre du Conseil royal, se faisant appeler *miles regis Franciae*, « chevalier du roi de France », il venait pour la seconde fois de se voir confier la garde des Sceaux royaux[2].

Tout séparait le robuste Hugues de La Celle du chétif Languedocien. Le preux était issu d'une vieille race ayant participé aux croisades tandis que le juriste sortait d'une obscure famille d'hérétiques. La Celle était profondément religieux quand Nogaret ne croyait en rien, exécutant sans aucun état d'âme les décisions royales. Ainsi, quatre ans plus tôt, à la demande de Philippe le Bel, il avait accusé le pape Boniface VIII d'hérésie, n'hésitant pas à se rendre en Italie, où il avait pris d'assaut le palais pontifical et souffleté le Saint-Père, lequel était mort peu après.

Richement récompensé par son maître, Nogaret, deux ans plus tard, avait confisqué les biens des

1. En 1299.
2. Nommé le 25 septembre 1307.

Juifs de France au profit de la monarchie. Leurs propriétaires avaient été emprisonnés ou chassés du royaume.

La Celle désapprouvait cette façon d'agir. Certes il comprenait la politique de son seigneur et maître, et il la louait, mais, bien que valeureux guerrier, il détestait la violence inutile.

Cependant, l'ancien avocat et lui se trouvaient d'accord sur le fait que les templiers étaient trop puissants et qu'il fallait les faire revenir dans l'obéissance royale. Pour y parvenir, la confiscation de leur richesse s'imposait. D'ailleurs, le roi en avait besoin. Mais le chevalier souhaitait que tout se fasse sans effusion de sang. Les frères du Temple étaient tous de bonne race, et beaucoup provenaient de sa parentèle.

— Etes-vous prêt, messire ? lui demanda Nogaret d'un ton aussi froid que l'air qui les entourait.

Le visage tourmenté du juriste, marqué de nombreux plis et boutons, affichait un singulier mélange de calcul et de passion. Ses yeux, profondément enfoncés, brillaient d'exaltation à la lumière des torches, et son nez crochu le faisait ressembler à un faucon en chasse.

— Prêt, sans nul doute, messire, répondit La Celle en évitant le regard de son interlocuteur, comme s'il craignait que son âme n'en soit souillée.

— Alors marchons ! Nous devons être devant la Villeneuve pour les laudes.

Le chevalier donna des ordres à ses lieutenants et l'immense troupe s'ébranla.

Une heure plus tard, les gens de tête passèrent la porte du Temple. Au bout du chemin, à un quart de lieue, se dressait l'enclos templier aux murailles pour l'instant invisibles dans l'obscurité. Tout au plus distinguait-on vaguement la silhouette massive du grand donjon.

A mesure que les hommes d'armes avançaient hors de la ville, les sergents ordonnaient l'extinction des torches, n'en conservant qu'une sur dix allumées. Ils leur imposaient également le silence et les faisaient attendre en les rangeant le long des chemins.

Peu après, La Celle aperçut des lueurs venant du levant. Il s'agissait de la seconde troupe arrivant de Vincennes et qui était partie vers minuit.

Jusqu'ici, tout se passait bien.

La jonction des deux petites armées eut lieu une heure plus tard. Un court conciliabule se tint entre Nogaret, Hugues de La Celle, Guillaume de Marsilly et Guillaume de Paris. Aucune alerte n'avait retenti de la Villeneuve, donc les templiers seraient surpris durant les laudes, comme prévu. Le garde des Sceaux rappela qu'il se ferait ouvrir la porte, et qu'en cas de refus le siège débuterait. Dans cette éventualité, il ne faisait aucun doute que la cité templière se rendrait vite puisqu'il était interdit aux moines-soldats de tirer l'épée contre des chrétiens.

La Celle échangea un regard dubitatif avec Marsilly. Tous deux étaient moins certains que les chevaliers du Christ respecteraient cet engagement.

L'armée se remit en marche et la Villeneuve fut entourée, cependant à bonne distance. On n'apercevait aucune sentinelle sur l'enceinte et toutes les torches des gens du roi étaient désormais éteintes car une faible luminosité permettait maintenant d'y voir à courte distance.

Soudain retentirent les cloches. Le début des laudes. Le signal.

Nogaret, La Celle, Marsilly et Guillaume de Paris, ce dernier sur une mule, s'approchèrent du pont-levis, et le héraut d'armes qui les précédait sonna du cor plusieurs fois.

Une sentinelle apparut en haut d'une des tours flanquantes et devina le petit groupe.

Le héraut cria :

— Au nom du roi de France, messire de Nogaret souhaite vérifier le trésor que Sa Majesté a laissé en dépôt dans la Grosse Tour ! De nouvelles sommes portées dans la journée nécessitent de s'assurer de leur sûreté !

C'était le prétexte invoqué pour pénétrer dans l'enclos, Philippe IV déposait en effet une partie du trésor royal dans la forteresse, le reste étant au Louvre et au Grand Châtelet.

Il n'y eut nulle question. Avec force grincements, le pont-levis fut baissé, la herse, levée, et le portail s'ouvrit.

Nogaret et ses gens entrèrent, aussitôt suivis par une immense troupe jusqu'alors restée en retrait, invisible.

La plus grande partie des hommes d'armes se rua à travers le charnier et le cloître vers l'église Sainte-Marie-du-Temple, un sanctuaire construit à l'image du Saint-Sépulcre à Jérusalem. L'édifice fut entouré et ses portes gardées. Le reste de la troupe fila vers la Grosse Tour et celle de la Colombe, les deux plus importantes fortifications de la Villeneuve. Le seul incident eut lieu avec un chevalier gardien d'une porte, qui voulut empêcher les archers d'entrer. Un coup de hache lui fendit le crâne.

La maison du Temple venait de tomber aux mains du roi de France et aucune alerte n'avait retenti. Nogaret, La Celle, Marsilly et Guillaume de Paris se dirigèrent vers la porte de l'église, au travers de laquelle on entendait chanter laudes. L'ayant ouverte, le garde des Sceaux du royaume entra, suivi de ses lieutenants et de quelques douzaines d'arbalétriers. Négligeant la rotonde où se situaient les gisants des maîtres du Temple, ils se répartirent dans les travées.

Le silence tomba dans le lieu saint quand les frères templiers s'aperçurent de l'intrusion.

— Que signifie… protesta Jacques de Molay, stupéfait.

— Taisez-vous ! ordonna Nogaret. Par ordre du roi de France, je vous arrête tous pour hérésie.

Quiconque tentera de s'opposer à la décision de notre maître perdra la vie.

Un silence mortel s'installa.

Alors les gens du roi s'avancèrent au milieu des moines-soldats. Au fil de leurs pas, ils désignaient tel ou tel frère dont ils connaissaient l'importance dans l'Ordre et, aussitôt, deux archers le prenaient par les bras afin de l'emmener. Il y eut peu de résistance. Aucun templier n'était venu armé dans l'église, et même s'ils l'avaient été ils ne se seraient pas défendus.

Nogaret fit saisir Jacques de Molay, Hugues de Peyraud – le commandeur de la maison de France –, le grand prieur de Normandie et celui d'Aquitaine. Leurs poignets furent cerclés d'anneaux de fer et de chaînes apportés par des geôliers du Grand Châtelet accompagnant les troupes royales. Après quoi, ces quatre prisonniers de marque furent entraînés hors de l'église et conduits dans la Grosse Tour.

Molay et Peyraud avaient cependant interpellé Nogaret, lui niant le droit d'agir ainsi et le menaçant d'excommunication, mais le garde des Sceaux ne les avait même pas écoutés, s'occupant des autres arrestations.

Quand il jugea que tout s'était bien passé, il sortit et fit signe à ses secrétaires, clercs et greffier de l'accompagner. Il prit alors la direction de la Grosse Tour, le donjon massif à quatre tourelles d'angle qui dominait la Villeneuve.

En suivant les captifs, le cœur du Languedocien débordait d'allégresse. Il s'était attendu à une forte résistance de la part de ces moines-soldats, mais ceux-ci s'étaient comportés comme des frocards. Le roi serait content de lui.

Cependant, plus que les compliments du roi, un autre motif de satisfaction le comblait. Cinquante ans auparavant, son grand-père avait été arrêté et brûlé comme hérétique cathare. Des templiers qui lui étaient proches auraient pu le défendre, mais ne l'avaient pas fait. Maintenant, Nogaret tenait sa revanche. C'est lui qui ferait désormais brûler les chevaliers du Temple en les accusant d'hérésie.

4

Ce n'était pas pour rien que la commanderie de Paris s'appelait la Villeneuve. Il s'agissait en vérité d'une petite ville. L'église Sainte-Marie, son clocher attenant, le donjon et la tour de la Colombe en étaient les principales constructions, mais il y en avait bien d'autres : un bâtiment conventuel abritait le réfectoire et le dortoir des frères sergents, une hôtellerie se dressait près du cloître afin d'accueillir les hôtes de passage, et nombre de maisons s'alignaient dans les ruelles, la plupart offrant boutiques et ateliers. Dans les plus belles demeures, toujours construites en pierre, logeaient les dignitaires de l'Ordre ; Molay y avait la sienne. Les autres, en bois et en torchis, abritaient les corps de métier nécessaires à la vie de la cité : meuniers, charpentiers, maçons, maréchal-ferrant, forgerons, charretiers, fonteniers, barbiers et ouvriers divers.

A la Grosse Tour, le pont-levis était baissé, la grille levée, et la porte avait été ouverte. Cependant les troupes royales n'y avaient pas pénétré. Les quatre dignitaires, enchaînés, attendaient devant le fossé en échangeant quelques mots inquiets.

Le chevalier qui commandait les hommes d'armes s'avança vers le chancelier.

— Aucune véritable résistance, messire, sinon huit chevaliers qui n'ont pas voulu se rendre et se sont jetés du haut des murs. Les autres ont ouvert et baissé le pont. Je les ai enfermés dans la cave.

— Huit de moins ! persifla Nogaret. Prenez des archers et conduisez les prisonniers à l'étage.

Il passa le pont-levis et pénétra dans le donjon, ses compagnons dans ses pas.

On accédait à la première salle par un escalier circulaire dans l'une des tourelles d'angle. Le garde des Sceaux connaissait bien les lieux puisqu'il était souvent venu, parfois avec le roi, afin de vérifier l'état du trésor royal entreposé au troisième étage ; le second niveau était réservé aux archives et au trésor du Temple.

La grande salle, comme les pièces supérieures, présentait quatre compartiments voûtés en croisées d'ogive avec un massif pilier central. Les tours d'angle, sauf celle de l'escalier, abritaient des petits cabinets ronds qui communiquaient entre eux par d'étroits couloirs. Ces chambres possédaient toutes des portes avec de solides serrures.

Nogaret demanda à Molay de le suivre et ils pénétrèrent dans l'un des cabinets.

— La clef du trésor ! s'enquit le Languedocien sans autre explication.

Molay esquissa un sourire convenu.

— Inutile, c'est ouvert.

Nogaret plissa le front, hésita à poser une question puis se détourna.

— Enfermez-les par deux dans les cabinets. Je veux douze hommes ici pour les surveiller. Quant aux autres étages, quiconque y monterait perdrait la vie. Vous y veillerez. Je reviendrai dans un moment, n'oubliez pas que le roi va arriver.

Il gravit l'escalier jusqu'au deuxième étage. La porte de la salle était fermée mais pas verrouillée. Il l'ouvrit et entra.

Tout était vide. Plus exactement, les armoires de bois alignées le long des murs, jusqu'alors pleines de chartes et abritant des coffres de fer, étaient vides, leurs portes ouvertes, béantes.

Où se trouvait le trésor ?

Nogaret en fut contrarié mais pas réellement inquiet. Molay parlerait, et s'il ne le faisait pas, d'autres le feraient. S'ils préféraient souffrir avant, libre à eux. Personne ne résistait à la douleur bien longtemps.

Il descendit. Ses secrétaires attendaient.

— Amiel, Gaspard, Amaury, restez ici. Les autres, avec moi !

Suivi de deux clercs, il se dirigea vers la tour du Colombier, appelée également tour de César, qui se situait au nord du donjon. Plus ancienne et plus petite que celui-ci, elle en avait la forme.

Les frères templiers de haut rang y avaient été emprisonnés à fin d'interrogatoire par Guillaume de Paris. L'entreprise ayant été conduite sans l'accord du Saint-Père, Philippe le Bel avait exigé de disposer des premiers aveux d'hérésie dans la journée afin de les joindre à la lettre d'explication qu'il enverrait à Clément V.

Guillaume de Marsilly l'attendait.

— Les prisonniers sont enfermés au premier étage et interrogés au second, messire. Quant au troisième niveau, il est fermé par une solide serrure. Dois-je briser la porte ?

— Oui, et vous garderez personnellement l'entrée.

Nogaret monta deux étages. Comme pour le donjon, la pièce dans laquelle il pénétra avait quatre croisées d'ogive et un pilier central. Dans l'un de ces compartiments, un commandeur du Temple, corps dénudé, était suspendu à un anneau scellé dans la voûte. Une flaque de sang maculait les dalles du sol. Un bourreau tenait un fouet rougi.

Le garde des Sceaux héla le confesseur du roi qui menait l'interrogatoire :

— Frère Guillaume, a-t-il avoué ?

— Non, messire.

Nogaret jeta un regard contrarié à la dépouille inanimée, suspendue comme une pièce de boucherie.

— N'insistez pas. Remplacez-le par un autre. Il ne faut ni le tuer, ni perdre du temps. Car en plus des confessions d'hérésie, je veux savoir où sont dissimulés le trésor et les archives. La salle où ils se trouvaient a été vidée.

— Vous aurez votre réponse, messire, promit le dominicain avec un sourire effrayant.

— Je l'attends. Je serai dans la maison de Molay.

Nogaret repartit vers l'église.

5

Durant son périple de retour vers Paris, Robert de L'Aigle ne cessa de songer à son engagement dans l'ordre du Temple. Une décision qui n'était pas la sienne mais celle de son frère et de son grand-oncle. Les commandeurs étaient nombreux dans son lignage et, après qu'il eut fait ses preuves en Flandre et ensuite pour le compte de l'Ordre, il avait paru naturel pour ses proches qu'il devienne moine-soldat afin de faire perdurer la tradition familiale.

Robert s'efforçait de comprendre pourquoi il ne débordait pas d'allégresse à l'idée de prononcer ses vœux. Ce n'était pas la chasteté qui le contrariait, car beaucoup de templiers avaient de discrètes maîtresses. Ce n'était pas la vie religieuse, car la seule contrainte des frères était d'écouter la messe une fois par jour et d'assister aux offices ; et quand ils ne pouvaient entendre le service de Dieu, treize patenôtres remplaçaient matines et sept chacune des autres heures. Ce n'était pas non plus les vœux d'obéissance et de pauvreté, il ne possédait rien et n'était pas indiscipliné.

Non, ce qui lui déplaisait, c'est la terne existence qu'il mènerait. Parmi les vœux à prononcer, il y avait celui d'aider de tout son pouvoir à la délivrance de la Terre sainte. Cent ans auparavant, il serait parti libérer le tombeau du Christ le cœur débordant d'allégresse. Combattre les infidèles et mourir l'épée à la main, voilà la destinée qu'il souhaitait ! Mais le temps des croisades était terminé. Les missions qu'il avait conduites pour le Temple lui avaient révélé quelle vie il allait connaître : l'insipide quotidien des marchands, la terne existence des intendants, la monotone destinée des régisseurs. Désormais, dans la maison des pauvres chevaliers du Christ, on ne combattait plus pour la gloire du Seigneur. On était sénéchal, trésorier, drapier, receveur, maréchal, et même laboureur si on avait en charge une ferme. « Le travail est une prière », disait la règle. N'importe quel travail.

Certes, il voyagerait au service du Temple, mais il aurait préféré le faire pour son roi ou le Seigneur. Songeant justement au monarque, il se questionnait plus encore. La querelle entre Philippe le Bel et les templiers prenait un tour malsain. Des proches de Philippe IV, en particulier le garde des Sceaux, accusaient insidieusement les frères d'hérésie et d'idolâtrie. Ce souverain dont il avait sauvé la vie à la bataille de Mons irait-il jusqu'à utiliser la force contre l'Ordre ?

Quand Jacques de Molay l'avait convoqué afin de lui confier le transport des coffres du Temple, il lui avait demandé s'il se sentait capable de combattre les gens du roi. Ses compagnons de route ne le pourraient puisqu'ils avaient juré de ne point faire couler de sang chrétien.

Molay lui avait révélé que c'était une des raisons pour lesquelles il avait repoussé sa réception comme frère : parmi les conducteurs, il fallait un chevalier capable d'affronter et de meurtrir des hommes d'armes si leur troupe se trouvait contrainte à batailler.

Robert l'avait assuré que sa main ne tremblerait pas, même s'il lui répugnait de croiser le fer avec des soldats au service de son roi. Seulement le grand maître ayant précisé que sa participation à l'escorte n'était qu'une des raisons des renvois de sa profession de foi, le jeune L'Aigle s'était interrogé sur les autres et n'avait eu aucun mal à les percevoir : ni le grand maître, ni Gérard de Villers, ni Hugues de Peyraud n'étaient sûrs de son engagement religieux. Durant les chapitres, Robert n'avait jamais montré un sincère désir de rejoindre les pauvres chevaliers du Christ.

« Eprouvez l'esprit pour voir s'il vient de Dieu », disait la règle du Temple. Avec tristesse, Robert savait que les maîtres avaient raison. Il n'avait pas suffisamment la foi, et peut-être ne porterait-il jamais le long manteau blanc des chevaliers.

Il arriva en vue de la Villeneuve alors que le soleil déclinait. Depuis une demi-lieue, son cheval boitait et n'avançait plus qu'avec difficulté. Robert s'arrêta donc afin de regarder l'intérieur du sabot, et la plaie qu'il découvrit le fit grimacer. Il devina devoir faire le reste du chemin à pied.

— Qu'est-ce qu'elle a, cette pauvre bête ?

Le chevalier tourna la tête. Un vilain qu'il n'avait pas vu arriver le regardait avec jovialité.

— Un silex s'est logé dans le sabot. Je l'ai ôté, mais la blessure est profonde. Heureusement la commanderie n'est pas loin, je trouverai un maréchal qui le soignera.

— Ça m'étonnerait, messire, gloussa l'autre.

— Pourquoi donc ?

— N'êtes-vous pas templier ?

— Je ne le suis point.

Robert faillit ajouter « point encore », mais un je-ne-sais-quoi dans le ton du manant l'avait alerté.

Ce dernier le dévisageait avec curiosité, pressentant avoir affaire à un chevalier. Son interlocuteur portait un gambison en cuir sous sa cotte, et sa monture, même si ce n'était qu'un robuste roussin, disposait d'une selle à haut dosseret et arçonnière qui permettait de se maintenir lors d'une charge à la lance. Surtout, le baudrier lui entourant les reins était une ceinture templière à laquelle pendaient trois couteaux et une de ces lames à double tranchant et à l'extrémité arrondie que les chevaliers maniaient à deux mains. Une épée de taille.

Cependant ce voyageur n'était pas riche, en témoignaient son fruste manteau de laine sans broderie et sa monture, plus capable de tirer un chariot que de porter un guerrier.

— La Villeneuve est occupée par les troupes royales, dit-il.

— Quoi ? Impossible !

— Vous m'avez bien entendu ! Ce matin, à la pique du jour, notre roi a envoyé ses gens saisir tous les templiers. Quand je suis passé, j'ai vu les premiers d'entre eux sortir, enchaînés. On les conduisait au château de Melun pour être emprisonnés.

— Mais pourquoi ?

— On m'a dit que le roi a fait son enquête, ce serait des hérétiques !

— C'est faux !

— Qu'en savez-vous, messire ?

Le ton devint soudain méfiant.

— C'est vrai, je n'en sais rien, reconnut Robert, conciliant. Qu'est devenu le grand maître, messire de Molay ?

— Je l'ignore, mais il est certainement vivant car on m'a dit qu'il n'y avait pas eu bataille.

Robert comprit qu'il ne pouvait gagner la maison du Temple. Il devait donc rejoindre ses compagnons à l'embouchure de la Seine et embarquer avec eux, si les nefs étaient toujours là. Mais c'était impossible avec ce cheval blessé. Certes, il pourrait trouver une autre monture au manoir de Vaux, mais encore fallait-il s'y rendre. A pied, il lui faudrait deux ou trois jours, plus s'il était contraint de se cacher. Alors ce serait trop tard, les bateaux seraient partis.

Il lui fallait un cheval. Il devait donc pénétrer dans Paris pour en acheter un. Seulement, il n'avait pas d'argent, sinon quelques pièces d'or.

Il se trouvait acculé.

6

Pour l'heure, la Villeneuve grouillait de patrouilles et de petites compagnies commandées par des sergents. Les gens du roi avaient prévenu les hommes d'armes : quiconque pris à piller ou à tuer inutilement serait pendu sur place. Capitaines, écuyers et chevaliers faisaient régner l'ordre. On plaçait des sentinelles devant les maisons des dignitaires et les bâtiments conventuels. Les gens du Temple, serviteurs, domestiques, profès et prêtres, étaient rassemblés dans des enclos comme des animaux. Nogaret aperçut deux cadavres de servants qui avaient essayé de s'opposer aux gens du roi.

Au corps de garde, il donna quelques ordres et dicta une lettre à son souverain relatant la réalisation de l'entreprise. Aussitôt après, un courrier partit vers le Louvre.

Il se rendit ensuite dans la maison de Jacques de Molay, où il s'installa. C'est là qu'un messager lui apporta un premier compte rendu dicté par messire de Marsilly.

Deux heures plus tard, Guillaume de Paris lui fit parvenir la confession du chevalier Jean de Foullei, qui, après avoir été battu et suspendu par les bras, avait reconnu sa renonciation à Dieu et avoué où le trésor était dissimulé. Satisfait, Nogaret donna des ordres pour rassembler des ouvriers et se rendit à l'église. C'est là qu'on vint le prévenir de l'arrivée du roi. Il se précipita aussitôt à la porte de la Villeneuve.

Précédé d'écuyers brandissant bannières et oriflammes, Philippe le Bel arrivait, entouré de chevaliers mais surtout accompagné d'une armée d'intendants, de notaires et de clercs chevauchant des mules.

La troupe pénétra et s'arrêta devant le cloître. Nogaret s'avança vers le monarque et mit genou au sol.

— Aucune difficulté, mon noble roi. Cent trente-huit frères sont entre nos mains. La plupart sont déjà partis pour Melun, où ils seront enfermés… Et je viens de lire la première confession.

Le Bel sourit en mettant pied à terre, tandis qu'un écuyer lui tenait l'étrier. Le roi de France portait une ample robe azur tissée de fleurs de lys d'or et un manteau gris bordé d'hermine. Sa chevelure était serrée dans une couronne de fer et d'or.

— Le trésor et les chartes ? s'enquit-il.

Dans sa lettre, Nogaret lui disait que la salle du trésor du donjon était vide.

— Marsilly vient de me prévenir qu'il a découvert deux huchiers de fer dans la tour de César, Majesté. Et l'apostat a déclaré que des coffres avaient été dissimulés sous un gisant de l'église. Celui de frère Hubert, qui a construit la Grosse Tour.

— Allons-y, avez-vous prévenu des maçons ?

— Ils vous attendent... cependant...

— Cependant ?

— Quand j'ai annoncé qu'on allait ouvrir une tombe, quelques chevaliers ont objecté, disant que ce serait péché et sacrilège.

— Ils changeront d'avis après avoir constaté que les templiers ont été les premiers impies à retirer un corps d'une tombe consacrée afin de le remplacer par de l'or !

La Celle attendait à la porte de Sainte-Marie-du-Temple avec une poignée de chevaliers et quatre maçons munis d'outils. Ils s'agenouillèrent devant le roi, puis pénétrèrent à sa suite dans les lieux saints et se dirigèrent vers la rotonde[1].

Six gros piliers supportaient cinq arcades. D'étroites fenêtres en plein cintre éclairaient des gisants de pierre noire ou blanche qui couvraient le dallage. Les chevaliers du Temple étaient sculptés en armure, épée à la main ou dans le fourreau, voire à demi sortie. Cette représentation indiquait s'ils

1. A peu près la même église se trouve encore à Londres, dans le Temple.

étaient morts en combattant ou non. De même, ceux coiffés d'un heaume révélaient que leur dépouille demeurait en Terre sainte.

Un clerc désigna la tombe de frère Hubert. Il avait son heaume aux pieds. Son corps se trouvait donc sous la dalle.

Le garde des Sceaux donna des ordres et les maçons introduisirent des barres de fer sous le couvercle du gisant, puis, ayant soulevé la pierre sculptée, ils placèrent des pièces de bois dessous et la firent pivoter.

Le roi s'approcha, se pencha... et recula d'un bond. Son visage carré, imberbe, habituellement inexpressif, laissa paraître un éclair de frayeur.

La tombe contenait un cadavre décomposé.

Aucun trésor.

Furieux, le roi se tourna vers Nogaret, qui, en dépit de son impiété, était devenu livide. Le regard royal était dur, mais le souverain ne dit mot. Le templier torturé avait-il menti ? S'était-il trompé ? Le petit-fils de Saint Louis balaya des yeux l'assemblée des chevaliers et ne lut que gêne et blâme.

Philippe le Bel était trop habile pour ne pas comprendre qu'il était impossible de passer outre à leurs reproches et de faire découvrir les autres gisants.

Il se dirigea vers la porte de l'église.

— Refermez ! ordonna Nogaret avant de suivre le prince.

7

Robert de L'Aigle se rappela soudain comment dénicher de l'argent à Paris. Seulement, il devrait abandonner ce cheval blessé et pénétrer discrètement dans la capitale.

Le vilain allait l'aider.

— Où habitez-vous ? lui demanda-t-il.

— La ferme, là-bas, messire.

Le paysan désigna un bâtiment au toit de paille.

— Vous pourriez garder mon cheval ?

— Possible...

— Je vous donnerai un agnel d'or[1] et je reviendrai demain le chercher.

— Qu'allez-vous faire ?

— En acheter un autre à Paris.

— Je connais des gens qui peuvent vous en vendre un.

— Un destrier ?

---

1. Monnaie d'or frappée par Saint Louis et dont l'effigie était un agneau pascal.

— Non, mais un robuste cheval comme lui.

— Je veux un destrier.

Sa réponse n'était qu'une défausse. En vérité, il ne pouvait acheter une monture à quiconque puisqu'il n'avait pas d'argent.

— Entendu. Et que faites-vous de vos affaires ?

A l'arrière de la selle étaient attachés deux grosses gibecières de cuir et un heaume.

L'une des sacoches contenait son haubert, l'autre un camail et des gantelets. Mais il ne pouvait tout transporter. Il détacha donc seulement la sacoche contenant la cotte de mailles et la mit sur son épaule. Il perdrait ainsi le reste de son harnois. Mais peu importait, avec l'or qu'il trouverait dans la maison de son aïeul il pourrait racheter ce qui lui serait nécessaire. Il ne conserverait que son estramaçon. L'épée de son aïeul.

— Gardez mes biens. Je sens qu'ils seront en sécurité avec vous.

— Vous pouvez avoir confiance en moi, messire.

— J'en suis sûr.

Il tira un agnel de son escarcelle et le remit au manant en songeant à un autre problème : ce paysan allait suivre des yeux la direction qu'il prendrait et s'étonnerait s'il ne passait pas devant la Villeneuve, le plus court chemin pour franchir la porte du Temple et entrer dans Paris.

Or l'endroit devait grouiller de chevaliers et de sergents d'armes. A coup sûr, on l'interpellerait et on l'interrogerait.

Il passerait donc par la porte Saint-Martin, un peu plus loin. Et afin d'éviter des doutes chez le vilain, il le prévint par ces paroles :

— Peut-être reviendrai-je rapidement si je trouve un destrier à acheter au prieuré Saint-Martin.

D'un geste, il désigna l'enceinte du monastère fortifié, à quelques centaines de toises de la Villeneuve.

— Je n'en ai jamais vu, fit le croquant. Il n'y a même pas de maréchal-ferrant.

— Prenez-en soin ! lança Robert de L'Aigle en caressant l'encolure de l'animal.

Un bon compagnon, qu'il ne reverrait plus jamais. Il salua le manant et, en empruntant un passage entre des maisons isolées et des enclos, il fila en direction du chemin qui longeait le fossé et la courtine.

Il sentait le regard du paysan dans son dos mais se retint de se retourner. En observant la Villeneuve, il vit beaucoup de badauds et d'hommes d'armes devant la maison du Temple. Soudain, ceux-ci s'écartèrent et il aperçut des gens en robe blanche, barbus et enchaînés.

Il s'arrêta. Malgré la distance, il crut reconnaître Jean de Saint-Loup, Théobald de Bauffremont et Guillaume de Giac. Tous de nobles templiers qu'il aimait fort.

Il ne put réprimer un sanglot en les voyant si misérables. Mais, afin de ne pas attirer l'attention, il se détourna et reprit son chemin vers le prieuré.

Qu'allaient-ils tous devenir ?

Ayant dépassé le monastère et hors de vue du vilain, il poursuivit jusqu'à la porte Saint-Martin. Il entra par la poterne tandis qu'un chariot attendait.

— Qui êtes-vous ? On vous a jamais vu, demanda un sergent de garde.

— J'arrive d'Amiens. On m'a dit que le roi engageait des chevaliers mais mon destrier s'est cassé la jambe.

Le sergent appela un archer :

— Gilbert, tu as entendu parler de ça ?

— Non, répondit l'autre. Qui vous a dit que le roi engageait ?

— Messire Guillaume de Hangest, le bailli d'Amiens. Un ami de mon père.

Les deux gardes le considérèrent attentivement. Ce jeune homme n'avait pas l'air d'un routier. Il portait une belle épée avec un sceau sur le pommeau représentant un aigle à deux têtes. Un gentilhomme, à coup sûr. Un cadet venant chercher fortune.

— Qu'y a-t-il dans votre besace ?

Robert l'ouvrit.

— Mon haubert.

— C'est bon, passez, fit le sergent, et pardonnez-nous d'être méfiants, mais messire le prévôt ne veut pas que des truands pénètrent en ville.

— Il a bien raison, sourit Robert.

Il rattrapa le chariot qui était déjà passé et descendit la rue Saint-Martin, songeant qu'il ne pourrait se rendre à la maison de son aïeul avant la nuit car sinon on le remarquerait. En attendant, il allait s'arrêter dans une auberge et souper.

Machinalement, il porta sa main à sa poitrine pour sentir la clef que lui avait donnée son grand-oncle et qui ne l'avait jamais quitté.

Rentré chez lui, le vilain alla installer le cheval avec sa vache dans l'étable, puis il lui retira son harnachement. En déposant la selle, il découvrit les armes du Temple à l'arrière et cela le troubla. Songeur, il enleva les brides et emporta le heaume et la besace chez lui. Là, il regarda la sacoche et vit qu'un blason était gravé sur le cuir. Un aigle à deux têtes.

Préoccupé, il rangea l'équipement dans une huche en bois, mit la pièce d'or et l'argent rapporté de Paris dans la cachette où il dissimulait sa fortune et resta à méditer.

Sa femme rentra des champs un peu plus tard.

— As-tu vendu le cochon ?

— Oui, rapidement. J'en ai tiré trois livres. J'ai aussi rencontré un chevalier qui m'a demandé de garder sa monture blessée. Il m'a donné un agnel.

— D'or ? fit-elle en écarquillant les yeux de surprise.

— Oui, mais je sais pas si j'ai bien fait.

— Evidemment que tu as bien fait !

Elle songeait déjà à la pièce de tissu qu'elle pourrait s'acheter pour en faire une robe.

— Les gens du roi sont à la Villeneuve, fit-il.

— Le roi y va souvent.

— Pas le roi, ses hommes d'armes. Ils investissaient la maison du Temple. Quand je suis passé devant, on m'a dit que le roi avait donné ordre d'arrêter les templiers.

Elle resta bouche ouverte, sidérée.

— On dit qu'ils adoreraient une idole, Belzébuth peut-être.

Elle se signa.

— Je ne peux y croire.

— Moi non plus, mais j'ai vu les archers et les chevaliers, ils étaient partout.

Il se gratta la tête.

— Quand j'ai enlevé la selle de la monture de cet homme, j'ai vu la marque du Temple dessus.

— C'était un templier ?

— Il m'a dit que non, et il ne portait ni la robe ni le manteau.

— Alors c'en était pas un, conclut-elle avec un haussement d'épaules.

— Je sais pas, il y a la selle. Si les gens du roi viennent fouiller les maisons par ici, ils la trouveront.

— Pourquoi viendraient-ils ?

— Je sais pas, mais s'ils le font...

Il ne poursuivit pas. La peur exsudait de lui et elle frémit, devinant ce qui leur arriverait dans ce cas. Si les moines-soldats étaient des hérétiques, ceux qui les auraient aidés seraient brûlés.

— On peut pas conserver le cheval et la selle, dit-elle.

— Tu as raison. Je vais aller à la Villeneuve et raconter la vérité. Que j'ai accepté de soigner un cheval et découvert ensuite qu'il était au Temple. On verra bien que je suis de bonne foi.

Elle réfléchit un instant avant d'approuver.

8

Dans la salle de la tour de César, La Celle regardait le templier Regnier de Larchant, nu, suspendu par des chaînes attachées à ses poignets. Deux poids de plomb noués à ses chevilles lui étiraient les épaules jusqu'à les disloquer. En même temps, un bourreau le battait de verges.

— Avouez ! Avouez que vous avez renié Dieu ! demanda une nouvelle fois le dominicain. Avouez que vous adorez le Baphomet et que vous avez craché sur le crucifix !

Ce Baphomet, que l'on disait nanti d'une grande barbe, des templiers renégats en avaient parlé voici quelques mois, et on recherchait activement l'idole satanique dans la maison du Temple.

Cette fois, l'homme martyrisé grommela un « Oui » et Hugues de La Celle se sentit soulagé.

Il ne croyait pas un mot d'un aveu obtenu ainsi, bien qu'il le sache nécessaire. Rude combattant, il avait vu souffrir bien des hommes après les batailles mais il lui répugnait d'assister à la torture d'un noble chevalier qu'il connaissait, et surtout de voir le plaisir qu'y prenait le père Guillaume de Paris.

Ce dernier se tourna vers le greffier.

— Rédigez sa confession et il la paraphera.

— Détachez-le ! ordonna La Celle au geôlier.

— Pas encore ! le contra Paris, avec une grimace sardonique. J'ai besoin d'une autre réponse.

Le visage du templier n'exprimait plus rien, le supplicié allait certainement passer.

— Où se trouvent le trésor et les archives ?

— Partis... balbutia l'homme.

— Partis où ? rugit le dominicain.

— Sais pas... trois jours... haleta le mourant disloqué.

— Détachez-le, insista La Celle, il va trépasser !

Le dominicain hocha la tête et on retira les poids des jambes, puis on fit descendre les chaînes.

Le templier s'effondra et on l'allongea sur un grabat.

— Que s'est-il passé, il y a trois jours ? insista le prêtre.

— Chariots... Trois... Partis.

Son regard devint vitreux.

— Il est mort, déclara le greffier, penché sur lui afin d'entendre ses derniers mots.

— Maudit soit-il ! ragea le dominicain.

Le cœur débordant de honte et de colère, La Celle quitta la pièce.

Le trésor du Temple semblait bien avoir échappé au roi, songeait-il en regagnant l'église dans laquelle Marsilly faisait maintenant interroger les serviteurs et les domestiques de la Villeneuve.

Une centaine de gens de peu se trouvaient dans les travées, agenouillés, terrorisés.

Quand Marsilly vit son compagnon, il le rejoignit dans la rotonde.

— J'ai appris d'un palefrenier que trois chariots et cinquante cavaliers sont partis voici trois jours, lui dit-il. Ils transportaient du fourrage, d'après lui.

Il désigna vaguement un serviteur.

— Un templier vient de faire la même confession, mais il est mort sous les coups.

Les deux chevaliers échangèrent un regard appuyé. Ils portaient une opinion identique sur Guillaume de Paris.

— Il faut savoir où ils sont allés, grimaça Marsilly. On pourrait envoyer des messagers aux baillis et aux prévôts autour de Paris afin qu'ils enquêtent.

— Ce convoi aura évité les villes, fit La Celle en haussant les épaules. A mon avis, seul Molay connaît sa destination, mais il ne révélera rien, quoi qu'on lui fasse. Et en trois jours ces chariots peuvent être loin. Je vais en parler à messire de Nogaret. C'est lui qui décidera.

Comme il sortait de l'église, un sergent l'aborda :

— Seigneur, un vilain vient d'arriver. Il m'a fait une singulière déclaration.

— Quoi donc ?

— Ce matin, il aurait rencontré un voyageur dont la monture était blessée. L'homme lui a confié son cheval avant d'entrer dans Paris. Mais quand notre manant a dessellé la bête, il a reconnu la marque du Temple sur le dosseret.

Hugues de La Celle plissa le front. Qu'est-ce que c'était que cette histoire ?

— Où est le bonhomme ?

— Au corps de garde.

Le conseiller du roi s'y rendit. Un paysan attendait, une besace sur l'épaule et le visage empreint d'inquiétude.

— C'est toi qui as vu un chevalier ? l'aborda La Celle. Raconte !

Le rustre s'exécuta et fit un récit détaillé de sa rencontre.

— Comment était cet homme ?

— La vingtaine ou un peu plus, messire, blond avec des yeux bleus. Normand, à coup sûr.

— Armé comment ?

— Juste une épée et des couteaux, trois comme les templiers. Il m'a laissé cette besace en garde, elle contenait son camail et ses gantelets. Seulement, quand j'ai voulu la ranger, j'ai vu qu'elle était gravée d'un aigle à double tête.

Il détacha la besace et montra la figure ciselée dans le cuir.

— La même image marquait le pommeau de son épée.

R. DE AQVILA, lut La Celle. Les lettres entouraient un aigle aux ailes déployées avec une double tête.

Il connaissait vaguement le château de L'Aigle et le bourg de Normandie. Il se tourna vers le sergent.

— Envoie quatre hommes chez ce laboureur, qu'ils y attendent le chevalier, s'il revient. Tu peux rentrer chez toi, ajouta-t-il à l'attention du vilain. Messire de Nogaret te saura gré de ta loyauté.

Songeur, il repartit vers la tour de César.

Rentrant dans la salle d'interrogatoire, il aperçut un nouveau templier suspendu et inconscient. Le dominicain se dirigea vers La Celle dès qu'il le vit.

— J'allais vous faire chercher ! fit-il d'un ton dans lequel perçait le reproche. Celui-là en a révélé plus : trois chariots de paille sont partis voici trois jours escortés par cinquante cavaliers.

— Marsilly vient aussi de me l'apprendre. Un serviteur le lui a révélé.

Il n'ajouta pas « sans le supplicier ».

— Ah bon ?

Le dominicain parut déçu et demanda, avec un sourire en biais :

— Sait-il les noms de ceux qui conduisaient les chariots ?

— Non, il ne me l'a pas dit, en tout cas.

— Je les connais, maintenant : le convoi était conduit par Gérard de Villers, le précepteur de France. Son lieutenant était Hugues de Chalon, dont je sais qu'il a déjà mené des missions difficiles pour le Temple. En revanche, le troisième m'est inconnu : il se nomme Robert de L'Aigle. Ce serait un gentilhomme sur le point de prononcer ses vœux.

L'Aigle ? Il ne pouvait que s'agir de celui qu'avait rencontré le paysan ! L'homme à la besace et à l'épée. Auquel cas, il venait d'entrer dans Paris ! L'excitation de la chasse saisit brusquement La Celle. Il fallait empêcher ce chevalier de sortir et l'attraper. Il connaissait certainement la destination et le contenu des chariots !

— Je vais rapporter tout cela à Sa Majesté, décida-t-il en dissimulant son émotion.

Il grimpa à l'étage supérieur, où se trouvaient Philippe le Bel, Nogaret et les clercs, occupés à inventorier le contenu des deux coffres découverts.

Assis sur une chaire, le roi de France parlait avec son garde des Sceaux tandis qu'intendants et notaires comptaient les pièces de monnaie et classaient les documents découverts.

Assis à un pupitre, maître Pierre La Rève, trésorier du roi, notait les inventaires dans un registre. Maître Maillard, clerc du secret et secrétaire personnel du souverain, chargé entre autres de rédiger et de signer les lettres royales, lisait les parchemins les plus intéressants que lui avaient préparés ses clercs.

La Celle s'agenouilla devant le monarque et déclara :

— J'ai des nouvelles prodigieuses, monseigneur.

— Parle, dit Philippe avec douceur en lui faisant signe de se relever.

Le chevalier obtempéra et raconta ce qu'il venait d'apprendre, tant sur les chariots et leurs conducteurs que sur Robert de L'Aigle, rencontré par le vilain. Le roi écouta, bouche inexpressive et regard énigmatique.

— La plus grande partie du trésor se trouvait donc dans ces chariots ! ragea Nogaret.

Philippe le Bel le considéra avec un demi-sourire.

— Il ne sera pas difficile de saisir ce L'Aigle, fit-il. Et une fois entre nos mains, nous aurons le reste... Maillard ! appela-t-il.

Le secrétaire s'approcha.

La cinquantaine, notaire et membre de la confrérie Notre-Dame, personne ne connaissait mieux que lui les lignages et les alliances entre les familles.

— Que sais-tu des seigneurs de L'Aigle ? s'enquit le roi.

— Leur aïeul, Fulbert de Beines, a construit son château fort à l'endroit où il avait découvert un nid d'aigles. Il a donné le nom d'Aquila à sa forteresse, et c'est devenu le nom de sa famille.

« Son fils a fait bâtir l'abbaye de Saint-Evroult, et son petit-fils était un proche compagnon de Guillaume le Conquérant, qui l'a érigé baron. Guillaume de L'Aigle, commandeur du Temple, a été le dernier de ce lignage. Sans enfant mâle, la baronnie est passée au duché de Bretagne, mais Lucie de L'Aigle, tante de Guillaume, a transmis le nom à sa fille Alixe, qui est à l'origine de la famille actuelle. Celle-ci, peu fortunée, compte plusieurs templiers. Un aïeul a été commandeur de Normandie. Son gisant se trouve dans l'église.

Le Bel, encore contrarié par l'ouverture de la tombe, ne releva pas et demanda :

— Sont-ils toujours en Normandie ?

— Oui, ils possèdent un petit manoir près du bourg de L'Aigle et de l'ancien château familial.

— Vous les ferez tous saisir et interroger, Nogaret.

— Quelles sont leurs armes ? s'enquit La Celle auprès du secrétaire.

— Un aigle d'or à deux têtes éployé de sable.

— Ce sont bien celles de ce chevalier.

Le roi plissa le front, songeant qu'un des chevaliers qui l'avaient tiré d'un mauvais pas à la bataille de Mons portait un aigle à deux têtes éployé de sable sur son surcot. Puis il chassa cette réminiscence.

— Maillard, préparez sur-le-champ un ordre à messire de Dicy. Je veux qu'on ferme les portes de Paris. Qu'on puisse entrer mais non sortir de ma ville, sinon avec un sauf-conduit de ma main, annonça le roi.

Pierre de Dicy était le garde de la prévôté de Paris. Autrement dit, le prévôt royal.

— Je veux que Dicy fasse crier à son de trompe aux places et carrefours la description de ce chevalier, poursuivit-il. Que quiconque ayant connaissance de ce templier le dénonce, sous peine d'être traité comme complice de sédition. Ajoutez que j'offre cent sous d'or à celui qui permettra sa capture.

« La Celle, tu porteras cet ordre à mon prévôt et tu auras tout pouvoir pour me ramener ce L'Aigle ! Vif, bien sûr. Je tiens à l'interroger.

9

La nuit était tombée quand Robert de L'Aigle gagna le haut de la rue Saint-Antoine, entre l'ancienne porte Baudoyer et l'église Saint-Gervais.

Il connaissait ce quartier par les dires du frère de son grand-père, commandeur du Temple, lui-même petit-neveu de Guillaume de L'Aigle, dont il portait l'épée à la taille, cette lame qui venait de sa grand-tante Alixe et que se transmettaient ceux dans sa famille qui rejoignaient le Temple.

Bien avant la construction de l'enclos de la Villeneuve, sous le règne de Louis VI, l'abbé de Clairvaux était venu demander au roi un toit et une chapelle afin d'abriter une communauté templière.

Louis VI leur avait proposé une maison voisine de l'église Saint-Gervais. C'était là que s'était développé ce qu'on avait appelé le Vieux Temple. La commanderie était ensuite devenue un corps de logis rectangulaire de belle taille et les frères possédaient dans le quartier nombre de maisons, d'enclos, de moulins sous les ponts[1] et d'entrepôts, en particulier la tour du Pet-au-Diable, près du chevet de Saint-Jean-en-Grève[2].

Même si les frères chevaliers ne possédaient rien en propre, ceux qui n'habitaient pas dans la maison commune disposaient d'un logis pour leur usage. C'est ainsi que Guillaume de L'Aigle, avant de devenir commandeur de Normandie, avait trouvé place dans une petite bâtisse à colombages, à l'angle de la rue Saint-Antoine. Il y avait fait sculpter un aigle à deux têtes tenant un coffret dans ses serres.

Cette gravure mérite une explication.

En ce temps-là, l'ordre du Temple était puissant et honoré bien que les croisés aient déjà perdu une grande partie de la Terre sainte, ne conservant que Saint-Jean-d'Acre. Les conflits entre chrétiens avaient été nombreux durant la troisième croisade et le Temple avait penché vers le roi d'Angleterre plus souvent que vers le roi de France. Certes, ces querelles étaient oubliées et un templier s'était même trouvé au plus proche du roi Philippe Auguste, mais le grand maître de Paris, comme bien d'autres prieurs, savait combien il était nécessaire de s'assurer de l'avenir.

Dans nombre de maisons et de fermes templières, il était d'usage de cacher une boîte ou une bourse de cuir contenant une petite somme. Des réserves

1. Pont au Change et pont aux Meuniers.
2. Voir *Paris, 1199*, du même auteur.

peut-être utiles un jour à des frères pourchassés, car les conflits entre les princes et l'Eglise recommenceraient tôt ou tard.

Guillaume de Chartres, grand maître de Paris, avait donc constitué de telles caches et les maisons qui les abritaient se reconnaissaient par un coffret gravé dans une pierre, sous la forme d'une image symbolique. Il y en avait une dans la cave de la maison de L'Aigle, d'où ce rapace à deux têtes tenant un coffret dans ses serres.

Après le départ du commandeur pour la Normandie, la maison avait été occupée par d'autres templiers et Guillaume de L'Aigle ne s'y était plus intéressé. Sans même y penser, il avait cependant conservé la clef de la porte. La clavette était restée dans la famille et quand, quelques semaines plus tôt, Robert était parti à Paris afin de prononcer ses vœux, son grand-oncle la lui avait remise avec ces paroles :

« Circulent d'infâmes rumeurs sur l'Ordre. Tu les entendras à Paris, mais n'y prête aucune attention. Il se dit que ce serait Guillaume de Nogaret qui les répand, ayant même fait avouer un de nos frères sous la torture. Je suis certain que notre roi saura mettre fin à ces calomnies, mais sait-on jamais ? Si les malheurs accablaient nos commanderies, si toi ou tes frères à venir vous trouviez dans l'infortune et les épreuves, rends-toi dans cette maison dans laquelle mon grand-oncle a vécu. Des frères l'occupent et la clef est donc inutile... Mais, là encore, sait-on jamais ? La maison pourrait être close et tu parviendras ainsi à y pénétrer. Dans la cave, une pierre est marquée de notre croix. Retire-la et tu trouveras quelques dizaines de livres en or. Elles appartiennent à l'Ordre, ne l'oublie pas, car il te faudra les rendre, mais cette somme pourrait te tirer d'un mauvais pas. »

Le vieux templier l'ignorait mais Gérard de Villers, le précepteur de France, voyant qu'il ne parvenait pas à convaincre Molay des dangers qui menaçaient l'Ordre, avait rassemblé vingt mille deniers à l'écu[1], tout l'or dont il pouvait disposer. Villers, comme tous les précepteurs de France, connaissait les anciennes caches du Temple et savait où se trouvaient les clefs des maisons les abritant. Aidé par un frère, il avait porté lui-même les deniers à l'écu dans un coffre qui avait remplacé la petite bourse de cuir craquelée par les ans.

Robert de L'Aigle était venu reconnaître les lieux avant que la nuit ne tombe et avait ainsi constaté que la maison était abandonnée. Il ne pouvait le savoir, mais le templier et le servant qui l'occupaient habituellement faisaient partie des cinquante cavaliers ayant accompagné le convoi au manoir de Vaux.

Aussi, quand le chevalier normand revint à la nuit tombée, il utilisa sa clef. Ceci avec cependant une

1. Cette pièce avait été créée par Saint Louis et comptait 4,13 grammes d'or.

évidente appréhension car, en cent ans, on pouvait avoir changé la serrure, auquel cas il devrait dire adieu à la bourse qu'il voulait récupérer. Mais ce ne fut pas le cas et la clef libéra l'auberon, qui à son tour délivra la vertevelle.

Il pénétra, puis battit son briquet et enflamma la mèche de la chandelle de suif qu'il avait achetée. Il découvrit ainsi une petite salle simplement meublée d'une table et d'un coffre servant de banc. Il aperçut également une cheminée pleine de cendres et, à côté, une porte condamnée par deux grosses barres de bois. Contre un mur était suspendue une lanterne qu'il alluma avec la chandelle.

Une échelle de chêne usée grimpait à l'unique étage. Au-dessous ouvrait une porte, qui lui révéla des marches vers les sous-sols.

Ayant déposé sur la table la besace contenant son haubert, il s'engagea dans l'escalier.

Les degrés étaient étroits. En bas, il déboucha dans une salle voûtée. Avec la lanterne, il chercha la croix templière, la découvrit près de l'escalier. Elle marquait la pierre à retirer.

Robert de L'Aigle sortit un de ses couteaux et commença à gratter le joint de chaux. Mais le mortier se montra plus dur qu'il ne l'avait pensé et, même en invectivant tous les démons qu'il connaissait, le liant résista. Il se rendit compte qu'il ne parviendrait pas à dégager la pierre sans un marteau.

Il trouverait forcément quelque outil dans la maison, se dit-il, et il remonta.

Au rez-de-chaussée, il ne découvrit rien. Il monta donc à l'étage, qui ne contenait qu'un lit et un coffre.

Un gros caillou fera l'affaire, décida-t-il. Il redescendit et ôta les barres de l'autre porte. Celle-ci devait communiquer avec un jardin dans lequel il découvrirait à coup sûr ce qu'il lui fallait.

Mais à peine avait-il ouvert qu'il entendit des coups assénés sur l'huis extérieur, puis ces mots :

— Par Dieu, enfoncez-la, vite !

10

Il se précipita dans le jardin. Dans l'obscurité qui gommait les détails, il distingua vaguement qu'il s'agissait d'un potager clôturé.

Il détala et dans sa fuite s'embrocha sur quelque objet. Il parvint pourtant à ne pas tomber et aperçut une poterne. A tâtons, il repéra le verrou, poussa l'huis et se retrouva dans une venelle. Il s'y engagea en courant.

Derrière lui, clameurs et vociférations fusaient :

— Il était là ! La porte ! Dans le jardin !

Qui le poursuivait ? Etait-ce lui qu'on recherchait ou l'occupant des lieux ? La poitrine en feu, il haletait. Soudain, il reconnut la rue Baudoyer grâce à une lanterne accrochée à la vieille porte. Il la franchit en quelques enjambées et se précipita dans une traverse au hasard, sa seule certitude étant qu'il devait filer par les ruelles et éviter les rues trop larges.

D'après l'odeur méphitique, il pénétrait dans un cimetière[1]. Evitant les fosses encore ouvertes, il rechercha une sortie. Maintenant il n'entendait plus rien derrière lui. On avait perdu sa trace.

Ayant atteint le mur d'enceinte, il le suivit jusqu'à un portail, qu'il poussa. Il découvrit une rue vaguement éclairée par quelques coupelles de suif placées devant les portes comme l'exigeait la prévôté. C'était la rue de la Verrerie, mais il l'ignorait. Il fila à main gauche, dans une autre ruelle, craignant trop la lumière.

En même temps, il s'inquiétait maintenant de ce qu'il allait devenir. Si c'était lui qu'on pourchassait, comment les gens de Nogaret l'auraient-ils appris ?

Il pensa soudain au vilain de la Villeneuve à qui il avait confié son cheval. Pouvait-il l'avoir dénoncé ?

— Dieu vous garde, noble seigneur, railla une voix.

Il se figea, ne voyant personne. Pourtant, quelqu'un se trouvait dans l'ombre. Il distingua vaguement un mouvement et une coiffe écarlate, un chapeau ou un capuchon.

— Ne craignez rien, posez votre bourse par terre, et vous repartirez bien gaillard, affirma l'homme.

Un voleur ! Tant pis pour lui, se dit Robert en tirant son épée.

1. Le cimetière Saint-Jean.

— Au large ! ordonna-t-il.

— Vous avez tort, noble seigneur, fit une autre voix doucereuse, ignorez-vous le danger des balestres[1] ?

Il tourna la tête. Les paroles venaient du porche d'une église.

Combien étaient-ils ? Deux ? Plus ? Son gambison ne le protégerait pas d'un carreau. Il recula afin de se mettre à l'abri mais sentit la pointe d'une dague ou d'une épée dans son dos.

— Foutre de Dieu, tu ne me laisses pas le choix ! gronda une troisième voix.

Robert se jeta à terre alors que l'autre tentait de l'embrocher, aussi la lame donna-t-elle dans le vide. Il roula sur lui-même et se mit à l'abri sous un encorbellement.

Il ne voyait plus ses adversaires mais eux ignoraient où il se trouvait. Un contre trois, pas facile, songeait-il, le cœur battant.

Personne ne bougea et l'attente devint vite insupportable. La patience n'étant pas une de ses qualités, il décida de les faire réagir :

— Attaquez donc, mort diable ! rugit-il.

Muni de la lettre du roi, Hugues de La Celle avait filé au Grand Châtelet. Seulement, le prévôt ne s'y trouvait pas, étant justement parti à la Villeneuve du Temple.

1. Arbalète.

L'ordre royal suffisait cependant pour que le chevalier fasse fermer les portes de la capitale. Restait encore à découvrir Robert de L'Aigle.

Ce templier avait besoin d'une monture et se rendrait à coup sûr chez un marchand de chevaux. La Celle fit donc porter une lettre aux quarteniers[1], leur demandant de visiter tous les cinquanteniers et dizainiers[2] sous leurs ordres, afin qu'ils signalent tout inconnu cherchant à acheter un coursier.

Pierre de Dicy revint après vêpres, accompagné par un des notaires du roi chargés de trier les documents saisis au Temple.

Hugues de La Celle lui expliqua l'initiative qu'il avait prise, décision que le prévôt approuva avant de présenter son compagnon.

— Maître Simon a un fait important à vous communiquer.

Le chevalier fit signe au notaire de parler.

— J'avais entendu que vous vous intéressiez à la famille de L'Aigle, et quand j'ai découvert à la Villeneuve un acte confiant une maison au commandeur Guillaume de L'Aigle, je l'ai montré à messire de Nogaret. Il a suggéré au roi que celui que vous recherchez s'y était peut-être réfugié.

— Y faire quoi ? s'étonna La Celle. Ce commandeur a dû trépasser voici plus de quatre-vingts ans.

1. Un quartenier est un bourgeois capitaine d'un quartier.

2. A cette époque, les quartiers étaient divisés en cinquantaines et dizaines. Les cinquanteniers et les dizainiers tenaient les rôles des habitants, principalement pour la collecte de la taille.

La maison a connu d'autres occupants et peut-être n'existe-t-elle plus.

— Elle existe encore, messire, dit le notaire, et je la connais. C'est la raison pour laquelle je suis venu vous prévenir. Elle appartient toujours au Temple, qui y loge des servants...

— Il leur a demandé secours ! s'exclama La Celle. Voilà pourquoi il est entré dans Paris !

— Exactement ! confirma le notaire. A cette occasion messire de Nogaret a avoué au roi qu'il ne connaissait pas toutes les maisons parisiennes appartenant aux templiers.

— C'est vrai. Nous avons fait saisir les moulins, les entrepôts et les barques, mais quelques logements nous ont forcément échappé, grimaça La Celle. Pour l'heure, occupons-nous de la maison de Guillaume de L'Aigle... Où se trouve-t-elle ?

— Près de la porte Baudoyer.

— Partons ! Messire de Dicy, rassemblez des archers. Si notre homme est là-bas, il ne doit pas m'échapper.

Une heure plus tard, la troupe enfonçait la porte et Robert de L'Aigle s'enfuyait.

11

Il s'était déplacé dans l'ombre, mais ses agresseurs étaient restés silencieux. Toujours sous l'encorbellement, Robert guettait le moindre bruissement tout en tâtant le mur derrière lui afin de découvrir une ouverture.

Une lumière vacillante apparut depuis la rue de la Verrerie. Un flambeau ou une torche. Ses poursuivants ? Brusquement retentirent des pas qui détalaient. Les truands s'enfuyaient. Préférant les gueux à ceux qui le pourchassaient, il fila dans la même direction.

— Il est là ! cria une voix.

Il arriva à un carrefour. Après un instant d'hésitation, il prit à main gauche, puis s'engagea dans une nouvelle traverse avant de changer encore plusieurs fois de direction. Il franchissait un verger quand il entendit des bruits de ferraille, des cris aussi :

— A la rescousse ! On le tient !

Donc ce n'était pas après lui qu'on en avait.

Il resta prudemment dans l'ombre. D'après les cliquetis de ferraille, l'affrontement faisait rage.

— A l'aide, compaings ! glapit une voix désespérée.

Il crut reconnaître celle de son voleur. Intrigué, il s'avança vers le lieu du combat et aperçut un chapeau rouge qui se démenait contre deux archers en hoqueton dont l'un brandissait une torche. De leur courte épée, ils frappaient de taille un truand, ou supposé tel, acculé contre un mur et qui se défendait avec une brette et un long couteau. A l'évidence, il n'en avait plus pour longtemps. Ses complices l'avaient abandonné.

Devait-il le laisser mourir ? s'interrogea Robert. Après tout, le gueux avait mérité son sort. En même temps, il songea que l'estropiat aurait pu le tuer au lieu de simplement le menacer, et il ne l'avait pas fait. De surcroît, ne pourrait-il pas l'aider s'il lui prêtait main-forte ?

Les deux archers n'appelaient plus à la rescousse. Certains de leur victoire, ils ne voulaient pas en partager le bénéfice.

D'autres cris retentirent au loin, des hommes d'armes s'interpellaient. Sous peu, ils seraient là. Alors, pris d'une absurde compassion ou sous l'effet d'un calcul retors, il se précipita, épée haute.

— Hardi ! A la rescousse ! clama-t-il en se jetant sur les archers.

Son estramaçon décrivit un demi-cercle et faucha l'un d'eux.

— Garez-vous, chiens ! hurla le truand, reprenant courage.

Dans un tourbillon d'aciers entrechoqués, le dernier archer fut obligé de reculer, heurta un pavé et tomba. Robert retint son bras et le fredain lui lança :

— Querpissons !

Il était déjà parti et le chevalier le suivit.

Le truand savait où aller, il prit une traverse, grimpa une échelle jusqu'à une galerie de planches qu'il suivit avant de sauter à son extrémité dans une courette. Robert l'imita.

Encore une course et ils arrivèrent devant Saint-Merry. Essoufflé, le voleur s'arrêta.

— Merci, l'ami, mais c'est ici qu'on se sépare.

Une lanterne dans le cloître Saint-Merry permit à Robert d'observer le truand pour la première fois. Il portait un chaperon rouge cousu dans le dos de son épaisse tunique en laine de couleur verdâtre serrée à la taille par une ceinture soutenant un fourreau et une dague.

Cheveux longs et clairs, courte barbe, un front déjà ridé malgré sa jeunesse, un visage rougi par le soleil et le vent, il montrait des lèvres ironiques et des yeux vifs.

Un homme de caractère, jugea Robert. Pouvait-il lui faire confiance ? Sans doute pas, mais en ce moment il avait besoin d'un allié.

— Je ne suis pas de Paris, dit-il. Je ne sais où passer la nuit.

L'autre plissa un peu plus son front, soulevant d'épais sourcils.

— D'où sors-tu ? s'enquit-il, intrigué.

— Peu importe, je suis juste un voyageur ! Mais si vous me trouvez un logis, demain, je pourrai vous payer mon écot.

Il n'aurait qu'à retourner à la maison de son aïeul, les archers n'y seraient plus, et il récupérerait la bourse, avait-il décidé.

Le truand se montra hésitant, mais la curiosité l'emporta. Et après tout cet inconnu lui avait sauvé la vie.

— Allons vider une chopine d'hydromel à la Truie Pendue, proposa-t-il. Mes amis doivent m'y attendre.

Robert accepta avec un sourire satisfait.

Le cabaret se situait à quelques pas, rue Saint-Martin. Il était fermé mais le coquin frappa suivant un signal convenu et on vint ouvrir.

Ils pénétrèrent dans une salle où se tenait toute une faune de houliers[1] et de puterelles avinés. L'endroit puait la crasse, la sueur et les relents de cuisine.

Une bordée de joyeux jurons les accueillit, ou plutôt accueillit le ribaud.

— Coquillard ! interpella une voix plus forte que les autres.

1. Pillards, débauchés.

Robert suivit son guide, qui se dirigeait vers trois personnes attablées.

— Par Dieu, mais c'est notre coquard ! lança l'un d'eux, un petit bonhomme replet aux lèvres charnues, revêtu d'une pauvre robe de futaine de couleur brune et d'une chape de bure à capuche.

Chauve, sauf sur les tempes d'où jaillissaient des boucles argentées parsemées de gros poux, son double menton tressautant à chacune de ses paroles.

Son voisin, un rouquin aux cheveux frisés avec d'immenses oreilles dépassant de son bonnet, affichait un sourire satisfait qui dévoilait l'absence de ses dents de devant. En même temps, son regard fureteur étudiait celui qui accompagnait le nommé Coquillard.

Une femme se tenait à côté de lui. Apparemment d'une belle taille, car sa tête dépassait celles du replet et du rouquin. A la lumière de la chandelle qui fumait sur la table, Robert lui trouva des traits épais mais gracieux. Il remarqua surtout son maintien altier. Pourtant, il s'agissait à coup sûr d'une de ces bagasses dépravées qui hantaient les bas-fonds de Paris. Sa robe écarlate, ses cheveux longs, bruns et bouclés sous une coiffe de velours rouge, et sa gorge largement découverte révélaient la paltonière.

Coquillard s'assit en face d'eux et Robert l'imita.

Une rustique arbalète traînait à côté de deux hanaps de bois, d'un chapeau à calotte ronde et de la chandelle. Le chevalier devina avoir devant lui les gueux qui avaient tenté de le dépouiller.

— Où étiez-vous passés ? s'enquit le truand d'un ton froid en s'adressant aux deux autres.

— Et toi ? répliqua le rouquin. On t'a attendu aux Blancs-Manteaux.

— J'ai tourné avant, grimaça le fredain. Et je suis tombé sur les maudits archers.

Il désigna son compagnon :

— C'est lui qui m'a tiré de ce mauvais pas.

Il s'adressa alors au chevalier normand :

— Tu as compris que je suis Coquillard. Lui, c'est Baratteur (il désigna le rouquin) et lui Cappon.

Il se pencha en avant avec l'air du comploteur qui va révéler un redoutable secret :

— Cappon était un gentil frocard que son prieur a chassé parce qu'il aimait trop le jus de la vigne. Il survivait dans Paris en demandant aux bourgeois de lui remettre leur escarcelle, sous la menace de son couteau, jusqu'au jour où l'un d'eux s'est défendu et lui a percé le bras. Sans mon intervention, il nourrirait les corbeaux à Montfaucon.

Des deux mains, le bonhomme replet envoya un baiser à son sauveur.

— Quant à la plus belle, c'est Florida, ma drôlesse. Tu as seulement le droit de la regarder !

— Et toi, t'es qui ? demanda Baratteur en observant le nouveau venu, les paupières mi-closes.

— Guillaume, répondit Robert.

— Guillaume sait pas où pioncer, annonça Coquillard d'un ton égal.

— Tu es qui ? répéta Baratteur.

— J'ai des ennuis, je quitterai Paris demain, mais j'ai besoin d'un lit.

— Quitter Paris ? Tu auras du mal, l'ami ! ricana le défroqué.

— Pourquoi ?

— Les portes sont closes et rembarrées. Je viens d'apprendre qu'on ne peut sortir qu'avec un sauf-conduit.

Troublé par cette nouvelle, Coquillard passa une main dans sa barbe. Depuis un moment, les questions se bousculaient dans sa tête. Pourquoi les archers s'en étaient-ils pris à lui ? Certes, beaucoup savaient qu'il était le cagou[1] des argotiers du quartier de Saint-Gervais, mais il ne venait pas de commettre un crime et personne n'avait appelé le guet. Pourquoi tout ce fracas ce soir dans les rues, ces torches, ces clameurs ? Cherchait-on quelqu'un ? Il ne lui avait pas échappé que son voisin n'était ni un bourgeois ni un truand. Il portait une épée de chevalier, pas une lame de fer comme la sienne avec un manche de bois, et il la maniait à deux mains. Il avait remarqué le gambison de cuir, sous le manteau. Etait-ce lui qu'on cherchait ?

1. Lieutenant du roi d'Argot (l'un des surnoms du chef de la cour des Miracles).

Les trois autres s'interrogeaient tout autant et comme les quatre gueux le dévisageaient Robert le prit de haut, même si l'inquiétude le taraudait :

— Que vous importe qui je suis ! J'ai des ennuis et je ne cherche pas à vous y mêler. Je payerai mon lit cette nuit.

— Montre ton or, s'enquit Florida, avec un sourire glacial.

— Je l'aurai demain.

— Demain le Ciel comblera tous nos vœux, chantonna-t-elle en levant les yeux au plafond, ce qui provoqua le rire de Cappon.

Il restait une pièce d'or à Robert. Il la tira de sa bourse et la déposa sur la table.

Coquillard la prit, la regarda et la lui rendit.

— Entendu, je te loge pour la nuit, mais pas de clicaille entre nous, tu m'as sauvé la vie.

Il voulait rassurer l'inconnu.

— Que Dieu vous garde, remercia L'Aigle avec un sourire.

Voulant se donner une contenance, le truand saisit le hanap de Florida et le vida d'un trait.

— Quel genre d'ennuis tu as ? s'enquit Baratteur.

— Je me suis battu contre un archer.

— Tu sais pourquoi les portes sont fermées ? demanda Cappon d'un ton doucereux.

— Non.

— Le roi a investi la Villeneuve et arrêté les templiers, mais on dit qu'il en reste encore en ville. C'est cette engeance qu'on recherche.

S'efforçant de se montrer indifférent, Robert de L'Aigle haussa les épaules et prit le gobelet d'hydromel que l'aubergiste venait de poser devant lui. Comment allait-il se tirer de ce mauvais pas ?

Il baissa les yeux, s'intéressant au contenu du pot, tandis que Coquillard faisait comprendre à ses amis d'arrêter de questionner.

— J'ai faim. On va ripailler puis on ira chez moi, décida-t-il.

12

Le cul-de-sac du Chat-Blanc n'était pas une impasse, comme son nom le laissait croire[1], mais la ruelle qui serpentait le long de l'église Saint-Jacques-de-la-Boucherie n'aurait pas permis à deux personnes de se croiser.

Florida prit une clef à sa taille et la fit tourner dans la serrure, libérant l'auberon du verrou, qu'elle poussa. Elle ouvrit la porte et ils pénétrèrent, les uns derrière les autres.

Cappon battit du briquet et alluma une chandelle. Robert de L'Aigle découvrit une étroite pièce et un escalier de pierre sans rampe le long du mur. L'endroit était meublé de deux banquettes, d'une table et d'un coffre. Des rondins servaient de tabouret. Une cheminée sans foyer se dressait au fond, dans le mur pignon.

1. Il tenait son nom de celui d'un boucher qui y habitait : Gilles Chatblanc.

— Avec Florida, je roupille à l'étage, dit Coquillard. Tu peux passer la nuit ici, par terre ou dans le solier, mais on n'y tient pas debout.

— Je préfère le solier.

Le fredain lui montra l'escalier et Cappon, qui avait allumé une autre chandelle, la lui donna. Robert gravit les marches, sentant les regards dans son dos, et aboutit dans une chambre meublée d'un grand lit. Une échelle en partait.

Il y grimpa et arriva dans un grenier bas où on ne pouvait se tenir droit. Il y avait une paillasse sur le plancher. Il s'assit dessus, dégaina son épée, qu'il posa près de lui, et s'allongea. Alors seulement la fatigue et la détresse le submergèrent. Il avait quitté le manoir de Vaux vers quatre heures du matin, avait chevauché, marché, s'était battu. Quelle journée l'attendait demain ? Il souffla la chandelle, ferma les yeux et s'assoupit.

Samedi 14 octobre 1307

Il dormit mal, s'éveillant au moindre bruit. Il entendit Florida et Coquillard discuter à voix basse, puis se disputer avant de se réconcilier bruyamment. Ensuite, ce furent le hululement d'une chouette et, plus tard, les grattements d'un loir.

Quand il se réveilla complètement, un peu de luminosité provenait du trou de l'échelle. Il glissa son épée dans son fourreau, s'assit et écouta les bruits de la maison. Des paroles assourdies lui parvinrent.

Il descendit et aperçut la chevelure noire de Florida dans le lit. Elle dormait, seule.

En bas, les trois hommes étaient attablés devant un pain, des confitures et un pot de vin.

— Dieu vous donne bon jour, leur dit-il.

Il s'approcha mais ne chercha pas à s'asseoir.

— Je vous remercie de votre hospitalité. J'espère pouvoir vous la rendre.

— Dieu vous donne bon matin et bonne aventure, Guillaume, dit Coquillard. Qu'allez-vous faire ?

— Partir. Vous direz à dame Florida que je prierai la benoîte Vierge de toujours la protéger.

Il se dirigea vers la porte et sortit. Le jour se levait. Comme il faisait froid, il serra son manteau et en rabattit le capuchon sur sa tête.

Il déboucha dans la rue Saint-Jacques-de-la-Boucherie. Les échoppes étaient déjà ouvertes. Arrivé au carrefour avec la rue des Arcis, il entendit le son d'une corne et découvrit un attroupement. Il s'approcha.

Un crieur juré s'égosillait :

— ... faisons savoir que le nommé Robert de L'Aigle, frère templier en fuite, est recherché pour hérésie et idolâtrie. De par le roi, quiconque ayant connaissance de son gîte devra le dénoncer au Châtelet sous peine de devenir son complice et de subir le châtiment des hérétiques. Celui qui permettra sa capture recevra cent sous d'or...

Suivit une description qui ne pouvait provenir que du vilain. Maudit soit ce félon ! songea Robert.

Il rabattit plus complètement son capuchon et fila vers la rue Saint-Antoine. S'il s'était retourné, il aurait vu le rouquin dans ses pas.

Il acheta un petit pâté chaud à un marchand ambulant, puis poursuivit jusqu'à la maison quittée la veille.

La porte était brisée et deux archers en hoqueton de la ville se tenaient devant. Il ne s'arrêta pas et poursuivit en marchant vite, d'un air affairé.

Rue Baudoyer, il ralentit l'allure et revint sur ses pas.

Que faire ?

Les archers n'allaient pas rester, il suffisait d'attendre, se persuada-t-il. Mais il devait éviter de traîner dans les rues.

Il se trouvait près du parvis de Saint-Jean-en-Grève. Une église fera l'affaire pour passer le temps, se dit-il.

Il entra et découvrit beaucoup de monde à l'intérieur, ce qui le surprit. Il resta près d'un pilier, afin que personne ne puisse voir son visage, et constata que l'église continuait de se remplir.

Pourquoi un office attirait-il tant de monde à cette heure ? C'est en écoutant les gens près de lui qu'il comprit : les dizainiers et les maîtres des confréries avaient prévenu les paroissiens de l'annonce d'une importante nouvelle.

Au bout d'un moment, un dominicain monta en chaire et le silence s'installa.

— Une chose amère, une chose déplorable, une chose horrible à penser, terrible à entendre ! commença-t-il d'une voix grave. Une chose exécrable de scélératesse, détestable d'infamie !... Une chose qui n'a rien d'humain, mais attestée par de nombreux témoignages, est venue à nos oreilles, non sans nous frapper d'une violente stupeur et d'une horreur indicible. Notre douleur a été immense à la nouvelle de crimes énormes contre la Majesté divine, qui sont une honte pour l'humanité[1]...

Suivit l'annonce de l'arrestation des templiers, coupables d'adorer une idole effrayante à la longue barbe blanche et aux yeux étincelants, coupables d'avoir renié Dieu et craché sur la Croix.

A l'énumération des crimes, des clameurs d'horreur retentirent.

En écoutant ces accusations et les réactions des Parisiens, Robert de L'Aigle sentit ses espoirs de fuite s'envoler. Il ne trouverait aucun secours parmi cette menuaille. Qu'allait-il devenir ?

Le prêche terminé, l'église se vida et il partit avec les derniers.

---

1. Il s'agit là d'un prêche que le Bel avait réellement fait dire dans les églises.

Il revint alors vers la maison de son aïeul, mais les archers s'y trouvaient toujours.

Basse none[1] était passée. Il n'avait pas le choix, se dit-il, il ne pouvait que revenir chez Coquillard et lui demander encore l'hospitalité, puis attendre quelques jours que la vigilance royale se réduise... Mais, en même temps, il se demandait si Nogaret et ses sbires savaient qu'il avait conduit un convoi du Temple transportant des coffres. S'ils l'avaient découvert, ils feraient tout pour le retrouver et il doutait de pouvoir quitter Paris vivant.

1. Vers midi.

13

De retour au cul-de-sac du Chat-Blanc, il frappa à la porte. L'auberon était levé de la serrure mais le verrou poussé dans sa gâche par la tige servant de loquet de l'autre côté. Il y avait donc quelqu'un à l'intérieur et effectivement Florida vint lui ouvrir.

Elle le considéra dans un mélange de surprise et de contrariété. Il pénétra quand elle s'effaça. Une jeune femme se trouvait dans la pièce.

Cette dernière ressemblait à la drôlesse, mais avec des traits plus fins et des cheveux plus clairs rassemblés en tresses et truffeaux sous un bonnet. Leurs bouches surtout étaient différentes : sensuelle chez Florida, innocente chez la seconde femme.

— Ma sœur Perrine, qui est lavandière, dit la maîtresse de Coquillard. Elle est passée me saluer en venant prendre du linge à laver dans le quartier.

Elle ajouta d'un ton froid :

— Je croyais que vous étiez parti.

Puis de préciser, à l'intention de sa sœur :

— Messire Guillaume est un ami de Coquillard.

Perrine avait des yeux bleus voilés par de longs cils. Bien qu'ils soient baissés, Robert devina qu'elle l'observait et s'interrogeait sur sa présence.

— Je vais vous demander à nouveau l'hospitalité, fit-il, embarrassé de ne pas avoir respecté sa promesse.

Regard sombre, Florida le considéra sans rien dire et le silence s'installa jusqu'à ce que la lavandière déclare, en saisissant un panier d'osier contenant du linge :

— Je dois partir.

Elle embrassa sa sœur puis sourit au chevalier.

— Que le seigneur Dieu vous protège, messire. Ma sœur a bien de la chance de vous connaître.

Florida plissa le front et Perrine sortit. On entendit le verrou qu'elle poussait de l'autre côté.

— Voulez-vous boire, messire ? demanda la maîtresse du truand.

Il hocha la tête, s'assit sur le banc, et elle lui remplit un hanap de bois à partir d'un cruchon.

Ils restèrent muets, tous deux embarrassés. Elle parce qu'il l'attirait, et lui car il craignait de mettre sa vie en danger.

— Où est Coquillard ? demanda-t-il enfin.

— Qui le sait ?

Nouveau silence.

— Je suis sortie, ce matin. J'ai entendu le crieur ! déclara-t-elle abruptement. Robert de L'Aigle, le frère templier recherché pour hérésie et idolâtrie, c'est vous !

Il leva des yeux inquiets, puis hocha du chef.

— Je ne suis ni hérétique ni idolâtre, et pas encore templier, dame Florida, se justifia-t-il. Mais poursuivi, c'est sûr, et je ne sais où aller.

— Vous ne devez pas faire confiance à Coquillard et aux autres. Pour cent sous d'or, ils vous déconfiront[1].

— Il faut que je quitte la ville, mais comment ?

— Je pourrais vous aider, proposa-t-elle. Ma sœur connaît des bateliers. Par barque, on peut sortir de Paris...

Il la considéra avec intérêt.

— Mais je veux que vous m'emmeniez... ajouta-t-elle.

Bruit de ferraille : on tirait le verrou. La porte s'ouvrit et Coquillard entra.

Il lança un regard noir au visiteur.

— Encore là ?

— J'ai besoin de votre hospitalité durant quelques jours...

— Votre or ?

— Je l'aurai bientôt. En attendant, je vous laisse ce que j'ai.

Il sortit son unique besant et le déposa sur la table.

Maussade, Coquillard ramassa la monnaie.

— On recherche un templier en fuite, dit-il.

— Je l'ai entendu, mais cela ne me regarde pas.

1. « Trahiront ».

— Vous portez une épée de chevalier.

— On me l'a donnée.

— Puis-je la voir ?

Après une hésitation, Robert la sortit et la lui tendit par la lame.

Coquillard la soupesa un moment avant de la laisser sur la table.

— J'aurais pu être clerc si mes parents n'étaient pas morts de la peste, dit-il.

Comme Robert ne disait rien, il ajouta :

— Je sais lire et connais le latin, que j'ai appris au collège des Bons-Enfants.

De l'index, il montra la garde de l'épée.

— « *Fratis W. De Aquila* » : frère Guillaume de L'Aigle. C'est vous que le roi recherche.

— Non, répliqua Robert en secouant la tête, tout en sachant qu'il ne le convaincrait pas.

— Si on vous trouve ici, nous le payerons trop cher. Partez, maintenant.

— Laissez-moi encore une nuit, je vous en prie.

— Non !

— Accepte ! intervint Florida. Il t'a sauvé la vie.

Empreint d'indécision, Coquillard se frotta la barbe. Sa maîtresse avait raison, bien qu'il n'ignorât pas ce qui lui arriverait si on trouvait le templier chez lui.

Il lança un nouveau regard noir au chevalier, soupira, hocha lentement du chef et repartit sans mot dire.

Robert avait compris, il se leva.

— Il va me dénoncer, je m'en vais...

— Non ! Il ne vous trahira pas tant que je serai avec vous. Il sait ce qui m'arriverait, et il ne veut pas me perdre.

Il hésita à son tour. Partir, mais pour aller où ? Peut-être Florida avait-elle raison.

— Avez-vous faim ? demanda-t-elle.

— Un peu.

— Il reste du pain. Je peux vous acheter des saucisses, mais je n'ai pas d'argent.

Il tira sa maigre bourse et lui donna deux blancs, qu'elle empocha avant de s'en aller à son tour.

Il resta seul, mal à l'aise. Cent sous d'or étaient une fameuse récompense. Quelle confiance pouvait-il faire à cette drôlesse ? Si Coquillard tenait à elle, peut-être ne le dénoncerait-il pas, mais le jeune templier devinait qu'elle n'aurait pas les mêmes scrupules. Avec la prime, elle pourrait abandonner la vie misérable qu'elle menait.

Mais il pouvait aussi se tromper du tout au tout. Il poussa le loquet du verrou et le bloqua pour ne pas être surpris, puis décida d'explorer la maison afin de voir s'il existait une autre issue. Dans la chambre de l'étage, il découvrit une fenêtre qui ouvrait sur un jardin. On pouvait fuir par là.

Cappon retrouva Coquillard à la Truie Pendue. La matinée avait été profitable. D'abord, il était allé chercher les dés truqués que l'adroit compagnon d'un sculpteur ymagier lui avait fabriqués.

Quatre pièces en bois de cerf, parfaitement identiques, mais dont l'une tombait toujours sur six grâce au plomb astucieusement dissimulé à l'intérieur. Ensuite, il était allé vider quelques troncs de l'église Saint-Merry après le départ des paroissiens. Maintenant, il avait faim, et envie d'essayer ses dés truqués.

Le cagou était seul, les yeux dans le vague. Le défroqué s'affala près de lui en l'interrogeant :

— Où est Florida ?

— Chez moi, avec le nommé Guillaume. Il est revenu.

Cappon émit un sourire égrillard.

— Ce n'est pas ce que tu imagines, d'ailleurs je ne veux plus que Florida travaille.

— Je peux le comprendre.

Le défroqué détacha son escarcelle et en sortit une poignée de pièces de cuivre enduites de glu.

— Bonne récolte à Saint-Merry, glousse-t-il.

Coquillard, qui d'habitude en aurait pris la moitié au titre du loyer de l'ancien moine, parut indifférent. Cappon fronça les sourcils : qu'avait son chef ?

— Salut, mes compères !

Baratteur s'approchait, sourire satisfait aux lèvres.

— Où étais-tu ? lui demanda Cappon.

— Je promenais.

— On va manger du lard, affirma l'ancien frocard en montrant ses pièces de cuivre, toujours sur la table.

— On pourrait déguster du faisan, proposa Baratteur, et dormir dans des draps de soie.

Coquillard lui jeta un regard intéressé.

— Ton hôte, le Guillaume, c'est un templier en fuite qui s'appelle Robert. Nogaret en offre cent sous d'or, annonça le truand à voix basse en s'installant en face.

Cappon haussa les sourcils de surprise, n'ayant pas entendu le crieur.

— Je sais, répliqua le cagou. Il est chez moi.

— Je sais aussi, ricana l'autre. Je l'ai suivi ce matin et c'est pour ça que je t'en parle.

— Où est-il allé ? s'enquit Coquillard.

— Vers la porte Baudoyer, puis à Saint-Jean-en-Grève. Je l'ai vu parler à personne. Pas de complice, donc on risque rien. Maintenant, il suffit d'aller au Châtelet, de dire au prévôt qu'on l'a attiré chez toi et on recevra la prime…

— Ne compte pas sur moi ! intervint Cappon, brusquement sérieux. Je ne dénoncerai jamais un frère.

Baratteur haussa un sourcil et se mit à rire.

— Le défroqué qui a des scrupules !

— J'ai abandonné la robe, c'est vrai, mais je reste dans l'Eglise.

— Pour piller les offrandes ! persifla le truand.

— Je ne vole pas l'Eglise, je partage avec elle, ce n'est pas pareil. Je ne prends que la moitié du contenu des troncs. Quant aux templiers, j'ai entendu de quoi on les accuse et n'en crois pas un mot. Je connais des frères sergents. Ils ont la foi chevillée au corps. Pas comme moi, hélas, que le Seigneur me pardonne.

Il se signa et ajouta :

— Ce Guillaume serait donc chevalier du Temple ? s'enquit-il auprès de son chef.

— Il paraît, répliqua l'amant de Florida, imperturbable.

A ce moment, un maraud borgne, manchot et essorillé, qui venait d'entrer, s'approcha.

— Le Grand Coësre[1] te cherche, Coquillard.

— Que veut-il ?

— Il a besoin de toi pour le coup qu'il prépare. Viens avec moi. Tu peux nous accompagner, Baratteur, on a besoin d'être nombreux.

— Pour faire quoi ?

— Une belle maison. Le frère d'un templier qu'on a arrêté hier. Il se cache et le logis est sans maître. Il reste que les serviteurs. On y va cette nuit, un bon butin en perspective, et quelques femmes !

Baratteur et Coquillard se levèrent et partirent, abandonnant le défroqué.

Cappon examina les autres clients et repéra un groupe de gueux qui jouaient au franc-carreau.

Le jeu consistait à jeter une pièce sur un quadrillage gravé sur une table. Celui qui plaçait la monnaie de telle sorte qu'elle ne couvre pas une

1. Autrement dit le roi d'Argot, chef des truands de Paris et roi de la cour des Miracles. Appelé aussi Césaire, roi de Thune ou prince de l'Argot.

ligne du damier faisait franc-carreau et emportait les autres mises.

— Une partie de dés ? proposa-t-il en faisant sauter les petits cubes de bois dans sa main.

14

En se rendant chez le Grand Coësre, Baratteur reparla à son chef de la dénonciation. Il fallait agir vite, insista-t-il, car le templier ne resterait pas longtemps chez lui. Pourtant Coquillard lui demanda d'attendre. Il ne voulait pas que Florida soit mêlée à l'arrestation, telle fut sa seule explication.

En vérité, le cagou se posait des questions. Ce Guillaume – ou Robert – lui avait sauvé la vie alors qu'il était fugitif. Dans sa situation, tout homme sensé aurait évité un affrontement avec les gens du roi. Une telle attitude prouvait sa foi, car Dieu n'exige-t-il pas de sauver ceux qui sont en perdition ? Cette générosité avait touché le truand, qui gardait un fond d'honneur. Pour la première fois, il hésitait à agir vilainement. Pouvait-il racheter ses péchés en sauvant ce moine chevalier ? De surcroît, Florida s'intéressait à ce templier et il devinait qu'elle se détacherait de lui s'il le livrait. Non, décidément, il ne serait pas un Judas.

Un peu après vêpres, il revint seul à la Truie Pendue. Autour d'une table bien garnie de victuailles volées, le Grand Coësre avait expliqué à chacun son rôle pour la prise de la maison et Baratteur les avait quittés dès qu'on lui avait appris ce qu'il aurait à faire.

Quand Coquillard entra dans la salle, l'aubergiste lui fit signe de le suivre dans sa remise. A son air sombre, le cagou devina des ennuis à venir.

Le moine défroqué était assis contre un mur, entravé. Trois truands l'entouraient.

— On t'attendait, Coquillard, annonça le plus vieux des gueux, un ancien routier couvert de balafres ayant force meurtreries à son actif. Cappon a triché avec nous et on va le jeter dans la Seine dès qu'il fera nuit. Mais on voulait que tu le saches, puisque c'est ton homme.

— Qu'a-t-il fait ? s'enquit le cagou d'un ton froid, en scrutant son complice.

Coquillard, malgré la pleutrerie avérée de l'ancien moine, appréciait ce bon compagnon, souvent drôle, capable de forcer une serrure et adroit à l'arbalète. De surcroît, Cappon, qui connaissait le latin et avait lu les Evangiles comme lui, était le seul avec qui il pouvait librement parler du diable, de Dieu et des saints.

— Il nous a proposé de jouer avec des dés qu'il venait d'acheter. Après avoir vérifié qu'ils n'étaient pas pipés, nous avons commencé, mais comme il obtenait trop souvent des six, j'ai eu des doutes. On l'a fouillé et découvert qu'il cachait un quatrième dé dans sa manche. Identique aux autres, il l'utilisait de temps en temps sans qu'on s'en aperçoive. Je l'ai brisé et j'ai trouvé le plomb à l'intérieur.

— Le dé tombait toujours sur six ! accusa un autre gueux.

Il tendit les restes à Coquillard, qui vit le métal à l'intérieur.

— La première loi d'Argot, c'est de ne pas voler ses amis ! cracha le troisième. Il sera noyé.

Cappon restait mutique, paraissant avoir accepté son sort.

— Vous avez pris son argent ? demanda Coquillard.

— Bien sûr.

— A combien estimez-vous la vie de ce pleutre ?

— Pourquoi ?

— Les lois d'Argot autorisent à racheter une vie.

Le routier se gratta une oreille à laquelle il manquait un lobe tranché par l'exécuteur de justice après un petit larcin.

— Dix livres ! décida-t-il.

Cappon écarquilla les yeux de stupeur. Valait-il vraiment dix livres ? Impossible !

— Va pour dix livres. Libérez-le. Cappon, je te donne une semaine pour leur remettre ce que tu vaux. Sinon, tu seras jeté à la rivière.

— Mais comment ? J'ai jamais eu dix livres de ma vie ! pleurnicha l'ancien frocard.

— Débrouille-toi. Et je ne te veux plus chez moi tant que tu n'auras pas payé ta dette.

— Il me faut mon arbalète, marmonna Cappon.

— Va la chercher, et fous le camp !

— Et s'il paye pas et qu'on le revoit pas ? demanda le routier.

— C'est moi qui vous payerai. Et c'est moi qui le retrouverai.

Les truands s'entre-regardèrent. Mais le marché leur convenait. Dix livres à partager en trois, c'était mieux que le spectacle du gros défroqué se noyant.

On détacha la cordelette qui l'entravait. Il se mit debout, les yeux embués de larmes sans qu'on puisse deviner si c'était de joie ou de peur. Coquillard eut presque de la peine pour lui.

Cappon sortit de la remise sous les ricanements et les menaces. Une fois dehors, il se dirigea vers le cul-de-sac du Chat-Blanc en songeant à la récompense pour livrer le templier. Assurément, cela le tirerait d'affaire…

Florida revint avec des saucisses grillées et Robert en fut soulagé, persuadé qu'il aurait plus souffert de sa trahison que des supplices infligés par les gens du roi.

Tandis qu'il mangeait avec elle, il la questionna :

— Les barques peuvent-elles facilement quitter Paris ?

— Non ! Le prévôt a dû faire tendre les chaînes entre les rives, mais en se mettant dans l'eau il doit être possible de faire passer une nacelle[1] par-dessus.

Peut-être, songea Robert, seulement les arbalétriers qui montent la garde sur les rives n'hésiteront pas à tirer. Cependant, c'était sans doute le seul moyen de sortir de la ville tant que les portes resteraient fermées.

— Il faudrait acheter une barque, objecta-t-il. Je n'ai pas d'argent.

— Il suffit de la voler ! trancha-t-elle.

Il la considéra avec un brin de contrariété. Le vol était une seconde nature chez cette garcelette et il comprenait mieux la maxime du Temple qui disait : « La compagnie des femmes est une chose dangereuse. »

— Comment ? demanda-t-il.

— Perrine connaît des mariniers et des pêcheurs. Elle est toute la journée sur le ponton des lavandières.

— Il faut lui en parler... reconnut-il, songeant que s'il sortait de Paris il pourrait gagner à pied le manoir de Vaux, où il trouverait un cheval et récupérerait l'or dans la cache.

— Je veux partir avec vous, répéta-t-elle. Je ne vous aiderai que si je suis certaine que vous m'emmenez.

1. Petite barque.

Comme il ne répondait pas, elle plissa son front de contrariété et lui demanda :

— Vous ne me trouvez pas belle ?

— J'étais sur le point de prononcer mes vœux de chasteté, répondit-il, embarrassé.

— Donc, vous ne l'avez pas fait.

— Non.

— Je ne vous demande pas les épousailles, fit-elle avec aigreur. Je sais de quel monde je viens, mais je saurai être une bonne maîtresse. Vous n'aurez pas à vous plaindre de moi. Emmenez-moi, je vous sauverai et vous tiendrai chaud.

Il resta silencieux.

Que faire de cette femme ? Certes, elle était belle comme la Vierge Marie et l'attirait, mais il avait aussi appris cet autre axiome du Temple : « C'est par la fréquentation des femmes que le Diable rejette les hommes du droit sentier du paradis[1]. » De plus, elle l'encombrerait, même si elle se montrerait utile quand il aurait besoin d'un compagnon. Seulement, que se passerait-il ensuite ? Il voulait gagner l'Angleterre et rejoindre l'Ordre là-bas. Dès lors, il devrait l'abandonner.

Sauf si l'Ordre n'existait plus. Et avait-il vraiment envie de devenir frère ? En son for intérieur, il savait que non. Donc, s'il emportait l'or caché à Vaux, il devrait le rendre au Temple en Angleterre. Comment ? Sa famille était pauvre et peut-être même

1. Règle du Temple.

n'en avait-il plus, à cette heure. Puisque Nogaret l'avait identifié, ce maudit devait avoir donné des ordres afin de saisir les siens.

L'esprit en désordre, son regard croisa celui de la jeune femme qui attendait sa réponse. Il n'aurait qu'à s'engager auprès d'un puissant seigneur, décida-t-il finalement. Et Florida ne lui ferait pas honte.

— Entendu, accepta-t-il.

Seulement, en disant ces mots, il pensait à Perrine.

Elle lui prit les poignets et baisa le bout de ses doigts en un tacite hommage. Alors il porta à son tour les mains de la jeune femme à ses lèvres.

15

Il partit peu après, voulant retourner à la maison de son aïeul. Mais là-bas la situation n'avait pas changé, les archers montaient toujours la garde. Il resta sur place un moment, observant plusieurs fois la porte brisée depuis le bout de la rue. En définitive il revint au cul-de-sac du Chat-Blanc en concluant qu'il ne lui restait aucune autre solution que la proposition de Florida. Il se préoccupait également de Coquillard et de ses amis. Ces derniers devaient aussi l'avoir identifié. Ces maroufles le dénonceraient dès qu'il ne serait plus avec Florida. Soudain, une idée inquiétante lui vint : et s'ils le suivaient ?

Il se glissa dans le passage entre deux maisons et attendit, mais il n'observa rien d'anormal. Quoi qu'il en soit, il fallait qu'il trouve un autre refuge, car les trois truands pourraient bien le saisir dans la nuit.

Florida l'attendait. Il ne lui dit pas ce qu'il avait fait car « trop parler incite au péché[1] » mais, à son air contrarié, elle devina l'échec dans sa tentative.

1. Autre maxime du Temple.

— Je ne peux pas rester ici, lui dit-il. Si Coquillard ne me dénonce pas, ce sera Cappon ou Barateur, dès qu'ils sauront qui je suis.

— Comme si je l'ignorais ! Je vais vous accompagner chez Perrine. Ils ne vous imagineront pas chez elle.

— Acceptera-t-elle de me loger ?

— Ma sœur donnerait sa vie pour moi.

L'idée d'habiter chez Perrine le ravit, mais l'allégresse qu'il ressentait le contrariait également. Il songeait à la façon dont elle l'avait regardé, et à son visage, si proche et si différent de celui de Florida.

Celle-ci ouvrait la porte, s'apprêtant à sortir, quand elle tomba nez à nez avec Cappon, qui allait frapper à l'huis.

— Je partais, déclara-t-elle froidement pour cacher son inquiétude. Que voulait le frocard ?

— Je viens chercher mon arbalète et mes affaires... Coquillard m'a... chassé, balbutia-t-il, yeux baissés.

Intriguée, elle le fit entrer et lui demanda pourquoi.

Il raconta l'affaire, regrettant surtout d'avoir été malhabile dans sa tricherie. Il ne fit aucune allusion au templier et à la récompense, ce qui rassura Florida.

— Où dormiras-tu ? demanda-t-elle, car elle aussi aimait bien le moine.

— Je connais une cabane dans la couture Sainte-Catherine.

— Tu as de l'argent ?

— Je m'en procurerai, cette nuit. Je dois me procurer dix livres !

— Il reste une saucisse, si tu as faim. Et un peu de vin.

Il hocha la tête et alla se servir, puis il prit son arbalète dans le coffre, une trousse de viretons et une besace dans laquelle il mit des braies, une chainse et la saucisse. Ayant jeté la sacoche sur son épaule, il se tourna vers Robert.

— J'ai appris que Nogaret vous cherche, et que vous êtes templier, lâcha-t-il.

Mutisme de L'Aigle et brusque pâleur de la jeune femme.

— Coquillard et Baratteur vont vous déconfier pour toucher la récompense. Ne demeurez pas ici. Quant à toi, Florida, ne reste pas avec lui. Si on vous prend ensemble, ce sera le bûcher ou l'enfouissement.

— Et vous, vous ne voulez pas me dénoncer ? ironisa Robert.

Le défroqué planta ses yeux dans les siens avec un triste sourire.

— Messire, je ne sais pas trahir. Je triche, je vole et je tue, mais ce sont mes seuls défauts.

Il revint à la porte.

— Que Dieu te garde, Florida... Et vous aussi, chevalier. Je ne vous connais pas, mais je devine en vous un noble caractère. Je suis heureux et fier de vous avoir connu.

— Bonne aventure, Cappon, fit-elle, une larme sur la joue.

Il partit et le couple sortit derrière lui.

Perrine habitait dans la rue des Lavandières, à côté du cloître Sainte-Opportune. Ce chemin descendait jusqu'à la Seine, et la plupart des blanchisseuses de la capitale y logeaient.

Sur la rive s'allongeaient des pontons aménagés comme lavoirs sur lesquels des dizaines de femmes battaient du linge avant de le faire sécher sur des perches. A quelques pas en aval se situait l'abreuvoir Jehan-Popin, où venaient boire les animaux, tandis qu'en amont la berge était encombrée de barques de pêcheurs, la rivière étant fort poissonneuse sous le pont aux Meuniers. De plus, c'était là que l'on tirait les moulins flottants afin de les réparer. Le rivage grouillait donc toujours de monde.

La maison de Perrine s'alignait avec d'autres, toutes identiques : de pauvres petites masures sur pilotis.

— C'est là que je suis née, expliqua Florida à Robert de L'Aigle. J'avais dix ans quand le Grand-Pont a été détruit par une crue[1]. Nous avions l'eau jusqu'au plancher et mes parents craignaient que notre maison ne soit ruinée également. Ouvrier, mon père réparait les moulins et ma mère était lavandière. La maladie me les a pris trois ans plus

1. En décembre 1296.

tard. A treize ans, je lavais le linge, moi aussi, et c'était très dur, surtout l'hiver. Les hommes me faisaient la cour et j'ai appris à gagner beaucoup plus d'une autre façon...

Il pleuvait faiblement et ils avaient tous deux leur capuchon rabattu sur le visage, mais elle chercha pourtant son regard. Elle ne voulait rien lui cacher, désormais. Il lui répondit par un sourire sans joie.

— Ma petite sœur est demeurée lavandière et je lui ai laissé notre maison.

Ils s'arrêtèrent devant la masure. Une échelle permettait d'atteindre la porte. Elle monta et appela tandis qu'il demeurait sous les piliers. La nuit tombait mais il y avait encore du monde sur la grève et il ne voulait pas qu'on le remarque. La berge dégageait des effluves nauséabonds d'algues pourries.

La porte s'ouvrit. Il entendit les deux femmes parler puis Florida l'appela. Il monta rapidement et pénétra dans une pièce unique éclairée par une chandelle de suif. La lueur vacillante lui permit de vaguement distinguer un lit, un foyer en pierre, une table sur tréteaux et une huche toute simple. Une échelle au fond permettait d'accéder sous le toit. Pas de tenture ou de tapisserie.

Perrine le dévisageait, visage impénétrable.

— Tu sais pour les templiers... commença Florida.

Hochement de tête.

— Messire Robert de L'Aigle est chevalier de l'Ordre. On le recherche. Nous voulons quitter Paris, ensemble.

— Ensemble ?

Le ton, froid, révélait un brin de surprise.

— Je ne veux plus de Coquillard. Je ne l'aime plus et je ne l'intéresse plus.

Le regard de Perrine passa de sa sœur au templier. Il avait un visage ferme mais tourmenté. Cependant, son expression sereine révélait une évidente noblesse de cœur. Qu'y avait-il de possible entre sa sœur et lui, sinon de la fornication ? Qu'espérait-elle après la vie de débauche qu'elle menait depuis des années ? D'ailleurs, moine-soldat, il avait fait vœu de chasteté et même s'il profitait d'elle il ne l'épouserait jamais.

— Coquillard s'apprête à révéler la présence de messire de L'Aigle chez lui. La récompense est de cent sous d'or pour qui le livrera. Je voudrais que tu le caches là-haut.

Elle désigna la soupente.

— Demain, je reviendrai, nous volerons une barque dans la nuit et nous quitterons Paris.

— D'accord, dit Perrine après un moment de réflexion.

Elle aimait trop sa sœur pour lui refuser quoi que ce soit, et sans savoir pourquoi elle aussi voulait sauver le jeune chevalier.

— Mais si tu pars, je ne te reverrai plus, ajouta-t-elle, les larmes aux yeux.

— Je reviendrai quand il sera sauvé et que le roi l'aura oublié, je te le jure.

La lavandière eut un triste sourire et Florida l'embrassa.

— Merci, sœurette, dit-elle, je savais que je pouvais compter sur toi.

Elle ajouta dans son oreille, sur le ton de la plaisanterie :

— Mais n'oublie pas, Robert est à moi.

Elle partit après avoir salué le chevalier, qui resta donc seul avec Perrine, intimidé et ne sachant comment se comporter.

16

— Je n'ai pas grand-chose à vous offrir au dîner, messire, s'excusa-t-elle.

— J'ai soupé, merci.

— Ce ne sera pas confortable, sous le toit.

— Certainement plus que là où Philippe le Bel a enfermé mes amis.

— Comment avez-vous échappé ?

— Je n'étais pas à la Villeneuve. Je revenais d'un voyage quand j'ai découvert les gens du roi à la maison du Temple. Mon cheval était blessé et j'ai dû l'abandonner. Je suis entré dans Paris pour en acheter un, mais je n'avais pas d'argent. Et là où j'aurais pu en trouver, c'était devenu impossible. J'ai porté secours à Coquillard, qui se battait contre des archers du guet, et pour me remercier il m'a hébergé. Mais il a appris qu'il y avait une récompense sur ma tête et j'ai craint qu'il ne me livre.

— Coquillard est un truand, mais je le pensais honorable.

Elle se tut un long moment avant de demander :

— Qu'allez-vous faire avec ma sœur ?

— Je lui ai promis de la garder près de moi.

— Comme maîtresse ? s'enquit-elle sèchement.

— Peut-être.

— Un homme de votre race ne peut épouser une fille comme elle... ou comme moi.

— Parce que je sors d'une noble famille ? persifla-t-il.

— Bien sûr. Nous sommes des filles de peu.

— Et je suis désormais un homme du néant, certainement plus pauvre que vous. A l'heure qu'il est, ma famille a dû être saisie. Déjà, cadet, je ne possédais rien, mais au moins mon avenir était au Temple. Maintenant, je n'en ai plus.

— Vous êtes toujours templier.

— Je ne l'ai jamais été. Je devais prononcer mes vœux ces jours-ci. Je vous le dis, je ne suis plus qu'un vagabond. Je pourrais devenir truand comme Coquillard, aussi votre sœur est-elle mon égale.

Elle demeura un instant silencieuse, méditant ce qu'il venait de dire.

— Assoyez-vous, messire, proposa-t-elle avec douceur.

Saisissant une cruche, elle lui servit un pot de cidre.

— Où irez-vous ?

— En Angleterre, j'obtiendrai bien un engagement auprès d'un noble seigneur.

— Et ma sœur ?

— Je ne l'abandonnerai pas.

— Vous l'aimez ?

Il ne répondit pas tout de suite, puis lâcha :

— J'ignore ce qu'aimer veut dire, ça ne m'est jamais arrivé, mais si je lui dois la vie j'honorerai ma promesse.

— Ainsi vous voulez voler un bateau ?

— Oui, croyez-vous cela réalisable ?

— Certainement. Les pêcheurs et les mariniers les tirent sur la berge le soir. Mais saurez-vous le manœuvrer ?

— Est-ce difficile ?

— La rivière est rude, surtout en ce moment, où le flot est rapide. Il faut éviter les pontons du port des Ecoles, les pieux des pêcheries, les bancs de sable et surtout la chaîne entre la tour du Coin et la tour de Nesle[1]. Sans compter les barques d'arbalétriers.

— Je n'ai pas le choix, fit-il. Demeurer ici signifie la mort pour moi.

— Mais ma sœur a le choix, elle. Elle se fera tuer en partant avec vous.

Il ne sut que dire et un pesant silence s'installa.

— Mon père était charpentier, il réparait les moulins et les maisons. C'est lui qui a construit celle-ci. Ma mère faisait la même besogne que moi. Nous n'étions pas riches, mais nous vivions bien.

---

1. La tour du Coin, située juste avant le Louvre, marquait la limite de l'enceinte de Philippe Auguste. La tour de Nesle, située sur la rive gauche, marquait elle aussi la limite de l'enceinte de Philippe Auguste.

Parfois je me dis que je les préfère morts, car ils auraient eu honte de ma sœur, et peut-être de moi, qui survis dans la misère. Ils voulaient qu'on épouse des bourgeois, des merciers qu'ils connaissaient, mais le Seigneur Dieu en a décidé autrement.

Elle se tut avant d'ajouter :

— Je n'ai que ma sœur et ne veux pas la perdre. Elle m'a toujours aidée et je mourrai si je ne la vois plus.

— J'essayerai de la convaincre de rester à Paris, promit-il.

— Merci. Avez-vous des frères et sœurs ?

— Un frère aîné, beaucoup plus vieux que moi. Notre famille n'est pas riche et il possède le manoir. J'étais une bouche de trop à nourrir, alors, quand mon grand-oncle, commandeur du Temple, a obtenu de Jacques de Molay que j'entre dans l'Ordre, il ne m'a pas laissé le choix. S'il avait su ! Sa décision est maintenant la cause de sa ruine.

— Pourquoi ?

— Nogaret m'a identifié. Qui douterait qu'il a saisi ma mesnie afin de leur faire avouer où je me cache ?

— Mais vous n'êtes pas frère, pourquoi messire de Nogaret tient-il tant à vous ?

— Pour ce que je sais, répondit-il énigmatiquement.

Son visage se ferma et elle comprit qu'il n'en dirait pas plus.

— Je vais vous donner une couverture. Il y a une paillasse en haut. Le grabat sur lequel on dormait, Florida et moi, quand on était enfants.

Elle se leva et alla prendre l'étoffe dans le coffre. Il s'était approché de l'échelle, regrettant la fin de cette conversation. Cela faisait des années qu'il n'avait pas parlé ainsi avec autant de plaisir, et Perrine l'attirait tant…

Elle lui tendit le tissu en souriant.

— Dieu vous donne bon soir, chevalier.

— Dieu vous donne bon repos et bon lit, dame Perrine.

Leurs mains s'effleurèrent. Il saisit la sienne et la porta à ses lèvres. Elle se laissa faire.

17

Dimanche 15 octobre 1307

Dans son rêve, la sœur de Florida se trouvait avec lui et ils fuyaient ensemble les gens du roi. Le fracas d'une averse de grêle tambourinant sur le toit en planches le réveilla, et il se rendit compte qu'en réalité on frappait à la porte.

Il saisit son épée et s'accroupit sur le plancher du solier. Des archers ?

L'huis s'ouvrit dans un grincement.

— Dame Perrine, un grand malheur !

La voix de Cappon. Désespérée.

— Quoi ? demanda la jeune fille d'un ton affolé.

— J'arrive du cul-de-sac du Chat-Blanc, pleurnicha-t-il. Tu ne le sais pas, mais Coquillard m'avait chassé. Je lui devais dix livres et cette nuit j'ai réussi à voler à un bourgeois six gros tournois d'argent et deux mantelets[1] d'or. Presque quatre

1. D'un poids de 3,5 grammes, ce mantelet représentait le roi debout tenant un sceptre et valait environ une livre tournois.

livres ! Je filais les lui donner en espérant qu'il me reprendrait quand j'ai découvert des archers partout dans l'impasse. Je me suis caché près de Saint-Jacques-de-la-Boucherie pour savoir ce qui se passait. Le prévôt lui-même était là, avec des sergents à verge. Ils ont emmené Coquillard et Florida.

Robert hésita à se montrer et finalement n'en fit rien. Quelle confiance pouvait-il avoir dans Cappon, un truand comme ses amis félons ?

— Ma sœur… murmura Perrine, chancelante. Mais pourquoi ?

— Coquillard logeait un templier en fuite. Il y avait une récompense. C'est Baratteur qui l'a dénoncé. Je l'ai vu, lui aussi, mais libre.

Elle s'assit sur sa paillasse. La tête lui tournait. Il ne lui restait que sa sœur. Comment vivrait-elle en la sachant perdue à tout jamais ?

— Où l'ont-ils conduite ? murmura-t-elle.

— Je les ai suivis jusqu'au Grand Châtelet.

— J'irai la voir demain.

Il secoua la tête.

— N'en faites rien ! J'ignore où se cache le templier, mais il n'était pas prisonnier avec eux. Donc, on le recherche toujours. Si vous allez au Châtelet, ils vous garderont afin de vous questionner.

Sachant qu'il avait raison, elle demeura muette et faillit lever les yeux vers le grenier pour révéler la présence du chevalier. Pourtant elle se contraignit à n'en rien faire car elle devinait Cappon aussi avide que Baratteur.

— J'essaierai d'en savoir plus, promit-il. Je reviendrai vous voir...

— Merci...

Il partit. La porte se referma et Robert descendit.

La veille, le prévôt de Paris avait reçu un gueux venu dire à un sergent de garde qu'il savait où se trouvait le nommé Robert de L'Aigle. Il voulait la récompense.

Le coquin s'appelait Baratteur. On le connaissait au Grand Châtelet. Homme de main de Coquillard, un lieutenant du Grand Coësre que l'on n'avait jamais réussi à prendre en flagrant délit, il fréquentait le cabaret de la Truie Pendue.

— Je viens pour la récompense, répéta-t-il de but en blanc, debout devant Pierre de Dicy.

— Pas si vite, mon compère ! Dis-moi d'abord où se trouve Robert de L'Aigle, et comment tu l'as découvert.

Baratteur arrangea à peine la vérité. La veille au soir, son ami Coquillard s'était battu avec des archers qui voulaient l'arrêter. Le nommé Robert lui avait porté secours et, ne sachant où passer la nuit, était venu loger dans sa maison. Lui, Baratteur, avait vite percé qu'il s'agissait du templier en fuite. Il avait même refusé de rester sous le même toit qu'un hérétique.

Dicy perçut immédiatement l'intérêt de cette dénonciation. S'il s'agissait bien de Robert de L'Aigle, il ferait d'une pierre deux coups puisqu'il arrêterait également le cagou comme complice et débarrasserait Paris d'un fredain redoutable.

— Il est toujours chez Coquillard ?

— Oui, dans le cul-de-sac du Chat-Blanc. Mais Coquillard ne rentrera que dans la nuit...

Il ne révéla pas que son chef serait occupé à piller une maison. Baratteur ne faisait qu'une dénonciation à la fois.

— Mieux vaut les saisir au lever du jour.

— Peut-être... Qui d'autre, chez lui ?

— Florida, sa drôlesse, et Cappon, un défroqué.

Parfait, songea Dicy. Ils flamberont ensemble. La populace adore voir brûler les femmes et les moines hérétiques.

— Tu passeras la nuit au Châtelet. Demain, tu nous accompagneras et tu recevras ensuite ta récompense.

Il n'ajouta pas « Judas ». Bien qu'il le pensât.

Après que le sergent eut emmené le félon, le prévôt de Paris avait fait seller sa monture et s'était rendu au Louvre. Messire de La Celle lui avait fait savoir qu'il se trouverait au château avec le roi pour célébrer la réussite de l'arrestation des templiers. Evidemment, leur fête devait être teintée de morosité sans la découverte du trésor, mais avec la nouvelle qu'il apportait, les réjouissances seraient complètes.

— Vous ne pouvez rester, messire, décida Perrine. Les gens du prévôt vont interroger le quartenier, qui révélera que Florida a une sœur. Ils auront tôt fait de venir ici. Sûrement pas aujourd'hui, puisque c'est dimanche, mais peut-être demain.

— Je pars ! décida-t-il.

— Pas ainsi ! J'ai promis à ma sœur de vous aider, et je le ferai. On ne va rien changer à ce qui est prévu. Nous volerons une barque ce soir et nous franchirons la chaîne entre les deux tours.

— « Nous » ?

— Si je reste, je serai arrêtée tôt ou tard.

Elle ajouta, après une brève hésitation :

— Je remplacerai ma sœur. Je sais naviguer comme elle, et pas vous.

Il ne répondit pas tout de suite. Partir avec Perrine et abandonner Florida à son sort alors qu'il était la cause de son emprisonnement ? Ne serait-ce pas un manquement à l'honneur ?

Mais que faire d'autre ? Tenter de la délivrer dans sa prison du Grand Châtelet ? Impossible ! Hélas, Florida était perdue, et rien ni personne ne pourrait la sauver.

Il eut un sourire sans joie.

— Allons voir les barques, dit-il.

18

La pluie s'était calmée.

Sur la berge, la lavandière lui montra plusieurs embarcations.

— Celles-là appartiennent à des amis. C'est leur gagne-pain et il ne faut pas y toucher. Je vais vous montrer celles auxquelles je pense.

Ils longèrent la berge en utilisant des passages sur des planches car la rive était très boueuse.

Ils passèrent ainsi sous le pont aux Meuniers, simple passerelle réservée aux riverains et sous laquelle tournaient sans cesse des moulins flottants.

De l'autre côté se succédait un enchevêtrement de maisons sur pilotis qui s'avançaient jusque dans la rivière. Un endroit si pauvre qu'on l'appelait la vallée de la Misère. Les gueux n'y étaient pas rares, mais Perrine n'avait pas peur : on la connaissait dans le quartier et son compagnon portait une lourde épée et trois couteaux sous son manteau. Elle ressentait une immense fierté à se trouver près d'un chevalier, même si ce sentiment ne masquait pas son désespoir. Elle s'arrêta pour lui désigner le nouveau pont aux Changeurs :

— Le précédent, qu'on appelait le Grand-Pont, était en pierre et il a pourtant été emporté par la rivière, voici dix ans. Déjà, celui avant lui avait été rompu de la même façon. Pendant huit ans, on n'a eu que des bacs pour passer de cette rive dans l'île[1], ou alors il fallait utiliser la passerelle du pont aux Meuniers. Le roi a fait construire ce nouveau pont en bois afin que les travaux se terminent plus vite.

Elle reprit sa marche et ils passèrent sous le tablier. Robert aperçut alors un troisième pont. En réalité un ponceau, car il était étroit et sans rambarde par endroits. Des moulins tournaient entre les piles.

— Ce sont les Planches-Mibray, expliqua-t-elle. Il y a très longtemps, il y avait là un pont de pierre. On dit que c'est Jules César qui l'avait fait construire. Mais il a été aussi rompu et il n'en reste que quelques piles. C'est sur elles que reposent les planches.

Elle se retourna et montra la direction de la rue Saint-Martin.

— Par là, la rue des Arcis[2] conduit à l'Archet-Saint-Merry[3]. Quand on a franchi le pon-

1. Le prix des passages fut utilisé à la construction du pont. Celui-ci fut terminé en 1304.

2. Elle formait le début de la rue Saint-Martin.

3. Ledit Archet-Saint-Merry – quelques arcs-boutants – était tout ce qui restait d'une ancienne porte du Monceau-Saint-Gervais, un village fortifié sur la rive droite.

ceau, on arrive à Saint-Denis-de-la-Chartre et on peut filer tout droit jusqu'au Petit-Pont. On dit que la passerelle est à mi-bray, car elle se trouve à la moitié du bras de la rivière...

Tandis qu'elle parlait, elle le guidait sur un sentier empierré qui contournait une vaste étendue de boue sous la passerelle.

— C'est dans ce bourbier que les pêcheurs viennent chercher leurs vers, précisa-t-elle en le montrant du doigt.

Arrivé à l'extrémité de la rue des Arcis, Robert constata qu'on ne pouvait emprunter les Planches-Mibray qu'à pied. Même des mules ou des chevaux n'auraient pu s'y engager sans danger. Une vague idée lui vint en voyant deux piétons se croiser difficilement. Une esquisse confuse, absurde, apparemment impossible, mais qui pourrait sauver Florida du sort terrible qui l'attendait. Si elle réussissait.

Ne remarquant point combien il était préoccupé, Perrine lui proposa :

— Les barques sont là-bas, devant la place de Grève et le port au Foin. Allons les voir.

Toutes sortes de barcasses étaient tirées sur la berge : des petits canots à deux places, des nacelles plus grandes, des barques effilées, des pinasses à fond plat avec un pont couvert et des esquifs pouvant transporter quelques tonneaux.

— Les plus petites sont à des pêcheurs et les autres appartiennent à des voituriers sur eau qui les louent aux bateliers le temps d'un voyage.

Elle s'arrêta devant une barquette au double banc de nage pouvant porter six personnes.

— Trop grande, celle-là sera difficile à manœuvrer à deux, mais la nacelle à côté, qui n'a qu'un banc, ferait bien notre affaire...

Robert considéra longuement la barquette. Le plan se mettait en place dans son esprit.

— Revenons aux Planches-Mibray, lui dit-il, j'ai songé à un moyen pour libérer votre sœur...

19

Nogaret louait un vaste hôtel rue de l'Autriche, à quelques pas du Louvre. Chevalier de l'hôtel du roi avec deux cents hommes d'armes à son service, il avait besoin de place pour les loger.

Ce lundi matin, rasé de frais, revêtu d'une robe noire et d'un chaperon cramoisi, il s'apprêtait à partir à la prison du Palais, où plusieurs maîtres templiers allaient être interrogés. Il ne souhaitait aucune visite et, quand son chambellan lui annonça qu'un gueux avait des révélations à faire, il ordonna qu'on l'enferme jusqu'à son retour.

— Messire, ce maraud m'a dit qu'il devait vous parler au plus vite, car sinon, selon lui, Robert de L'Aigle sera parti.

A cette affirmation, le garde des Sceaux décida d'entendre le vilain et de le livrer ensuite à la potence s'il s'était moqué de lui. Il le fit entrer dans sa chambre en présence du capitaine de sa maison et de sergents. L'homme était répugnant de crasse, avec une robe brune comme en portaient les carmes, mais toute souillée et déchirée. Nogaret songea au plaisir qu'il aurait à le confier à l'exécuteur de la haute justice.

— Monseigneur, dit Cappon en s'agenouillant, je suis envoyé par messire de L'Aigle.

— L'hérétique...

— Oui, monseigneur, et sachez que je viens ici contre mon gré, mais il a menacé de m'écorcher si je refusais.

— Parle donc !

— Je suis un ami de Coquillard et de Florida, que le prévôt a saisis...

— Tiens... Tu vas donc les rejoindre sur le bûcher.

Cappon tremblait de peur, mais L'Aigle lui avait fait la leçon : il ne risquerait rien de Nogaret tant que celui-ci garderait l'espoir de le capturer.

— Coquillard m'avait chassé de chez lui, car j'avais triché aux dés. Hier, je revenais à la cahute où je m'abrite la nuit quand le templier a surgi de je ne sais où. Peut-être me suivait-il, bien que je ne l'aie pas remarqué. J'ignore comment il m'a trouvé mais, au prêche de Saint-Merry, le prêtre a dit que les templiers honoraient Belzébuth... C'est à coup sûr le démon qui lui a révélé où j'étais...

Il se signa.

Comment ce chevalier parvenait-il à circuler ainsi dans Paris, au nez et à la barbe des sergents et des archers du guet ? se demanda Nogaret, qui ne croyait pas à la protection des templiers par les puissances démoniaques. Etait-il particulièrement adroit ou bénéficiait-il d'une chance incroyable ? Pour le punir, il se promit de lui faire subir les plus horribles châtiments sitôt qu'il aurait révélé où se trouvait le trésor du Temple.

— Il m'a ordonné de vous transmettre sa proposition, monseigneur. Je vous supplie de ne pas vous fâcher contre moi, je ne fais que répéter ce qu'il m'a dit, geignit le moine défroqué.

— Parle !

— Il veut se livrer, seigneur.

— Se livrer ! répéta Nogaret, stupéfait et soudain plein d'espoir. Qu'espère-t-il en échange… sa vie ?

— Non, celle de Coquillard et de Florida. Deux de ses amis, je vous l'ai dit, qui sont en prison au Châtelet.

— Explique !

— Il propose un échange : lui contre leur liberté.

Le garde des Sceaux resta un instant interloqué. Mais pourquoi pas, admit-il au bout d'un moment de réflexion.

— Entendu, fit-il. Tu lui diras qu'il a ma parole. Dès qu'il se sera rendu, je les libérerai, et je leur donnerai même une lettre de rémission.

— Je vous supplie de me pardonner, monseigneur, mais il m'a donné des instructions précises.

Le Languedocien plissa un peu plus le front. Ce templier croyait-il imposer sa volonté au garde des Sceaux du royaume de France ? Néanmoins, il retint sa rage car l'enjeu était trop grand. Pour apprendre ce que savait ce Robert de L'Aigle, il était prêt à faire preuve de beaucoup de patience.

— Lesquelles ? demanda-t-il suavement.

— L'échange aura lieu sur les Planches-Mibray, ce soir à vêpres. Le pont devra être vide, m'a-t-il dit. Le maudit templier sera quelque part, en bas de la rue des Arcis. S'il voit un sergent, un archer, un homme d'armes ou quiconque qui lui déplairait, il s'en ira. Il veut qu'à l'instant où sonnent les vêpres à Notre-Dame vous laissiez aller Coquillard et Florida sur le pont. Quand ils se seront suffisamment avancés, il s'engagera à son tour. Ils se croiseront et il vous rejoindra dans l'île, où il se livrera.

Nogaret fit quelques pas dans sa chambre. Un plan bien conçu, mais plein de faiblesses. Le Grand Châtelet n'était pas loin des Planches-Mibray. Il suffisait d'avoir des gens d'armes en nombre là-bas.

— Je serai de parole, promit-il, sans le penser un seul instant. Mais comment vas-tu lui faire part de ma décision ?

— Je ne sais pas, messire. Il m'a seulement dit qu'il me trouverait. Certainement le démon le lui dira…

Nogaret songea un instant à faire suivre le maroufle, mais si le pisteur se montrait maladroit toute l'affaire échouerait et le prix à payer serait lourd. Il laissa donc repartir Cappon.

Après son départ, il fit seller une mule afin de se rendre au Louvre, où il savait trouver La Celle.

Il envoya également un messager au prévôt pour qu'il les rejoigne.

Le Louvre avait été construit par Philippe Auguste comme une simple forteresse renforçant l'enceinte. Rien de plus qu'un donjon, un arsenal et une prison. Le roi logeait dans le logis royal du palais de la Cité ou à Vincennes. C'est Louis IX qui avait transformé le Louvre en résidence, en faisant construire une grande salle, une chapelle et des appartements. Philippe le Bel avait poursuivi les travaux de son grand-père, aménageant entre autres des logements pour ses proches dans les tours. C'est dans l'une d'elles que s'était installé Hugues de La Celle depuis le début de l'entreprise contre les templiers. Il s'y trouvait très à l'étroit, mais le roi le voulait près de lui, tout comme Marsilly.

C'est donc dans cette chambre que Nogaret le retrouva. Le chevalier s'apprêtait à partir pour la forteresse de Melun afin d'interroger les templiers captifs.

Nogaret lui raconta l'étonnante visite qu'il avait eue et ils échangèrent quelques suppositions sur l'endroit où se cachait Robert de L'Aigle.

— Il dispose de complices, c'est certain, affirma La Celle. Pour les identifier, il serait dommage de se séparer de ce Coquillard, qui ne nous a pas révélé grand-chose, hier…

— Comment faire pour prendre L'Aigle et garder nos prisonniers ?

— Voilà comment je vois les choses, proposa le chevalier. Dicy rassemblera des archers au Châtelet. Il installera un guetteur dans une maison devant les Planches-Mibray et quand L'Aigle s'y engagera, la sentinelle viendra le prévenir et les archers arriveront pour barrer le pont.

— Bien. Et vous ?

— Nous garderons l'autre côté des Planches-Mibray avec des gens d'armes. Quand les deux prisonniers et le templier seront tous trois dessus, rien ne sera plus facile que de les reprendre.

20

Coquillard et Florida avaient donc été saisis le dimanche matin avant l'aurore par les gens du roi, qui avaient brisé la porte de leur maison. En entendant le fracas, le cagou, qui venait de rentrer du pillage conduit par le Grand Coësre, avait tout de suite compris que sa demeure était attaquée. Il avait saisi son épée et ordonné à Florida de sauter par la fenêtre.

« Et toi ?

— Ne t'occupe pas de moi, je les arrêterai. »

Terrorisée, elle avait obtempéré tandis qu'il poussait le coffre devant le passage. Mais il avait succombé sous le nombre et elle avait été prise dans le jardin par des archers en embuscade.

Ramenée dans la salle de la maison, elle avait retrouvé son amant contusionné et entravé. A son air abattu, elle avait compris qu'ils étaient perdus. Elle songea à sa sœur, qu'elle ne reverrait plus, et s'efforça de chasser de son esprit les tortures qu'elle allait endurer.

Un chevalier en grand manteau turquoise et chaperon se tenait près du prévôt.

« Où est le templier ? » avait-il demandé d'un ton calme mais froid.

C'était un homme massif, au visage carré et mafflu. Il montrait une expression grave, sévère, mais nullement agressive ou cruelle.

« Qui donc ? » avait-elle répondu avec défi.

S'étant approché, le prévôt l'avait giflée à deux reprises. Coquillard avait tenté d'intervenir, mais il avait été également frappé.

« Tu parleras. La question délie toutes les langues, avait dit le chevalier d'une voix ennuyée mais presque bienveillante. Autant le faire ici et maintenant. Plus tard, les choses ne dépendront plus de moi, et quel est l'intérêt de souffrir inutilement ?

— Il est parti hier, avait-elle dit après avoir essuyé le sang de ses lèvres fendues. Il craignait qu'on ne le dénonce.

— On l'a dénoncé, avait confirmé le chevalier.

— Qui l'a fait, messire ? » s'était-elle enquise bravement.

Le chevalier avait échangé un regard avec le prévôt, du genre « à quoi bon cacher la vérité ? ».

« Un nommé Baratteur.

— Je le tuerai ! avait craché Coquillard.

— Où est allé le templier ? avait demandé le chevalier sans relever la menace.

— Il ne l'a pas dit, il voulait sortir de Paris. »

Nouveau regard avec le prévôt, hochement de tête, puis on avait emmené le couple, laissant chacun prendre son manteau.

C'est dans la rue qu'ils avaient aperçu Baratteur. Des archers le tenaient entravé. En passant près de lui, Coquillard lui avait juré qu'il le retrouverait. Dans ce monde ou ailleurs. Elle, elle s'était contentée de le maudire.

Il pleuvait et, malgré leur chape, ils étaient arrivés trempés au Grand Châtelet. A l'écrou, on ne leur avait rien demandé pour payer leur séjour. Coquillard savait que c'était mauvais signe. Seuls les pauvres condamnés rapidement à une peine capitale étaient traités ainsi.

On les avait enfermés dans une petite salle d'une tour d'étage, voûtée en ogive et sans fenêtre. Il n'y avait qu'un lit de bois et une paillasse pouilleuse, ainsi qu'un pot émaillé servant aux commodités. Pas d'eau ni de nourriture.

Ils s'étaient serrés sur le grabat, l'un contre l'autre, se réchauffant mutuellement tant il faisait froid.

C'est dans l'après-midi que le prévôt et le chevalier étaient venus les interroger. Leurs questions avaient porté sur la façon dont ils avaient connu le templier. Ils n'avaient rien caché et n'avaient pas été battus, mais quand Florida avait demandé ce qui les attendait, le chevalier avait baissé les yeux et le prévôt lui avait répondu qu'ils seraient brûlés comme complices d'un hérétique.

La nuit venue, on leur avait donné de l'eau et un morceau de pain rassis. Elle avait pleuré dans les bras de son amant, qui lui avait promis de toujours demeurer auprès d'elle. Toute la nuit, elle avait prié la Vierge Marie, lui demandant de l'aide. Elle n'avait pas osé dire à Coquillard qu'elle avait voulu quitter Paris avec Robert de L'Aigle. Maintenant, elle en éprouvait de la honte.

Ils ignoraient quelle heure il pouvait être, entendant seulement par instants des paroles ou des gémissements étouffés d'autres prisonniers logés à l'étage au-dessus.

Puis on était venus les chercher. Deux porte-clefs et un serrurier, accompagnés de trois hommes d'armes et d'un sergent.

« Où nous conduisez-vous ? » avait demandé Coquillard.

Pas de réponse des deux geôliers, qui leur avaient mis les chaînes aux poignets. Quand ce fut fait, un des archers s'était approché d'elle et l'avait saisi par la poitrine en riant :

« Dommage qu'on n'ait pas le temps de s'amuser avec ces mamelles », avait-il ricané.

Coquillard, pourtant enchaîné, s'était jeté vers lui et, ayant plié les genoux, lui avait envoyé un coup de tête dans la figure.

L'archer s'était écroulé, nez et pommettes fracassés, face en sang, mort peut-être. L'agression avait duré le temps d'un battement de cils !

Tout aussi vite, les geôliers avaient attrapé le truand pour le rouer de coups, mais ils n'avaient pu le faire car le sergent était intervenu :

« Laissez-le ! Messire de Nogaret le veut entier et gaillard ! Plus tard, il payera ça au centuple. »

Plus tard ? Qu'allait-on leur faire ? s'était interrogée Florida. Toutes ses certitudes se bousculaient dans sa tête. Coquillard venait de risquer les pires supplices en la défendant, alors qu'elle était persuadée qu'il ne l'aimait plus...

Satisfait, son amant avait planté ses yeux dans les siens, lui avait souri et avait promis :

« Tant que je serai vivant, tu ne risqueras rien. »

C'est ainsi qu'on les conduisit hors du Grand Châtelet et qu'on les fit monter sur une charrette à deux roues tirée par un mulet. Allait-on les brûler ? Florida avait demandé un prêtre, mais aucun de leurs gardes n'avait ouvert la bouche.

Il pleuvait toujours. On ne pourrait allumer le bûcher, se dit-elle avec espoir. Elle ne voulait pas mourir et, en même temps, elle souhaitait une fin rapide. Coquillard la serrait de ses mains entravées et sa chaleur la réconfortait.

La charrette prit le nouveau pont aux Changeurs, qu'on appelait toujours le Grand-Pont, puis la rue de la Draperie. Les captifs se regardèrent, ne comprenant pas où on les conduisait. Par ce chemin, on ne pouvait aller qu'au Cloître, au port Saint-

Landry ou aux Planches-Mibray, mais un chariot ne pouvait franchir le ponceau.

Pourtant, c'est là qu'ils arrivèrent. Au débouché de la passerelle se tenaient au moins trois douzaines d'hommes d'armes et surtout Guillaume de Nogaret, qu'ils avaient vu une fois à Notre-Dame. Près de lui se trouvait le chevalier qui les avait arrêtés. Tous deux étaient à cheval.

On les fit descendre et on les conduisit devant le garde des Sceaux. Celui-ci portait un épais manteau et un grand chapeau huilé dégoulinant de pluie.

Il les considéra avec indifférence avant de leur dire :

— Quand les vêpres sonneront à Notre-Dame, vous avancerez sur les Planches-Mibray, vers la rue des Arcis.

Elle faillit demander pourquoi, mais à quoi bon ? Elle ferait ce qu'on lui dirait, et Coquillard aussi. Sans doute avait-on prévu leur supplice sur la place de Grève.

La pluie tombait toujours et la brume s'étendait sur le fleuve. On distinguait à peine l'autre rive. Coquillard lui tenait la main et elle récitait des *Ave Maria* en songeant à sa sœur.

Quelques personnes arrivèrent pour traverser, mais les gardes les repoussèrent et les contraignirent à partir. Un homme apparut sur la passerelle, venant de l'autre rive. Il s'arrêta net en découvrant les archers et les gens à cheval, un sergent lui fit signe de s'en aller.

Coquillard se dit qu'il pourrait se jeter dans la Seine quand ils seraient sur le pont, les Planches-Mibray n'ayant pas de rambarde. Mais comment nager avec le poids des fers ? Et que deviendrait Florida ?

La cloche de Notre-Dame les tira de leurs réflexions et Nogaret ordonna :

— Allez !

Ils attendirent que des gardes les emmènent, mais personne ne bougea.

— Allez ! répéta Nogaret d'un ton excédé.

Interloqués, ils s'engagèrent seuls sur la passerelle. Voyant qu'on les laissait ainsi, ils se pressèrent, sans toutefois courir.

— Pourquoi Nogaret fait-il ça ? demanda Florida.

— Je sais pas, je comprends rien.

En parlant, il observait les flots qui roulaient, une toise plus bas. Le courant était fort et l'eau devait être très froide. Pourquoi ne pas tenter la fuite par là ? La mort serait plus douce que par le feu.

— Regarde !

21

Dans un recoin, en bas de la rue des Arcis, Robert de L'Aigle examinait les alentours et le début de la passerelle.

Durant les deux heures précédentes, il avait exploré les rues avoisinantes et n'avait rien remarqué de préoccupant. La pluie et l'heure avancée décourageaient ceux qui auraient voulu sortir de chez eux. Il avait seulement aperçu quelques bourgeois pressés et un groupe d'ouvriers quittant un cabaret qui fermait. Pas d'archers, pas de sergents.

Enfin, il entendit la grosse cloche de Notre-Dame annoncer vêpres.

Un dernier regard autour de lui et il fila vers la passerelle de bois.

Il se pressait. Au bout de quelques toises, ayant traversé la partie boueuse de la rive, il arriva au-dessus des flots. Il vit alors les deux silhouettes qui avançaient vers lui.

Il se retourna et crut distinguer des gens du côté de la rue des Arcis. Sans doute devaient-ils être cachés dans quelque maison, à attendre qu'il emprunte le pont.

Il fit des signes au couple et, en s'efforçant de dominer le bruit des moulins et du flot, leur cria :

— Dépêchez-vous !

Lui-même atteignit une des anciennes piles romaines sur lesquelles reposaient les planches. Il s'arrêta tandis que Coquillard et Florida accouraient.

— Par là ! fit-il en leur désignant le bas de la pile.

Il s'accroupit et, s'étant agrippé au bord du ponceau, il se laissa glisser dessous. Son pied toucha une sorte de corniche.

— Perrine ? s'enquit-il.

— Je suis là, messire.

Robert sentit qu'on lui touchait la jambe. Il déplaça ses mains, puis ses pieds et heurta la barque que Cappon maintenait fermement contre la pile avec une corde.

— Où êtes-vous ? interrogea une voix au-dessus de lui.

— Faites passer vos jambes sous le pont, je vous attraperai !

Debout dans le bateau, le chevalier saisit les chevilles, puis les cuisses de la jeune fille et la déposa dans l'esquif. Ensuite il aida Coquillard. A peine celui-ci arrivait-il dans l'embarcation qu'il lança à Cappon :

— Lâche tout !

La nacelle portait deux bancs sur lesquels les fuyards s'étaient installés, chacun avec une rame.

La chaîne qui entravait les poignets des prisonniers ne les gênait pas pour manœuvrer. Perrine se tenait à l'avant afin de les guider. Plus jeunes, elle et Florida avaient souvent navigué avec leur père.

La première difficulté fut de diriger l'esquif sous le pont aux Changeurs, dans le seul passage où ne se dressaient pas de moulins. Les remous entraînaient l'embarcation de droite et de gauche et les nageurs maniaient leurs rames avec peine. Ils parvinrent quand même à orienter correctement le canot et le courant les emporta dans le goulot.

Cependant, à peine celui-ci franchi, il fallait passer par un second couloir sous le pont aux Meuniers. De surcroît, le boyau se situait dangereusement près de la rive.

Ballotté en tous sens, l'esquif le traversa pourtant, mais les fugitifs n'étaient pas au bout de leurs peines.

— A senestre ! A senestre ! criait Perrine.

Poussé par le courant, le bateau fonçait maintenant droit sur les pontons du port des Ecoles. Sans changement de direction, il se fracasserait sur les pieux.

Grâce à un vigoureux coup de rame de Florida, la barque revint au milieu de la rivière, mais pour se précipiter aussitôt vers le moulin de la Gourdaine, construit sur un banc de sable, juste à côté de l'île du Passeur-aux-Vaches et de celle aux Juifs[1].

1. C'est là que serait brûlé Jacques de Molay, sept ans plus tard.

Cette fois, les fugitifs ne purent l'éviter et leur embarcation heurta le sable avec violence, chavirant presque. Par miracle, Robert parvint à la repousser dans le courant avec sa rame, et la descente infernale se poursuivit.

La nuit était presque tombée. Il pleuvait abondamment, mais les fuyards ne s'en rendaient pas compte tant ils étaient trempés par les flots. Les remous se révélaient terribles et Perrine tentait de distinguer la tour du Coin, située à l'extrémité du Louvre.

— Au milieu, au milieu ! hurla-t-elle.

Robert aperçut une barque immobile, certainement retenue par des cordes à la chaîne qui reliait les rives. Il distingua une sorte de tente tendue dessus pour protéger les vigiles de la pluie. On avait dû entendre les cris de Perrine car une silhouette se dressa afin de voir ce qui se passait.

Cappon laissa sa rame et sortit son arbalète, protégée par une toile huilée. Le câble était déjà tendu et, à quelques toises, il lâcha le vireton, qui atteignit le factionnaire en pleine poitrine. Au même instant le bateau heurta la chaîne et la barque des sentinelles, qui se trouvait de l'autre côté des maillons de bronze.

Robert traversa l'esquif en un instant et sauta dans l'autre embarcation, épée à la main. Les gardiens restants étaient trop sidérés pour réagir, il les frappa de taille, tranchant un col, brisant un crâne.

Coquillard et les femmes parvinrent à stabiliser leur barquette contre la chaîne. Les fuyards passèrent alors sur l'autre nacelle en emportant les rames et des sacs que Perrine avait apportés. Robert trancha ensuite les cordes retenant la barque prévôtale, qui fila dans le courant.

Hommes et femmes s'embrassèrent joyeusement, mais ils n'avaient pas le loisir de se féliciter longtemps et ils s'installèrent sur les bancs de nage pour diriger un esquif plus grand et plus lourd que celui qu'ils venaient d'abandonner.

A l'avant, le visage trempé par la pluie, Perrine déclara à ses compagnons :

— A partir d'ici, j'ignore où on va. Je sais juste qu'il faut éviter les pieux de pêcherie, les troncs d'arbres et les bancs de sable…

— Peu importe, nous sommes vifs ! cria Coquillard. Messire de L'Aigle, je suis pour toujours votre homme ! Quant à vous, Perrine et compère Cappon, j'espère vous rendre ce que vous venez de m'offrir : la vie ! Pendant qu'on rame, racontez-nous comment vous avez fait !

La veille, devant les Planches-Mibray, Robert de L'Aigle avait d'abord songé à échanger sa vie contre celle de Florida. Fuir avec Perrine en abandonnant au bûcher celle qui l'avait aidé eût été une lâcheté dont il se jugeait incapable. Dès lors, pourquoi ne pas troquer sa vie contre la sienne ? La passerelle lui paraissait convenir à un tel échange. Il se présenterait d'un côté et demanderait à Nogaret de relâcher

Florida de l'autre. Tous deux se croiseraient. Elle serait libre, et lui, pris.

Mais comment faire confiance à celui qui avait lancé de fausses accusations contre les templiers, ses frères ? Le garde des Sceaux n'aurait aucun mal à reprendre Florida.

Tout en réfléchissant, il avait observé les piles de pierre. On pouvait facilement y dissimuler une barque et y descendre par le ponceau. Ensuite, la fuite ne serait pas différente de ce que Florida avait envisagé. Il avait expliqué son dessein à Perrine, qui avait soulevé plusieurs objections :

« Qui ira proposer cette folle entreprise à messire de Nogaret ?

— Je pourrais envoyer une lettre... ou mieux, demander à Cappon !

— Lui ? Trouillard comme il est, il refusera.

— Essayons !

— On ignore où il se trouve. Comment le dénicher ?

— Vous m'avez dit qu'il se terrait dans la couture Sainte-Catherine, je peux aller le chercher là-bas.

— Peut-être. Mais pourquoi messire de Nogaret accepterait-il de troquer ma sœur contre vous ?

— Il est prêt à tout pour m'avoir.

— Admettons, et la barque ?

— Vous venez de m'en montrer une, devant la place de Grève. Celle à deux bancs.

— Elle n'a point de rames.

— Je vendrai un de mes couteaux et avec la somme on en achètera deux.

— On nous verra pendant qu'on tirera la barque dans l'eau.

— J'exigerai que l'échange ait lieu demain à vêpres, la nuit sera presque tombée. »

Elle avait commencé à être convaincue par son projet.

« Vous aurez besoin de moi…

— Evidemment. Vous viendrez avec nous… Avec moi… D'ailleurs je ne connais pas la rivière et ne sais pas naviguer.

— Je sais, un peu, et ma sœur aussi, avait-elle souri, maintenant pleine d'espoir… Cappon acceptera peut-être de venir avec nous.

— Retournons voir les barques, avait-il dit. Et partons à la recherche de votre ami. »

Perrine avait une vague idée de l'endroit où se trouvait la cabane du moine défroqué, car il lui en avait parlé une fois, avant de venir vivre chez Coquillard. Cependant ils n'avaient pas eu à le chercher car ils l'avaient rencontré en chemin, dans la rue Saint-Antoine. A cause de la pluie, leurs visages étaient dissimulés sous leurs capuchons, mais la silhouette replète du défroqué était facilement reconnaissable. Robert l'avait abordé.

D'abord terrorisé, l'ancien frocard avait voulu s'enfuir, mais Perrine l'avait rattrapé et il s'était laissé faire.

« Cappon, veux-tu sauver Coquillard et Florida ? lui avait-elle demandé.

— Dieu seul pourrait les sauver, dame Perrine, avait tristement répondu le moine. Et par expérience je sais que le Seigneur n'intervient jamais dans les affaires des hommes, et encore moins dans les miennes.

— Tu te trompes. Dieu est notre sauveur et nous aidera, mais toi aussi tu peux nous aider, avait dit le templier.

— Comment ?

— C'est moi qu'ils veulent, je vais me livrer en échange de leur liberté, avait assuré Robert. Veux-tu m'écouter ? »

L'autre avait grimacé mais hoché la tête. Sans comprendre pourquoi, il avait confiance dans ce chevalier.

Ils s'étaient rendus dans l'église Saint-Gervais. En chemin, Robert avait constaté que les archers étaient toujours dans la maison de son aïeul car la porte avait été sommairement réparée et de la fumée montait du toit.

Sous le porche, seuls et à l'abri de la pluie et des rafales, le chevalier avait expliqué au frocard ce qu'il attendait de lui. D'abord, Cappon avait refusé, mais Perrine avait insisté, certaine de la réussite de l'entreprise. Elle avait aussi déclaré avoir besoin du moine pour manœuvrer la barque.

Robert avait fini par le convaincre en lui faisant une promesse :

« Nous t'emmènerons en Angleterre. Je trouverai un engagement et tu resteras à mon service. J'ai besoin d'un confesseur ! »

La plaisanterie avait déridé le défroqué.

Une heure plus tard, il avait franchi la porte de la maison de Nogaret, terrorisé mais convaincu qu'il parviendrait à tromper le garde des Sceaux. N'était-il pas le meilleur tricheur du royaume d'Argot ? Il ne songeait déjà plus aux dés pipés.

22

Dans la brume, Hugues de La Celle avait vu s'engager une silhouette à l'autre extrémité du ponceau.

— C'est lui ! se réjouit-il à haute voix.

Avec Nogaret, ils le suivirent des yeux, ne perdant pas pour autant le couple de vue. Ils allaient se croiser quand ils virent les archers arriver et barrer l'extrémité de la passerelle. Le prévôt Dicy devait se trouver avec eux.

C'est alors que le truand, la fille et le templier s'arrêtèrent, puis l'un d'eux disparut, et, très vite, les deux autres.

— Ils se sont jetés dans la Seine ! hurla La Celle.

— Les fols ! Ils n'ont aucune chance !

Le chevalier tenta de faire avancer sa monture sur le ponceau, mais la bête refusa, à juste raison.

— Messire ! Regardez ! Une barque ! cria un archer qui avait la vue plus perçante que les autres.

En effet, un frêle esquif avait pris le courant et voguait vers le pont au Change. Tous les regards se posèrent sur lui. Les archers envoyés par Dicy avaient également dû voir l'embarcation car des arbalétriers tirèrent sur elle, en vain tant la barquette remuait en tous sens.

Elle disparut sous le pont.

Ils leur échappaient ! Ce templier était un démon ! ragea Nogaret.

Plusieurs solutions traversèrent l'esprit de messire de La Celle, toutes bien vaines, mais il n'envisageait pas de demeurer inutilement sur place. Il cria à un arbalétrier :

— Toi, monte avec moi !

L'autre obtempéra. Dès que l'homme fut derrière sa selle, le chevalier mit son destrier au galop et fila vers le Petit-Pont.

En chemin, il criait afin qu'on s'écartât et, heureusement pour les passants, les rues étaient presque désertes.

Au pont, il ralentit à peine, hurlant son nom à la barrière des sergents, qu'il franchit en trombe. Ensuite, il suivit la rive de l'Université, galopant jusqu'à la porte de Nesle.

Quand il eut passé l'île de la Cité, il demanda à l'arbalétrier de repérer la barque, mais la pluie tombait trop dru et l'homme ne distingua rien.

Ils arrivèrent à la tour. Une garnison avait en charge la porte de Nesle, fermée depuis deux jours. La sentinelle les ayant entendus, on ouvrit le corps de garde et un capitaine apparut.

— Des fuyards ! vociféra La Celle ! Des fuyards en barque ! Il faut les arrêter !

L'autre comprit aussitôt, donna des ordres et en quelques instants une nacelle fut poussée dans le fleuve, le long de la chaîne. Le chevalier et l'arbalétrier montèrent à bord. Avec six rameurs, l'esquif avança rapidement. Pourtant ils demeurèrent impuissants quand ils virent la barquette des fugitifs aborder celle des vigiles. La Celle commanda de tirer, mais les cordes des arbalètes étaient trop mouillées pour envoyer les viretons suffisamment loin. Désespéré, le chevalier vit ceux qu'ils poursuivaient changer de bateau et disparaître dans l'obscurité et la brume.

Or ils ne pouvaient les poursuivre puisque leur barque se trouvait du mauvais côté de la chaîne, qu'ils étaient incapables de franchir.

Ils revinrent à la tour de Nesle. La Celle ordonna qu'une patrouille à cheval longe la rive. Il expédia également des messagers au Louvre et au Châtelet, exigeant cent cavaliers dans moins d'une heure et demandant à Dicy d'envoyer des gens d'armes sur l'autre rive.

Comprenant avoir été dupés, le prévôt et quatre sergents à cheval avaient pris des archers en croupe et suivi la rive droite. Avec un peu de chance, la barque des fuyards s'échouerait ou chavirerait, voulait croire Dicy. Et quand les fugitifs se trouveraient à portée, les archers les abattraient.

Mais la barque filait à une allure diabolique et les cavaliers ne pouvaient aller aussi vite qu'elle à cause des obstacles à contourner et des étendues boueuses qu'il leur fallait éviter. Au port des Ecoles, ils virent l'esquif des fugitifs heurter le banc de sable de la Gourdaine. Hélas, contre toute attente, il ne se brisa pas et poursuivit sa route.

Pire, arrivé à la tour du Coin, le prévôt ne put qu'assister avec impuissance à l'abordage des sentinelles du guet de la rivière et à la fuite des hérétiques.

Tandis qu'ils ramaient, Robert de L'Aigle expliqua à ses compagnons :

— Il faut débarquer au plus vite. Les gens du roi n'imagineront pas que nous quittons la rivière, laquelle nous permettrait de voyager rapidement.

— Justement, pourquoi ne pas y rester ? demanda Cappon. Il ne peut rien nous arriver au milieu de l'eau.

— On risque l'échouage et la noyade si on heurte un tronc d'arbre ou un quelconque objet. Ce serait sot de finir ainsi maintenant. De plus, les gens de Nogaret vont nous poursuivre sur les deux rives, et j'ignore tout de ce pays. Comme vous, d'ailleurs. En revanche, je connais le Vexin et je me suis souvent rendu dans le Beauvaisis au service des templiers. On ira donc par là, on marchera la nuit et on se cachera le jour.

— Et ensuite ? demanda Florida.

— A dix lieues d'ici, on trouvera des chevaux. Et de l'argent.

23

Ils firent aborder la barque sur une plage, dans une boucle du fleuve, sortirent du bateau et le repoussèrent dans le courant, en espérant qu'il ne s'échoue pas trop vite. Ils se trouvaient près du village de Chaillot.

Robert leur indiqua la direction du septentrion et, guidés par la lune argentée qui apparaissait par moments entre les nuages, ils se mirent en route. Coquillard avait récupéré les armes se trouvant dans l'esquif des gardes : une épée, un couteau, une arbalète et des viretons. Perrine avait emporté de grosses besaces contenant des pains de seigle achetés à Paris. De quoi tenir deux ou trois jours.

Trempés et glacés, ils trouvèrent un chemin, qu'ils suivirent. Robert en tête et Coquillard à la fin. Les femmes restaient côte à côte, se tenant la main, heureuses de se retrouver, mais épuisées, grelottantes et torturées d'inquiétude quant à leur avenir. Ils faisaient des haltes seulement quand ils apercevaient un arbre capable de les accueillir sous ses branches. C'est à l'occasion d'une de ces pauses que Robert de L'Aigle parvint, avec un couteau, à ouvrir un maillon dans chacune des chaînes entravant Florida et Coquillard.

Au milieu de la nuit, ils passèrent près de Saint-Denis et l'aube naissait quand ils arrivèrent, épuisés, dans les épais taillis de la forêt de Montmorency. La pluie avait cessé.

Ils s'engagèrent profondément dans les bois et découvrirent une cabane de charbonnier abandonnée, sans toit mais protégée sur les côtés. Ils s'endormirent dans ce refuge, enroulés dans leurs manteaux trempés.

Leur sommeil ne dura pas car le froid et les hurlements des loups les réveillèrent. Si les bois formaient un abri contre les hommes, ils ne laissaient pénétrer ni chaleur ni soleil et ils demeuraient le repaire de carnassiers affamés.

Après avoir un peu mangé, ils reprirent le sentier, s'arrêtant à un ruisseau afin de se désaltérer. Exténués, ils firent une nouvelle halte dans une chapelle abandonnée proche de Saint-Leu. Jusqu'à présent, ils n'avaient rencontré personne.

Dans un sac, Cappon avait emporté une vieille bure de frocard qu'il donna à Perrine. Le vêtement était sale mais sec. S'en étant revêtue, elle se serra contre sa sœur pour la réchauffer.

Ils dormirent le reste de la journée et leurs habits séchèrent un peu. En attendant l'obscurité, et en mastiquant leur pain dur, Robert leur expliqua ce qu'il voulait faire.

— Si Dieu le veut, en deux ou trois jours nous aurons gagné un endroit où je trouverai des chevaux. Mais, auparavant, il faudra franchir l'Oise.

— Une rivière, dit Coquillard.

— Oui, moins large que la Seine, mais profonde par endroits. Il y a un pont par là, à Pontoise.

Il montra le ponant.

— Ce serait le chemin le plus court. Mais le passage est gardé le jour, et à cette heure le roi Philippe a dû prévenir tous ses prévôts et ses baillis. On prendra donc une autre route, vers Beaumont, par là.

Il désigna le septentrion.

— A Beaumont se trouve un gué que je connais. On sera mouillés jusqu'à la taille mais on pourra le franchir. L'inconvénient est qu'à Beaumont se dresse également la forteresse du comte. On risque de rencontrer des hommes d'armes. Il faudra être encore plus prudents, et peut-être se battre.

— J'ai une épée. Vous aussi, Cappon a son arbalète et moi la seconde. Nous ne nous laisserons pas faire, affirma Coquillard.

— Les meilleurs combats sont ceux qu'on ne livre pas, répliqua sombrement Robert.

Il se voulait rassurant, essayant de ne pas laisser paraître combien l'issue heureuse de leur voyage était chimérique. Pour l'heure, il ne leur parlait que de la prochaine étape, mais il savait qu'une fois avec des chevaux tout se compliquerait. Ils auraient cent lieues à parcourir avant de gagner la Flandre et un port d'où embarquer vers l'Angleterre. Comment parviendraient-ils à échapper aux gens du roi ? Il se sentait terrifié en prenant conscience de son écrasante responsabilité.

Ils repartirent sur un grand chemin facile à suivre dans la nuit. Parfois ils entendaient des cavaliers et se cachaient. Personne ne les vit. Perrine avait rejoint Robert et ils marchaient côte à côte. Florida avait retrouvé son amant. Aucun ne fit allusion à ce qui s'était passé à Paris.

Ils pénétrèrent à nouveau dans une épaisse forêt, mais Robert l'avait déjà traversée et reconnut le sentier qui conduisait à Beaumont. La nuit finissait quand ils arrivèrent en vue du gué.

Cependant ils ne le franchirent pas, le chevalier jugeant prudent de passer la journée dans le bois car après le gué ce n'étaient que cultures et champs labourés et il craignait de ne pas dénicher d'endroit où se cacher.

Ils terminèrent leurs pains avant de s'endormir dans une clairière.

Durant la journée, des chevauchées les alertèrent à plusieurs reprises. Ils entendirent même des chiens et en furent épouvantés, mais la meute s'éloigna, n'étant pas sur leur trace.

Au soleil déclinant, ils revinrent au gué, qui n'était pas gardé. Ils le traversèrent avec cependant de l'eau jusqu'en haut des cuisses. Perrine tomba et, sans Robert qui la tenait, elle eût été emportée.

Sur l'autre rive, le chevalier essayait de rassembler ses souvenirs. Le chemin devant eux conduisait à Chaumont et alors ils ne seraient plus très loin de Gisors. Mais la faim les torturait et les affaiblissait. Ils ne pouvaient rester un jour de plus sans manger.

A proximité de Chaumont, Robert découvrit une léproserie abandonnée, dans laquelle ils s'installèrent. Le chevalier demanda alors à Cappon de se rendre au bourg. Dans sa robe, il pouvait passer pour un moine mendiant si on lui refaisait sa tonsure. Florida s'en chargea avec un couteau aiguisé.

24

Construit sur une butte, Chaumont était bien fortifié. Le défroqué se présenta à la porte tel un carme. En utilisant toutes les pièces de monnaie que Perrine et Robert lui avaient données, il acheta du pain, quelques cochonnailles et, chez un fripier, une robe de bure usée mais plus présentable que la sienne. Le marchand lui céda aussi un doublet raccommodé, un bliaut de laine, une chainse et un surcot de drap avec des manches.

C'est en quittant les lieux qu'un sergent d'armes l'interrogea, intrigué par les gros paquets qu'il portait.

D'où venait-il ? Que transportait-il ? Avait-il vu cinq personnes, dont deux femmes ?

Avec une expression de coquefredouille, le défroqué raconta venir de Lille. Il ignorait de quelle ville il s'agissait, mais Robert de L'Aigle lui avait soufflé ce nom. Non, il n'avait pas rencontré ces gens-là, jura-t-il. Quant à ses paquets, ils contenaient des vêtements achetés avec les aumônes qu'on lui offrait et qu'il distribuait aux pauvres qu'il rencontrait.

Touché par tant de bonté miséricordieuse, le sergent lui remit une pièce de cuivre et lui souhaita bonne route.

Cappon retrouva ses amis dans la léproserie, où ils partagèrent les vivres. Florida garda le bliaut puisque Perrine avait emporté suffisamment de vêtements, et les hommes se répartirent le reste. Cappon revêtit son nouveau froc, qui le faisait passer pour un véritable moine.

De nouveau, ils attendirent que le soleil décline à l'horizon, puis ils contournèrent Gisors et arrivèrent près de Vaux au milieu de la nuit. Robert annonça alors partir en éclaireur. Il ne tenait pas à ce que ses compagnons découvrent où il se rendait.

Rien n'avait changé au manoir, toujours désert, mais les chevaux sentirent sa présence, car l'un d'eux hennit.

Il alla à l'endroit où avaient été dissimulés les sacs d'or et les déterra en s'aidant d'un couteau. Puis il fila à l'écurie, sella et brida les bêtes, attacha les sacoches et partit avec les deux montures en longe.

Une heure plus tard, la troupe galopait vers le nord. Les solides roussins portaient à tour de rôle deux cavaliers.

Cinq jours de chevauchées incessantes s'écoulèrent. Robert de L'Aigle craignait de s'être perdu, de se rapprocher de Boulogne alors qu'il voulait gagner la Flandre. Depuis le traité d'Athis, qui avait mis fin à la guerre entre Philippe le Bel et les villes flamandes, le comté n'était plus administré par le roi de France. Il savait qu'ils y seraient en sécurité et qu'il y pourrait trouver facilement un bateau pour gagner l'Angleterre.

C'était la nuit. La brume s'étendait, humide et glaciale, et ils cherchaient un endroit au sec pour faire halte quand ils entendirent un hennissement et le martèlement de sabots devant eux. La brise soufflait dans leur direction. Ils s'arrêtèrent. Aucun endroit où se dissimuler, sinon un fossé. En un instant, Robert ordonna aux femmes et au moine de demeurer sur la route avec les roussins. Si on les interrogeait, ils assureraient s'être perdus. Quant à Coquillard et lui, ils s'allongèrent au fond du fossé plein de boue en veillant à ne pas mouiller les cordes des arbalètes, qu'ils gardaient tendues.

Les galops se rapprochèrent.

Il s'agissait d'un chevalier en armure, de son écuyer, d'un porteur d'enseigne et de deux arbalétriers. Malgré l'obscurité L'Aigle distingua les trois tourteaux de gueules sur drap d'or de la bannière. Ils se trouvaient dans le comté de Boulogne.

La troupe s'arrêta.

— Que faites-vous sur ce chemin, la nuit, gentes dames ? demanda poliment le chevalier.

On distinguait un haubert sous son manteau et il était coiffé d'une cervelière sans casque.

— Nous nous sommes perdus, messire, répondit le moine défroqué. Nous cherchons une abbaye pour passer la nuit.

— Le monastère de Saint-Jean de Doudeauville est par là, à moins d'une heure de marche. Les pères augustins vous logeront.

Il montra une direction.

— Avez-vous rencontré des cavaliers, avec deux femmes, comme vous ? ajouta-t-il.

— Non, messire, répondit Florida.

Le regard du chevalier glissa alors sur l'anneau de fer au poignet de la jeune femme. Il haussa un sourcil de surprise et déclara d'une voix dure :

— Vous allez nous accompagner. Je crois que le sénéchal de Boulogne voudra vous interroger.

Robert opina quand Coquillard lui fit signe. Les viretons partirent. L'Aigle avait visé la cuisse du chevalier, mal protégée par des tassettes. Il savait impossible à son carreau de percer un corselet d'armure. Quant au cagou, il avait tiré sur la brigandine de l'écuyer, certain du résultat à cette courte distance.

Sous le choc, sa victime fut précipitée à bas de sa monture. Coquillard bondit du fossé épée haute et frappa l'un des arbalétriers, pris de court. Le chevalier blessé à la cuisse n'eut pas plus le temps de réagir. Le vireton avait traversé sa chair et pénétré jusqu'au flanc de son destrier qui rua, le faisant tomber.

Robert s'en prenait déjà au second arbalétrier et lui trancha presque la tête d'un coup de lame tandis que Cappon, couteau en main, frappait à coups redoublés le porteur d'enseigne.

En un instant, les cinq cavaliers étaient morts ou mourants, le chevalier étant immobilisé sous son destrier qui se débattait en hennissant.

Coquillard voulut l'achever, mais Perrine s'y opposa. Robert également, en déclarant :

— La règle du Temple autorise de donner la mort à un malfaiteur ou pour sauver sa vie, mais achever un blessé est damnable.

Coquillard haussa les épaules et rengaina son couteau.

— Vous venez donc de Boulogne, ajouta Robert en s'adressant au blessé.

Celui-ci hocha faiblement la tête.

L'Aigle connaissait vaguement l'abbaye de Doudeauville. Puisque la patrouille venait du couchant, il en déduisit facilement la direction de la Flandre.

Ils récupérèrent le destrier de l'écuyer et un second cheval, firent fuir les autres et filèrent au grand galop, chacun sur une monture. Il était désormais inutile de se cacher et il fallait qu'ils soient en Flandre avant que les gens de Boulogne ne découvrent le carnage.

Après encore deux jours d'errance, ils entrèrent enfin dans un port flamand.

De là, un navire de pêcheurs les conduirait en Angleterre. Peu de templiers avaient échappé au coup de filet du 13 octobre, et Robert demeurait l'un des trois, avec Gérard de Villers et Hugues de Chalon, à savoir où se trouvait le trésor du Temple.

Et Philippe le Bel n'allait pas renoncer à se l'approprier…

Deuxième partie

L'ATTRAPOIRE

1

Dimanche 5 novembre 1307

A Paris, Philippe IV, dit le Bel, logeait au Palais, dans l'île de la Cité, mais ce dimanche il avait décidé que l'entretien se tiendrait au Louvre. Le Logis du roi, dans l'île de la Cité, était sa résidence tandis que le château du Louvre, forteresse inexpugnable avec ses hautes murailles, ses tours et son donjon, affirmait la toute-puissance royale. Or ce qu'il avait à traiter avec ses serviteurs concernait directement son autorité.

Philippe ne les avait pas convoqués dans la Grande Salle, où se tenaient les assemblées de ses plus puissants barons, mais dans les appartements qu'il avait fait construire par Enguerrand de Marigny pour loger à la fois sa maison, le personnel judiciaire et financier, et les religieux desservant la Sainte Chapelle.

Levé à l'aurore, le monarque avait communié et écouté la messe avant de regagner sa chambre, au deuxième étage du château. Ceux qu'il avait convoqués dans la nuit attendaient déjà dans l'antichambre. Il se fit servir une collation de confitures, viandes froides et bouillon pendant qu'ils patientaient, puis ses valets apportèrent son manteau azur fleurdelisé à col de zibeline et le déposèrent sur la dalmatique bleue à manches larges qui l'habillait. Il fut ensuite coiffé de la couronne royale et on lui tendit la main de justice tandis qu'il gagnait sa chaire. Un chambellan fit alors entrer le chancelier Guillaume de Nogaret, le chevalier Hugues de La Celle, le prévôt de Paris Pierre de Dicy et un quatrième individu.

En robe noire et bonnet carré, avec un garde-corps carmin au col de martre, Nogaret pénétra le premier. Dicy, en cotte rembourrée d'étoupe avec, par-dessus, une longue cotardie bicolore lavande et sable et un balandras[1] couleur lie-de-vin aux manches ouvertes, portait une dague à la taille. Il était coiffé d'un chaperon écarlate sans cornette. Hugues de La Celle, également en chaperon à bourrelet, arborait un épais hoqueton de buffle avec un surcot en drap des Flandres à ses armes et un grand manteau à cordelière bordé de fourrure d'ours. Sa main gauche reposait fièrement sur son épée à la garde d'argent.

Quant au dernier convié, revêtu d'une robe de velours saumon avec, par-dessus, un hérigaut[2] en

1. Sorte de manteau.
2. Manteau avec des collets superposés sur les épaules.

camelin[1] aux fentes boutonnées sur les côtés et manches flottantes, il arborait ce bonnet attaché sous le menton qu'on appelait « cale ». Lui n'avait aucune arme.

Les portes furent ensuite closes. Le chambellan et les gardes à l'extérieur avaient reçu ordre du capitaine du Louvre d'interdire tout passage. Ce qui se dirait dans la pièce ne serait connu de personne d'autre que les participants.

Car il s'agissait du trésor du Temple. Une immense fortune, certainement de plusieurs millions de livres.

Après les hommages et les salutations respectueuses de ses serviteurs qui restèrent debout, le roi demanda d'un ton dur qui n'annonçait rien de bon chez lui :

— Que s'est-il exactement passé, près de Boulogne ?

Philippe le Bel affichait un visage imberbe, au front haut, au nez droit et bien planté, aux joues pleines, à la bouche large et au menton assorti d'une charmante fossette. Plein de prestance, souvent charmeur et chaleureux malgré une certaine timidité, il se montrait fort bel homme. Pieux, généreux et modeste, par nombre de traits il ressemblait à son grand-père Louis IX, canonisé depuis dix ans. Mais il lui était fort différent par son caractère

1. Tissage en poil de chameau mélangé à la laine.

énigmatique, rigide et secret, dès qu'il s'agissait du royaume de France. Il avait une haute idée de sa destinée, et sa foi sincère, son opposition à toutes les hérésies refusaient pourtant toute autorité de l'Eglise sur ses agissements.

Ses conseillers, qui le connaissaient bien, devinaient que l'attitude de leur maître annonçait une effroyable colère.

Quelque trois semaines auparavant, Philippe le Bel avait fait occuper toutes les commanderies templières de France et saisir leurs occupants, qu'ils soient servants, chevaliers, prieurs ou commandeurs. Une colossale entreprise conçue et préparée dans le plus grand secret par Philippe de Nogaret et le dominicain Guillaume de Paris. Comme leur souverain, tous deux s'inquiétaient de la puissance de l'ordre des pauvres chevaliers du Christ, lesquels n'avaient de pauvres que leur nom, puisque leur fortune était considérable.

Mais un tel coup de filet n'aurait pu avoir lieu sans de solides justifications. L'ordre du Temple n'était-il pas protégé par le pape ? Il avait donc été nécessaire de présenter au Saint-Père des preuves irréfutables contre les moines soldats. C'est là qu'était intervenu le dernier individu convoqué par le roi. Il s'agissait d'Esquieu de Floyran, ancien prieur de la commanderie de Montfaucon, chassé par l'Ordre pour apostasie. Devenu ennemi juré de la société à laquelle il avait appartenu, il avait dénoncé à Nogaret les honteuses pratiques des templiers, qui, à l'en croire, s'adonnaient à des rites blasphématoires et idolâtres. Ces accusations, difficiles à accepter quand on connaissait la ferveur et la foi des templiers, avaient été complétées par l'affirmation de la présence d'un immense trésor conservé dans la Villeneuve.

Seulement, cette fortune avait échappé au roi. Prévenu de la sinistre opération ou simplement méfiant, Jacques de Molay avait fait sortir de la commanderie un convoi de trois chariots transportant cinquante coffres de fer. Ces huches avaient été conduites dans un lieu secret et, malgré les effroyables tortures subies par les dignitaires du Temple de Paris, aucun n'avait révélé l'endroit. En vérité, à part Molay et Robert de L'Aigle, qui avait participé au transport, tous ignoraient le lieu où avaient été dissimulés les coffres.

Bien que poursuivi par les gens du prévôt de Paris, L'Aigle était parvenu à quitter la capitale avec des complices. Or, quelques jours plus tôt, après l'envoi d'innombrables messagers dans tous les bailliages de France afin qu'on recherche et saisisse les fugitifs, Nogaret avait enfin reçu un signalement. Une missive du sénéchal du comté de Boulogne signalait qu'une bande de fredains s'en étaient pris à une patrouille à la recherche des fuyards. La lettre ne donnait aucun détail car le seul survivant de l'escarmouche était gravement blessé, mais Nogaret avait pressenti que les assaillants étaient L'Aigle et ses amis. Immédiatement, Hugues de La Celle avait filé à Boulogne avec une escorte. Revenu à bride abattue la veille dans la nuit, il avait aussitôt rencontré le chancelier, qui avait fait prévenir Philippe IV. D'où cette convocation aux aurores.

Sur un signe de son souverain, La Celle, visage rougi par la vie au grand air, mais l'expression tourmentée, prit la parole :

— Un chevalier nommé Guy de Hainaut conduisait une patrouille aux abords de la ville, à la demande du sénéchal, Majesté. Avec son écuyer, un enseigne et deux arbalétriers, ils ont rencontré deux femmes en compagnie d'un froqué[1]. Tous trois à cheval…

— Je croyais que les fredains étaient cinq ? le coupa Philippe.

— C'était la nuit et les autres coquins s'étaient dissimulés, noble roi. Quand le chevalier a interrogé les femmes sur leur présence, il a remarqué que l'une d'elles portait un fer au poignet. Il a tout de suite compris qu'il s'agissait de gens en fuite et leur a ordonné de les accompagner. A peine avait-il parlé qu'il a reçu un trait dans la cuisse. L'écuyer a été atteint d'un second vireton. Surpris, les autres gens d'armes de la patrouille n'ont pas eu le temps de réagir. Deux individus ont surgi et les ont frappés de coups d'épée et de couteau. Le moine lui-même s'est avéré être un ribaud. A

1. Moine.

la fin de l'estourmie, l'un de ces argotiers a voulu achever Guy de Hainaut, mais l'une des femmes s'y est opposée, ainsi que le chef des pendards. Hainaut a entendu ces paroles, que je vous répète à l'identique : « La règle du Temple autorise de donner la mort à un malfaiteur ou pour sauver sa vie, mais achever un blessé est damnable. » C'est ainsi qu'il a eu la vie sauve.

Les conseillers du roi échangèrent un regard entendu. Nul doute qu'il s'agissait de L'Aigle et de sa bande.

— Pourquoi n'ai-je pas appris cela plus tôt ! ? Combien de jours depuis cette agression ? s'enquit Philippe, son poing serrant la main de justice avec une telle force que ses jointures en devenaient blanches.

Le roi de France n'était pas un guerrier et n'aimait guère se battre, mais chacun le savait d'une vigueur peu commune et ses proches ne le craignaient pas seulement pour son autorité. Son impulsivité le faisait parfois réagir avec violence même si, ensuite, il le regrettait souvent.

— L'estourmie a eu lieu le 24 octobre, Majesté, répondit Nogaret d'un ton égal.

— Treize jours ! Il aura fallu deux semaines pour qu'on me révèle ce qui se passe dans mon royaume ! ? gronda Philippe. Que l'on m'explique ! N'avez-vous pas demandé aux sénéchaux, baillis et prévôts de France de faire connaître la moindre malaventure mettant en cause des ribauds conduits par un chevalier ?

— Je l'ai fait, Majesté. Expliquez ce que vous avez appris, messire de La Celle...

Philippe fit un geste agacé en direction de ce dernier, l'invitant à parler.

— Après cette agression, Guy de Hainaut est resté sur le chemin avec ses compagnons, qui ont agonisé toute la nuit près de lui. Un carreau dans la cuisse, il ne pouvait se déplacer et les marauds avaient volé leurs chevaux ou les avaient chassés. Le lendemain, des marchands de passage l'ont découvert. Il délirait et ses hommes étaient trépassés. On l'a conduit au monastère de Saint-Jean de Doudeauville, d'où le prieur a prévenu le sénéchal de Boulogne, qui est arrivé rapidement. Mais le blessé délirait toujours et ne pouvait parler. L'officier a donc envoyé un message à messire de Nogaret, sans certitude que les scélérats s'en étant pris à ses gens soient ceux recherchés. Vous avez été prévenu le 27 octobre, noble roi, et je suis parti le lendemain. Quand je suis arrivé au monastère, trois jours plus tard, le chevalier avait repris conscience. Il m'a donc raconté ce qui s'était passé et m'a décrit les femmes, jeunes toutes deux. Quant à celui qui lui avait accordé merci, son portrait ressemblait fort à celui de L'Aigle. Je me suis ensuite rendu auprès du sénéchal qui avait fait rechercher les fredains, mais sans succès. Ne pouvant en apprendre plus, je suis immédiatement revenu et suis arrivé hier dans la nuit.

— C'est tout ? s'enquit sèchement Philippe.

La crainte se fit jour sur le visage du chevalier.

— Je crois n'avoir rien oublié, Majesté, murmura-t-il.

— Vous n'avez donc entamé aucune recherche là-bas ?

— N... Non, noble roi, j'ai jugé plus important de vous prévenir...

— Mais quel sot vous faites ! Vous pouviez envoyer un messager à Paris et commencer la traque là-bas ! Il ne devait tout de même pas être si difficile de découvrir les traces de L'Aigle quelques jours après son passage ! La récompense pour qui le livrera est passée de cent à mille sous d'or, en avez-vous fait état ?

— Non... Votre Majesté, reconnut La Celle en déglutissant, affolé par la colère du roi.

Heureusement, ce dernier se détourna de lui :

— Nogaret ! Je vous tiens pour responsable de ces erreurs !

Le chancelier baissa les épaules tandis que Philippe se plongeait dans ses réflexions.

— Vous connaissez tous les conseillers du Châtelet, il y a certainement un bon enquêteur parmi eux, décida-t-il soudain.

Il s'adressa alors au prévôt de Paris, qui n'avait pas ouvert la bouche et gardait les yeux vers le sol, s'efforçant de se faire oublier.

— Tout comme il doit s'en trouver parmi les sergents. Dénichez-moi donc un individu habile et envoyez-le dès aujourd'hui à Boulogne. Quand il aura retrouvé la trace de ces marauds, vous rassemblerez les gens nécessaires afin de les ramener à Paris.

Le silence s'abattit. Nogaret hocha la tête à plusieurs reprises et, après avoir guigné Pierre de Dicy pour obtenir son soutien, il balbutia :

— Oui... Majesté.

Au Grand Châtelet, huit conseillers assistaient le prévôt : quatre clercs et quatre laïcs. Mais il s'agissait de juristes et de religieux, incapables même de monter à cheval, et donc de traverser la France à la recherche d'argotiers ! Quant aux sergents, si peu savaient lire ! Non, décidément, personne parmi ceux-là n'était à même de conduire une enquête sérieuse.

Philippe balaya du regard l'assistance pour s'arrêter sur Esquieu de Floyran.

C'était le plus petit de tous. Rondelet, il arborait un visage bonhomme aux lèvres épaisses et au nez camus avec de petits yeux vifs. Mais le roi savait que la jovialité qu'il montrait toujours n'était qu'un masque. C'était un individu sournois et aussi dangereux qu'un serpent. Le Bel l'aurait volontiers envoyé au bûcher s'il n'avait eu encore besoin de lui.

— Vous connaissez les templiers, mettez-vous à la place de L'Aigle... Où seriez-vous allé vous réfugier ?

Le renégat n'hésita guère :

— En Angleterre, noble roi. L'Ordre y est puissant et ce L'Aigle y trouvera de l'aide. D'ailleurs, la plupart des dignitaires qui ont échappé s'y sont rendus.

— En Angleterre… fit pensivement Philippe en opinant. Il serait fâcheux que mon cousin Edouard[1] ait vent de ce trésor. Raison de plus pour agir vite et discrètement. Nogaret, je ne veux plus d'échec.

— Il n'y en aura plus, Majesté.

Le roi leva une main, acceptant la parole de son garde des Sceaux, et signifiant également que la conférence était terminée.

1. Le jeune roi d'Angleterre, Edouard II.

2

Dans la cour du Louvre, tandis qu'ils longeaient le fossé entourant la Grosse Tour, Pierre de Dicy s'adressa pour la première fois à Guillaume de Nogaret depuis qu'ils avaient quitté la salle royale. Esquieu de Floyran marchait à quelques pas derrière eux et La Celle, qui logeait dans le château même, avait regagné sa chambre, satisfait de s'en tirer à si bon compte et de ne pas avoir à rechercher les fugitifs.

— Avez-vous une idée d'un conseiller du Parlement qui pourrait convenir pour cette mission ? s'enquit le prévôt d'un ton inquiet. J'avoue avoir songé à quelques noms, mais les examinateurs les plus futés du Châtelet sont des clercs et je ne les vois pas chevaucher sur les routes de Flandre et encore moins se rendre en Angleterre. Ou alors il faudra les faire accompagner d'une escorte, mais dans ce cas leur enquête ne sera guère discrète…

— Je pensais la même chose que vous. Les conseillers de la chambre des enquêtes sont des bourgeois ou des clercs juristes, je ne vois aucun chevalier. De surcroît, celui qui partira devrait parler flamand…

Philippe de Nogaret suspendit brusquement sa phrase. L'image de l'homme idoine venait de surgir dans son esprit : le lundi précédent, alors qu'il traversait la Grande Salle, il avait rencontré un ancien compagnon : Guillaume de Mussy, venu à Paris à l'occasion d'un procès. Chevalier de petite noblesse, Mussy avait été nommé bailli de Meaux et de Provins par le comte de Champagne quelque quarante ans plus tôt. Il avait, entre autres, à vérifier que les marchands présents à la foire de Provins payaient bien les droits exigés. C'était une charge fort lucrative car il ne se gênait pas pour abuser de la force publique, ce qui l'avait rapidement enrichi. Seulement sa carrière avait pris fin quand le jeune roi de France, Philippe IV, avait épousé Jeanne, reine de Navarre et comtesse de Champagne. Le monarque avait réorganisé alors l'administration du comté et Guillaume de Mussy avait dû cesser ses fonctions.

Surpris, le garde de la prévôté tourna la tête vers son compagnon avec un regard interrogatif dans lequel pointait un brin d'espoir.

— Envisagez-vous quelqu'un ? s'enquit-il.

— Peut-être. Connaissez-vous Guillaume de Mussy ?

Pierre de Dicy plissa le front en faisant la moue.

— J'ai déjà entendu ce nom mais à quelle occasion, je ne me le remémore point.

— Voici quelques années, nous avons travaillé ensemble dans le comté de Champagne comme enquêteurs commissaires. A soixante-cinq ans sonnés, Guillaume s'est maintenant retiré sur ses terres, mais je l'ai croisé l'autre jour au Palais, où il défend quelque chicane.

Ils avaient pénétré dans l'écurie et le prévôt avait chargé l'un des hommes de son escorte de faire préparer leurs montures.

— Songez-vous qu'un homme de cet âge puisse faire l'affaire ? s'inquiéta Dicy.

— Attendez de le rencontrer !

Esquieu de Floyran s'était joint à eux et intervint :

— Qu'a-t-il donc de si particulier ?

— J'ai rarement approché un chevalier aussi tenace et habile. Rien ne l'arrête dans ses desseins et je l'ai vu percer des intrigues d'une rare subtilité. Impossible de le tromper, de lui dissimuler quoi que ce soit. De plus c'est un rude combattant maniant l'épée et l'arbalète avec adresse, et surtout il parle flamand, allemand et saxon.

— Intéressant ! Est-il encore à Paris ? demanda le prévôt.

— Je l'espère. Il m'a dit loger rue de la Colombe, à la taverne Saint-Nicolas. Pourriez-vous le faire chercher et le conduire chez moi à haute none ? Il faudrait aussi prévenir messire de La Celle de nous rejoindre.

— Je me rends sur-le-champ avec mes gens rue de la Colombe. S'il est à Paris, je le trouverai et je préviendrai ensuite messire de La Celle.

On approcha leurs montures. L'escorte du garde de la prévôté n'avait pas été dessellée et ils partirent aussitôt. Nogaret et Floyran les regardèrent s'en aller.

— Croyez-vous que votre Mussy acceptera ? s'enquit l'ancien prieur du Temple.

— J'en suis sûr car j'ai les moyens de le convaincre. De plus, c'est un homme d'argent, et la récompense le décidera.

— Vous semblez bien le connaître, messire chancelier, fit Floyran en montant en selle sur sa petite jument baie.

— Mussy a eu quelques ennuis dans le passé. Après avoir perdu sa charge, il en a rapidement retrouvé une autre car des chevaliers juristes tels que lui, connaissant les lois et les coutumes fiscales, et capables de faire entrer l'argent dans les caisses de l'Etat sans états d'âme, ont toujours été précieux. En 1290, il dirigeait le triple bailliage de Troyes, de Meaux et de Provins, dans lequel il se montrait fort efficace, m'a-t-on dit. Trop peut-être, car des ennemis l'ont dénoncé pour des malversations.

— Ah ! fit l'apostat, tandis qu'ils se dirigeaient vers la porte orientale.

Lui aussi avait connu la dénonciation et la prison. D'emblée, ce Mussy lui parut avenant.

— En 1292, il a été traduit devant le Parlement et condamné pour concussion et exactions à payer une amende de trois mille livres tournois.

— Disposait-il de pareille somme ? s'étonna Floyran.

— C'est le Temple qui a payé. Il avait de solides amis dans l'Ordre.

— Intéressant.

— N'est-ce pas ? Le fait qu'il connaisse bien le Temple est également un avantage.

— En effet. Il devait leur avoir rendu de grands services pour que les templiers lâchent trois mille livres. Que lui est-il arrivé ensuite ?

— Il a été destitué et banni des affaires publiques. Or, en 1298, alors que Sa Majesté venait de me prendre à son service, j'ai été pourvu de la charge d'enquêteur royal en Champagne, chargé du recouvrement des mainmortes et de la vérification des taxes. Je disposais de grands moyens et le roi m'avait donné un chevalier chargé de m'aider dans cette besogne. Seulement, je connaissais surtout le Languedoc. La Champagne était terre inconnue pour moi. J'ai donc cherché quelqu'un qui puisse m'épauler et celui qui m'assistait m'a parlé de Mussy, qu'il connaissait bien. J'avoue ne pas avoir regretté son choix. Retiré chez lui et lassé de la vie de petit hobereau, il n'attendait qu'une occasion pour chevaucher et exercer à nouveau l'autorité royale. Et s'enrichir un peu plus !

Nogaret émit un rire grinçant dont l'apostat ne put déterminer s'il était méprisant ou menaçant.

— Pendant trois ans, nous avons parcouru la Champagne en ayant la haute main sur la vérification des chartes seigneuriales, l'examen des traités ratifiés par les villes et le contrôle des franchises. Nous avons également étudié la possibilité de rendre la Seine navigable jusqu'à Troyes et la façon de financer les travaux. Le roi a été satisfait de notre travail puisqu'il m'a appelé près de lui et qu'il a nommé Mussy panetier royal en le confirmant par lettre de commission comme commissaire chargé des enquêtes sur tout ce qui était celé, usurpé ou fraudé au préjudice du royaume. Certes, c'était nommer le renard chef du poulailler, mais qui mieux qu'un voleur connaît les moyens de larronner les autres !

Nouveau rire grinçant, et cette fois Floyran approuva. Il commençait à voir où Nogaret voulait en venir. Ce Mussy ne pourrait refuser la mission, sauf à prendre le risque qu'une nouvelle enquête pour malversation soit lancée contre lui. Et si cet homme était aussi adroit, il devrait pouvoir dénicher sans peine les fugitifs.

Restait à décider quel allait être son rôle à lui. Une occasion de s'enrichir comme celle-là ne se représenterait pas, il en était conscient.

— Pendant encore quelques années Mussy fut chargé de poursuivre les fraudeurs et d'enquêter sur les concussions et les excès de pouvoir commis par les officiers et les agents du roi aux dépens des habitants, de les punir et de les contraindre à restitution, poursuivit Nogaret. Je dois dire qu'il s'est montré efficace dans cette tâche, à l'occasion de laquelle un précepteur de Temple lui avait été adjoint. Il a donc été nommé chevalier du roi, avant de se retirer l'année dernière, riche et honoré.

Ayant franchi la porte orientale suivis d'une escorte de deux sergents, ils s'engagèrent dans la rue de l'Autriche, direction le vaste hôtel de Nogaret.

Ce dernier avait invité Floyran à sa table. L'apostat venait de Béziers et le garde des Sceaux avait enseigné le droit à Montpellier avant de devenir juge mage de la sénéchaussée de Nîmes. Tous deux avaient beaucoup de souvenirs en commun mais, surtout, l'ancien prieur templier savait se montrer prolifique en révélations et anecdotes. Or, Nogaret n'ignorait pas que pour garder le pouvoir il fallait connaître les faiblesses humaines, et le templier félon était une mine de renseignements sur les turpitudes des notables du Midi.

Après un dîner de plusieurs services où se succédèrent brouets, poissons, ragoûts et volailles, Guillaume de Mussy arriva pendant que les deux hommes grignotaient du nougat et des pommes. Venu seul, il fut introduit par l'intendant. Guillaume de Nogaret fit les présentations, révélant seulement que Floyran était un ancien prieur du Temple. Après quoi il invita son ancien subordonné à se joindre à eux. Un domestique apparut et lui servit un hanap de vin, des confitures et des fruits.

Le chancelier expliqua ensuite rapidement à son ancien compagnon les raisons de sa convocation. Accusés d'apostasie et d'hérésie, tous les templiers de France avaient été saisis. Quelques-uns avaient bien sûr échappé à la rafle et parmi eux un important chevalier que le roi voulait interroger.

Mussy opinait régulièrement, sans poser de questions. Floyran l'observait. L'ancien bailli, d'une haute taille et fort vigoureux, se tenait bien droit malgré son âge. Son visage oblong, imberbe, au front haut, à la bouche étroite et amère, et au menton carré, affichait l'autorité, la méfiance mais aussi la curiosité. Sous un péliçon en peau de sanglier, il portait une brigandine de cuir. La vêture d'un homme d'armes. A sa double ceinture pendaient une dague et une large lame à la longue garde. Un chaperon de drap mauve à cornette ne dissimulait pas sa chevelure clairsemée et bouclée.

— Bref, cet homme a réussi à s'enfuir et a filé vers Boulogne. Là, on a perdu sa trace. Messire Floyran pense qu'il a pu se rendre en Angleterre. Il n'est pas seul. Il a avec lui un couple d'argotiers nommés Coquillard et Florida, la sœur de cette dernière, d'après une enquête du prévôt, et un moine défroqué. Tous sont dangereux, ils ont meurtri une patrouille de cinq hommes du comte de Boulogne, et plusieurs archers du roi ici.

L'ancien bailli formula un sourire méprisant qui signifiait ouvertement : « Ces gueux ne me font pas peur. »

On gratta à la porte et sur ordre de Nogaret le maître d'hôtel fit entrer le prévôt et La Celle.

— Vous voici arrivé avant moi, messire de Mussy ! s'exclama Dicy.

— Je suis parti aussitôt après que vous m'avez demandé de venir chez messire de Nogaret.

Dicy s'adressa au garde des Sceaux d'un ton satisfait :

— Messire de Mussy n'était pas à son hôtellerie, mais je l'ai trouvé à Notre-Dame.

— Bien, fit Nogaret, avec un geste impatient, indifférent aux investigations conduites par le garde de la prévôté. Asseyez-vous avec nous, on va vous servir à boire. J'ai déjà dit à messire de Mussy l'essentiel.

Il se tourna vers lui.

— Je suis certain que vous avez deviné pourquoi je vous ai fait chercher.

— Vous voulez que je retrouve ce templier, ce L'Aigle.

— Pas uniquement. Il faudra le ramener à Paris.

— Ce ne sera pas facile.

— C'est pour cela que j'ai songé à vous. Je sais que vous pouvez y parvenir.

— Peut-être, mais ma jeunesse et ma vigueur sont derrière moi.

— La récompense est de mille sous d'or.

Mussy haussa les sourcils, mais sans lâcher une parole. En vérité, il était tenté. Pas seulement à cause de l'or, surtout pour l'exploit. Cependant, courir les routes au début de l'hiver ne lui convenait guère. Il aimait son confort, désormais, et chevaucher sous la neige, en Angleterre qui plus est, ne le séduisait nullement.

— Il n'y a que vous capable d'aller chercher ce félon en Angleterre. Et le roi l'exige, ajouta sèchement Nogaret.

Son ton avait changé et Mussy devina la menace. Refuser, c'était prendre le risque de nouvelles poursuites, d'une amende, ou pire.

— J'ai un procès à suivre ici… fit-il matoisement.

— Vous le gagnerez, j'en fais mon affaire.

Mussy opina, satisfait.

— Quand voulez-vous que je parte ?

Dicy et La Celle échangèrent un sourire de soulagement.

— Tout de suite.

— Mais je n'ai pas d'équipement pour batailler, et il faut que je prévienne ma famille ! De plus, j'en sais trop peu sur cette affaire !

— Je vous fournirai ce dont vous avez besoin et le prévôt de Paris vous remettra ce qui manque. Avez-vous des gens avec vous ?

— Mon fils Joffroy, un sergent et son neveu. Vous connaissez le sergent, c'est Alphonse. Il m'assistait en Champagne.

— Il parle flamand, n'est-ce pas ?

— Oui, il a fait partie de l'armée de messire d'Artois[1].

— Emmenez-le, ainsi que votre fils, et engagez autant d'hommes que vous le jugerez nécessaire. Je vous remettrai une centaine d'écus pour vos frais.

Comme Mussy acceptait d'un signe de tête, Nogaret ajouta :

— Messire prévôt, racontez maintenant comment ce L'Aigle nous a échappé, et ensuite messire La Celle narrera ce qu'il a appris à Boulogne.

1. Robert d'Artois, neveu de Saint Louis, trouvera la mort dans la campagne de Flandre. Il était un des capitaines de Philippe le Bel dans l'invasion de la Flandre, entre 1297 et 1304.

3

Ils jouaient à la rafle[1] dans la salle de l'auberge.

— Tierce ! hurla Malvin, un jeune homme dans la vingtaine, dégingandé et rouge d'excitation.

Nez et dents cassés, balafre sur le front, deux coutelas à la taille, mains noueuses, le genre de brute capable de se battre comme un forcené sans se préoccuper de la force ou des capacités de ses adversaires. Quelqu'un qui ne vivrait pas vieux.

D'un geste, il ramassa les piécettes de cuivre sur la table tandis que Joffroy grimaçait. Le fils Mussy n'avait rien gagné depuis le début de la partie. Maudit soit ce maraud que la chance ne quittait pas !

Un troisième individu à la corpulence plus grasse que robuste, avec un gros bide soulevé par un ceinturon alourdi d'une épée de taille, cheveux courts grisonnants et rares, front bestial aux sourcils noirs et épais, barbe hirsute et expression rude mais prudente, posa une main sur l'avant-bras du fils de

1. Jeu à trois dés.

son maître afin de calmer la colère qu'il devinait. Joffroy et Malvin s'étaient déjà battus, et son neveu avait perdu deux dents.

Mussy s'approcha d'eux dans la salle enfumée par la cheminée.

— On s'en va ! annonça-t-il, mettant fin à la tension. Filez prendre vos affaires.

— Où va-t-on, père ? interrogea Joffroy.

Dans la trentaine, chevalier comme son père, il lui ressemblait, avec son visage carré et sa mâchoire volontaire hérissée d'une toison noire. Il différait cependant de son géniteur par sa coiffure en rondi et sa vêture car il arborait une cotte hardie matelassée serrée à la taille sur son gippon, un vêtement à la dernière mode qu'il venait de faire coudre chez un tailleur.

— Pour l'heure, au Grand Châtelet chercher hauberts, casques et cervelières, d'autres chevaux également et de quoi compléter nos harnois. Ensuite, on se rend à Boulogne.

— Mais... le procès ? demanda le fils, éberlué par cette annonce inattendue.

Déjà Alphonse s'était levé et Malvin l'imitait après avoir vidé sa chopine de vin et lâché un rot tonitruant.

— Une belle entreprise autrement prometteuse nous attend. Ce soir, nous dormirons à Pontoise.

Venus pour une audience judiciaire, les quatre hommes n'étaient pas équipés pour combattre. Le royaume de France était fort sûr et les fredains absents de la Bourgogne, où se situaient les terres de Mussy. Certes, ils portaient tous épée, hache et brigandine, mais n'avaient ni cottes de mailles, ni lances, ni hauberts, ni écus. Nogaret avait demandé à son maître d'hôtel de conduire Mussy dans l'arsenal de l'hôtel afin qu'il y choisisse ce qu'il désirait. La pièce était bien garnie car le garde des Sceaux s'était attribué une belle part dans la mise à sac de la Villeneuve du Temple. Non en objets de valeur, le roi se les étant tous appropriés, mais en armes et harnois de toutes sortes.

Mussy avait trouvé un long haubert à sa taille, un plus ample à la taille de son fils, des gants de mailles, des genouillères, des plates d'armures. Il avait cependant écarté ces dernières, les jugeant trop lourdes et surtout inutiles pour affronter des ribauds et un servant templier en fuite. Il avait aussi pris des arbalètes et des trousses de carreaux, des épées supplémentaires et deux manteaux. Tout serait transporté au Grand Châtelet, où ils viendraient choisir d'autres équipements pour le sergent et son fils, en particulier des écus courts, et bien sûr des chevaux supplémentaires.

Quand le bailli avait donné à ses hommes quelques informations sur leur voyage et leur mission, le sergent et son fils n'avaient fait aucune objection car le premier ne discutait jamais les décisions de son seigneur et le second se réjouissait à l'idée de se battre. Joffroy était cependant resté boudeur. Il avait rencontré une femme et il se doutait qu'il ne reviendrait pas à Paris avant des mois.

Avec les deux roussins de bât qui transportaient leur matériel, ils chevauchèrent durant des heures sous un ciel gris et maussade, puis obscur, et arrivèrent à l'auberge du Pot d'Etain à Pontoise en pleine nuit. Il s'agissait d'une hôtellerie que Mussy connaissait et ils obtinrent facilement une chambre avec un vaste lit. Ils soupèrent près du foyer et l'ancien bailli leur donna enfin tous les détails de leur expédition.

Leur voyage dura six jours. Six jours sous une pluie incessante, sur des chemins transformés en fondrières et parfois en torrents. Mussy n'épargnait pas ses compagnons, limitant les haltes au plus court et uniquement pour soigner, désaltérer et nourrir les chevaux, partant à l'aurore et ne s'arrêtant qu'à la nuit. Ainsi, malgré le temps effroyable, ils pénétrèrent dans la cour du château de Boulogne le soir du samedi 11 novembre après de longues palabres pour faire baisser le pont-levis.

Nogaret avait baillé à Mussy un mandement scellé de cire verte sur lacs de soie rouge représentant le roi en majesté, le nommant bailli royal enquêteur et demandant « aux lieutenants, maréchaux, maîtres des arbalestiers, sénéchaux, baillis, prévôts, châtelains, capitaines, gardes de bonnes villes, forteresses et ponts, de lui accorder assistance et bon et loyal sauf-conduit ».

On prévint le sénéchal, qui travaillait encore dans sa chambre. Il reçut le bailli immédiatement tandis qu'un intendant donnait des ordres afin qu'on s'occupe des voyageurs, qui seraient logés dans la forteresse, et de leurs chevaux.

L'officier du comte s'attendait à la visite d'un autre émissaire du roi et ne fut donc pas surpris par l'arrivée de Guillaume de Mussy. Il lui expliqua avoir envoyé nombre de patrouilles battre la campagne dans le Boulonnais, mais qu'aucune n'avait trouvé trace des criminels. Ils avaient dû gagner la Flandre, ce qui signifiait qu'ils se trouvaient hors d'atteinte. Il le regrettait, mais n'y pouvait rien.

Quant au chevalier Guy de Hainaut, il avait survécu et venait de quitter le monastère pour sa maison de Boulogne, où il avait été transporté l'avant-veille. Mussy annonça qu'il irait le voir le lendemain.

Insatisfait, le bailli gagna la chambre qu'on lui avait donnée et y retrouva son fils et ses hommes devant une table dressée supportant un copieux dîner. Il s'installa avec eux après avoir remplacé ses vêtements mouillés par une épaisse robe de velours.

Après que son père eut résumé la situation, Joffroy demanda :

— Allons-nous poursuivre nos recherches en Flandre ?

— Il le faudra bien.

— Les ports sont nombreux là-bas, et chaque jour beaucoup de nefs et de barques arrivent et s'en vont, dit Alphonse, qui avait participé à la première campagne royale dans ce comté et était allé jusqu'à Bruges. S'ils se sont rendus en Angleterre, ce ne sera pas facile de retrouver ceux qui les auront embarqués.

Maussade, Mussy ne répondit pas. Il savait tout cela.

Le comté de Flandre avait toujours été sous l'emprise du roi de France, mais le comte Gui de Dampierre se voulait l'égal de ce dernier. Or, dès son accession au trône, Philippe avait imposé sa volonté en réclamant d'importants impôts et en exigeant d'administrer le comté à son gré. En même temps, il soutenait les villes franches contre l'autorité comtale.

Dampierre avait donc recherché l'alliance de l'Angleterre et le roi Edouard lui avait accordé son soutien. Fâché, Philippe avait envahi la Flandre avec une armée de soixante mille hommes et emprisonné Gui et ses fils au début de l'an 1300. Mais une administration inique des Français avait provoqué la révolte des Flamands et les armées du roi de France avaient subi plusieurs humiliantes défaites, en particulier celle de la bataille des Eperons d'or.

Heureusement pour la France, en août 1304, le roi avait remporté une victoire qui avait rétabli la situation. Cependant les deux camps étaient affaiblis et, chacun voulant éviter la poursuite d'un conflit interminable, un traité de paix avait été signé à Athis, en 1305. Il reconnaissait l'indépendance flamande, malgré la perte des villes de Lille, Douai et Orchies, qui devenaient françaises, et le paiement de cent mille livres par les Flamands.

Seulement désormais la Flandre se gouvernait seule, et les fugitifs pouvaient sans risque d'être arrêtés avoir trouvé refuge dans un port avant de faire voile vers l'Angleterre.

Le lendemain, les quatre hommes se rendirent dans la grande rue Notre-Dame, à la maison de la Coupe, où logeait Guy de Hainaut. Le chevalier blessé par les fugitifs les retrouva dans sa salle où il entra en boitillant, appuyé sur une canne. Mussy se présenta, prit courtoisement de ses nouvelles et lui annonça qu'il voulait se rendre sur le lieu du combat. Hainaut s'apprêtait à partir à la messe avec sa mesnie mais, devant l'insistance du bailli, il ne put qu'accepter de conduire les envoyés du roi.

Ils partirent peu après. Leur chevauchée dura près de deux heures, à la fois parce que Hainaut se ménageait et à cause des chemins défoncés qui entravaient la marche des chevaux.

Sur place, le chevalier boulonnais désigna le fossé dans lequel s'étaient cachés deux des fugitifs et raconta avec précision ce qui s'était passé. Mussy examina longuement l'endroit bien qu'il n'y ait plus aucune trace.

— Que faisaient-ils sur cette route ? demanda-t-il. Par là, on va droit à Boulogne, et ils ne pouvaient envisager d'y aller.

La question s'adressait à lui-même, mais Hainaut y répondit :

— J'y ai songé. Je pense qu'ils s'étaient tout simplement perdus. C'était presque la nouvelle lune et il n'y avait guère d'étoiles tant le ciel était nuageux.

— Possible. Le nommé L'Aigle est normand, il pouvait connaître la route, mais pas suffisamment pour trouver son chemin dans l'obscurité.

Ils reprirent la direction de Boulogne et s'arrêtèrent à un croisement à proximité du hameau de Desurenes et de sa tour de guet. Un sentier s'engageait au septentrion, dans une épaisse forêt.

— Admettons qu'ils aient pris cette direction. Où conduit ce chemin ?

— On peut rejoindre Guînes et Calais.

— Calais est ville royale, trop dangereuse pour eux. Et on les aurait pris à Guînes.

— Je sais que le sénéchal a envoyé des hommes à Guînes. Au château, personne n'avait aperçu ces cinq-là.

— Je suis venu par ici voici huit ans, intervint le sergent. Si on contourne Guînes, on peut filer vers Ardres et la Flandre.

— Oui, et Dunkerque, approuva Hainaut.

— Auraient-ils pu embarquer à Dunkerque ?

— Certainement, s'ils y ont trouvé une cogue[1] allant à Londres ou Southampton, mais peu de nefs font escale là-bas. Le bourg est surtout un port de pêcheurs, lesquels n'ont que des barques servant à la pêche au hareng. Les bateaux ne vont que rarement sur la grande île, et jamais avec le mauvais temps ; les courants sont dangereux. Non, ce n'est pas la meilleure place pour aller en Angleterre.

— Sinon ?

— Ils ont dû se rendre à Bruges.

Mussy grimaça. Il savait que les nefs de la Hanse faisaient de longs périples. Si L'Aigle avait embarqué sur une cogue le conduisant à Southampton, le bateau pouvait ensuite avoir navigué jusqu'à La Rochelle, ou même Bordeaux, ou encore être allé en Flandre ou en Zélande. Dès lors, il serait quasiment impossible de le retrouver, sauf si quelqu'un se souvenait du nom de la nef ou de son capitaine. Leur quête était loin d'être terminée. Il avait besoin d'autres renseignements.

— Qu'y a-t-il à Ardres ?

— Un donjon de bois et quelques pauvres fermes, l'endroit est marécageux.

— Donc pas grand monde. On a dû les remarquer. De là, combien de temps pour gagner Dunkerque ?

1. Nef de faible tonnage bordée à clins et au fond plat, ce navire de cabotage était très courant en Flandre, en Hollande et en Angleterre. Rapide et maniable, il transportait surtout du bois, du sel ou du vin.

— A partir d'Ardres, on se perd facilement, à cause des canaux qui serpentent partout. Quand on connaît le pays, il faut une grosse journée. Mais attention, c'est la Flandre là-bas, et on n'aime pas les gens du roi de France.

— On se débrouillera. On trouvera un guide.

Ils se séparèrent et Hainaut rentra à Boulogne tandis que les gens de Nogaret s'engageaient dans la forêt. Après leur départ, le silence revint sur le chemin et quelques oiseaux se remirent à pépier. Soudain, un couple de pics-verts s'envola quand le chevalier qui suivait le bailli sortit des taillis. La mâchoire de son cheval était serrée dans une étoffe afin qu'il ne puisse hennir. L'homme s'engagea à la suite des gens du roi de France après avoir échangé sa chape de voyage contre un manteau blanc avec la croix du Temple.

4

Trois heures plus tard, Mussy et ses hommes sortirent de la forêt et aperçurent la motte et le donjon d'Ardres.

Ils se trouvaient désormais en Flandre et Mussy ne tenait pas à avoir affaire aux gens du château, qui pouvaient se révéler hostiles, aussi contournèrent-ils largement la fortification, plus ou moins guidés par Alphonse. Auparavant, ils avaient dissimulé dans de gros paquets attachés sur les chevaux de bât tout ce qui pouvait révéler leur état de guerriers. Le bailli et son fils avaient revêtu d'épaisses robes de voyage et Mussy se présenterait désormais comme un drapier se rendant à Bergues, un bourg important pour le marché de la laine arrivant d'Angleterre et où les tisserands étaient nombreux. Si on le questionnait, il pourrait répondre à toutes les questions imaginables pour avoir passé des années en Champagne à s'occuper des foires. Son fils en savait presque autant que lui et leurs hommes d'armes formaient une escorte vraisemblable, tous les marchands étant ainsi protégés quand ils voyageaient.

Le pays était plat, pauvre et marécageux. Des masures en torchis et en bois, avec des couvertures de chaume, se dressaient sur les rares reliefs, des volutes de fumée montant des toitures. Ils ne virent que peu de personnes, mais on était dimanche. Apercevant un enfant qui surveillait une douzaine de moutons rachitiques dans un pré salé, ils l'interrogèrent. Non, il n'avait pas rencontré de cavaliers étrangers depuis des semaines. Le gamin leur indiqua ce qu'il pensait être la direction de Bergues et de Dunkerque, mais sans en être certain.

Plus loin, ils croisèrent un ânier dont la bête portait du fourrage. Alphonse le questionna également mais le paysan n'avait pas aperçu de cavaliers depuis des semaines. En continuant vers le septentrion, ils découvrirent un vilain qui sarclait au louchet[1] un champ cultivé en chanvre. Il prit peur en voyant les inconnus s'approcher et tenta de s'éloigner, mais Mussy le rattrapa aisément.

— Holà, l'ami, ne crains rien avec nous ! lança-t-il avec bonhomie.

Le paysan s'arrêta et sourit craintivement, lançant de brefs regards autour de lui, au cas où il lui faudrait s'enfuir à nouveau.

— Que Dieu te garde, même s'il doit désapprouver que tu travailles le dimanche, poursuivit le bailli.

1. Bêche à fer allongé.

— Le Seigneur sait pourquoi, messire. Je n'ai rien pu faire dans la semaine à cause de la pluie.

— C'est une bonne raison ! Je recherche cinq cavaliers passés par ici voici trois semaines. Il y avait deux femmes avec eux.

Le manant ne répondit pas tout de suite à la question. Ayant observé cent fois cette attitude, Mussy comprit ce qu'il attendait. Il savait quelque chose, mais ne révélerait rien gratuitement.

Le bailli tira un gros de six deniers de son escarcelle et le montra, tenu entre pouce et index.

— Deux hommes avec des brettes, un moine et deux femmes, reconnut le vilain. C'était quelques jours avant la Saint-Simon[1]. Je m'en souviens parce que le curé nous a dit que Simon cultivait la terre, comme moi.

Mussy lui lança la pièce.

— T'ont-ils parlé ?

Le paysan frottait la monnaie sur son sayon afin de la faire briller. Il n'en voyait pas souvent et afficha sa satisfaction.

— Oui, seigneur, répondit-il. Ils m'ont demandé la route de Dunkerque.

Enfin, une information solide ! songea Mussy.

— Par où ?

— J'y suis jamais allé, seigneur. Je leur ai juste dit qu'en allant par là ils arriveraient à Gravelines.

Il tendit le bras.

1. Le 28 octobre.

— De Gravelines, on peut gagner Dunkerque en longeant les dunes, intervint Alphonse.

— On le dit, approuva le manant en secouant la tête de bas en haut.

— Combien de temps jusqu'à Gravelines ?

— Je sais pas. Mais à Saint-Folquin on vous le dira certainement.

Il releva le bras, montrant la même direction.

Ils poursuivirent et ne rencontrèrent plus personne. Partout s'étendaient des prés marécageux et désolés. Bien plus tard, ils entendirent une cloche sonner vêpres. En suivant un canal envahi par les herbes, ils distinguèrent des fumées, puis un petit clocher et une église avec des maisons de torchis serrées autour.

Ils pénétrèrent dans la cour de la plus grande. L'endroit était misérable, avec une vache efflanquée et un veau dans une étable. Quelques poules erraient. Un gamin sortit d'une grange et appela. Trois femmes en guimpe et tablier apparurent, inquiètes devant cette troupe.

— Je suis maître drapier, nous allons à Dunkerque, annonça Mussy après les avoir saluées courtoisement.

— C'est loin, messire, dit une femme, la plus âgée, dont un voile lui couvrait tête et épaules.

— Je sais que nous n'y serons pas ce soir, pouvez-vous nous loger ? Je vous paierai le lit, le souper et le fourrage de mes chevaux.

Elles se regardèrent, un peu hésitantes, ayant un terrible souvenir du passage de l'armée du roi de France, qui avait pillé leurs biens et tué le fils de l'une d'elles. Mais ces hommes étaient des marchands, que risquaient-elles ?

— Je vous laisserai ma chambre, seigneur, proposa la vieille, mais vous serez serrés.

Mussy mit pied à terre, ses compagnons l'imitèrent et il tira deux pièces d'argent.

— Voilà pour le logement et le dîner. Vous en recevrez deux autres si quelqu'un nous guide demain jusqu'à Dunkerque.

Rassurée, la femme prit les pièces.

— Mon mari connaît le chemin par Gravelines. Il vous conduira.

Le lendemain dans l'après-midi, le manant les laissa au bord de l'Havendyck, ce bras de mer endigué et canalisé qui reliait le petit port de pêche à Bergues. Après des années de guerre, pénétrer dans Dunkerque ne pouvait être qu'une entreprise difficile pour des sujets du roi de France, aussi Mussy avait-il décidé de se faire passer pour un négociant venant de Bergues, ville qu'Alphonse connaissait lui aussi, car elle avait été prise par Robert d'Artois. Mais pour ce faire, il fallait atteindre la route de ce bourg et franchir l'Havendyck. Le bailli avait demandé à leur guide où trouver des ponts, mais l'autre l'ignorait, aussi longèrent-ils finalement le canal, dont les rives mal entretenues révélèrent un endroit ensablé par où ils passèrent à gué. Ensuite, ils filèrent vers le port et, à proximité d'une écluse, entendirent le son d'un cor qui les signalait depuis une tour de pierre.

Construit sur une terre conquise sur les eaux, le bourg était entouré de bras de mer endigués. Aucune enceinte[1], sinon quelques palissades, mais les canaux formaient des fossés défensifs et pour pénétrer du côté par où Mussy et ses hommes arrivaient il fallait franchir un pont en bois protégé par un corps de garde où se tenaient un sergent et deux arbalétriers en hoqueton de cuir bouilli et salade.

Mussy s'arrêta devant eux et les salua tandis qu'ils le considéraient avec suspicion.

— Que Dieu vous protège. Je suis drapier et me rends en Angleterre, dit-il. J'espère embarquer ici.

— Français ? s'enquit le sergent.

Le bailli s'était exprimé en flamand mais, évidemment, son accent l'avait trahi.

— De Troyes, mais j'arrive de Bergues, et auparavant de Bruges. J'ai rencontré beaucoup de marchands afin de pouvoir choisir les meilleures laines d'Angleterre. Dunkerque est maintenant le port le plus proche pour gagner Londres.

La réponse parut satisfaire le sergent. Les aubains[2] payaient une taxe et le bourg avait besoin

1. Le château ne fut construit qu'en 1320. L'enceinte et ses tours en 1405.

2. Etrangers soumis au droit d'aubaine, c'est-à-dire à la confiscation de la moitié de leurs biens en cas de décès.

d'argent car il ne faisait pas partie de la Hanse de Londres. Contrairement à d'autres ports flamands, peu de grosses nefs y faisaient escale et l'argent y était rare.

— Vos chevaux transportent des marchandises ?

Il désigna les paquets.

— Seulement nos bagages et le viatique du voyage.

— L'octroi du pont est d'un denier pour les aubains à cheval, et le tonlieu sur ce que vous transportez sera de deux sous.

Mussy paya sans barguigner.

— Vous pouvez entrer, mais ne quittez pas la ville sans l'autorisation du bailli. Savez-vous où loger ?

— Non, vous avez une auberge à me conseiller ?

— La meilleure, c'est la Clef de Saint-Antoine, la maison aux colombes rouges et aux corbeaux en forme de têtes d'anges, là-bas, presque en face des quais. (Il la désigna, de l'autre côté du canal.) Notre bailli viendra vous interroger demain.

Ils franchirent le pont et suivirent l'Havendyck, fort large à cet endroit, bordé d'un quai de poutres et de planches devant lequel se trouvaient trois cogues desquelles des gagne-deniers débarquaient du bois et du sel, une busse renflée portant trois mâts dont un à petit hunier, quelques escutes pour la pêche côtière, des plattes et un houchenier pour la pêche au hareng. En face s'étendaient maisons et entrepôts. Peu de monde dehors, sinon des portefaix et des marins, mais il faisait froid et humide.

L'auberge à la Clef de Saint-Antoine était construite en torchis et colombages avec deux étages en encorbellement et un toit très pentu en paille et roseaux. Le pignon du bâtiment se dressait devant la busse, dont le pont était désert. Le reste de la taverne se prolongeait en longueur et le bâtiment était accolé à une cour bordée d'un entrepôt et d'une grange.

Malvin resta dans la cour avec les chevaux tandis que Mussy, son fils et Alphonse pénétraient par quatre marches dans la salle au plancher en surplomb de plus de deux pieds par rapport à la rue.

C'était une longue pièce au plafond bas noirci par la fumée. A son extrémité, dans un renfoncement, se dressait une cheminée de pierre dont le foyer fournissait une chiche lumière. Le reste de l'éclairage provenait des mèches de deux pots de graisse de poisson qui dégageaient une odeur nauséabonde. On distinguait vaguement sur les murs et sur des sortes d'étagères en planches quelques pots de bois, des cruches de terre, des nasses, des cages d'osier et des bourraches, celles-ci attachées par des chevilles.

Quatre tables, dont trois occupées. La plus proche par sept ou huit bruyants gaillards en chausses collantes, cotte à manches serrées, bonnet et caban de laine ; des marins, à coup sûr. A une autre table se tenaient deux hommes en surcot et hérigaud, plongés silencieusement dans leur chopine de cervoise. Et à la troisième, des bourgeois en chaperon et mitaines conversaient à voix basse.

Devant la cheminée, Mussy aperçut l'aubergiste, un colosse chauve dont le ventre bedonnant était protégé par un tablier de grosse toile. Il clabaudait avec une femme qui faisait cuire des poissons.

— Nous sommes quatre, annonça-t-il. On passera une ou deux nuits chez vous en attendant de pouvoir embarquer.

— J'ai une chambre en haut, avec un grand lit à paillasse et un poêle. Elle est à quatre deniers, répondit le cabaretier d'une voix rauque.

— Entendu, mais avec ce prix vous fournissez le fourrage à nos chevaux.

Le colosse accepta d'un signe de tête.

— Vous voulez manger ? s'enquit-il.

— Mes gens vont dîner et garderont ma part, je vais d'abord parler aux capitaines des cogues.

Il se tourna vers son fils.

— Occupe-toi de tout avec Alphonse et portez les bagages dans la chambre. Si le bailli vient, Alphonse lui parlera et tu payeras ce qu'il faut. Je vais sur le quai.

L'aubergiste s'approcha. Il boitait légèrement.

— Vous voulez embarquer pour où ?

— L'Angleterre, je suis marchand drapier et je vais y acheter de la laine.

— Dommage, vous iriez à Bruges, le capitaine Blankaert vous aurait pris.

Il désigna du doigt la table avec les marins, lesquels s'étaient interrompus, tout comme les bourgeois, afin d'écouter la conversation.

Le bailli du roi de France hésita un instant avant d'en dire plus. Trop de curiosité pouvait provoquer de la défiance chez ces gens. Pourtant, après réflexion il choisit de se comporter comme l'aurait fait un véritable négociant :

— Dommage, en effet, quel est votre navire ? s'enquit-il.

— La busse aux trois mâts, répondit un barbu roux. La *Sainte-Thérèse*.

— Vous prenez souvent des passagers ?

— Quand il y en a. Et ici, ça n'arrive jamais !

Il rit à gueule bec, imité par ses hommes.

— J'aurais pensé le contraire, avec tous les marchands qu'il y a à Bergues...

— Beaucoup préfèrent passer par les routes, plus sûres, pour se rendre à Bruges ou Gand.

Mussy afficha un air pantois.

— Personne vers l'Angleterre ? !

— Rarement, les derniers, c'étaient voici trois semaines.

Eux ? devina Mussy, que l'excitation gagna.

— Des drapiers ? demanda-t-il négligemment.

— Non ! Un chevalier et son écuyer avec leurs épouses et un froqué.

En plein dans le mille ! sourit intérieurement le bailli, grand amateur du jeu du palet.

— Je crois savoir de qui il s'agit, annonça-t-il alors d'un air entendu.

Il dépeignit Coquillard, Florida et le moine tels que Dicy les lui avait décrits.

— Ça pourrait être eux, mais comment les connaissez-vous, mon maître ? interrogea l'aubergiste, mi-surpris, mi-méfiant.

— En vérité, ce sont des drapiers. De perfides concurrents, hélas !

— Ils avaient pas l'air de drapiers, pas vrai, maître Jan ? fit l'hôtelier en s'adressant à un marchand qui semblait intéressé.

— Pour sûr ! reconnut l'homme qui gardait la cornette de son chaperon entourée à son cou. Celui qui s'est dit chevalier paraissait honnête homme, mais son écuyer m'a fait l'impression d'un ribaud. Le moine aussi était singulier. Je lui aurais pas confié mon escarcelle. Quant à voyager avec deux femmes !...

— Robert le Bel ! C'est son nom, assura Mussy. Ce sont des coquins, et les femmes des drôlesses qui leur servent à arriver à leurs fins. Ce Robert a déjà trompé bien du monde en vendant des draps qu'il ne livre jamais. Mais comme ses malfaisances sont trop déconnues en Champagne, il s'est maintenant lancé dans le négoce de la laine et fait honte à notre métier. J'espère qu'il n'a pas fait d'affaires ici ?

— Sûrement pas ! répondit celui à la cornette au cou. En vérité, il semblait pressé de partir.

— Il devait avoir des gens à ses trousses !

— Je me doutais de quelque chose comme ça, grommela un autre marchand.

— Il est la honte de notre corporation ! J'évite de me retrouver là où il est passé ! s'enflamma Mussy. Vous a-t-il dit dans quelle ville il se rendait ? Il faut absolument que je ne m'y trouve pas, tant il me causerait du tort !

— Vous avez raison d'être prudent, approuva un marchand. Maurits, Gheerkin t'a-t-il dit où il l'avait conduit ? demanda-t-il à l'aubergiste.

— Non, mais c'était pas là où le coquin voulait se rendre. Tu te souviens qu'il a bien failli ne pas revenir avec la tempête... Et vous, il vous a dit quelque chose ?

Il se tourna vers les autres marchands, qui secouèrent la tête.

— Qui est Gheerkin ? interrogea Mussy.

— Un maître pêcheur, l'un des meilleurs de la ville. Il possède un houchenier de belle taille manœuvré par deux marins et son fils comme mousse.

— Il ne va pas tarder à revenir. Vous pourrez l'interroger dès que son bateau sera arrivé, ajouta l'aubergiste.

— Je vais le faire, promit Mussy, satisfait d'avoir si vite trouvé la trace des fugitifs. En attendant, je vais me renseigner sur les destinations des autres cogues.

5

Evidemment, peu lui importait maintenant où allaient les cogues, il n'avait qu'à attendre le houchenier et à le convaincre de les conduire là où il avait laissé Robert de L'Aigle. Avec de l'or, rien de plus facile.

Cependant, voulant rester fidèle à son personnage, il s'arrêta devant chaque barque et interrogea les maîtres mariniers. Aucun n'allait en Angleterre, toutes les nefs repartaient pour la Zélande après avoir livré de la cervoise, du sel et du bois. Durant ces investigations, il remarqua que les deux hommes aperçus seuls à une table étaient également sortis. Des individus de taille moyenne, dont le plus jeune, sans incisives, imberbe, aux joues creuses et aux cheveux noirs taillés en rondi, gardait un air sinistre et inquiet. Le second, plus âgé d'une dizaine d'années, semblait plus jovial, avec un visage rougi par l'abus de chopines de cervoise et une chevelure bouclée emmêlée dans une barbe tirant sur le roux. Sous un manteau à capuchon, tous deux portaient des jaques matelassées formées de boudins cousus et une chemise de mailles annelées à larges manches par-dessus. En bas du corps, ils avaient un gippon[1] rembourré, d'épaisses chausses et de hauts soliers lacés. Leur baudrier soutenait une épée à longue garde et une dague effilée. Des gens d'armes, nul doute, jugea Mussy. Des mercenaires brabançons ou des gardes chargés de protéger les nefs.

Il s'en désintéressa quand il vit des barques de pêche pénétrer dans le chenal, leurs équipages en affalant déjà les voiles. Dès que la première eut accosté, il interrogea un marin sur le pont afin de savoir s'il s'agissait de celle de maître Gheerkin.

— Non ! Gheerkin possède un houchenier bien plus gros que le nôtre ! Mais on l'a aperçu derrière nous, lui répondit l'homme en désignant l'entrée du chenal.

Mussy s'avança vers la nef suivante, où on lui indiqua le navire aux flancs ronds peints en vert qui entrait dans le port. Il l'attendit, regarda les manœuvres à la rame et, quand l'embarcation fut contre le quai, il questionna le marin qui attachait les cordages aux pieux d'accostage. Ce dernier lui désigna un grand rouquin à la barbe en broussaille blanchie de sel et aux cheveux bouclés lui couvrant les oreilles. Aidé par un jeune garçon, il abattait la voile.

1. Sorte de jupe.

Le bailli du roi de France l'interpella :

— Maître Gheerkin, j'ai besoin de vous parler !

Le marinier ne se retourna même pas.

— Pas le temps, on a d'abord les harengs à sortir ! répliqua-t-il entre deux halètements. Allez à la Clef de Saint-Antoine, j'y serai plus tard.

Mussy fouilla son escarcelle, sortit un florin à la reine, enjamba le bordage et s'approcha de lui.

— Ceci pour m'entendre maintenant. Je serai pas long, promis.

Le capitaine s'arrêta et se retourna afin de voir de quoi il s'agissait. L'or qu'on lui tendait provoqua un effet magique. Le marin saisit le florin, puis examina l'étranger de haut en bas. Un marchand ? Possible, malgré l'épée de taille. Cependant quelque chose dans l'assurance de ce visiteur montrait qu'il s'agissait d'un homme d'autorité. Un prévôt ? Ça y ressemblait fort. Mais pas flamand, puisqu'il avait l'accent français. D'ailleurs la pièce portait la croix fleurdelisée. Mais quelle importance ? L'or était toujours de l'or, et la vie toujours aussi dure.

Amusé, Mussy avait sans peine lu les interrogations et les conclusions qui avaient traversé l'esprit du maître marinier et ne s'étonna pas de voir la pièce disparaître sous la cotte.

— Allez-y, messire, j'écoute !

— Seul à seul, décida le bailli.

— C'est mon fils, répliqua maître Gheerkin en désignant le mousse.

Mussy secoua la tête.

— Maarten, termine ! ordonna le capitaine au garçon.

Il fit quelques pas jusqu'à l'écoutille qu'il souleva, dévoilant l'entrée de la cale en faisant remonter une odeur de marée.

— Descendons !

Le Français s'engagea sur les marches. Le fond formait un plancher en caillebotis avec de l'eau clapotant dessous. Deux longues couchettes s'étendaient de part et d'autre, arrimées dans la courbure de la coque aux planches montées à clins. Au milieu, des panières d'osier emplies de poissons dont quelques-uns frétillaient encore.

— Bonne pêche, dit-il.

— Oui, mais le sel pour la conserver est hors de prix. Qui êtes-vous ? Que voulez-vous ? Français ?

— Vous avez conduit trois hommes et deux femmes en Angleterre, voici trois semaines.

Le marin comprit tout de suite. Il avait affaire à un prévôt qui poursuivait ceux qu'il avait transportés.

— Peut-être, dit-il prudemment.

— Un autre florin pour me parler d'eux et me révéler où vous les avez débarqués.

Mussy sortit une nouvelle pièce, que l'autre saisit.

— Ils voulaient que je les conduise à Londres. Mais le vent ne soufflait pas dans la bonne direction et la mer était mauvaise. Je leur ai promis de les emmener quelques jours plus tard, mais ils m'ont payé ce qu'il fallait pour partir quand même, dit-il en songeant aux dix florins d'or reçus. Evidemment, la tempête nous a pris. J'ai cru perdre la vie, celle de mon fils et de mes cousins. Cependant j'ai tant prié le Seigneur qu'il nous a protégés en nous envoyant dans un havre. C'est là que je les ai laissés.

— Où donc ?

— L'embouchure de la Chelmer, au septentrion de la Tamise.

— Qu'ont-ils dit de particulier ?

— Je n'ai rien entendu. Ils se trouvaient dans cette cale, à vomir toutes leurs tripes.

Il se força à rire, mais le cœur n'y était pas.

— Savez-vous tenir votre langue ?

— Quand on y met le prix.

— Alors on va s'entendre. Conduisez-moi demain à l'endroit où vous les avez laissés.

Le marin ne répondit pas tout de suite. Il avait bien flairé une affaire de justice.

— Possible, ce sera six florins d'or, osa-t-il.

— Cinq, puisque je vous en ai déjà donné deux. Mais attention : pas un mot à quiconque. Départ demain avant l'aurore. On sera quatre. Je suppose qu'on ne peut pas mettre un ou deux chevaux sur le pont ?

— Trop dangereux, fit Gheerkin en secouant la tête. Mais je peux vous amener au plus près de Maldon, un gros bourg où vous vous en procurerez. Ici, vous pouvez vendre les vôtres à maître Le Maunier, rue Saint-Gilles, à côté de la chapelle. C'est lui qui a acheté les montures de mes voyageurs.

Mussy considéra longuement le marin en essayant de se convaincre qu'il pouvait lui faire confiance. S'il les dénonçait au bailli de Dunkerque, ce pêcheur provoquerait son arrestation, mais il perdrait cinq florins. Cela devrait assurer une certaine loyauté.

Alors une idée lui vient :

— Il y aura peut-être d'autres voyages à faire, toujours au même prix.

— D'autres voyages ? répéta l'homme en haussant les sourcils.

— Je vous en parlerai demain. Combien de temps pour l'Angleterre ?

— Si le vent est favorable on y sera à haute none, ou un peu plus tard.

— A demain, alors.

Le capitaine remonta et Mussy le suivit. Il le salua d'un geste et revint sur le quai. L'obscurité approchait et son ventre criait de malefaim. En gagnant l'auberge, il remarqua que les supposés mercenaires brabançons étaient toujours dehors, paraissant guetter les barques qui entraient dans le chenal.

Vendre les chevaux ? Il y avait songé, mais il venait de changer ses plans, donc ce ne serait pas nécessaire. Il entrevoyait également les difficultés qui allaient se présenter une fois en Angleterre. Il connaissait quelques mots de saxon et de ce baragouin que parlaient les Anglais, mais il aurait du mal à se faire comprendre.

A la Clef de Saint-Antoine, il rejoignit à la quatrième table son fils et ses gens, qui dévoraient une appétissante tourte au poisson. Toutes les places étaient maintenant occupées et le vacarme des buveurs était infernal.

Son fils lui emplit un hanap et lui passa le plat à tourte.

— On part demain, annonça Mussy en sortant sa dague et en se coupant une tranche.

— Vous avez découvert où ils sont, père ? demanda Joffroy à voix basse.

— Oui.

La bouche pleine, il s'adressa à Alphonse :

— Malvin va rester ici. Il gardera nos bagages et les chevaux. On va saisir ce L'Aigle en Angleterre et revenir à Dunkerque.

— Avec un prisonnier, il serait plus aisé de rentrer par un port français, observa le sergent, lui aussi à mi-voix.

Le bailli balaya du regard les occupants des tables alentour. On ne les observait pas et le bruit couvrait certainement leurs paroles. Malgré tout, il chuchota en se penchant :

— Je sais, mais en Angleterre il faudrait trouver une barque pour nous transporter en France, et si on a un prisonnier, ce ne sera pas facile. Le maître pêcheur que j'ai vu aime l'or. Tant que je lui en donnerai, il fera ce que je lui dirai. Il a déjà compris que je poursuivais L'Aigle. Il acceptera de le ramener.

— Il va nous attendre en Angleterre ?

— On se donnera un rendez-vous. Quand on aura le templier, on le cachera jusqu'au départ et, de retour ici, on le débarquera dans les dunes. Alphonse, tu le garderas, et le bateau me ramènera à Dunkerque avec mon fils. On repartira de là avec ton neveu, on te rejoindra et on rentrera en France.

— Jouable, approuva Joffroy en hochant du chef.

Son sourire satisfait affirmait combien il était fier de l'astuce de son père.

— Reste à saisir notre homme, remarqua Alphonse. On sera à peine trois, et eux cinq.

— J'engagerai de l'aide…

Il fut interrompu par des éclats de voix plus forts que les autres, des insultes et des menaces provenant de la porte. Ils se tournèrent vers le tumulte. C'était l'aubergiste qui s'en prenait aux deux mercenaires. La dispute se tenait en flamand, mais Mussy comprit que le cabaretier ne voulait plus de la présence des hommes d'armes tant qu'ils n'auraient pas payé leur dû. Le plus âgé lui criait que la nef qu'ils attendaient d'Angleterre ne saurait tarder, que leur maître payerait tout ce qu'ils devaient. L'autre refusait d'entendre. Le plus jeune tira alors rageusement son épée et des marins flamands se dressèrent afin de prêter main-forte à l'hôtelier.

Mussy se leva alors dans le but de s'interposer.

— Messires, vous n'allez pas vous entre-tuer pour quelques deniers !

— Qu'ils payent ce qu'ils me doivent ! rugit le cabaretier.

— Pourquoi n'avez-vous pas payé ? demanda le bailli.

— Celui qui nous a engagés, un riche marchand de Londres, doit le faire quand il arrivera de Bordeaux pour nous prendre à bord, fit le roux.

— Etes-vous anglais ?

— Oui, messire.

— Que faites-vous ici ?

— Ils étaient à bord d'un navire anglais qui les a laissés ici, intervint l'aubergiste. Sur leurs bonnes paroles, cela fait une semaine que je les nourris gratuitement !

— Combien vous doivent-ils ?

— Plus d'une livre !

Mussy savait saisir la chance quand elle passait :

— Je paierai pour eux, promit-il.

— Vous ? Pourquoi ? s'enquit le cabaretier, interloqué.

Mussy ne répondit pas et fit apparaître un mantelet d'or, qu'il lui donna.

— Comment vous appelez-vous ? demanda-t-il aux hommes d'armes.

— Roger Lawless, fit le jeune.

— Walter Littlegod, répondit l'autre.

— Montez dans notre chambre, on a à parler. Maître Maurits, donnez-nous une lanterne.

Plus tard dans la nuit, le fermier de Saint-Folquin qui avait conduit Mussy et ses hommes près de Dunkerque arriva chez lui. Son épouse lui dit qu'ils avaient un nouveau visiteur. Un templier.

6

Dans la chambre sous les combles, chacun s'installa où Mussy l'indiqua. Lui-même sur un coffre-banc à coussin, les autres sur le lit ou sur une huche basse. Bien que la pièce fût dans une quasi-obscurité, la lanterne ne fournissant qu'une chiche lumière, les Anglais remarquèrent les écus déposés dans un coin, ainsi que les arbalètes et hauberts suspendus à des chevilles de bois plantées dans les murs. Ils échangèrent un regard entendu. Ce marchand n'en était pas un.

— Je pars en Angleterre demain, leur déclara le bailli de but en blanc, en flamand. Je vous ai tirés d'affaire afin de vous prendre à mon service.

Aucune formulation d'un éventuel consentement, les deux gardes comprirent ne pas avoir le choix. Que deviendraient-ils, d'ailleurs, s'ils refusaient ?

— Nous serons vos hommes, seigneur, accepta Littlegod.

— Et nous parlons français, messire, intervint Lawless dans cette langue.

— Bien ! fit Mussy, satisfait, car ainsi son fils pourrait se faire comprendre.

— Qu'attendez-vous de nous ? interrogea Littlegod.

— Je vous le dirai demain dans la barque. Sachez seulement que nous allons chercher quelqu'un. Maintenant, je veux tout connaître sur vous. Comment êtes-vous arrivés dans ce port ?

— On est de Londres, messire. On nous engage comme gardes des marchandises et défenseurs contre les pirates. On voyage surtout en France et en Flandre, ça fait des années qu'on fait ce métier et on a une solide réputation de loyauté. Nous étions sur un bateau qui transportait des lingots d'argent à Bruges. Les Flamands n'ont pas assez de métal pour frapper leurs deniers et en font venir d'Angleterre.

Mussy hocha la tête, il savait cela.

— Je suis tombé malade et notre maître, craignant la peste, n'a pas voulu nous garder à bord. Il repartait à Bordeaux chercher un chargement de vin et nous a promis de nous prendre à Dunkerque un mois plus tard, avant de revenir à Londres. Il nous a laissé une faible partie des gages qu'il nous devait, et le reste devait être payé quand il reviendrait.

— Vous n'aviez pas imaginé qu'il pouvait vous abandonner ?

— Il ne nous a pas abandonnés, intervint Littlegod avec une expression féroce accentuée par son absence de dents de devant. Du moins, je l'espère, pour lui et les siens. Il sait quel genre d'homme on est. En revenant à Londres, on ira chez lui s'il est de retour, et on lui tranchera le cou, ainsi qu'à toute sa famille.

Le jeune mercenaire annonçait ça calmement, comme s'il s'agissait de la tuerie d'animaux de boucherie.

Lawless approuva du chef en ajoutant :

— Soit il a eu du retard, soit la nef est perdue, fit-il. On le saura en allant à Londres. Dans tous les cas, on se fera payer et on vous remboursera au dernier sou.

— Ce n'est pas à Londres qu'on se rend, dit Mussy, mais dans l'embouchure de la Chelmer. Je vous paierai deux sous par jour, à déduire de ce que j'ai donné à l'hôtelier.

— Combien de jours ?

— Tout devrait être terminé en deux semaines. Si l'entreprise réussit, vous recevrez dix esterlins chacun.

Le mardi matin, ils quittèrent l'auberge à l'aurore en n'emportant que leurs épées et leurs dagues. En Angleterre, Mussy et son fils continueraient à jouer le rôle de marchands. Le bailli de Dunkerque n'était pas passé, mais l'aubergiste avait promis de le renseigner favorablement sur ces visiteurs, lesquels reviendraient avant un mois et avaient laissé l'un des leurs en payant même ledit mois d'avance.

Une fois que la nef eut passé les bancs de sable, Mussy fit venir le capitaine dans la cale où il se tenait avec son fils, Alphonse et les Anglais.

— Il est temps de vous révéler la vérité, annonça-t-il. Je suis bailli royal de France.

Il leur montra son sauf-conduit, que les autres ne lurent pas mais dont ils considérèrent le grand sceau avec respect.

— Moi et mes gens sommes à la poursuite d'un chevalier hérétique et renégat que je dois ramener à mon roi afin qu'il soit jugé. Il a fui Paris avec deux complices et deux femmes après avoir meurtri beaucoup de gens. Ce sont eux que vous avez conduits en Angleterre, voici trois semaines, précisa-t-il à l'intention de maître Gheerkin.

Observant que personne ne posait de questions, il continua :

— Vous m'avez parlé de la ville de Maldon, à proximité de l'endroit où vous les avez débarqués. Ont-ils pu s'y rendre ?

— Assurément, c'est le seul endroit si on veut se procurer des chevaux.

— Vous nous laisserez donc à ce bourg. Je suppose qu'il y a un port.

— Oui, c'est de là que part la laine pour la Zélande.

— Très bien. Nous conviendrons également d'un endroit où vous viendrez me rechercher. Un lieu discret, car nous y serons avec notre prisonnier. Disons dans une semaine, et ensuite tous les mardis. Vous nous attendrez une nuit entière, et si nous ne sommes pas là, vous reviendrez sept jours plus tard. Pour chaque voyage, vous recevrez cinq florins d'or. Je vais vous payer d'avance les quatre prochains. Si l'affaire est réglée avant, vous garderez le surplus.

Le visage du marin s'éclaira. Jamais il n'aurait imaginé posséder une telle fortune. Mussy se tourna vers les Anglais.

— Je vous ai donné mes conditions et j'exige votre foi et votre loyauté.

— Vous les avez, seigneur. Mais comment comptez-vous vous emparer de cet homme ?

— Pour l'heure, je ne sais. Il faut d'abord le retrouver. Cependant nous sommes cinq, ce ne sera pas trop difficile de le saisir.

— Et les autres ? s'enquit Littlegod.

— S'ils s'opposent à la justice du roi de France, ils en paieront le prix. Je n'ai pas à les ramener vivants. Ce sont des argotiers.

— Même les femmes ?

— Même.

Les deux Anglais échangèrent un sourire satisfait. Avec les femmes, on pouvait toujours s'amuser avant.

— Je suis venu à Maldon, voici quelques années, révéla Lawless.

— Vous connaissez donc la ville et les alentours !

— Oui, les étrangers sont facilement acceptés s'ils déboursent la taxe due au receveur du bailli.

La ville est franche et gouvernée par un conseil qui favorise le commerce. Il suffit de se dire marchand et de payer pour y pénétrer. Il s'y tient plusieurs foires et un grand marché le mercredi et le samedi, sans compter l'activité du port. La cité n'est pas grande, mais avec toujours beaucoup de monde. Les aubergistes se souviendront de ceux que vous recherchez, et le collecteur des droits également. Cependant, je me souviens que les armes sont interdites aux voyageurs, même les épées et les dagues. Il faudra les cacher quelque part.

Mussy opina et décida :

— C'est vous deux qui vous renseignerez sur les fugitifs. Je pourrais vous les décrire puisqu'on me l'a fait, mais je ne les ai jamais vus. En revanche, maître Gheerkin les a approchés, écoutez donc bien ce qu'il va vous dire d'eux.

Il fit un signe de tête en direction du marin, l'invitant à parler.

Le capitaine hésita à peine. Il ne s'était engagé en rien auprès des cinq étrangers, et avait même failli perdre la vie à cause d'eux. De plus, il n'y avait aucune raison que ce bailli mente. Ne possédait-il pas une lettre royale ? Certes, comme Flamand il n'avait nullement à se plier à un ordre du roi de France, mais un criminel restait un criminel, quel que soit son pays, et devait être puni. Et puis il y avait l'or. Avec ce que lui remettrait ce bailli, il pourrait acheter une plus grosse barque, peut-être même abandonner la pêche et se livrer à un commerce plus lucratif.

— Le chevalier n'a pas plus de vingt ans, dit-il. Cheveux clairs coupés court, ni barbe ni moustache. Il porte un pauvre manteau mais garde à sa taille trois couteaux et une large épée de taille, certainement à double tranchant, avec un sceau sur le pommeau représentant un aigle à deux têtes. Son écuyer porte une longue chevelure, assez claire, et une barbe. Il est jeune mais son front est plissé comme celui d'un vieillard. Le troisième homme est un moine des carmes. Petite taille, rondelet, des lèvres épaisses, chauve sauf une tonsure blanche. Les deux femmes sont plutôt jolies. La plus âgée est la plus grande. Cheveux longs, bruns et bouclés, et de belles mamelles !

Il fit un geste vulgaire et se mit à rire, imité par les Anglais et le fils Mussy.

— La seconde est sa sœur, elle est plus fine, avec des cheveux plus clairs. Je ne vois rien d'autre de particulier.

— Ça devrait suffire pour les retrouver, mon maître, assura Littlegod.

Le bateau bascula dans une brusque embardée qui précipita les hommes contre les barrots de la coque.

— On a besoin de moi sur le pont ! lança le capitaine, qui remonta précipitamment afin de s'occuper des manœuvres.

Les autres restèrent en bas et Lawless poursuivit sur ce qu'il savait de Maldon et ses environs.

Quand ils gagnèrent le pont à leur tour, ils se trouvaient en pleine mer. Dans la brume, on apercevait vaguement la côte anglaise. La mer était agitée, faisant danser des crêtes d'écume blanche. Le vent soufflait du sud et portait facilement le houchenier, dont la voile gonflée était tendue.

Mussy rejoignit le capitaine, qui tenait la barre.

— Vous connaissez bien l'embouchure de la Chelmer ?

— Pas très bien, non, c'est un vaste estuaire, plutôt long. Mais je suis allé une fois à Maldon. C'est comme ça que j'ai reconnu l'endroit où m'avait porté la tempête.

— Où les avez-vous débarqués ?

— Près d'un cours d'eau, bien avant Maldon.

— Il faudra choisir un mouillage où vous pourrez nous attendre, dans une semaine. Un lieu discret que l'on pourra atteindre facilement.

— Là où j'ai laissé vos fugitifs conviendrait parfaitement. C'est une petite anse abritée, sans la moindre habitation en vue. On fera escale un moment pour que vous reconnaissiez les lieux.

— Entendu, nous y cacherons également nos armes, décida Mussy.

Il songea alors aux fugitifs :

— Je suppose qu'ils avaient des bagages ?

— Oui, six ou sept grosses besaces et deux sacs. Et aussi les selles de leurs chevaux, avec toute la sellerie.

— Ils comptaient transporter cela à pied ?

— Ils en ont porté une partie dans le bois. Ils devaient venir les rechercher plus tard.

Peut-être que les selles se trouvaient toujours là, auquel cas il serait possible de tendre un piège, se dit le bailli. Il rejoignit ses compagnons et leur raconta tout. L'affaire se présentait bien.

7

— Je crois qu'il s'agit de la Tollesbury, fit Lawless en désignant les bras du cours d'eau marécageux qui se fondaient dans l'estuaire de la Chelmer.

Le voyage avait été rapide, bien que le houchenier eût été fortement secoué, parfois par des grains violents. Maintenant, tout le monde se tenait sur le pont à regarder défiler la rive, une berge où pâturages, taillis et immenses saules se mélangeaient dans des marécages envahis de lianes et de racines en décomposition. Aigrettes et hérons, perchés sur les souches moussues, les regardaient sans crainte.

Le capitaine Gheerkin était au gouvernail et ses hommes manipulaient de grandes rames de part et d'autre de la poupe. Soudain, il s'écria :

— Devant nous, la crique !

Le bateau de pêche glissa jusqu'à une sorte de havre naturel bordé de vieux pieux couverts de mousse. Mussy distingua un petit bois d'aulnes au sommet d'une dune, tout proche.

— Ici ! cria Gheerkin.

L'embarcation s'approcha d'un bouleau qui jaillissait de l'eau, car la marée montait. Un de ses marins lança une corde vers le tronc, puis retira ses braies et sauta dans l'eau, qu'il avait à la taille, provoquant l'envol d'une nuée de canards et de macreuses.

Tandis que l'homme arrimait la nef en faisant plusieurs tours de corde, le capitaine désigna le bois et expliqua à Mussy :

— Vous trouverez un sentier qui traverse les prés et les marécages, dit-il. Vous pourrez cacher vos armes dans le bois.

Les hommes du bailli avaient déjà rassemblé les harnois qu'ils avaient enveloppés dans des toiles huilées. Alphonse, Lawless et Littlegod ôtèrent leurs chausses et leurs soliers et restèrent en chainse. Lawless descendit dans le flot et Mussy lui fit passer les premiers paquets : les épées attachées ensemble. Le second Anglais et le serviteur allèrent à leur tour dans l'eau en frissonnant, Joffroy leur donna les arbalètes, les dagues et les trousses de carreaux.

Le prévôt et son fils suivirent des yeux les trois hommes qui gagnèrent le bois et disparurent. Ils revinrent un peu plus tard et remontèrent à bord couverts de boue et claquant des dents.

Séché dans son manteau, Lawless expliqua qu'ils avaient dissimulé les harnois protégés par les toiles sous quelques gros galets récupérés sur la rive. Ils avaient ensuite camouflé le tout avec des branchages. Il faudrait une invraisemblable malchance pour qu'un individu découvre la cache dans les deux jours à venir.

Quant aux bagages et aux selles des fuyards, ils n'en avaient découvert aucune trace. Donc, les fugitifs étaient revenus, avec des montures ou une charrette.

Le capitaine et ses hommes avaient remis le houchenier dans le flux de la rivière à l'aide des rames. La vergue fut partiellement levée et le bateau remonta la Chelmer. Le mousse, à la proue, guidait l'embarcation en mesurant la hauteur avec une perche car l'estuaire n'était qu'un vaste marais. Les marins s'étaient mis à la nage mais le flux, toujours montant, leur facilitait la tâche. Un peu plus loin, la rivière se réduisit dans une large boucle.

A l'avant du bateau, Mussy aperçut les fumées du bourg, puis les premières maisons et enfin les quais, où se serraient barques de toutes tailles et cogues aux coques multicolores, plusieurs avec des hauts gaillards de proue et de poupe. En face du ponton de bois se dressaient des entrepôts et une taverne. Plus loin, c'était la ville, avec des clochers carrés dépassant des toits.

— Nous sommes dans le Hythe, expliqua Lawless. Les quais sont hors du bourg et des porteurs transportent les marchandises embarquées ou débarquées.

— Cet endroit est le seul à avoir le fond nécessaire au passage des cogues, ajouta le capitaine, qui manœuvrait une rame, ce n'est pas le cas de la rivière plus loin. Et comme il est à l'écart des habitations, le trafic ne dérange personne.

Approchant du quai, le houchenier heurta un pieu et un marin sauta sur l'appontement, où régnait une grande activité. Des gagne-deniers portaient des ballots de laine depuis un magasin et d'autres déchargeaient des tonneaux de vin sortis du pont d'une bogue peinte couleur soufre avec un bandeau sinople. Des marins s'interpellaient et quelques bourgeois en robe et chaperon ou bonnet bavardaient en suivant cette activité avec attention. Il n'y avait là ni femmes ni enfants.

Dès que la barque fut amarrée, les voyageurs en descendirent après que le bailli eut remis les sommes convenues au Dunkerquois, lui rappelant de revenir dans une semaine. Mussy pariait sur la loyauté du capitaine, mais il jugeait pouvoir lui accorder sa confiance, ne serait-ce que par crainte, car maître Gheerkin avait entendu les deux Anglais raconter ce qu'ils feraient à la famille de leur maître si ce dernier les avait volontairement abandonnés. Le capitaine de la barque savait donc qu'il aurait tout à craindre de messire Mussy s'il venait à l'oublier.

A peine les cinq hommes furent-ils sur le ponton avec leurs bagages, c'est-à-dire plusieurs grosses besaces de toile et de cuir, que deux individus en robe écarlate et épaisse houppelande aux manches fendues s'approchèrent. Les portefaix et les marins se trouvant sur le quai s'écartaient respectueusement sur leur passage.

— Que le Seigneur vous protège, messires, avez-vous fait bon voyage ? s'enquit chaleureusement l'un des nouveaux venus, individu de forte carrure avec brette pendue à la double lanière qui ceinturait sa taille. Je suis Stephen Darcy, bailli de la ville. Puis-je connaître les raisons de votre venue à Maldon ?

— Que Dieu vous garde également dans sa Sainte Grâce, messire bailli, mon nom est Guillaume de Mussy, marchand drapier.

Lawless poursuivit en anglais, expliquant que son maître venait choisir des laines et visiterait plusieurs comtés avant de se décider.

— Maître Edward, qui m'accompagne, est notre receveur, reprit l'homme à l'épée, cette fois en français. Si vous séjournez dans la cité, le droit d'entrée est de trois shillings deux pence par personne et par mois. Evidemment, vous pouvez rester à bord de votre barque ou dans cette auberge (il désigna le bâtiment sur le quai), auquel cas notre cité ne vous demandera rien.

Cela fera presque une livre, songea Mussy, mais quelle importance ? Les fonds ne lui manquaient pas, pour l'instant du moins.

— Nous demeurerons en ville deux ou trois jours, dit-il, le temps d'acheter des chevaux. Cependant, j'ai besoin d'un changeur car je n'ai que des pièces de France.

— Maître Edward passera encaisser là où vous logerez, savez-vous déjà où ?

— Mon garde du corps m'a parlé de la taverne à la Tête de Sarrasin.

— C'est la plus grande et la meilleure, elle se dresse au bout de High Street, sur la place du marché. Vous trouverez là également deux changeurs. Je vois que vous ne portez pas d'armes, elles sont interdites en ville. Si vous achetez de la laine, vous pourrez la faire transporter en France à partir de notre port. Comme vous êtes entrés en Angleterre ici, nous vous ferons payer des droits réduits.

— C'est bien obligeant et je n'y manquerai pas, le remercia Mussy en s'inclinant.

— Bon séjour chez nous !

Les deux hommes les saluèrent et se dirigèrent vers la nef qui embarquait du vin.

— La place du marché est-elle loin ? demanda Mussy à Lawless.

— Un bon quart d'heure de marche, mais je vois un âne attelé à une charrette, l'ânier va nous conduire en portant nos bagages.

Ils obtinrent une vaste chambre, propre, confortable et bien chauffée. Ensuite ils dînèrent d'un ragoût de sanglier, puis Mussy alla changer de la monnaie de France tandis que les deux Anglais partaient se renseigner sur des voyageurs arrivés trois semaines plus tôt. Pendant ce temps, Alphonse et

Joffroy exploraient la ville à la recherche de marchands de chevaux.

Lawless et son compère avaient en premier lieu interrogé l'aubergiste de la Tête de Sarrasin, racontant qu'ils devaient retrouver un marchand français débarqué à Maldon avec sa femme, un mois plus tôt, racontèrent-ils. Ils ne voulaient pas attirer l'attention en parlant des cinq fugitifs puisqu'ils ignoraient comment ils s'étaient présentés. Mais l'hôtelier assura n'avoir vu aucun Français avec une dame.

Tous se retrouvèrent plus tard. Le sergent et le fils de Mussy avaient déniché un marchand de chevaux, mais il ne disposait que de trois vieilles carnes. Le bailli décida quand même d'aller les voir le lendemain. Quant à Lawless et Littlegod, ils avaient interrogé nombre de boutiquiers sans rien apprendre. Tout indiquait que L'Aigle et ses amis n'avaient jamais mis les pieds à Maldon. Mais alors, où étaient-ils allés ? s'inquiétait le bailli.

Le mercredi 15 novembre, ils furent réveillés par le vacarme des marchands qui s'installaient sur la place. Un peu plus tard, alors qu'ils avalaient une soupe chaude, ils entendirent une cloche sonner. Celle de l'église All Saints, lui dit un voisin de table. Elle annonçait le début du marché.

Ils sortirent dans un épais brouillard tombé dans la nuit. L'air était humide mais il ne pleuvait pas. Passant entre les étals de victuailles, d'objets de cuir, de bois et de métal, ils longèrent le bâtiment du conseil de ville puis empruntèrent un chemin sommairement pavé qui se dirigeait vers la rivière. Alphonse les guidait.

Le marchand de chevaux avait son écurie devant un champ clôturé par des haies. Les voyageurs restèrent un moment devant une barrière, à regarder les bêtes. Elles ne convenaient guère au bailli et Lawless ignorait s'il se trouvait un autre maquignon dans le bourg, et même en doutait.

Les apercevant, le marchand sortit de sa maison. C'était un petit homme rondelet, au gros visage jovial, le teint et le nez rougis par l'abus de bière. Revêtu d'un épais surcot crasseux et coiffé d'un bonnet de velours, il les interpella avec le franc sourire des maquignons :

— De belles bêtes, vous ne trouvez pas ! Douces, résistantes et bien plus jeunes qu'elles n'en ont l'air ! Je peux vous les faire à un bon prix.

— J'ai besoin de cinq chevaux, plutôt solides et résistants, pas ce genre de carnes, répliqua Mussy, qui n'avait pas tout compris – l'Anglais s'exprimant avec un fort accent saxon – mais avait deviné que l'autre le prenait pour un coquard. Vous n'en avez pas d'autres ?

— Hélas non, messire. Voici un mois, je disposais d'une dizaine de belles montures, dont plusieurs destriers, mais deux voyageurs m'en ont pris cinq et l'intendant du seigneur de Pleshey Castle m'a acheté les autres.

— Quelle malchance ! lança Lawless après avoir traduit la réponse à ses compagnons. Ces voyageurs sont-ils encore par ici ? On pourrait leur racheter les bêtes…

— Je l'ignore. Ils logeaient au Black Swan, de l'autre côté du pont. Je ne les ai pas revus, mais peut-être vous dira-t-on où ils sont allés, si vous vous renseignez là-bas, fit le maquignon en montrant la rivière. C'étaient d'ailleurs des Français, comme vous.

Il fit un clin d'œil à Mussy, lui faisant comprendre qu'il avait reconnu son accent.

— Comment étaient-ils ? demanda Lawless.

— Un jeune, qui semblait commander, et le second plus âgé, avec le front plissé d'un vieillard. Il y avait également un chapelain et deux femmes, mais ceux-là, je les ai pas bien vus car ils sont restés sur le chemin.

Ce sont eux ! se réjouit Mussy. Les pendards n'étaient pas entrés dans Maldon, voilà pourquoi personne ne les connaissait !

— Allons au Black Swan ! décida-t-il.

— Et mes chevaux ? demanda le marchand d'un ton plein d'espoir.

— Si on ne retrouve pas ces Français, ou s'ils ne veulent pas faire affaire, on les prendra à condition d'avoir un bon prix.

— J'en veux à peine cent livres pièce ! cria l'homme tandis que le groupe s'éloignait.

— Alors gardez-les ! lui cria Massy en se retournant.

Ils arrivèrent à un pont en bois gardé par un homme d'armes et un commis dans une cahute. Ce dernier leur demanda un denier s'ils voulaient franchir la rivière. Mais il était inutile qu'ils passent tous, d'abord parce que les fugitifs n'étaient certainement plus au Black Swan et surtout parce que, dans le cas contraire, Mussy préférait ne pas se faire connaître d'eux. Donc seul Lawless franchit le pont.

Entourée d'une écurie, d'une étable et de granges, l'auberge s'étendait de l'autre côté de la rivière. Il s'agissait certainement d'une ferme devenue hôtellerie pour satisfaire les étrangers de passage voulant éviter de payer les droits d'entrée dans Maldon et le péage du pont. Lawless aperçut plusieurs chevaux, peut-être les fugitifs étaient-ils toujours là, se dit-il avec espoir. L'affaire serait alors vite terminée.

La salle dégorgeait de monde quand le mercenaire y pénétra. Il circula entre les tables et repéra vite le cabaretier qui, accroupi devant un tonneau, remplissait des pots d'ale qu'il donnait ensuite aux servantes.

— Mon maître, lui dit-il, c'est le marchand de chevaux, de l'autre côté du pont, qui m'a envoyé chez vous.

— Et alors ?

— Il a vendu cinq bêtes à des clients à vous, or mon maître a besoin de chevaux et souhaite racheter ces montures un bon prix.

L'aubergiste se releva en plissant le front et en faisant la moue. Il désigna la foule dans la salle :

— Comment voulez-vous que je sache qui parmi ma pratique est allé acheter des chevaux ? Allez plutôt interroger les palefreniers à l'écurie. Ils doivent savoir ça.

— Ils étaient cinq, deux hommes, un froqué et deux femmes, c'était voici trois semaines, des Français, insista Lawless.

— Ah, eux ! Pourquoi ne pas me l'avoir dit plus tôt ! Oui, je me souviens d'eux, c'est moi qui les ai envoyés chez William ! Mais ils sont partis le jour même de leur achat !

— Savez-vous où ils sont allés ?

— Bien sûr ! L'un d'eux était chevalier, il a été engagé par messire Humphrey de Bohun.

— Qui est-ce ?

— Le seigneur de Pleshey Castle, le beau-frère de notre roi bien-aimé.

8

Trois semaines plus tôt…

Robert de L'Aigle, Coquillard, Cappon et les deux sœurs étaient entrés dans Dunkerque le jeudi 26 octobre à l'heure des chandelles allumant. Il pleuvait depuis des heures, le vent soufflait en bourrasques et, à l'auberge à la Clef de Saint-Antoine, Coquillard et Cappon s'occupèrent des montures tandis que Robert et les deux femmes pénétraient dans l'établissement.

Les tables étaient toutes occupées et la pièce surchauffée. Sous les regards intrigués des clients, Robert salua la compagnie et conduisit les femmes devant la cheminée, puis il s'adressa à l'aubergiste :

— Mon maître, je veux une ou deux chambres bien chauffées avec au moins deux lits. J'ai deux honnêtes compagnons avec moi, qui sont à l'écurie en ce moment.

— J'ai deux chambres, dont l'une avec un poêle. Combien de temps allez-vous rester ?

— La nuit seulement. J'embarque pour l'Angleterre demain.

Quelques ricanements fusèrent depuis les tables et Robert se tourna vers les rieurs en plissant le front d'un air mauvais.

— Ai-je dit quelque chose de drôle ? s'enquit-il en défaisant les boucles de son manteau, dévoilant sa lourde épée.

Les têtes se baissèrent, pourtant un homme plus courageux que les autres déclara :

— Les bateaux ne sortiront pas demain, messire, la mer est trop mauvaise.

Robert de L'Aigle l'ignora et s'adressa à l'aubergiste :

— Mon maître, pouvez-vous faire conduire les dames dans la chambre et allumer le feu ? Mes compagnons arriveront d'un instant à l'autre avec nos bagages.

Ignorant la réponse, il gagna la table d'où l'homme avait parlé.

— Etes-vous maître marinier ? interrogea-t-il.

— Je suis maître pêcheur.

— Je dois impérativement gagner Londres à cause d'une affaire de famille, je payerai le prix fort.

— C'est la mer qui commande, messire. Je sortirai pas ma barque avec ce vent.

— Combien vous faites-vous payer pour aller en Angleterre ? demanda-t-il.

Les hommes se regardèrent. La plupart étaient capitaines ou premiers maîtres.

— Quatre florins d'or de Bruges par beau temps avec débarquement à Londres, répondit l'un d'eux.

Robert écarta son manteau détrempé, laissant apparaître la lourde besace qu'il portait au flanc et qui contenait l'or de la ferme de Vaux. Il n'y toucha pas mais détacha une escarcelle bien pansue dans laquelle il avait mis quelques poignées de pièces. Y plongeant les doigts, il sortit lentement dix florins à l'agnel d'or et les étala sur la table :

— Ces florins titrent plus d'or que ceux de Bruges[1], dit-il lentement. Ils sont à celui qui m'emmènera demain.

Silence durant un moment, puis une voix :

— Je peux !

— Tu es fol, Gheerkin ! lança un des clients, le seul qui portait un chaperon.

— On verra, répliqua celui qui avait répondu, un grand rouquin à la barbe en broussaille.

Robert ramassa les pièces.

— Vous les aurez demain matin. On partira dès que j'aurai vendu mes chevaux. Qui peut me les acheter, ici ?

Silence et moues sceptiques. Chacun songeait que si les voyageurs partaient ils seraient contraints d'abandonner les animaux, et eux pourraient s'en partager le bénéfice.

1. Les premiers dépassaient 4 grammes contre 3,2 pour ceux de Bruges.

— Je donne le denier dix à qui me fait faire une bonne affaire, déclara Robert dans le dessein de rompre le pacte implicite entre les habitants.

— Je peux aller chercher maître Le Maunier, qui les examinera, proposa l'homme au chaperon. C'est un ami fort honnête.

A ce moment entrèrent Coquillard et le moine, suivis de deux garçons qui portaient des besaces.

— Entendu ! dit Robert. Vous me trouverez dans ma chambre, je vais me sécher.

Les deux sœurs étaient parties avec un commis de cuisine. L'aubergiste proposa de conduire les voyageurs jusqu'à leurs lits.

Un peu plus tard, ils descendirent de l'étage et s'attablèrent pour souper. Sous son gambison de cuir, Robert avait revêtu la chainse achetée à Chaumont, Florida le bliaut et Perrine la seconde robe qu'elle avait emportée, un vêtement turquoise à grandes manches qui lui allait à ravir. Les deux sœurs s'étaient coiffées en truffeaux avec un voile formant guimpe et apparurent resplendissantes, même dans leurs pauvres habits.

Robert avait choisi la table où se tenait l'homme au chaperon, pour l'heure en compagnie d'un rustre à la barbe sale revêtu d'un sayon de laine et d'un bonnet avec une médaille de bronze.

— Maître Le Maunier possède la meilleure écurie de Dunkerque, déclara d'emblée celui au chaperon.

Robert présenta sommairement ses compagnons. Coquillard lui ayant révélé que son véritable nom était François La Coquille, il le fit passer pour son écuyer. Florida, c'est-à-dire Flore La Rivière, était l'épouse de ce dernier et Perrine sa propre femme, ce qui provoqua une larme de bonheur chez la jeune fille. Le père Cappon était leur aumônier et ils se déplaçaient avec lui afin d'être toujours proches d'un serviteur du Seigneur, affirma-t-il.

— J'ai vu vos chevaux, marmonna le maquignon. Combien en voulez-vous ?

— Combien m'en proposez-vous ?

— Les roussins trois livres, et cinq pour le destrier, lâcha l'homme en baissant les yeux.

Le destrier en valait dix fois plus ! songea Robert avec dépit. Il opina pourtant, n'ayant pas le choix. De surcroît, c'était quand même un animal volé !

L'homme glissa une bourse sur la table.

— Voilà le compte, grommela-t-il.

Visiblement, donner de l'argent le rendait malade. Robert ouvrit le sac de peau et étala les pièces, non pour vérifier mais pour en donner le dixième à l'intercesseur.

Le matin, la tempête n'avait pas cessé.

— Impossible de sortir du port ! leur annonça maître Gheerkin, alors qu'ils arrivaient avec des valets portant leurs maigres bagages et leur sellerie, que Robert ne voulait pas abandonner.

— Vous aviez promis ! gronda celui-ci.

— Je vous le dis, la houle est si forte que mon bateau va s'écraser sur le banc de sable, attendez une heure, le ciel se dégage un peu et le vent va baisser ! Mettez vos bagages à bord pendant ce temps.

Ils ne pouvaient que faire contre mauvaise fortune bon cœur. Robert eut une idée :

— Y a-t-il un fripier ici, ou un tailleur qui nous céderait quelques vêtements ?

— Oui, deux fripiers et un tailleur. L'un est dans la Grande Rue, les deux autres rue Saint-Jean. Si vous voulez, Maarten, mon fils, peut vous conduire.

Robert accepta et ils partirent, laissant Cappon faire porter les bagages dans la cale.

Ils revinrent une heure plus tard, Robert ayant dépensé une partie de l'argent des chevaux. Les deux femmes avaient choisi des manteaux presque neufs et de nouvelles robes, épaisses et tapissées avec des passements brodés. Les hommes s'étaient décidés pour des jaques en drap épais, l'une mirabelle et l'autre bouton-d'or, des coiffes, des gants, des chausses et des chainses de drap.

Ils embarquèrent et, comme maître Gheerkin l'avait promis, le houchenier gagna la haute mer. Mais à peine fut-il sorti du chenal, entre la terre et le banc Schurken, qu'il fut pris dans une mer en furie.

Le capitaine avait fait descendre ses passagers dans la cale et leur avait conseillé de s'agripper. Mais ils se trouvaient dans l'obscurité et ne connaissaient pas l'intérieur de la coque. Incapables de se maintenir, ils furent précipités contre les barrots et les membrures avec une violence inouïe. Florida hurlait tandis qu'à grand-peine Cappon et Coquillard parvenaient à la garder contre une couchette. Sa sœur, tout autant terrorisée, s'était agenouillée dans un recoin et mise à prier. Robert se tenait difficilement debout, cramponné à deux étançons. Soudain, un flot glacé pénétra par l'écoutille. Cappon lâcha Florida et tomba dans le fond en criant. Robert parvint à le relever en le tirant par le capuchon de sa robe, puis à gagner l'écoutille et à en bloquer la fermeture.

Au bout d'un moment, ils parvinrent tout de même à trouver des positions plus assurées en s'agrippant à des pièces de bois. Prudemment, maître Gheerkin avait fait amarrer tout ce qui pouvait bouger et blesser.

La barque s'agitait maintenant, continuellement mais sans violence excessive, la voile avait pris le vent. Sauf lors de courtes bourrasques, les passagers étaient moins secoués. Les deux femmes purent s'allonger, maintenues par les hommes, qui restaient debout.

— Combien de temps avant d'arriver en Angleterre ? murmura Coquillard.

— Plusieurs heures, répondit Robert, s'efforçant de dissimuler ses craintes.

Le voyage n'était pas ce qui l'inquiétait le plus. A moins que le bateau ne heurte un banc de sable, il filerait sans problème avec ce vent arrière. Mais le jeune homme avait déjà navigué dans l'estuaire de la Seine et un accostage lui paraissait impossible dans une telle tempête, sauf si le capitaine parvenait à pénétrer dans l'embouchure de la Tamise, qui les protégerait.

Dans le fracas des vagues et les hurlements du vent, les femmes et le moine n'arrêtaient pas de prier. A genoux, Coquillard invoquait lui aussi la miséricorde divine avec sincérité, songeant que Dieu lui accordait peut-être le salut en le faisant mourir en mer plutôt que pendu à Montfaucon. Il songeait à Paris et à sa vie de larron, regrettant sincèrement les malfaisances qu'il avait commises. Il croyait avoir trouvé le salut en liant son sort à celui de ce templier, mais le Seigneur ne lui pardonnait apparemment pas ses méfaits et il lui semblait que son existence terrestre allait se terminer ici.

Robert, lui, se reprochait d'avoir précipité son départ. Que risquait-il à Dunkerque ? Rien, finalement. Ils auraient pu attendre deux ou trois jours. Comment les gens du roi de France auraient-ils pu le retrouver là-bas ? Certes, il y avait l'attaque de Boulogne, mais qui lierait cette agression à leur présence dans le Boulonnais ? Pourtant, si ce raisonnement lui paraissait sans faille, dans le fond de lui-même il était persuadé qu'on les poursuivait.

Brusquement, le roulis empira. La nef s'agita en tous sens et, dans une suite de gargouillis, Florida finit de rejeter le brouet absorbé à l'auberge. Malade également, Perrine était livide. Le bateau se dressait parfois, comme soulevé par une main géante, puis retombait dans les flots dans d'épouvantables craquements. La tempête redoublait. Soudain, le houchenier se retourna presque et la mer arracha à nouveau l'écoutille, précipitant des torrents dans la cale. Robert les pensa perdus. Alourdie par l'eau, la nef allait perdre toute maniabilité. Il abandonna Perrine, tenta de gagner l'ouverture. Sous un déluge d'eau glacée, il parvint à attraper le volet quand la barque se remit à plat et à le rabattre. Il avait eu le temps de remarquer avec terreur que l'eau pénétrait à travers les planches de la coque, qui se démembrait. Il poussa le verrou de bois, espérant qu'il tienne.

Sur le pont, la situation était pire. Les vagues submergeaient continuellement les plats-bords. Ils étaient deux à tenir la barre arrière, que Gheerkin avait solidement attachée avec un cordage. La voile, gonflée par l'ouragan, entraînait le navire vers le septentrion à une vitesse terrifiante. Nul doute qu'il s'écraserait bientôt sur une côte.

Le troisième homme d'équipage et le mousse s'étaient entravés au mât. Le capitaine leur hurla qu'il allait les rejoindre pour tenter d'affaler la toile. Une manœuvre désespérée.

Tandis que son compagnon tenait seul la barre, Gheerkin s'agrippa aux bordages et commença à se déplacer. Une puissante vague déferlant sur le pont faillit l'enlever alors qu'il se trouvait à mi-chemin, mais il réussit à se retenir à l'instant où le flot l'atteignait. Enfin il parvint à la corde de la vergue. Son cousin, attaché au mât, avait suivi son déplacement et, aidé du mousse, il parvint lui aussi à saisir la seconde corde de vergue. Tous deux tirèrent sur les filins, mais sans parvenir à faire bouger l'espar tant le vent puissant soufflait dans la toile. Cependant, après plusieurs tentatives, l'espar s'ébranla et commença à descendre, affalant la voile, qui claquait au risque de se déchirer.

Moins porté, le bateau se mit à rouler en tous sens, l'homme de barre ayant toutes les peines du monde à le garder droit dans le chaos d'eau et de vent. Mais il filait moins vite.

L'équipage resta à sa place après s'être attaché. Gheerkin scrutait la terre afin de distinguer l'embouchure de l'estuaire de la Tamise, mais les vagues, trop hautes, l'empêchaient de voir suffisamment l'horizon.

9

Le vent se calma peu à peu, remplacé par des grains furieux qui douchaient l'équipage épuisé et transi. D'après le soleil, cela faisait maintenant cinq heures qu'ils se trouvaient en mer, peut-être un peu plus, calcula le maître marinier. Habituellement, il fallait six à sept heures pour gagner l'estuaire de la Tamise, mais il n'avait jamais navigué avec un vent arrière aussi puissant. Il craignait donc d'avoir dépassé l'embouchure du fleuve.

A force de scruter, il aperçut une tache verte vers le couchant. Aussitôt il cria à celui qui tenait la barre de s'y diriger et, toujours agrippé au bordage, le rejoignit. A l'approche de la terre, les vents perdaient de leur fureur et il devina qu'ils pénétraient dans un estuaire. Le mousse et l'autre marin parvinrent à attacher la voile, tout en en laissant suffisamment sous la vergue pour les manœuvres.

Rapidement, le calme revint et la pluie cessa, même si le ciel demeurait noir de nuages.

Quelques instants plus tard, Robert de L'Aigle sortit par l'écoutille.

— Comment allez-vous, en bas ? interrogea le capitaine.

— Le plus dur semble passé, où sommes-nous ?

— Dans un estuaire, mais ce n'est pas celui de la Tamise. Je reconnais ces dunes, je crois que nous sommes plus au septentrion, dans la Chelmer.

Le chevalier réfléchit un moment. Il voulait se rendre à Londres, mais il ne serait pas difficile d'acheter des chevaux. Il avait hâte maintenant de retrouver la terre ferme.

— Laissez-nous dès que vous pourrez aborder.

— Si nous sommes dans la Chelmer, il y a un port plus loin. Vous trouverez des gens qui transporteront vos bagages.

L'Aigle pesa le pour et le contre. Ce serait plus facile de débarquer dans un port, mais un prévôt ou un bailli allait les interroger. Comment cela se passait-il, en Angleterre ? Il l'ignorait. A Londres, il aurait pu obtenir l'aide du Temple, mais ici ? Mieux valait rester discret avec les autorités.

— Non, nous allons nous débrouiller. Quand pouvez-vous aborder ?

— Dès que je verrai une crique.

L'Aigle revint à l'écoutille et rentra dans la cale afin de prévenir ses compagnons.

Après avoir débarqué les passagers, la nef resta au mouillage dans une petite anse bordée de pieux pourris. Maître Gheerkin ne voulait pas repartir tant que la tempête n'aurait pas complètement cessé. De plus, il fallait vider la cale de toute l'eau qu'elle contenait.

Autour du bateau, la rive n'était qu'une succession de marais saumâtres, de dunes boisées d'arbres rachitiques et d'étendues de galets.

Trempées et glacées, les femmes s'éloignèrent dans un petit bois afin de passer des vêtements secs. Les hommes firent de même sur place puis dissimulèrent bagages et sellerie avant de prendre un chemin qui serpentait dans les marécages. Robert de L'Aigle avait demandé le nom du port où le maître marinier voulait les conduire : Maldon. L'autre en connaissait la direction et la distance : environ deux à trois milles. Sur place, Robert déciderait s'il pénétrait dans le bourg ou non. Avec un peu de chance, ils rencontreraient quelque vilain qui leur indiquerait où passer la nuit et acheter des chevaux. Certes, ils pouvaient aussi faire des mauvaises rencontres, mais Robert savait que le pays était en paix et qu'Edouard II le dirigeait d'une main de fer. Au demeurant, sous son manteau il portait son épée et sa dague. Coquillard avait pris une arbalète et des carreaux, en plus de ses armes. Le moine et Florida gardaient un coutelas sous leurs robes. Seule Perrine ne portait aucune lame, sinon un petit couteau servant à découper ses aliments. Maintenant qu'ils se trouvaient hors de danger, la lavandière songeait à ce qu'elle allait devenir. Le chevalier avait dit qu'elle était son épouse et lui avait promis de ne jamais l'abandonner, mais était-il sincère ? Désormais en sécurité, il allait retrouver d'autres chevaliers et rencontrer des femmes de son monde. Elle craignait qu'il ne l'abandonne. Que deviendrait-elle ici, dans un pays dont elle ne connaissait rien, même pas la langue ?

Sa sœur n'éprouvait pas ces inquiétudes. Elle était persuadée que Robert de L'Aigle les garderait près de lui, au moins comme domestiques. Pour elle, une nouvelle vie commençait et elle s'en réjouissait. En marchant, elle prit la main de Perrine, qu'elle serra fort, et sa sœur lui rendit un triste sourire.

Cappon, lui, méditait. Il avait renoncé à Dieu et à la religion depuis des années, volant et tuant à l'occasion sans éprouver ni scrupules ni remords. Mais il ressentait un profond changement dans son esprit. Au fond de la cale, il avait côtoyé la mort. Au fond de sa mémoire, il avait retrouvé toutes les prières qu'il connaissait, et Dieu l'avait sauvé. Le Seigneur l'avait donc entendu et s'était montré miséricordieux. Il sentait qu'il n'était plus le même. Aurait-il retrouvé la foi ?

Coquillard pensait aux paroles du jeune templier, qui l'avait présenté comme son écuyer. Lui, le larron, le cagou de la cour des Miracles de Paris... pouvait-il vraiment devenir écuyer ? Après tout, il savait lire, se battre et se montrer fidèle et loyal. Pourquoi Robert de L'Aigle ne le garderait-il pas avec lui ?

Ce dernier réfléchissait à ce qu'il ferait une fois qu'il aurait acheté des chevaux. Ils iraient ensemble chercher leurs bagages, mais ensuite ? En fuyant Paris, Robert voulait gagner Londres, rejoindre ses frères qui, par dizaines, avaient embarqué vers l'Angleterre dans les dix-huit navires que Molay avait rassemblés dans l'embouchure de la Seine. Mais à force d'y réfléchir, le jeune chevalier se demandait si c'était le bon choix. Désormais allié du roi de France, le roi d'Angleterre pourrait bien agir envers l'Ordre comme Philippe le Bel. En se rendant au Temple de Londres, il risquait donc de tomber entre les mains de ceux qui le traquaient. Certes, il fallait qu'il révèle à des supérieurs où se trouvaient le trésor et les archives du Temple, mais Gérard de Villers et Hugues de Chalon le savaient, tout comme lui. De plus, il avait Perrine. Comment annoncer au maître de Londres qu'il s'apprêtait à prendre femme, qu'il renonçait à ses vœux ? On pouvait le punir pour cela, l'emprisonner même. Après tout, il ne devait plus rien au Temple. Pourquoi ne pas oublier le passé ? S'engager auprès d'un seigneur, comme il y avait souvent songé, et épouser Perrine ?

Ses compagnons lui jetaient des regards de biais, essayant de deviner ses réflexions sans oser le questionner.

La pluie avait définitivement cessé et un maigre soleil apparaissait entre les nuages. Le chemin longeait maintenant des champs couverts de grandes flaques et des coteaux sur lesquels pâturaient de gros moutons au museau noir. Le calme et la sérénité régnaient. Après ce qu'ils avaient vécu, les fugitifs éprouvaient le singulier sentiment de se trouver dans un autre monde. Un lieu paisible, où le mal, la haine et l'avidité n'existaient pas. Le paradis, peut-être.

Après une longue marche presque totalement silencieuse, ils arrivèrent à une chaussée de bois conduisant à une ferme. Des fumées sortaient du toit en épaisses volutes. Affamés, les voyageurs espéraient pouvoir se faire servir à souper, leur dernier repas remontant à l'aube, et Florida et Cappon l'avaient rendu dans la cale !

Des cloches carillonnèrent au loin. L'appel de vêpres. Ils arrivèrent devant une cour avec une écurie dans laquelle ils aperçurent quelques chevaux. Deux palefreniers qui ramassaient le crottin s'arrêtèrent pour examiner les nouveaux venus. Robert de L'Aigle désigna l'enseigne de bois sur la façade du corps de logis : un cygne noir.

— Une auberge, dit-il à Perrine. Le Black Swan. Nous allons y passer la nuit, peut-être plus.

Il s'adressa à Coquillard :

— Comment trouves-tu cet endroit ?

— Tranquille, personne ne nous cherchera ici.

Robert hocha la tête et, prenant la main de Perrine, il s'écarta de l'hôtellerie jusqu'à un pont de bois surmontant une rivière. Un commis s'y trouvait pour faire payer un octroi et, pour l'heure, caquetait avec une vieille femme. De l'autre côté du pont, un chemin conduisait au bourg, dont on distinguait les toits de chaume et la tour carrée d'une église.

— Aimerais-tu vivre ici ? demanda-t-il à la jeune fille.

— Je serais heureuse partout avec vous, seigneur.

— Perrine, je songe à acheter un domaine dans ce pays.

Il y avait pensé sur le chemin. Une belle ferme avec de la terre et des moutons ne devait pas dépasser deux mille livres, et il possédait cette somme.

— Vous deviendriez fermier, seigneur ?

— Pourquoi pas ? Je connais ce métier. Mon frère possédait deux fermes au château. Mais, auparavant, nous devons régler quelque chose tous les deux.

— Quoi donc, seigneur ? s'inquiéta-t-elle.

— Je t'ai fait passer pour mon épouse, jusqu'à présent…

Le cœur battant à se rompre, elle resta muette, comprenant que c'était la fin entre eux.

— On ne pourra continuer à tricher, ici.

— N… non, seigneur, balbutia-t-elle, les larmes aux yeux.

— Tu vois cette église ?

Elle fit un signe de tête silencieux, interloquée.

— Nous y ferons nos noces, si tu me veux comme mari.

Elle chancela si fort qu'il dut la retenir, puis fondit en larmes.

Il ne savait que faire, mais elle s'agrippa à lui et le serra avec tant de forces qu'il comprit qu'elle acceptait.

Ils revinrent lentement vers l'auberge. Les autres attendaient devant la porte, n'osant y pénétrer les premiers. Florida découvrit le visage baigné de larmes de sa sœur. Elle s'apprêtait à l'interroger quand Perrine lui sourit. Un sourire radieux.

Robert la laissa et entra dans l'hôtellerie. En ce vendredi en fin d'après-midi, la salle n'était pas pleine. Ils s'installèrent le plus près possible de la cheminée et le chevalier demanda à une servante de la soupe, de la bière et quelques-uns des volatiles qui grillaient sur les broches.

La meschinette se rendit près de l'aubergiste, qui arriva aussitôt.

— Dieu soit avec vous, gracieux seigneur, êtes-vous français ? demanda-t-il dans leur langue.

La servante avait évidemment reconnu l'accent.

— Oui, répondit Robert. Notre barque devait nous conduire à Londres, mais une tempête l'a égarée.

— Le vent a été terrible ici aussi, mais c'est terminé. Soyez les bienvenus au Black Swan et à Maldon. Vous allez passer la nuit, je suppose.

— Peut-être plusieurs, maître aubergiste. Nous avons besoin de montures, et de nous reposer après cette traversée.

— Vous trouverez des chevaux de l'autre côté du pont. J'ai également plusieurs chambres disponibles.

Robert hésita un instant avant de dire :

— Une pour moi et ma dame, et une pour mon écuyer et son épouse, avec un lit pour notre chapelain.

Il tira sa bourse, en sortit un écu d'or.

— Cela ira-t-il ?

— Largement, mon beau seigneur ! répondit l'hôtelier en prenant la pièce tout en s'abîmant dans une révérence.

Le repas fut copieux et chacun apprécia la chaleur de l'auberge et la bière, amère et épaisse. Si à leur arrivée des clients les avaient examinés avec curiosité, chacun les avait ensuite ignorés.

— Nous resterons ici quelque temps, annonça Robert à ses compagnons à la fin du souper. Au moins jusqu'à mes noces, car c'est ici que j'épouserai Perrine.

Florida en resta stupéfaite, Cappon sourit béatement et Coquillard félicita son seigneur tandis que Perrine se remettait à pleurer.

— Je songe à acheter une ferme et à élever des moutons. Je sais qu'on peut vite s'enrichir avec la laine de ces animaux. J'aurai besoin de vous.

Florida et Coquillard s'entre-regardèrent, ne sachant que dire.

— Mais nous parlerons de tout cela demain. Il est tard et nous sommes tous fatigués.

La servante les conduisit à leurs chambres, et pour la première fois Robert passa la nuit dans le même lit que Perrine.

10

Le lendemain matin, Robert fit monter une cuve à baigner que les servantes de l'hôtellerie emplirent d'eau chaude. Perrine put ainsi se laver complètement. Lavandière et habitant le bord de Seine, elle était d'une grande propreté et fréquentait les étuves chaque semaine. Or elle avait passé dix jours en chevauchée, sans pouvoir se nettoyer, ce qu'elle ne supportait plus, sans compter les poux qui avaient envahi ses cheveux et ses vêtements. Sa sœur utilisa la cuve après elle, puis Robert, qui en profita pour se raser.

Ce fut donc seulement en milieu de matinée que les voyageurs franchirent le pont, après avoir payé le denier du péage. Ils s'arrêtèrent devant une prairie où se trouvaient une dizaine de chevaux. Un homme leur donnait des pommes à croquer. Le chevalier et l'ancien ribaud le rejoignirent tandis que les femmes et le moine demeuraient sur le chemin.

En traversant la pâture, L'Aigle et Coquillard examinaient les montures. Le cagou de la cour des

Miracles ne connaissait pas grand-chose aux chevaux mais savait apprécier leur caractère et leurs proportions. En revanche, Robert avait toujours vécu au milieu de destriers car il y avait un élevage au château familial.

— Sont-ils à vendre ? s'enquit-il à l'homme aux pommes.

— Evidemment, et vous n'en trouverez aucun plus vigoureux à vingt mille à la ronde ! Je les chéris comme mes enfants.

Robert fit la moue et s'éloigna afin d'examiner le seul destrier, d'abord de face, ensuite de profil et de l'arrière. Après quoi il monta sur son dos. La bête hennit mais se calma quand il la flatta. Satisfait, le jeune chevalier sauta au sol et fit pareil avec deux juments baies qui lui parurent honnêtes. Restaient des roussins, un cheval de trait et des carnes. Il fit le tour des roussins et revint au maquignon.

— Combien le destrier, les juments, le gris et le tacheté ?

L'homme se frotta longuement le menton, s'efforçant de faire croire qu'il regrettait de se séparer des animaux.

— Cent livres pour les coursiers. Cinquante pour les baies, et comme je suis bon prince, je vous laisse le tout à deux cents livres, lâcha-t-il enfin.

— Alors gardez-les ! répliqua Robert en tournant les talons.

— Je peux vous faire un prix ! cria le marchand, mortifié de perdre un tel client.

— Combien ?

— Cent quatre-vingts. Ils en valent le double !

— J'irai pas au-delà de cent.

— Cent dix.

— Entendu !

Robert paya en pièces d'or. Le vendeur leur proposa la sellerie pour vingt livres de plus mais le chevalier refusa, demandant seulement des cordes comme licol.

Ils revinrent sur le chemin avec les animaux en longe et s'aperçurent que beaucoup de monde se dirigeait vers la ville. Les deux femmes discutaient avec un colporteur transportant des pots de cuivre et un ânier qui apportait des choux.

— C'est jour de marché, mon ami ! déclara d'une voix vive Florida à Coquillard. Nous pourrions trouver des vêtements qui remplaceraient notre linge gâté par la mer et le sel.

Les habits qu'ils avaient portés durant le voyage en mer, et laissés dans le bois, avaient en effet été déchirés durant la tempête et devraient être longuement lavés afin d'en faire disparaître le sel. Ils ne disposaient pour l'heure que de la vêture qu'ils portaient au départ de Paris, sale et en bien mauvais état.

— Bonne idée ! approuva Robert. Coquillard et toi, Cappon, conduisez les chevaux à l'écurie de l'auberge. Ensuite retournez où nous avons laissé nos bagages et rapportez-les. Perrine, Florida et moi, nous allons en ville.

Il s'était exprimé en français, mais, sachant que beaucoup d'Anglais parlaient cette langue, il était volontairement resté évasif car le colporteur demeurait près d'eux. Ce dernier, homme dans la trentaine, revêtu d'un épais sayon de laine écrue, désigna son épée :

— Vous ne pourrez entrer en ville armé, messire. Les armes sont interdites par le conseil de la ville.

— Même ma dague ?

— Même.

— Ma foi...

Il déboucla son ceinturon et le donna à Coquillard.

— Prends-en soin, fidèle écuyer !

Ils revinrent du marché après que la cloche de l'église All Saints eut annoncé sa fin, en début d'après-midi. Coquillard et Cappon étaient déjà là et c'est dans leur chambre que Florida montra les vêtements qu'ils avaient achetés et qu'un garçon de course avait apportés. Robert de L'Aigle avait demandé aux deux sœurs de se procurer tout ce qu'elles jugeraient nécessaire, sans se préoccuper de la dépense. Elles s'étaient donc procuré deux douzaines de chainses de laine et de lin, des cottes en drap de diverses couleurs avec des manches ajustées, des gants, des chausses, dont plusieurs en peau tannée bien utiles sur un cheval, des doublets capitonnés, deux en velours carmin et rouille, pour leur maître, et deux en tiretaine pour Coquillard, des péliçons de fourrure sans manches, des bliauts à porter sur les robes, des bonnets, plusieurs coiffes, des ceintures ciselées, un chaperon couleur ardoise et enfin plusieurs mantels à larges manches et cordelières.

Après avoir tout sorti et étalé sur le lit en faisant moult commentaires, Florida ajouta d'un ton mutin :

— Nous nous sommes aussi fait tailler deux robes chacune, dont l'une à col d'hermine pour Perrine et l'autre en menu-vair pour moi. Un second tailleur doit couper une cotardie pour messire. Tous ces habits seront portés ici demain.

Elle renchérit en prenant sa sœur par le cou :

— Notre seigneur lui a aussi offert un collier et une bague à l'occasion de ses fiançailles. Montre-les, sœurette...

Intimidée, Perrine ouvrit un coffret de bois de rose. Le collier était en vermeil et la bague en or.

Les femmes avaient revêtu leur bliaut de fine laine par-dessus leur vieille robe et enroulé leur chevelure au-dessus des oreilles. Le fin visage de Perrine était mis en valeur dans un gorget tandis que Florida portait une barbette qui lui donnait un air hautain. Robert avait revêtu le doublet, les chausses de peau, et s'était coiffé de son chaperon dont la cornette lui descendait aux épaules. Coquillard était en cotte de drap vermeil et surcot tanné[1],

1. De couleur brune.

et Cappon, qui avait tonsuré sa tignasse blanche, faisait un moine fort honorable.

Ils soupaient dans la grande salle quand pénétrèrent un clerc en robe noire, deux archers revêtus de cotte en drap vert de Lincoln avec brette au côté et, à la tête de ce groupe, un homme d'âge mûr à l'air autoritaire, en robe cramoisie tapissée, garde-corps sans manches et chapeau de feutre à large bord.

Toujours sur le qui-vive, Robert les suivit des yeux, observant que l'homme au chapeau ne portait qu'une courte dague, des clefs et une bourse à la ceinture de sa taille. Après les avoir salués d'un signe de tête, les nouveaux venus déposèrent les arcs contre un mur et s'installèrent à une table mitoyenne. Il ne s'agissait pas d'un bailli et de ses hommes, jugea Robert, aussi ne s'intéressa-t-il plus à ses voisins.

Florida n'en finissait pas de raconter les merveilles découvertes au marché : les peignes de corne, les onguents pour la beauté de la peau, les ceintures de soie, les broches de nacre et toutes sortes de dentelles et de galons. Elle avait rapporté des aiguilles et un nécessaire de couture, en particulier des ciseaux qu'elle portait désormais à sa taille, et elle promettait à Coquillard de le vêtir comme un prince, dès qu'il l'aurait épousée, elle aussi.

A côté, celui au chapeau discutait à voix basse avec l'aubergiste. Un brusque éclat d'étonnement attira de nouveau l'attention de Robert.

— Que Dieu vous garde, messire. Est-ce vous qui avez acheté les chevaux de maître William ? s'enquit alors l'homme en robe en croisant son regard.

— Je me suis en effet procuré des chevaux ce matin, répondit prudemment le jeune chevalier.

Florida s'arrêta de parler et considéra sa sœur avec un brin d'inquiétude.

— Français ? interrogea l'homme d'un ton autoritaire.

— Oui, messire.

L'homme au chapeau le gratifia d'un sourire chaleureux.

— Mon nom est Oliver Howe, je suis l'intendant de Pleshey Castle, fit-il en français.

Robert opina, ignorant de quoi il s'agissait.

— Mon nom est Robert de L'Aigle, dit-il seulement.

— Vous ne connaissez point Pleshey Castle ?

— Je n'ai pas cette chance, messire.

— Le château se situe à une quinzaine de milles d'ici. C'est le domaine familial de messire Humphrey de Bohun.

— J'ai entendu parler de la noble famille des Bohun. Un aïeul n'était-il pas compagnon de votre roi Henri II ?

— Plus que cela. Par une aïeule, il est issu de Geoffrey de Mandeville, un des plus proches fidèles de Guillaume le Conquérant. C'est Guillaume qui a donné Pleshey Castle à Mandeville. Mon maître est comte du Hertfordshire et de l'Essex. Il est également lord-grand-connétable. Il prépare une campagne en Ecosse à la demande de notre gracieux roi et a donc besoin de chevaux. C'est moi qui m'en charge et je fais le tour des élevages du comté. Quand j'ai appris ce matin que maître William disposait d'un destrier et de deux belles juments, j'ai fait un détour... mais je suis arrivé trop tard.

— J'en suis désolé, messire.

— Parlons franc, me revendriez-vous ces bêtes ?

Robert ne sut que dire. Il supputait la puissance du seigneur de Pleshey Castle et, s'il voulait habiter ce comté, il était hors de question de se le mettre à dos. En même temps, il était fort satisfait de ses achats et rechignait à s'en séparer.

— Je vous en donnerai le double, proposa l'intendant.

— Entendu ! décida Robert, qui savait ne pas avoir le choix et avait choisi dans l'instant de se montrer désintéressé. Seulement, je n'accepterai de vous que la somme que j'ai dépensée.

L'intendant haussa les sourcils avec un sourire intrigué.

— Voilà qui est fort généreux de votre part.

Il parcourut du regard les gens à la table du chevalier français : les deux femmes étaient fort gracieuses. Le moine paraissait pieux et l'autre homme, écuyer ou sergent, solide.

— Je ne veux pas être indiscret, messire de L'Aigle, mais qu'est-ce qui vous amène ici ?

— Vous voulez connaître la vérité, messire ? Elle est simple, je suis en fuite.

— En fuite ? Racontez-moi ça.

— Savez-vous ce qui vient d'arriver aux templiers de France, messire ?

— Je l'ai appris voici quelques jours. Le roi de France a fait saisir tous les moines-soldats dans les commanderies.

— Pas seulement. Ont été arrêtés ou poursuivis tous ceux proches du Temple. Ma famille compte de nombreux commandeurs et, menacé d'être pris, j'ai dû m'enfuir avec mon écuyer, ma fiancée, sa sœur et mon confesseur. Une barque nous a conduits jusqu'ici.

— Triste histoire. Et vos proches ?

— Sans doute dans quelque geôle de Philippe le Bel. Je n'attends aucune compassion du roi.

— Possible, fit l'intendant en hochant la tête. Mais, dites-moi, qu'allez-vous devenir ?

— J'envisage d'acheter une ferme.

— N'êtes-vous pas chevalier ? s'étonna l'autre.

— Je le suis, mais qui aurait besoin d'un chevalier français ici ?

— Mon maître. Le comte recrute des hommes valeureux pour son expédition d'Ecosse. En le rejoignant, et s'il vous accepte, vous pourriez garder vos chevaux.

Robert considéra Perrine, puis Coquillard, dont les yeux brillaient. S'occuper de moutons, pourquoi pas ? Mais se battre et piller quelques fermes écossaises, voilà qui l'attirait autrement plus.

— Vous me tentez, fit-il en dodelinant du chef.

— Rendez-vous à Pleshey Castle, alors. J'y serai dans deux jours et je parlerai de vous au comte. Vous aurez un logis au château pour vous et vos gens. Et monseigneur se montre toujours fort généreux.

L'Aigle glissa un nouveau regard vers Perrine, qui inclina la tête en signe d'adhésion.

— Nous partirons lundi au château de votre seigneur, décida-t-il.

11

Pleshey Castle se révéla un endroit étonnant. Le château n'était pas une forteresse de pierre mais une double éminence de terre entourée d'eau. La première, la plus vaste et en forme de croissant, était couverte d'une trentaine de maisons, de granges, d'écuries et d'une église enserrée à l'intérieur d'une muraille crénelée. Il s'agissait de la basse-cour. Seul ce tertre permettait l'accès à la seconde motte par un unique pont de pierre divisé par un pont dormant.

Le deuxième tertre, tout à fait similaire à celui supportant le donjon de Gisors, était également entouré d'une haute muraille, avec comme unique passage une porte flanquée de tours. Au milieu de la levée de terre se dressait le manoir du comte, une forteresse carrée à deux étages.

Pour s'en emparer, des assaillants auraient dû franchir l'étendue d'eau et grimper le long du tertre, dont la pente s'affirmait très raide, puis passer par-dessus la muraille. Une entreprise quasiment impossible. Sinon, ils pouvaient tenter de s'emparer de la grande butte, et ce avec les mêmes difficultés, mais celle-ci était bien défendue par les chevaliers, sergents et hommes d'armes qui vivaient à l'intérieur. Quant à un siège, il ne fallait pas y compter, puisque la basse-cour ne manquait ni d'eau ni de jardins, ni même de pâturages.

Au demeurant, de telles entreprises n'avaient pas lieu d'être imaginées. La forteresse avait été reconstruite cent cinquante ans plus tôt sur un précédent château de bois et, depuis, l'Angleterre vivait en paix.

Les Français y arrivèrent le lundi 30 octobre, bien avant vêpres. Un pont de pierre, précédé d'un grand corps de garde en bois au toit de chaume, empêchait l'accès à la basse-cour. Devant ce pont s'étendait une vaste esplanade ceinturée de barrières en planches et de rustiques sièges constitués de demi-troncs d'arbres. Quelques archers s'entraînaient sur des cibles en paille. Les hommes assis sur les troncs commentaient bruyamment les tirs.

Robert de L'Aigle expliqua au sergent de garde que messire Howe l'attendait. L'homme, en surcot barré d'argent avec six lions rampants, trois sur la barre et trois dessous, hocha la tête et demanda à un de ses archers de conduire le visiteur au château.

La petite troupe passa le pont, franchit une porte fortifiée et traversa un petit village formé d'une ferme et de plusieurs maisons aux toits de chaume. Il y régnait une grande activité : des menuisiers assemblaient sur le sol des charpentes de colombages, des maçons dressaient celles terminées et les immobilisaient avec des tenons tandis que des compagnons plâtriers emplissaient les interstices entre les colombes avec du torchis de paille. Enfin, sur les bâtisses aux murs pleins, des ouvriers attachaient des brassées de paille qui formeraient les toitures.

Les maisons terminées possédaient toutes des enclos avec des porcs fouillant la terre de leur groin, des poules et des canards caquetant sur des tas de fumier ou des chèvres. Un veau bêlait tristement dans une étable. Une grande écurie était pleine de chevaux.

Le chemin qu'ils suivirent en croisa un autre pour aboutir à un second pont de pierre précédé d'un pont dormant. Ici, aucune sentinelle. Des cygnes blancs nageaient dans les fossés. Si n'avaient retenti les coups de marteau des charpentiers, l'endroit eût été d'un calme paradisiaque.

Nouvelle porte fortifiée, avec une autre écurie, dans laquelle leur guide demanda qu'ils laissent leurs montures, puis une volée de larges degrés conduisant à une terrasse en pierre.

Florida et sa sœur, qui n'avaient connu que de misérables masures ou des auberges, échangeaient des regards émerveillés. Ce serait donc ici qu'elles allaient vivre ?

Le manoir se dressait devant eux, construit en grosses poutres de colombage et en pierre massives. A son sommet claquait une bannière aux six lions couchants : les armes des Bohun. Une poignée d'hommes et de femmes richement vêtus et bien couverts de houppelandes et garde-corps se trouvaient sur l'esplanade à bavarder. Leur guide expliqua à l'un d'eux, un chevalier en pourpoint et mantel, qui étaient les visiteurs.

— Thomas Danbury ! se présenta le chevalier en prenant la main de Robert de L'Aigle avec chaleur, avant de s'incliner devant les dames. Heureux de vous rencontrer. Messire Howe m'a parlé de vous. Nous pourrions discourir plus longuement, mais il vous attend, ainsi que notre noble comte.

Il proposa aux Français de les accompagner et ils pénétrèrent ensemble dans un vestibule en chêne magnifiquement sculpté en arcatures avec de nombreuses statues de saints, puis dans une vaste salle où se dressaient trois grandes tables couvertes chacune d'un épais drap écarlate, celle du fond étant érigée sur une estrade avec deux hautes chaises sous un dais. La pièce entière était lambrissée à mi-hauteur et les murs portaient tapisseries, guirlandes de blasons, anciens écus, flambeaux, étendards, armes d'hast et autres instruments de guerre. Le toit plat était composé de grandes et de petites poutres, toutes peintes de motifs fleuris mais hélas noircies par une suie luisante dégagée de la cheminée dans laquelle se consumait un tronc d'arbre. Le sol, en dalles de pierre rouge, était couvert de tapis de joncs tressés.

Une douzaine de domestiques s'activaient autour des tables. Quelques grands lévriers au poil rude, tels qu'on en employait à chasser le loup et le cerf, étaient couchés près du foyer et levèrent leur museau devant les visiteurs.

Un imposant escalier en bois sculpté partait du coin de la salle. Ils l'empruntèrent pour déboucher dans une large galerie où se tenaient deux damoiseaux occupés à conter fleurette à une jeune fille, quelques domestiques et des archers. Leur guide gratta à une porte et entra quand on l'autorisa.

L'Aigle reconnut l'intendant, assis sur un banc en face d'un homme dans la quarantaine, aux épaules larges sous un ample surcot vert galonné qui couvrait un justaucorps matelassé couleur rouille avec des trousses sang-de-bœuf. Sa figure large, carrée, aux cheveux longs sous un bonnet rond, montrait des traits ouverts et un regard franc et volontaire, voilé cependant par un brin de méfiance. Pas d'épée mais une belle dague au manche d'argent en forme de tête de renard attachée à une ceinture richement cloutée. Aux poignets, des bracelets d'or témoignaient de sa prospérité.

L'Aigle et ses compagnons s'abîmèrent dans une révérence tandis que son guide le présentait avant de se retirer.

— Ainsi, c'est vous le chevalier fugitif ? s'exclama le comte avec un grand rire.

Il plissa les yeux et fit un geste du menton en direction des femmes et des deux hommes.

— Messire Howe ne m'a rien dit de vos compagnons.

— François La Coquille, mon écuyer, le père Cappon, mon confesseur, dames Perrine et Florida La Rivière, que j'ai entraînées dans ma ruine.

— Parlez-m'en. Comment vous êtes-vous retrouvés pourchassés ?

Un regard empreint de curiosité, mais sans compassion, plutôt circonspect.

— J'étais venu à Paris, où je logeais dans la maison d'un de mes grands-oncles, commandeur du Temple. Je devais dîner le soir même avec les parents de dames Perrine et Florida. Ils sont merciers et, depuis notre rencontre voici un an, j'aime Perrine et François aime Florida. Nous devions discuter des contrats de mariage et nous avions passé l'après-midi chez un notaire...

« Elles se trouvaient chez moi, rue Saint-Antoine, quand est arrivée une troupe d'hommes d'armes, lesquels ont frappé à la porte. Mon domestique a ouvert et a été battu. Nous, nous étions dans le jardin. Aux cris, je me suis précipité et un sergent du roi m'a hurlé que nous étions pris au corps pour hérésie, simonie et idolâtrie, que j'étais un maudit complice des hérétiques templiers. J'ai répondu qu'il était fol et que les templiers étaient de saints hommes. Il m'a menacé de faire pendre tous les gens de la maison si je résistais.

« Contraint de me défendre, j'ai tiré l'épée, François aussi, ils étaient six mais peu habiles et nous en avons meurtri trois avant que les autres ne détalent. Nous sommes partis nous réfugier dans une taverne, et c'est là que nous apprîmes que la Villeneuve du Temple avait été prise par le roi, et tous ses chevaliers emprisonnés. Nous avons passé la nuit chez les parents de nos dames, mais nos têtes avaient été mises à prix par des hérauts. Non seulement pour François et moi, mais aussi pour le père Cappon et les femmes qui nous accompagnaient. Les portes de Paris étaient fermées, impossible de quitter la ville. Nous avons échappé aux gens du Châtelet en prenant une barque. Je voulais que Perrine et Florida demeurent chez leurs parents mais elles ont refusé, voulant rester avec nous.

Ce conte, Robert l'avait répété à ses compagnons plusieurs fois jusqu'à ce qu'il devienne pour eux la vérité. Perrine pleurait et Florida la tenait par l'épaule. Comment douter que ces malheurs leur étaient réellement arrivés ?

Leur hôte prit alors la parole :

— J'ai appris l'arrestation des templiers par un courrier de Sa Majesté, qui a écrit aux barons et à sa sœur, mon épouse. Philippe IV lui a demandé d'agir comme lui, mais il a refusé.

Il se tut un moment avant de demander :

— Cependant, je m'explique mal pourquoi le roi de France tenait à vous prendre. Vous n'êtes qu'un simple chevalier, même pas templier.

— A cause des membres de ma famille, qui sont d'éminents dignitaires du Temple. Quand j'ai quitté

Paris, il se murmurait que Philippe le Bel n'était pas parvenu à mettre la main sur la fortune de l'Ordre. Tous les commandeurs saisis étaient torturés, mais aucun n'avait révélé, ou ne savait, où se cachaient le trésor et les archives des chevaliers du Christ. Je suppose qu'il espérait faire parler les miens en me menaçant des pires maux.

— Possible, en effet. Avez-vous été poursuivis durant votre fuite ?

— Je ne sais, mais nous nous sommes défendus contre une troupe à notre recherche près de Boulogne.

— Défendus de quelle manière ? s'enquit l'intendant.

— Il y a eu bataille, et nous l'avons remportée.

— Combien étaient-ils ?

— Cinq, messire.

Humphrey de Bohun échangea avec son intendant un regard entendu : « Ce chevalier peut se révéler une bonne recrue. »

— Etes-vous décidé à me donner votre foi, messire de L'Aigle ?

— Je le suis, noble comte.

— Vous me rendrez donc hommage avec d'autres chevaliers, dimanche prochain. Messire Howe m'a dit aussi que vous alliez vous marier.

— Nous devions le faire à Paris, puis à Maldon.

— Vous ne pouvez vivre dans le péché, vos noces auront lieu ici, samedi également.

— Avec plaisir, noble comte.

— Vous logerez dans l'une des maisons qui se construisent dans la basse-cour. Messire Howe fera poser une cloison à l'étage pour vous séparer. Il vous fera également savoir quel sera votre service. Parfois vous m'accompagnerez près du roi, le reste du temps vous assurerez la garde, diverses escortes, et vous participerez à des entraînements, des joutes et des passes d'armes. Tâchez de vous distinguer.

— Vous serez satisfait de moi, noble comte.

Humphrey de Bohun se tourna vers l'intendant et lui laissa la parole.

— Attendez-moi sur la terrasse, messire de L'Aigle, dit ce dernier.

S'étant à nouveau inclinés, ils se retirèrent. Perrine serra nerveusement la main de son amant, terrorisée à l'idée de ne pas être capable de jouer son rôle. Il la rassura d'un sourire.

12

Ils patientaient sur la plate-forme, échangeant des paroles aimables bien qu'insignifiantes avec les gentilshommes et les gentes dames qui s'y trouvaient, quand messire Howe arriva avec un clerc.

— Maître Peter va vous conduire à votre logis, leur dit-il. Soyez de retour dans une heure pour le banquet.

Ils rejoignirent leurs chevaux et le clerc monta en croupe avec Cappon. En chemin, il expliqua que la maison qui leur était attribuée avait été terminée durant l'été et jamais occupée jusque-là.

Effectivement la construction était neuve et sentait encore l'humidité. La porte d'entrée ne disposait que d'un loquet et leur guide leur indiqua que le serrurier du village pourrait installer une meilleure fermeture. Ils entrèrent. De petite taille, le logis était à peine meublé. Il comprenait une salle basse avec un foyer en pierre, un banc, une table à tréteaux et une huche. A cette pièce s'ajoutait un cellier. Une échelle permettait d'accéder à la chambre de l'étage, qui disposait d'un grand lit à matelas de laine. A chaque extrémité de cette salle se trouvaient deux galetas en soupente. Le clerc leur précisa qu'ils pourraient faire assembler des meubles par un menuisier et engager valets et chambrières au village.

Ils déposèrent leurs bagages. Cappon choisit de s'installer dans le cellier, comme il le faisait à Paris chez Coquillard, et ce dernier alla faire le tour des maisons voisines afin d'obtenir une seconde paillasse. Un peu plus tard, il rapporta une grande pièce de toile et un garçon de ferme leur apporta des brassées de laine. Dès le lendemain, promit Robert à Perrine, il meublerait mieux la demeure. Mais même tel qu'il était, le logis offrait à l'ancienne lavandière ce qu'elle n'espérait plus depuis qu'elle avait quitté Paris : une maison.

Après une toilette avec l'eau puisée dans un puits, ils revêtirent les robes et la cotardie que les tailleurs avaient apportées le matin à leur auberge. Pendant que les femmes tressaient leurs cheveux qu'elles serreraient ensuite sous leurs coiffes, Robert leur rappela les règles de bienséance qu'il leur avait déjà énumérées durant le voyage au château : comment se tenir à table, se servir des plats, partager son assiette et son pot avec son voisin ou s'essuyer les doigts. Ils devraient s'efforcer de parler le moins possible afin d'éviter les erreurs, mais leur réserve passerait facilement pour de l'embarras à se trouver à la table d'un comte.

Au château, la salle du banquet dégorgeait de monde. Un majordome brandissant une baguette blanche recevait les convives et leur indiquait leurs places. Des bassines d'eau parfumées permettaient de se laver les mains et les deux sœurs observèrent les autres femmes avant de les imiter. Comme Robert les en avait prévenues, elles furent placées au bout d'une table, avec d'autres damoiselles. Seules quelques femmes de qualité se trouvaient auprès du comte. Robert fut installé à côté de messire Danbury, qui, lui, était accompagné de son épouse, une Saxonne rousse comme un soleil couchant nommée Rowena. Coquillard fut relégué avec des écuyers, à l'extrémité de la troisième table.

La sonnerie d'un cor annonça l'arrivée du comte et de son épouse, la sœur du roi. Perrine ne la quitta pas des yeux, n'ayant jamais vu une princesse de si près.

Elisabeth avait vingt-cinq ans et avait déjà été veuve. D'une belle taille, elle affichait un teint d'une blancheur exquise mis en valeur par sa guimpe. Ses yeux bleus brillaient sous des sourcils bruns et son port de tête traduisait la fierté qui la guidait en toute occasion. Sa toilette se composait d'une robe de dessous turquoise, d'une jaquette de soie ocre par-dessus laquelle était passée une longue robe flottante cramoisie en riche laine qui descendait jusqu'à terre, avec de larges manches qui s'étendaient au-delà du coude. Une chaîne d'or à laquelle était suspendu un petit reliquaire était passée autour de son cou.

Elle prit place en souriant à l'assistance, puis ce fut le tour de son époux le comte, et, au son du cor, tout le monde s'assit, sauf le chapelain qui récita le bénédicité. Après quoi l'échanson commença à servir les hanaps ou de grandes cornes de vin et d'ale, et le panetier les tranchoirs. Si comme tous les chevaliers Robert reçut une assiette personnelle, il partagea un hanap avec son voisin. Les femmes, elles, n'avaient que des écuelles de bois, sauf celles assises à la table du comte, qui disposaient aussi de gobelets d'argent.

Le souper des chevaliers se tenait chaque jour dans cette salle, expliqua Danbury à Robert, sauf quand le comte était absent, auquel cas chacun dînait chez lui ou à l'auberge du village. Ce n'était jamais des repas somptueux, mais les viandes et le pain étaient toujours abondants. Ce soir-là, les valets servirent de la chair de porc, apprêtée de plusieurs manières, du brouet de cailles, du cygne, du daim et du chevreuil. Au sujet du gibier, messire Danbury expliqua qu'une chasse avait lieu tous les dimanches après la messe, ou une fois dans la semaine, lorsque le comte était au château. Après ces commentaires, lady Rowena interrogea Robert sur la vie qu'il menait avant de quitter le France et lui assura qu'elle prendrait Perrine sous son aile afin de lui apprendre les usages d'Angleterre.

L'Aigle regardait fréquemment sa future épouse et se rendait compte qu'elle se débrouillait fort bien. Elle utilisait un petit couteau d'argent qu'il lui avait offert et répondait toujours avec un sourire aux questions qu'on lui posait. Florida paraissait plus réservée, plus tendue. Ce monde était si différent de celui qu'elle avait connu ! Elle s'efforçait d'oublier la vie qu'elle menait à Paris.

Durant le souper, deux troubadours jouèrent de la viole et du luth et un jongleur fit quelques tours. A la fin du banquet, pendant qu'on servait des galettes et différentes confitures faites de fruits et de miel, quelques gentilshommes vinrent réciter des poèmes et plusieurs dames jouèrent du luth.

Le lendemain, l'intendant vint visiter les Français avec un menuisier chargé de construire une cloison à l'étage afin de faire deux chambres. Il expliqua aussi à Robert que ses gages seraient d'une livre par semaine payés deux fois l'an, à Noël et à la Saint-Jean, et proposa de lui avancer la somme nécessaire à l'achat de son équipement, ayant observé que ni lui ni l'écuyer ne possédaient de harnois. Robert déclina cette aimable proposition. En quittant Paris, affirma-t-il, il avait emporté avec lui une importante somme qu'il aurait dû remettre à son notaire lors de la signature du contrat de mariage. Il ne manquait donc pas d'argent.

Plus tard dans la journée, ils eurent la visite de lady Rowena, accompagnée d'une dame de compagnie. Perrine était confuse de la recevoir dans une maison en travaux, mais l'épouse de messire Danbury la rassura. Elle voulait savoir de quoi elle avait besoin, pouvant lui faire connaître les artisans du village qui lui fourniraient ce qui lui manquait. Elle proposa aux deux sœurs de venir chez elle, le lendemain. Avec une amie et sa dame de compagnie, elles filaient la laine et tissaient des tapisseries. Elles pourraient ainsi faire de belles nappes et même des vêtements. Florida ignorait tout de ces travaux, mais Perrine avait déjà manié un rouet. Elle accepta, expliquant simplement que sa sœur s'occupait de la vente dans la mercerie familiale et qu'elle manquait d'expérience.

Ce jour-là, Robert et Coquillard les abandonnèrent car, conduits par un homme d'armes et accompagnés de Cappon, ils se rendirent à Chelmsford, la grande ville des environs où se trouvaient toutes sortes d'artisans armuriers : des hoquetonniers, des corroyeurs, des cordouaniers, des fèvres, des escuciers, des fourbisseurs ou encore des haubergiers. L'Aigle se procura un haubert long, un camail, une cervelière, des cubitières, des cuissards, des genouillères, des gantelets annelés et des plates de fer, un heaume, une lance et un écu. Coquillard s'équipa d'une broigne et d'une chemise de mailles sans manches, de chausses et de gants de mailles, et également d'un écu et d'une lance. Quant à Cappon, il avait été chargé par les deux sœurs de leur rapporter toutes sortes d'objets nécessaires dans une maison : lanternes, savons, ceintures, mercerie diverse, fermoirs, forces, gants, chandelles et instruments de table et de cuisine, mais aussi des articles indispensables pour les épousailles : des chaussures en cuir de Cordoue, des rubans, de la passementerie et des voilages.

Robert de L'Aigle changea aussi une partie de sa monnaie française et se procura encre et parchemins.

13

Les jours suivants furent consacrés à la préparation des noces. Avec l'aide de lady Rowena et de ses amies, les deux femmes préparèrent leurs plus belles robes, y ajoutant galons et broderies. Les habits des hommes furent aussi soigneusement ajustés. Le samedi, la maison fut envahie de voisines venues aider Perrine et Florida à s'habiller et se coiffer. Les futures épousées revêtirent des chemises blanches en fine toile de lin, des chausses en drap fin venues de Bruges, les différentes robes, jupes et bliauts, et furent coiffées en grosses nattes mêlées de rubans, de bandelettes de soie et de galons dorés.

Perrine se chaussa des souliers en beau cuir de Cordoue brodé d'or que lui avait offerts son fiancé.

La cérémonie devait se tenir à l'église proche et un chemin de planches avait été aménagé pour que les futurs mariés ne se salissent pas. Les témoins, messires Howe, Danbury et frère Cappon, les attendaient, entourés de la foule des gens du château, du chapelain et du comte venu avec la sœur du roi. Les cloches tintaient joyeusement et, devant le perron, jongleurs, gentilshommes et gentes dames enchantaient l'air avec des vielles, des flûtes, des violes et des harpes.

Le silence se fit peu à peu à la demande de l'intendant, puis les futurs conjoints s'étant placés devant lui, le prêtre leur posa, en français, les questions exigées sur leur âge, leur appartenance à l'église de Rome, leurs liens de parenté, et questionna l'assistance sur la présence d'éventuels opposants. Les couples avaient été dispensés de bans par le comte, qui s'était porté garant. Ensuite, les témoins s'étant placés près de lui, le chapelain leur demanda le consentement sacramentel. Le public entendit très distinctement :

— Oui, Perrine, je te prends pour femme, à tout jamais dans la foi de Dieu et dans la mienne, saine ou malade, je promets de la garder.

— Oui, Robert, je te prends pour mari.

— Oui, Florida, je te prends pour femme, à tout jamais dans la foi de Dieu et dans la mienne, saine ou malade, je promets de la garder.

— Oui, Co… François, je te prends pour mari.

Florida devint écarlate après ce début de confusion mais tout le monde prit cette rougeur pour de l'émotion.

Par deux jeunes garçons le prêtre se fit apporter des anneaux d'argent qu'il aspergea d'eau bénite en récitant :

— Que le Créateur de l'Eternel Salut fasse descendre sa bénédiction sur ces anneaux.

Puis il tendit les bagues aux époux.

Robert et Coquillard les enfilèrent successivement à trois doigts de la main droite de leur femme en déclarant : « Au nom du Père », puis « du Fils », puis « du Saint-Esprit », et enfin les glissèrent à un doigt de la main gauche avec ces paroles : « De cet anneau je vous épouse ; de mon corps je vous honore ; de mon bien je vous donne. »

Après quoi, suivant la coutume franque de l'achat des femmes, les deux hommes offrirent à leur épouse le sou et le denier.

Les mariés entrèrent alors dans l'église entourés de la multitude des gentilshommes et de leurs dames. Au milieu de la nef, ils s'agenouillèrent et le prêtre les bénit.

Tout le monde gagna ensuite le château sous la joyeuse musique des jongleurs et le carillon des cloches. Le cortège fit une entrée solennelle dans la grande salle jonchée de pétales de roses et de joncs. Le comte et la comtesse étaient arrivés les premiers et le majordome plaça les époux à leur table à l'occasion du banquet.

C'est durant ce repas que messire de Bohun eut une longue discussion avec Robert de L'Aigle au sujet de son expérience militaire. Avec surprise, le comte apprit que sa nouvelle recrue avait ferraillé en Flandre, au côté du roi de France. Le beau-frère du roi Edouard se fit raconter en détail la bataille de Mons et, même si L'Aigle se montra modeste quant à son rôle, le comte d'Essex devina en lui un valeureux chevalier. La plupart de ses gentilshommes n'avaient jamais participé à de grandes batailles, et l'expérience du nouveau venu se révélerait assurément précieuse durant l'expédition écossaise à venir.

Perrine nageait dans le bonheur. Désormais épouse d'un valeureux chevalier, un jour prochain certainement mère, elle avait sa sœur adorée près d'elle. Toutes deux étaient louangées pour leur beauté et leur modestie. Chaque jour, elle et Florida se rendaient chez dame Rowena. Le tissage et la broderie n'avaient plus beaucoup de secrets pour les deux femmes, qui avaient commencé la confection d'une grande tapisserie à suspendre dans leur maison.

Quant à Robert et Coquillard, ils se tiraient fort honorablement des assauts et des tournois d'entraînement et forçaient le respect des autres chevaliers et écuyers pour leur vaillance et leur courtoisie.

Mais cette félicité ne devait pas durer.

Le samedi 18 novembre, chassés par une pluie glaciale qui succédait à une matinée froide et brumeuse, Robert de L'Aigle, Coquillard, Thomas Danbury et son écuyer revenaient du champ de joute quand ils découvrirent trois chevaux surveillés par un inconnu devant le corps de garde. Ce gardien devait avoir la cinquantaine d'après ses cheveux gris clairsemés. Il arborait une lourde épée à son baudrier porté bas, sous un gros bide. Un guerrier, jugea L'Aigle au premier coup d'œil, bien que les montures soient de paisibles carnes dans lesquelles il crut reconnaître celles de maître William, le maquignon de Maldon. Chose étonnante, il n'aperçut aucune arme ou équipement derrière les selles.

Intrigué, Danbury pénétra dans la pièce où se tenaient le sergent et les archers en service. L'Aigle et les écuyers le suivirent afin de se mettre à l'abri. Deux voyageurs discutaient avec l'officier de garde. L'un et l'autre de haute taille, le plus âgé, revêtu d'un péliçon en peau de sanglier, portait une courte barbe neigeuse. Le second possédait le même visage carré mais avec une barbe noire. Tout indiquait qu'il s'agissait du père et du fils. Aucun n'avait d'épée.

— Messire Danbury, expliqua le sergent, maître Pignaux et son cadet arrivent de Troyes. Ils viennent acheter de la laine et sont venus annoncer leur présence et demander où ils pourraient loger. Je leur ai indiqué le Renard Noir, au village.

— Vous avez bien fait. Maître Pignaux, si vous restez quelques jours, présentez-vous demain au château. Notre intendant tient impérativement à connaître les étrangers de passage, conseilla Danbury.

— Je songeais en effet rester par ici et faire le tour des fermes des environs afin de choisir les meilleures laines.

— Vous savez que vous ne pourrez faire affaire, je suppose. Seul le roi donne son autorisation aux ventes de laine.

— Je ne l'ignore pas, je soumettrai évidemment une demande à Votre Majesté.

Danbury sourit, satisfait.

— J'ai avec moi un de vos compatriotes, vous pourrez lui donner des nouvelles de France, dit-il en désignant son compagnon.

— Robert de L'Aigle, fit ce dernier en s'inclinant.

Guillaume de Mussy, alias maître Pignaux – le nom de son père –, possédait un grand sang-froid et son visage resta impassible, mais son fils haussa imperceptiblement les sourcils, une expression qui échappa néanmoins à Robert.

Le lendemain fort tôt, les prétendus marchands eurent une entrevue avec messire de Bohun. Maître Pignaux expliqua venir choisir des laines, la toison des moutons d'Angleterre étant supérieure à toutes les autres pour leur finesse. Le comte lui rappela alors les règlements anglais ; la loi commune interdisait la sortie des laines du pays au détriment des drapiers. Certains ministres du roi proposaient même de faire de l'exportation de cet article un crime capital[1]. Mais comme les achats étrangers étaient une importante source de revenu à la fois pour les propriétaires de troupeaux et pour la Cou-

1. Ce sera le cas sous le règne d'Edouard III.

ronne par ses taxes, ils étaient admis, à condition que le roi les autorise et que les prix payés soient élevés.

Pignaux agréa tout sans barguigner, n'ayant aucune intention d'acheter quoi que ce soit.

En quittant le château, il se fit guider jusqu'à la maison de L'Aigle, qu'il trouva en discussion avec un menuisier. Le chevalier offrit à boire à son compatriote et lui demanda des nouvelles de France. Pignaux parla de Troyes, mais il avait quitté le royaume depuis un mois, s'excusa-t-il. Quant à L'Aigle, il resta également évasif sur son arrivée en Angleterre. En revanche, le drapier s'attira la sympathie des deux femmes en leur annonçant qu'il avait dans ses bagages une belle pièce de drap de Bruges qu'il voulait leur offrir. Le félon l'avait acheté à Maldon dans ce but.

14

Le mardi après-midi, l'intendant vint trouver Robert alors qu'il joutait avec d'autres chevaliers devant la basse-cour. Le drapier et son fils, comme messire de Bohun, ses proches et de nombreux habitants du château et du village, assistaient aux combats pratiqués avec de solides bâtons de bois que les hommes utilisaient à deux mains comme des épées, tout en restant à cheval. La passe d'armes se déroulait par équipes de quatre chevaliers, les vainqueurs étant ceux qui faisaient tomber au moins un adversaire. L'Aigle y était parvenu par deux fois, s'attirant le respect de ses compagnons.

Auparavant, comme la veille, la matinée avait été consacrée à des tournois à la lance et des tirs à l'arc. Frère Cappon, comme on l'appelait, avait demandé à y participer et s'était montré particulièrement adroit avec son arbalète, suscitant des commentaires élogieux. Seul Coquillard n'avait pas brillé car il maniait mal la lance et l'écu. En cela parfait truand, il privilégiait le couteau, mais il ne pouvait en faire état devant des gentilshommes, bien qu'il en portât plusieurs à sa taille, outre l'épée prise au chevalier de Boulogne.

— Messire de L'Aigle, annonça Howe, j'ai besoin de vous demain.

— Je suis à votre disposition, messire.

— Un messager m'a prévenu ce matin de l'arrivée d'une cargaison de vin destinée au château. Il y a huit tonneaux à transporter. Oswald, le cellérier, ira les chercher, mais une escorte est nécessaire. Vous prendrez ainsi l'habitude de ces voyages que vous ferez fréquemment.

— Y a-t-il des fredains par ici ?

— Ils sont partout, mais heureusement aucune bande dans l'Essex. Notre comte et les lieutenants du shérif sont impitoyables avec les larrons, qui sont pendus sitôt pris. Seulement des audacieux ou des insensés peuvent toujours envisager de dérober le chariot. S'ils vous voient, ils ne s'y risqueront point. En partant aux aurores, vous serez de retour à la nuit. Emmenez votre écuyer.

Howe se rendit ensuite auprès du comte tandis que le drapier, accompagné d'Alphonse, qu'il avait présenté à tous comme son garde du corps, s'approchait de Robert, un chaleureux sourire aux lèvres.

— Voilà une joute durant laquelle vous vous êtes magnifiquement distingué, messire !

— J'essaie de mériter la confiance du comte.

— Je n'ai aucun doute sur le fait que vous y parvenez. Je l'ai observé pendant les combats, et il se montrait particulièrement satisfait d'après ses hochements de tête.

— Où en sont vos investigations sur les laines, mon maître ?

— Je me rends à Braintree, demain. D'après messire Howe, il s'y tient un grand marché.

— Et moi je vais à Maldon, dommage que nous ne puissions faire route ensemble. Par moments, je vous envie en sachant que vous allez retourner en France.

— Le diable ne restera pas toujours à l'huis ! le rassura le drapier avec une expression cordiale. Et qui sait si le Seigneur ne vous accordera pas cette joie ?

— Je le prie chaque jour, fit Robert tristement.

Abandonnant le marchand, il alla prévenir Coquillard, qui apprenait le maniement de la masse d'armes avec un sergent.

Tiré par deux bœufs et conduit par le cellérier, le chariot se traînait avec son lourd chargement de huit barriques pleines. L'Aigle et Coquillard trottaient devant, pleins d'insouciance. Cela faisait un moment qu'ils avaient passé l'église Saint Mary et la taverne à l'enseigne du White Swan, dans le hameau de Waltham. Le crépuscule s'étendait et ils n'arriveraient pas avant la nuit. Coquillard racontait comment il avait volé un marchand de vin à Paris :

— On sortait le tonneau de son cellier avec Cappon quand...

Il ne termina pas, chutant de sa monture tandis que le destrier de Robert s'affaissait sur ses pattes avant. Le chevalier comprit aussitôt. Tout en serrant son épée contre lui, il roula loin de sa monture, qu'il devina frappée à mort, puis en quatre enjambées se réfugia derrière l'arbre le plus proche.

Deux silhouettes jaillirent des fourrés. L'une brandissait une arbalète, l'autre une épée.

— *Don't move, or you are dead !* lui cria-t-on.

Des voleurs de grand chemin ! devina le chevalier en dégainant sa lame.

Il évalua ses chances. Une seule arbalète, donc un seul tir. Le larron aurait du mal à le toucher derrière ce tronc, à moins qu'il ne soit particulièrement adroit. Et s'il le ratait, Robert ne lui laisserait aucune chance. Les deux robeurs de chemin ne finiraient pas pendus, mais détranchés. Il lança un regard accablé vers Coquillard. Son bon compagnon ne bougeait plus. Comment allait-il annoncer sa mort à Florida ?

Il chassa de son esprit cette difficulté à venir et revint aux fredains, qui se trouvaient à vingt pas, immobiles et prudents. Le porteur d'arbalète fit un geste, indiquant à son compagnon de prendre à droite, lui-même s'approchant par la gauche. Robert les laissa se mettre en branle, et quand celui à l'épée ne fut plus qu'à dix pieds de lui il se précipita dans sa direction l'épée haute, espérant que son complice n'oserait tirer.

Non seulement l'arbalétrier ne fit pas partir le carreau mais, de façon incompréhensible, il tomba à genoux. Robert n'en sut rien, occupé qu'il était à abattre sa lame sur celle du premier bandit avec une rage de forcené. Cognant à coups redoublés de sa brette comme il l'eût fait d'une hache, il força son adversaire à rompre et reculer jusqu'au moment où l'homme trébucha. Robert ne chercha alors ni à le blesser, ni à lui laisser demander merci. Il le frappa au cou, lui brisant la nuque et lui tranchant le col.

Essoufflé, il se retourna alors vers le second voleur, qu'il découvrit affalé, Coquillard debout devant lui, se tenant la poitrine comme s'il avait du mal à respirer.

— Dieu soit loué, tu n'es pas mort ! s'exclama le chevalier.

— Pas... encore... mais presque, bredouilla le cagou.

— Je t'ai vu tomber, tu as reçu un carreau, fit Robert en désignant le trait encore planté dans le haut de l'épaule gauche.

— Pour ça, oui.

Coquillard saisit le bois de la main droite et, en grimaçant de douleur, il le manipula doucement afin de repérer jusqu'où il était fiché. Brusquement, il le tira d'un coup sec en poussant un rugissement. La pointe était sanglante, mais seulement sur un demi-pouce.

L'argotier écarta doucement le col de sa cotte, dévoilant sa chemise de mailles sur son gilet.

— Je voulais l'essayer, pour savoir si elle me gênerait en chevauchant. Elle m'a protégé, mais la force du carreau a été si violente que je suis tombé et ai dû perdre connaissance un moment…

Du sang sourdait maintenant sur le vêtement.

— La pointe t'a quand même rudement blessé, observa Robert en prenant le carreau afin de l'examiner. Tu as eu de la chance qu'il s'agisse d'un carreau ordinaire et pas d'un perce-mailles. Enfoncée plus loin, la pointe aurait touché ton cœur.

Percevant un léger martèlement de sabots, il tendit l'oreille. Le bruit s'éloignait et, quand il cessa, retentit une galopade.

— Tu as entendu ?

— Un cheval, mais loin d'ici.

Robert se rendit au chariot. Le cellérier était affalé sur son banc. Le chevalier le releva et vit l'extrémité d'un carreau dépasser du torse entièrement rougi. Le serviteur du comte ne portait pas de chemise de mailles.

Il rejoignit Coquillard.

— Reste ici. Je prends ta jument pour aller chercher de l'aide au château.

Il alla ramasser l'arbalète du brigand, une arme puissante à l'arc en lamelles de corne collées. Un carreau était toujours glissé sous la fausse corde.

— Place-toi là-bas, à l'abri, et reste vigilant, dit-il à son écuyer en tendant l'arme et en désignant l'arbre derrière lequel il s'était protégé.

Coquillard désigna les cadavres en ricanant :

— C'est pas eux qui vont m'embêter.

— Eux, non. Mais il y a eu deux tirs, et cette arbalète n'avait pas lâché son trait. Fais le compte : ils étaient trois. Le dernier est peut-être le cavalier qu'on a entendu. Auquel cas, il est peut-être encore par ici.

Coquillard hocha lentement du chef tandis que Robert montait sur la jument.

— Je serai pas long ! promit-il.

En chevauchant, Robert songeait à l'agression. Tout lui semblait étrange. Pourquoi le troisième voleur n'était-il pas intervenu ? Pourquoi avait-on tiré sur son cheval et non sur lui, alors qu'il était le plus à craindre ? Pourquoi l'agression avait-elle eu lieu si près du château ? Les voleurs n'auraient pu aller loin, avec un chariot si chargé.

Une crainte, un soupçon, le taraudait. Et si c'était après lui que les gueux en avaient ? Et s'ils voulaient le prendre vivant ? Mais une telle conclusion impliquait que le roi de France ait découvert où il se cachait. Comment aurait-il fait ?

Il chassa cette idée déplaisante. Attendons qu'on sache qui sont les voleurs, conclut-il.

Coquillard ne se morfondit pas longtemps, même si la douleur devenait de plus en plus forte. Un arroir[1] déboula moins d'une heure après le départ de son maître. Six ou sept chevaliers emmenés par l'intendant en cotte de mailles, des écuyers, des sergents et des archers à profusion.

Messire Howe donna des ordres. On allongea le cellérier sur les tonneaux et, escorté par des hommes d'armes, le chariot reprit sa route. Coquillard demeura avec la troupe, en selle devant un sergent qui le soutenait. On avait mis les corps des deux marauds en travers d'un cheval.

Après avoir examiné leur vêture, L'Aigle avait conclu qu'il ne s'agissait pas de gueux. Ils portaient pourpoint matelassé et avaient abandonné leur manteau dans des fourrés. Leurs épées et leurs dagues étaient de bonne qualité. Il fit ces remarques à l'intendant.

— Allons au White Swan. Il est possible que des clients les aient aperçus, décida Howe.

A la taverne, on jeta les dépouilles au sol et Howe fit sortir le cabaretier, sa femme et les rares clients, à savoir deux colporteurs.

— Avez-vous déjà vu ces marauds ? lança-t-il.

Inquiet de cette visite inattendue et de ce déploiement de force, le cabaretier s'approcha en faisant rouler son bonnet entre ses doigts. Il se pencha vers

1. Une troupe.

les cadavres abandonnés aux chiens et conclut qu'il s'agissait de criminels.

— Oui, seigneur. Lui se nomme Lawless. L'autre, je sais pas, mais ils logeaient ici depuis trois jours.

— Quatre, le coupa sa femme, ils sont arrivés samedi. Quel crime ont-ils commis ?

— Ils ont tué le cellérier du château pour tenter de voler un chariot de vin, et ils ont blessé un gentilhomme. Que faisaient-ils ici ?

— Ils restaient toute la journée dans la salle à jouer aux dés, à boire ou à dormir. Ils m'ont dit venir de Londres et attendre quelqu'un.

— Qui ?

— Je ne sais, messire.

— Aucun chevalier du shérif[1] de Colchester n'est passé ?

— Aucun, messire, les gens du shérif ne viennent pas souvent par ici, sauf quand ils collectent les impôts.

— Vous auriez dû venir au château signaler ces deux-là.

— Oui, messire, mais chaque jour ils m'assuraient qu'ils partiraient le lendemain.

L'Aigle intervint en français :

— Avez-vous vu quelqu'un avec eux ?

— Oui, messire, ce matin, un homme plus âgé, aux cheveux gris clairsemés, vigoureux, avec du bedon...

---

1. Officier royal qui assurait la justice, la police et la collecte des impôts dans un comté.

Le tavernier toucha son ventre proéminent.

— Comme moi, se risqua-t-il avec un maigre sourire qui ne dérida personne.

— Que savez-vous sur ce gros-là ?

— Je ne l'avais jamais rencontré, messire ! J'ai juste remarqué son épée, sa trousse de carreaux et son arbalète. C'était un homme d'armes, j'en suis certain. J'ai pensé que c'était celui qu'ils attendaient. Il est resté un moment à leur table, tous trois parlaient à voix basse, puis ils sont partis ensemble à haute none. Tous avec des arbalètes. Ils m'ont dit aller chasser.

— A cheval ?

— Non, messire, à pied. Les chevaux des deux larrons sont ici.

— On va les prendre, décida Howe, l'argent de leur vente ira à la veuve du cellérier. Ont-ils laissé des bagages ?

— Rien, messire, ils n'avaient rien.

— Le gros doit être loin, maintenant que son coup a raté, intervint un chevalier.

— A pied, pas forcément, déclara Howe. Je ferai crier son signalement partout, avec une prime de deux livres à qui le livrera. Un étranger bedonnant, aux cheveux gris, seul et sans monture, on va le retrouver.

Robert n'intervint pas. Il se souvenait du galop qu'il avait entendu. Ces gens-là n'étaient pas des voleurs de grand chemin. C'est à lui qu'ils en avaient, il en était maintenant certain. Si l'homme âgé avait des complices, il le reverrait, mais peut-être avait-il déjà filé à Londres afin de quitter l'Angleterre.

15

Le dimanche 26 novembre à la relevée, Perrine et Florida recevaient une sœur et un frère venant du village. La fille avait seize ans et le garçon dix-huit. Leur aînée était la chambrière de Rowena, et c'est elle qui avait proposé la fratrie à Perrine. La jeunette ne savait pas faire grand-chose, sinon s'occuper d'une maison, du ménage et du linge. Mais Perrine se sentait capable de lui apprendre, même avec la barrière de la langue, la future chambrière ne parlant qu'anglais. Son frère servirait de valet de chambre aux hommes et s'occuperait d'alimenter la maisonnée en bois et en vivres. Il aménagerait les bouges de l'étage et, en attendant, ils continueraient à vivre au village.

Florida montrait ses vêtements en expliquant comment les brosser quand un visiteur se présenta. Le drapier français.

— Gentes dames, leur dit-il respectueusement, je suis confus de me présenter ainsi, mais messire de L'Aigle m'envoie.

— Il est à la chasse avec notre comte, fit Perrine, surprise.

— Je le sais, je viens de le rencontrer...

Il balança de la tête avec hésitation avant de déclarer :

— Il a eu une malaventure...

Perrine pâlit et chancela.

— Est-il blessé ?

— Des égratignures, rien de grave, je vous rassure. Je l'ai rencontré tout à l'heure alors qu'il rentrait à pied au château. Il attend dans le grand bois, derrière le champ de joute. Ce ne sont pas les estafilades qu'il a reçues qui le gênent, c'est ce qui est arrivé à ses vêtements.

Sous les yeux ébahis des deux sœurs, il poursuivit :

— Voici ce qu'il m'a raconté : la chasse poursuivait un chevreuil quand son cheval s'est mis à boiter. Messire de L'Aigle l'a mis au pas, puis s'est retrouvé seul car son écuyer, emporté par la traque, ne s'était pas aperçu de son retard. Heureusement, le destrier n'était pas blessé, il avait juste un morceau de bois immobilisé dans un sabot. Il le lui retirait quand a surgi un sanglier affolé par des chiens. L'animal l'a fait tomber et s'est acharné sur lui, déchirant son gambison de haut en bas et faisant fuir sa monture...

« Votre époux, dame Perrine, s'est retrouvé avec un manteau souillé de boue et un habit fendu des chausses jusqu'au cou ! Bref, il était en chemise.

Fort marri, il revenait à pied au château quand je l'ai rencontré alors que je revenais d'une ferme avec mon fils. "Vous êtes mon sauveur ! m'a-t-il dit après m'avoir narré ses déboires. Si j'apparais ainsi au château, à moitié nu, les moqueries me poursuivront longtemps. Auriez-vous l'obligeance d'aller chez mon épouse et de lui demander de me porter des chausses, un doublet, une cotte et un manteau ? Qu'elle vienne avec sa jument, ce qui me permettra de retrouver mon cheval et de rattraper la chasse. Je ne peux pas me permettre de perdre deux chevaux en quelques jours."

— Pourquoi n'est-il pas rentré avec vous ? demanda Florida, qui s'était efforcée de retenir son fou rire en songeant à son beau-frère quasi nu.

— Je le lui ai proposé, bien sûr, mais il préférait que les gardes ne le voient pas dans son état. Je lui ai pourtant suggéré de prendre mon manteau mais il m'a répondu qu'il tenait à ce que personne n'apprenne sa mésaventure. Il m'a d'ailleurs fait jurer de ne pas la répéter.

— J'y vais ! décida Perrine. Je vais chercher ses habits. Où se trouve-t-il ?

— Au gros chêne qui a reçu la foudre, dans le bois. Il m'a dit que vous le connaissez.

— C'est vrai, dit-elle avec un sourire, nous y sommes allés ensemble ramasser des champignons.

— Je vais avec toi ! annonça Florida. Je ne vais pas te laisser seule !

Elle n'ajouta pas qu'elle avait hâte de voir Robert dans son état.

Déjà Perrine avait gravi l'échelle.

— Voulez-vous que j'aille demander qu'on prépare votre cheval ?

— Volontiers, il est à l'écurie accolée au talus, par là, fit Florida en désignant une direction.

— Je préférerais vous escorter jusqu'au bois, cela m'ennuie de vous voir aller là-bas toutes les deux alors que la chasse bat son plein…

— Nous ne risquons rien ! le rassura-t-elle. Robert est chevalier et Coquillard son écuyer, qui oserait nous importuner ?

Cependant elle se souvenait qu'à Paris elle avait parfois été prise à partie par des gueux alors même qu'on savait qu'elle était la maîtresse du cagou. Si Cappon avait été là, il aurait fait un bon garde du corps, mais il s'était absenté le matin et n'était pas revenu.

— Cependant, si vous avez le temps, Perrine et moi acceptons volontiers votre présence, dit-elle.

— Entendu ! fit joyeusement le drapier. Je m'occupe de votre monture.

Il partit.

Perrine réapparut alors avec une sacoche de toile rebondie pleine de vêtements.

— Rentrez chez vous, déclara-t-elle au frère et à la sœur, qui n'avaient pas bougé, et rien compris à ce qui venait de se passer. Nous irons vous voir à notre retour, un peu plus tard, sinon venez demain matin.

Tout le monde quitta la maison et les sœurs gagnèrent l'écurie. Maître Pignaux et son fils aidaient un garçon à mettre les mors et la selle. Dès que ce fut fait, Perrine et Florida montèrent sur leurs juments.

Les vêpres étaient proches quand la troupe de chasseurs revint au château dans un vacarme d'aboiements de chiens, de chants de victoire, de hennissements de chevaux et de martèlement de sabots. Le comte et ses chevaliers rapportaient un daim, un cerf, deux sangliers et deux biches. De la viande pour la semaine.

A peine entrés dans la basse-cour, gentilhomme, écuyers, valets, veneurs et piquiers se séparèrent, beaucoup se rendant à l'auberge, où ils commenteraient leurs exploits pendant des heures devant des pots de bière ou de cidre. Ce ne fut pas le cas de Robert de L'Aigle et Coquillard, qui laissèrent leurs chevaux aux valets de l'écurie et rentrèrent chez eux.

Personne. Maison déserte.

Quelque peu surpris, les deux hommes appelèrent. Perrine ? Florida ? Cappon ? Aucune réponse. Où pouvaient-ils tous être ?

— Elles doivent être allées chez lady Rowena, proposa Coquillard. Et notre frocard les aura accompagnées.

— Tu as raison.

La maison était proche, ils s'y rendirent et trouvèrent messire Danbury attablé devant lady Rowena, corne pleine d'ale à la main, en train de raconter la chasse.

— Robert ? Que me vaut votre visite ? demanda le chevalier anglais, un peu surpris.

— Perrine et Florida ne sont pas ici ?

— Je ne les ai pas vues de la journée, répondit Rowena en plissant le front d'étonnement. Elles devaient recevoir le frère et la sœur Radley aujourd'hui.

— Elles les ont peut-être raccompagnés, fit L'Aigle, qui commençait à s'inquiéter.

Danbury remarqua l'air soucieux de son ami.

— Allons chez eux ! décida-t-il. Je vous accompagne.

En se dirigeant vers l'écurie, ils rencontrèrent quelques femmes de leur voisinage et les interrogèrent. L'une d'elles leur dit avoir vu les deux femmes en selle avec deux hommes. Ils quittaient la basse-cour.

Le cœur battant, L'Aigle pressa le pas. A l'écurie, il interrogea aussitôt les palefreniers :

— Oui, messire, votre dame et dame Florida sont parties voici cinq bonnes heures avec le drapier français.

— Maître Pignaux ? fit L'Aigle, le corps parcouru par un frisson.

— Je crois que c'est son nom, il était accompagné de son fils.

— Où sont-ils allés ? demanda Robert, la voix maintenant cassée par la peur.

Quand le garçon d'écurie avait donné le nom de Pignaux, la lumière s'était faite et il venait de tout comprendre.

— Je ne sais pas, messire, elles ne nous ont rien dit, répondit le plus âgé des palefreniers, inquiet du ton pris par la conversation.

— Que se passe-t-il, Robert ? demanda Danbury, qui devinait une trouble malaventure.

La première idée qui lui venait était que les femmes connaissaient le drapier et s'en étaient allées avec lui. Pouvaient-elles être des bordelières ? Agir ainsi quelques jours après leur mariage était surprenant, mais il connaissait des hommes à qui c'était arrivé.

— Où est frère Cappon, Thomas ? Lui aussi a disparu, alors qu'il est comme un chien fidèle pour dame Florida. Il lui est certainement arrivé malheur. J'en suis certain maintenant, Pignaux n'est pas drapier. Je crains qu'il ne soit un agent du roi de France, laissa tomber L'Aigle d'une voix blanche. Il a attiré Perrine et Florida dans un piège après s'être débarrassé de mon chapelain. Que Dieu protège nos épouses.

Coquillard, livide, serrait les poings, devinant qu'il ne reverrait jamais sa femme. Si le Bel était mêlé à ça, il se jura qu'il le tuerait.

— Sellez nos chevaux ! ordonna L'Aigle aux palefreniers.

Il s'adressa à Danbury :

— Je crois savoir maintenant qui a tiré sur le cellérier. L'homme bedonnant, c'est Alphonse, leur garde du corps. Il m'avait traversé l'esprit que la description faite par le tavernier correspondait à la sienne. J'avais même songé à faire venir ce cabaretier au château pour qu'il le guigne, puis je me suis dit que j'avais une imagination trop fertile. J'ai eu tort. Mille fois tort !

— Impossible ! protesta Danbury. Comment ce Pignaux t'aurait-il trouvé ici ?

— Je ne sais, mais s'il m'a suivi depuis Paris, cela n'a pas dû être trop difficile. Cependant, je peux encore me tromper. Fasse le Seigneur que je me fourvoie ! Le drapier m'avait dit loger à l'auberge du village. J'y vais. Si on ne le trouve pas, il faudra prévenir le comte.

Leurs chevaux étaient prêts.

— Je vous accompagne. Vous autres, préparez vite le mien ! lança Danbury aux garçons d'écurie.

Il alla lui-même prendre brides et mors qu'il passa à la bouche de son destrier tandis qu'un palefrenier, ayant compris que les femmes avaient été enlevées, posait la selle.

Quelques instants plus tard, tous trois sortaient de la basse-cour par la porte la plus proche du village. En effet, le petit bourg s'étendait de l'autre côté de la butte sur laquelle était dressé le manoir.

Il fallait donc contourner la grande puis la petite butte quand on voulait y pénétrer.

Ce n'était qu'un hameau avec quelques douzaines de maisons, dont beaucoup occupées par des artisans qui travaillaient pour les gens du comte. Il n'y avait là qu'une auberge, en réalité la boutique d'un marchand de vin qui louait des chambres et recevait les buveurs dans une grange mitoyenne.

Devant l'établissement, les trois hommes se séparèrent après avoir convenu que Danbury irait interroger la fratrie devant être embauchée comme valet et servante tandis que L'Aigle et Coquillard questionneraient le marchand de vin.

Chez les parents du garçon et de la fille, le mari de Rowena eut la confirmation que Perrine et Florida avaient reçu la visite d'un homme. Les futurs domestiques n'avaient rien compris à leur discussion, mais dame Perrine de L'Aigle leur avait demandé de rentrer chez eux avant de partir avec cet individu et un second cavalier.

Danbury se rendit alors à l'auberge. Le marchand lui dit que le drapier français n'était plus là, qu'il était parti et avait emporté ses bagages à haute none. En ce moment, le seigneur français se trouvait dans sa chambre.

Le chevalier grimpa quatre à quatre l'escalier conduisant aux chambres. Avisant une porte ouverte, il la franchit et découvrit Robert de L'Aigle qui pleurait, assis sur un coffre, une feuille à la main. Coquillard faisait boire frère Cappon, assis sur un lit.

En voyant entrer son ami, le Français lui tendit le papier qui ne contenait que quelques mots :

Les femmes seront enfouies à la Saint-Thomas si Robert de L'Aigle ne s'est pas livré auparavant au garde des Sceaux du royaume de France.

Guillaume de Mussy,
bailli royal et chevalier du roi de France

Danbury relut deux fois le texte. Ainsi, ce drapier était bailli. Le comte d'Essex allait le retrouver et le faire pendre, décida-t-il avec rage. Mais que faisait le froqué dans la pièce ? Il remarqua alors l'énorme bosse sur la tempe du religieux.

— On a retrouvé frère Cappon ficelé sur ce lit, dit Robert d'une voix morne, comme s'il avait lu dans les pensées de son ami. Ce matin, Alphonse l'a abordé près de l'église. Son maître voulait lui demander son avis au sujet d'un monastère qui proposait de lui vendre de la laine. Bien que s'interrogeant sur les conseils qu'il pourrait éventuellement donner, Cappon a accepté l'esterlin et suivi le garde du corps à l'auberge. Là, il a été assommé et quand il a repris ses sens il était entravé et bâillonné. Le drapier, penché sur lui, a révélé qui il était et ce qu'il exigeait.

Un plan d'une rare adresse, car on aurait forcément retrouvé Cappon aujourd'hui ou demain, songea Danbury.

— On va saisir ce Mussy, Robert, il n'a que quelques heures d'avance et n'a pu aller loin. Messire de Bohun mettra tous ses gens à sa poursuite.

Robert essuya son visage, qui ne marquait plus aucune expression. Le désespoir s'était enfui.

— C'est moi qui vais le trouver et le punir, dit-il, blême d'une rage froide.

— Moi, je m'occuperai de son fils, énonça lentement Coquillard.

16

Ils revinrent rapidement au château et furent reçus par messire Howe, à qui ils racontèrent, de façon hachée, ce qui venait de se passer.

— Venez ! décida l'intendant, effaré par ce qu'il venait d'entendre.

Il demanda cependant à Coquillard et à Cappon d'attendre car selon lui cette gravissime affaire ne devait être traitée qu'entre gentilshommes. Messires Danbury et de L'Aigle furent donc conduits directement dans la chambre du comte, lequel faisait sa toilette avant de se changer pour le souper. Howe insista sur la gravité de leur visite et messire de Bohun les fit entrer.

Ce fut Danbury qui parla. Il raconta la façon dont le faux drapier – et vrai bailli – avait trompé les deux femmes, et comment il avait commis un premier crime en meurtrissant le cellérier dans le but d'enlever Robert de L'Aigle.

A mesure qu'il s'exprimait, le visage du beau-frère du roi d'Angleterre durcissait. Ayant terminé, l'époux de Rowena lui tendit la lettre laissée par le prétendu maître Pignaux. Le comte la lut, son corps se raidit, sa bouche frémit et chacun dans la pièce ressentit la rage qui émanait de lui.

— Howe, pas de souper ce soir ! Rassemble tous les chevaliers, écuyers, damoiseaux et sergents dans la salle. Je les veux ici, maintenant ! Va ! aboya-t-il.

Howe s'inclina et sortit.

— Pourquoi ont-elles suivi ce faux drapier ? s'enquit le comte.

— Je l'ignore, répondit Robert. Mais ce Pignaux avait gagné notre confiance. C'est un homme plaisant, bon vivant, généreux et fort courtois. Il a dû leur dire que je les attendais quelque part et elles l'auront cru. Perrine est de nature confiante, elle a dû tout gober de ses mensonges. Je me rends compte maintenant que ce marchand n'était qu'un serpent.

— J'ai connu des hommes dans ce genre, des félons capable de faire avaler la mer et les poissons à ceux qui les écoutaient. Quoi qu'il en soit, votre roi Philippe est allé trop loin, messire de L'Aigle. Son bailli a tué un de mes serviteurs, il a enlevé des femmes sur mes terres. Je vais décrire ces exactions à mon roi en exigeant qu'il demande réparation.

— Merci, messire comte, dit L'Aigle avec émotion.

— Pas de remerciement ! C'est moi qui suis attaqué ! Mais ne vous faites aucune illusion sur ce que fera Edouard. Il doit épouser la sœur du roi de France et ne remettra pas en cause son alliance après le rapt de votre Perrine. Son père aurait déclaré la guerre à la France, mais pas lui, car il est bien trop faible à mon gré.

— Je n'en demande pas tant, messire, et c'est pour cela que j'ai besoin de ma liberté. Ce Mussy a trop bien préparé son infâme entreprise pour qu'on le retrouve en Angleterre. Il avait des complices, comme les deux hommes que La Coquille et moi avons tués lors de l'attaque du chariot. Sans doute en a-t-il d'autres. A cette heure, je mettrais ma main au feu qu'il embarque déjà. Je dois revenir à Paris et, si je ne peux délivrer mon épouse, me livrer comme il l'exige.

Le comte demeura silencieux. Serait-il impuissant dans son comté ? Il ne pouvait l'admettre, mais il reconnaissait que le bailli français avait agi avec une grande adresse. Restaient les raisons de ces infamies.

— J'ai du mal à accepter l'idée que le roi de France prenne le risque d'un conflit avec notre roi en saisissant en Angleterre un chevalier en fuite dans l'espoir de l'utiliser pour faire parler des dignitaires du Temple. Vous ne m'avez pas tout dit, messire de L'Aigle.

Robert s'attendait à cette interrogation, aussi avait-il préparé une réponse, pas totalement vraie, mais pas totalement fausse, non plus.

— Je ne vous ai pas tout dit, messire comte, parce que je n'imaginais pas, comme vous, que Philippe IV agirait ainsi. Mon grand-oncle, commandeur du Temple, était au plus proche de Jacques de Molay et m'avait proposé comme messager au service du grand maître. Depuis deux ans, je portais des plis secrets de la commanderie de Paris à d'autres commanderies. J'ignorais le contenu de ces plis, parfois des paquets, dont je savais seulement qu'ils étaient chiffrés dans un code connu de peu de dignitaires. Je n'étais jamais seul à l'occasion de ces transports. M'accompagnait toujours au moins un maître du Temple, mais moi seul aurais pu manier l'épée si on avait tenté de nous prendre notre pli, puisque n'étant pas moine je pouvais librement combattre des chrétiens. Quelques jours avant l'arrestation de messire de Molay, j'avais escorté un important transport de documents, des archives qui décrivent toute l'activité de l'Ordre dans le royaume et que le roi de France veut s'approprier.

— Où avez-vous conduit ces archives ?

— Je pourrais vous répondre que j'ai juré de ne jamais le révéler, mais voici ce qui s'est passé : nous étions dans le Vexin quand les commandeurs qui m'accompagnaient m'ont demandé de rentrer à Paris. Nous n'avons pas été suivis, m'ont-ils dit, et les risques de devoir combattre n'existent plus. Ils voulaient que j'ignore où ils se rendaient et qu'ainsi je sois incapable de parler si je tombais entre les mains de Philippe IV. Ils ont eu raison.

Le comte d'Essex passa sa main gauche sur son menton. Ce que disait L'Aigle lui paraissait vraisemblable. Il approchait souvent les templiers et connaissait leur goût maladif du secret. Cependant, il restait persuadé que cet homme en savait plus qu'il ne le disait. Mais que lui importait, après tout ? Les archives du Temple ne l'intéressaient pas.

— Je vous rends votre liberté, Robert de L'Aigle, mais à trois conditions, décida-t-il.

— Je les accepte, messire.

— La première est que vous retrouviez ce Mussy et ses hommes de main, et que vous les punissiez pour leurs crimes.

— Je m'y engage.

— La seconde est que vous reveniez à Pleshey Castle.

— J'essaierai, fit L'Aigle avec un triste sourire.

— J'y compte ! La troisième est que vous ne partiez que demain soir.

— Pourquoi, messire ? Je songeais au contraire commencer la traque dès ce soir. La piste est encore chaude…

— Dans la nuit, que découvrirez-vous ? Même demain, vous ne trouverez pas aisément leurs traces, surtout si ce Mussy fait preuve d'autant d'adresse dans sa fuite que dans la façon dont il nous a bernés. A la chasse comme à la guerre, c'est le renseignement qui compte. Voici ce que je vous propose : je vais parler à mes gens dans un moment. Beaucoup partiront dès ce soir dans toutes les villes et les ports de l'Essex. Dès demain matin, des crieurs publics et des hérauts décriront

Mussy et ses hommes et annonceront que j'offre une récompense en échange de toute information sur eux. Des gens ont forcément vu trois hommes avec deux femmes, certainement contraintes. Avant none, j'aurai reçu des nouvelles et vous partirez ainsi dans la bonne direction.

C'était la voix de la raison et L'Aigle le reconnut :

— Entendu, noble comte.

Rejoignant Coquillard et Cappon, il leur résuma l'entretien. Son écuyer gardait un visage fermé, hostile même. Le moine se montrait catastrophé, comme s'il était responsable des malheurs survenus.

— Il est exclu que j'attende ici à ne rien faire ! s'emporta le cagou. Je ne vais pas laisser Florida entre leurs mains !

Ses traits marquaient dix ans de plus, ses sourcils avaient blanchi. L'ironie qu'il portait sur ses lèvres avait disparu, tout comme l'écuyer qu'il avait été. Ne restait que le ribaud qui voulait retrouver sa garce et qui gambergeait déjà sur les abominables supplices à pratiquer sur les ravisseurs.

Robert le comprenait et n'envisageait pas de le retenir, il lui proposa donc un plan d'action que l'argotier accepta après quelques ajustements. Cappon approuva également les suggestions de leur maître.

Une heure plus tard, en pleine nuit, Coquillard s'en alla, bien équipé et avec une bourse bien pleine. Il connaissait la route de Maldon.

Quelques heures plus tôt…

Le mardi précédent, tandis qu'Alphonse, Lawless et Littlegod préparaient leur guet-apens contre le transport de tonneaux, Mussy et son fils avaient filé les attendre au lieu de rendez-vous convenu avec maître Gheerkin. Hélas ! Alphonse était revenu seul, les Anglais étaient morts et Robert leur avait échappé. Peu après, la barque du capitaine de Dunkerque apparaissait.

Monté à bord, le bailli avait expliqué au maître marinier qu'ils n'avaient pas leur captif et lui avait demandé de revenir le dimanche et d'attendre tout le lundi, si nécessaire.

Avec deux hommes en moins, Mussy avait sérieusement dû modifier ses plans. Il savait qu'une chasse aurait lieu le dimanche suivant, donc l'épouse de L'Aigle serait seule chez elle. Ces quelques jours lui avaient suffi pour trouver un moyen de l'enlever. Ainsi, ce ne serait pas L'Aigle qu'il ramènerait à Nogaret mais sa femme, et si le fugitif ne voulait pas la laisser mourir dans d'horribles souffrances, il se livrerait. Une combinaison imparable.

Pour l'heure, Florida et Perrine chevauchaient en tête, le drapier et son fils derrière elles. La petite troupe pénétra dans le bois et atteignit rapidement le gros chêne foudroyé.

Personne. Les chevaux s'arrêtèrent et Perrine appela :

— Robert, où es-tu ?

Un homme sortit de derrière le chêne et attrapa la bride de la monture de la jeune femme. Au même moment, le fils du drapier saisit celle de la jument de Florida tandis que maître Pignaux avait approché sa propre monture de l'épouse de Coquillard et dégainé une menaçante dague.

— Que signifie ! ? s'écria Perrine en se retournant.

— Silence ! Vous êtes nos prisonnières. Je vais être clair : seule vous, dame de L'Aigle, m'intéressez. Votre sœur n'est qu'un fardeau. Laissez-vous faire ou je la tue sur-le-champ.

— Vous êtes fol ! s'exclama Perrine, abasourdie.

— Lâchez mon cheval ! cria Florida en tentant de repousser Joffroy.

Sans éperons, elle se savait incapable de faire bondir sa monture et de filer. Surtout, elle refusait d'abandonner sa sœur. Ses hésitations lui furent fatales car le fils du drapier lui attrapa le bras et la tira vers lui avant de la précipiter à terre. Elle hurla.

Lui-même sauta au sol et, d'un violent coup de pied, lui écrasa la bouche de son solier ferré.

Chez Perrine, l'indignation avait fait place à la terreur.

— Laissez ma sœur ! hurla-t-elle.

— A terre ! ordonna sèchement Mussy. A terre, ou elle est morte !

Terrorisée, Perrine s'exécuta, persuadée que ces hommes allaient les violer. Elle murmura une courte prière, suppliant la Vierge Marie de les protéger et recommandant son âme à Dieu.

— Dites à votre sœur de se taire et Joffroy la lâchera, déclara Mussy d'une voix calme.

— Florida, fais comme moi, obéis ! Je t'en supplie.

Mais la sœur de Perrine, persuadée de sa fin prochaine, ne cherchait même pas à lutter. En riant, Joffroy la libéra et la jeune femme resta immobile, recroquevillée sur elle-même, silencieuse.

— Maintenant, écoutez-moi bien, toutes les deux. Je ne vous veux aucun mal, vous n'êtes que des otages. Ou plutôt, vous, dame de L'Aigle, êtes un otage. Je vous l'ai dit, votre sœur Florida m'est inutile, mais elle demeurera vivante tant que vous ne tenterez pas de fuir. Je suis prévôt du roi de France. Mon nom est Guillaume de Mussy. Notre souverain veut interroger messire Robert de L'Aigle. Au lieu d'obéir à son roi, votre mari s'est enfui, une attitude stupide car sa vie n'est point en jeu. Vous allez m'accompagner à Paris, votre époux sera informé que s'il ne se livre pas avant Noël vous serez exécutées. Je ne doute pas qu'il vienne. Soyez donc rassurées, une fois qu'il aura répondu aux questions du roi, il sera libre, et vous également. Vous n'avez donc aucun intérêt à essayer de me fausser compagnie. Faites-le, et je livrerai Florida à mon fils et à Alphonse avant de l'éventrer. Et si vous-même tentez quelque chose, messire de L'Aigle ne retrouvera pas son épouse intègre. Suis-je assez clair ?

— Oui, répondit Perrine sans aucune hésitation.

Elle avait décidé que son mari la retrouverait, et la délivrerait. Sinon, elle se tuerait.

— Remontez en selle. Ne parlez à personne en route, ne tentez rien, je vous ai prévenues et je ne me répéterai pas.

17

Connaissant bien le chemin, ils chevauchèrent une partie de la nuit et, lorsqu'ils arrivèrent au lieu de rendez-vous, le bateau du pêcheur dunkerquois était là.

A la lumière d'un falot à huile, maître Gheerkin découvrit Perrine et Florida, toutes deux défaites. Elles demeurèrent interdites en le reconnaissant, puis comprirent qu'il les avait trahis. En voyant le mépris et la haine apparaître sur leurs visages, le marinier se sentit honteux.

— Vous m'aviez parlé d'un prisonnier, fit-il durement à Mussy. Pas des femmes !

— Ce sont des otages ! L'une est l'épouse de celui qu'exige le roi de France et l'autre sa belle-sœur.

— Ces femmes sont innocentes !

Les marins s'étaient rapprochés de leur capitaine avec une expression hostile.

— Il ne leur arrivera rien. Philippine, la fille de votre comte, a été fort bien traitée à la cour de France.

Gheerkin regarda ses hommes. Philippine, fille de messire de Dampierre, avait été échangée contre son père prisonnier de Philippe le Bel, cependant elle n'en était pas moins morte de maladie à Paris. Les otages faisaient partie de la guerre. Mais que pouvaient-ils faire ?

— Jurez qu'il ne leur arrivera rien ! concéda-t-il.

— Jusqu'à Paris, je vous le jure. Ensuite ce sera au roi Philippe de décider.

— Soit.

Les femmes furent enfermées dans la cale sous la surveillance de Joffroy tandis qu'Alphonse et un marin allaient chercher les armes cachées dans le bois. Quant aux chevaux, ils seraient abandonnés sur place.

Les hommes se mirent aux rames, la voile fut déferlée et la nef se retrouva dans l'estuaire.

— Vous arrivez à vous repérer ? s'inquiéta Mussy en regardant le capitaine.

— Je file vers la côte de Flandre, c'est facile avec les étoiles. Ensuite, il fera clair et je trouverai mes jalons.

A demi rassuré, le prévôt opina et serra son manteau autour de lui. Au bout d'un moment, complètement gelé, il descendit dans la cale.

Un peu plus tard, un marin leur apporta une outre de cidre, des oignons, des poissons séchés et un pot de miel. Courtoisement, Mussy laissa les femmes se restaurer en premier. Après ce repas frugal, il leur posa des questions, mais elles ne dirent mot et il n'insista pas. Peu lui importait ce qu'elles avaient fait et qui elles étaient. Il se doutait bien que Nogaret les ferait pendre.

Quatre ou cinq heures plus tard, de la luminosité apparaissant dans l'écoutille, il rejoignit Gheerkin à la barre. Ce dernier lui indiqua la côte dans la brume.

— Où sommes-nous ?

— A deux grosses heures de Dunkerque.

— Vous allez nous conduire à Boulogne, je vous payerai trois écus de plus, laissa tomber le prévôt.

— A Boulogne ? Mais pourquoi ? D'ailleurs, vous avez un homme à Dunkerque !

— Vous lui parlerez à votre retour. Vous lui direz de garder les chevaux qu'il désire et de nous rejoindre à Paris. Je gagnerai ainsi un jour et j'obtiendrai facilement une escorte du sénéchal.

— Ça ne me plaît pas, grommela le marin.

— Peu me chaut. J'ai décidé Boulogne, et vous le ferez.

Maître Gheerkin resta silencieux. Pouvait-il tenter de tromper cet homme ? Difficile, s'il connaissait le port de Boulogne. La vieille tour de pierre avec le feu à son sommet était reconnaissable de loin, sans compter la tour fortifiée de l'église Saint-Nicolas et le pont sur la Liane. Quant à se battre, il ne fallait même pas l'envisager. Et puis, il y avait les écus. Avec les sommes déjà gagnées, il disposait d'une quarantaine de livres. Le prix d'une petite nef à deux ponts pouvant porter cinquante tonneaux.

Fini la pêche, il serait négociant et deviendrait un des plus honorables bourgeois de Dunkerque. De plus, ce détour ne le retarderait guère et peut-être pourrait-il même embarquer quelques marchandises.

— Je m'incline, messire bailli, mais le temps d'arriver à Boulogne le flux sera défavorable. On devra attendre plusieurs heures pour pénétrer dans la Liane.

Mussy soupira et opina. Il pouvait commander à beaucoup de gens, mais pas s'opposer à la marée.

La barque arriva en vue des falaises vers midi. D'après Gheerkin, ils auraient à attendre quatre bonnes heures. Voyageurs et marins partagèrent un nouveau repas sur le pont, les femmes étant autorisées à prendre l'air. Cependant elles restèrent silencieuses, évitant les regards qui s'attardaient sur elles.

Le dîner terminé, Perrine prit pourtant la parole :

— Maître Gheerkin, vous nous avez trahis. Dans ce monde ou dans l'autre, le Seigneur vous fera payer cher votre félonie. Je prierai chaque jour pour que les démons de l'enfer vous dévorent durant toute l'éternité. Quant à vous, bailli de Mussy, mon époux va vous retrouver et vous punir. Avant Noël, jour de la naissance de notre Divin Seigneur, vous ne serez plus qu'une charogne, tout comme votre fils et vos chiens de serviteurs.

Ayant énoncé ces dures paroles, elle se leva du banc sur lequel elle se tenait et descendit dans la cale avec sa sœur.

Marins et hommes d'armes ne répliquèrent point, mais Mussy haussa les épaules avec un sourire méprisant. Il avait déjà entendu tant de malédictions le concernant qu'elles n'avaient plus aucun effet sur lui.

Enfin la marée les porta vers le port, c'est-à-dire l'embouchure de la rivière. Deux douzaines de bateaux avaient jeté l'ancre dans l'estuaire, le long de talus de terre servant de digues et bordés de débarcadères en planches construits au milieu des joncs. Mussy observa une grosse galère, deux galiotes, une nef à deux ponts avec un château de proue, le reste étant des batels et des barques de pêche. Toutes les nefs étaient serrées les unes contre les autres.

A la rame, le houchenier parvint à se glisser dans un emplacement libre, au bout du port.

Mussy avait payé le maître marinier. Les femmes attendaient sur le pont, mains liées dans le dos. Le bailli passa sur un ponton de bois, franchit la digue et déboucha sur une chaussée en partie empierrée où circulaient nombre de chariots et de charrettes chargés de sacs, de tonneaux et de caisses. Des gagne-deniers s'interpellaient, parfois s'insultaient, quelques bourgeois en robe et chaperon surveillaient cette activité. On débarquait des chevaux depuis une des galiotes. Des entrepôts, des étables et des maisons à toit de chaume bordaient cette rue. Au fond se dressait un couvent. Sur la droite, une auberge : le Bras d'Or.

A cet instant un homme l'aborda. En pourpoint et épais manteau, il était coiffé d'un chaperon violet et accompagné de deux arbalétriers et d'un porteur de hallebarde.

— Vous venez de débarquer ! affirma-t-il sèchement.

— Oui, qui êtes-vous ?

— Le prévôt du port. Conduisez-moi à votre nef.

— Mon nom est Guillaume de Mussy, chevalier du roi et bailli enquêteur. Voici mes lettres de créance. On me connaît au château.

Il tendit son mandement scellé de cire verte sur lacs de soie rouge représentant le roi en majesté. Le prévôt le prit avec déférence, le lut et demanda, aussitôt qu'il eut terminé :

— Avez-vous besoin d'aide ?

— Oui, j'ai deux prisonnières que je dois conduire à Paris. Escortez-moi au château.

Perrine et Florida débarquèrent et, entravées et entourées de gens d'armes, de Mussy et de ses hommes, quittèrent le port sous le regard des badauds. Le groupe suivit la Grande Rue Notre-Dame jusqu'à la porte des Dunes et franchit l'enceinte flanquée de tours de la ville haute. Devant l'église

Saint-Nicolas, l'épouse de Robert demanda à aller prier mais le bailli le lui refusa.

Comme la troupe passait devant la maison de la Coupe, Mussy décida de s'arrêter afin de prévenir le sire de Hainaut qu'il avait saisi deux des cinq fugitifs ayant agressé sa patrouille.

Ce fut une erreur, mais il s'en rendit compte trop tard.

Guy de Hainaut venait justement d'arriver du château. Il reçut tout le monde dans la salle de son logis et le bailli lui expliqua ce qu'il avait fait. Durant ce récit, le chevalier ne cessa de regarder Florida avec une expression haineuse, crispant sans cesse ses poings.

— … elles passeront la nuit enfermées au château, conclut Mussy, et le sénéchal me donnera une escorte pour les conduire à Paris demain.

— Que deviendront-elles ?

Le ton de la voix alerta le bailli. Cependant, il comprenait l'émotion de Hainaut devant ces femmes qui l'avaient piégé.

— Si L'Aigle se livre, ce dont je ne doute pas, le roi décidera de leur sort, mais notre roi est bon et peut-être leur pardonnera-t-il.

Il n'en pensait pas un mot mais il savait d'expérience que les prisonniers qui gardaient espoir se laissaient plus facilement faire.

— Les libérer ? Je veux bien pour celle-ci (il désigna Perrine), qui a pris ma défense, mais pas elle !

Il montra haineusement Florida.

— Je l'ai vue frapper mon écuyer de son couteau afin de l'achever ! Cette femme sera châtiée ici !

— Prétendez-vous dicter votre loi à un bailli royal, chevalier ? gronda Mussy.

— Non, messire. Mais vous tenez celle-ci, l'épouse de L'Aigle, cela vous suffit pour l'attirer. L'autre est une criminelle responsable de la mort de quatre habitants de Boulogne. Le sénéchal ne la laissera pas partir. Le comte a droit de haute justice dans les crimes de sang. Et au demeurant, dès que les habitants sauront qu'elle se trouve dans nos murs, les portes seront closes. Cette Florida sera enfouie vivante ou dépecée devant le donjon et l'église Saint-Wulmer. Et je me réjouirai en écoutant ses hurlements.

18

Le lundi matin, après une courte nuit hantée de cauchemars, Robert de L'Aigle eut une ultime discussion avec Cappon avant de préparer monture et harnois. Le chevalier expliqua les grandes lignes de son plan au moine, en exigeant de lui qu'il n'en parle à personne. L'idée lui en était venue à partir d'une discussion orageuse qui avait éclaté un jour à table entre Florida et Coquillard, alors que ce dernier venait de perdre une coquette somme aux dés.

Le frocard était intervenu :

« La meilleure façon de gagner aux jeux de hasard est de supprimer le hasard, mon ami, avait-il lâché avec philosophie.

— Comme jouer avec des dés truqués ! ? » avait grondé Coquillard.

Cappon avait baissé la tête, sans répondre.

Maintenant, c'était lui qui émettait des réserves :

— Votre plan est plein d'incertitude, seigneur.

— Non, il est seulement plein de dangers pour moi, car en ce qui concerne Perrine et sa sœur il n'y a pas d'incertitude. Pour obtenir ce qu'il désire, le roi les libérera, et si tout se passe comme je l'envisage, le Bel n'obtiendra rien. Mais peut-être que Coquillard aura une meilleure idée...

Laissant le moine, il se rendit au château. Dans la grande salle, l'intendant et quelques chevaliers bavardaient tandis que des domestiques servaient du cidre chaud. Pour l'heure n'était parvenu aucun messager. Robert s'assit à l'écart et personne ne vint l'importuner. Chacun comprenait qu'il n'avait pas le cœur à parler. Le comte apparut à basse none et discuta un moment avec lui. A cette occasion, il lui remit un sauf-conduit établi au nom de William Derfort, présenté comme un de ses chevaliers, envoyé par lui en France. Ainsi pourrait-il circuler partout sans difficulté, lui affirma-t-il.

Toujours rien. Messire Howe vint dire à Robert qu'il avait envoyé de nouveaux messagers.

None sonna.

Une grosse heure plus tard, le chevalier alla saluer l'intendant. Il se refusait d'attendre plus, lui dit-il. Howe opina tristement. Les deux hommes s'accolèrent, puis L'Aigle fit ses adieux aux autres gentilshommes. Tous devinaient qu'ils ne reverraient plus le Français.

Robert regagna sa maison à pied. Il faisait froid, humide, et la brume ne permettait pas de voir à plus de vingt pas. Mais il ne prêtait aucune attention aux éléments. Son esprit était avec Coquillard, qui avait certainement déjà embarqué. Ils se reverraient à Paris.

C'est en arrivant chez lui qu'il découvrit devant sa porte un petit homme rondelet en manteau blanc, une croix rouge sur l'épaule. Un templier ! Il s'approcha de l'inconnu, à la fois intrigué et méfiant.

— Qui êtes-vous, messire ? s'enquit-il.

— Etienne de Montricoux, j'étais commandeur du Poitou, voici dix ans. Etes-vous Robert de L'Aigle ?

Le moine-soldat, nez camus et lèvres épaisses, affichait un air bonhomme et jovial.

— Je le suis.

— Je me trouvais avec nos frères qui devaient embarquer pour l'Angleterre dans la baie de Rouen.

L'Aigle resta impassible.

— Je vous ai recherché durant des jours et des jours, j'ai prié le Seigneur, en vain, tout au moins je le croyais. Découragé, je me rendais à Londres quand je me suis arrêté au village faire ferrer mon cheval. J'attendais chez un marchand de vin quand j'ai entendu qu'on venait d'enlever une femme, épouse d'un vaillant chevalier du comte de Bohun. Un Français. J'ai demandé son nom, on vous a nommé et je me suis fait aussitôt conduire ici. Depuis, je vous attendais et on vient de m'amener mon cheval. J'ai eu le temps de dire toutes les patenôtres que j'avais en retard !

— Je pars, messire, confirma L'Aigle, sans chaleur. Que s'est-il passé dans la baie de Rouen ?

— Les navires n'étaient pas là quand messires de Villers et de Chalon nous ont rejoints avec d'autres frères. Malgré les risques, Villers a décidé de gagner Boulogne, où nous avions une douzaine de nefs marchandes. Pour éviter de nous faire remarquer, nous nous sommes séparés et mon groupe a été engagé contre des gens du comte de Boulogne, lequel avait été prévenu, à coup sûr, par le roi. Les pertes ont été importantes car beaucoup de frères ont refusé de se battre et se sont laissé tuer, Chalon a été blessé mais j'ai pu fuir avec lui en croupe car son cheval avait été abattu. Seulement nous ne pouvions aller bien loin tant il saignait et il m'a demandé de l'abandonner. Je ne voulais pas mais il l'a exigé. Il m'a fait jurer de chercher un certain Robert de L'Aigle, de découvrir s'il avait été pris et, sinon, de l'aider à gagner l'Angleterre. Vous posséderiez le plus important des secrets de notre ordre.

Visage impénétrable de L'Aigle. Ce discours puait le piège, songeait-il. Surtout après le rapt de Perrine. Il ne tomberait pas deux fois dans les rets du roi de France.

— J'ai gagné Paris, où j'ai appris qu'on vous recherchait, poursuivit le commandeur. On ne parlait que de vous, car vous aviez fui au nez et à la barbe de Nogaret. Je me suis efforcé de vous suivre, ce qui m'a conduit à nouveau à Boulogne, où j'ai entendu dire que Hugues de Chalon avait été pris, mais était trépassé. J'ai poursuivi ma quête à votre recherche jusqu'à Dunkerque. Là-bas, ne sachant que faire, je me suis rendu à la maison templière, un petit établissement qui dépend de la puissante commanderie de Slijpe et pratique surtout le négoce. A ma demande, le prieur a fait une enquête et a appris qu'un pêcheur avait conduit trois hommes et deux femmes à Maldon, en Angleterre. Un autre pêcheur m'y a amené, mais je n'ai pas retrouvé vos traces. Je me suis donc rendu à Londres, à la maison templière, où l'on m'a dit que Philippe le Bel avait demandé à Edouard II d'arrêter tous les templiers, selon lui coupables d'hérésie. Le roi d'Angleterre s'y est opposé mais il a quand même fait saisir ceux qui arrivaient de France. Cependant, par miséricorde, il les a confiés au soin des maisons de l'Ordre afin que leur emprisonnement soit confortable. J'ai finalement su que frater Gerardus de Villaribus[1] était parmi eux et avait été conduit dans la commanderie de Cressing, non loin d'ici. J'y suis arrivé voici deux jours mais j'ai découvert que Villers l'avait quittée et avait embarqué pour se rendre en Espagne afin de gagner Rome. Je m'apprêtais à le suivre quand, ce matin, faisant halte à Pleshey j'ai donc entendu votre nom. C'est le Seigneur qui m'a mis sur votre route !

Le visage du commandeur, avec sa longue barbe grise et ses joues rougies par le froid, affirmait la franchise et la loyauté.

1. Gérard de Villers.

— Laissez-moi vous offrir un pot de cidre avant mon départ, proposa L'Aigle, un peu rasséréné.

Il ouvrit la porte et son cœur s'étreignit en pénétrant dans sa maison froide, vide, triste et silencieuse. Il y avait connu le bonheur et maintenant le malheur y régnait. Son regard tomba sur la corbeille de broderie de Perrine, posée sur un banc, et il retint ses larmes.

— Asseyez-vous, marmonna-t-il.

L'histoire de ce templier était vraisemblable, mais pouvait également avoir été entièrement inventée. Existait cependant un moyen simple de vérifier son authenticité. L'Aigle alla chercher un pot contenant encore un peu de cidre, puis un hanap, et il servit son hôte. Après quoi, il prit un morceau de branche brûlé et noirci dans la cheminée éteinte. Le templier le suivait des yeux, d'un air étonné.

Revenu à la table, Robert dessina un T sur le plateau de bois avec le bout charbonneux. Aux trois extrémités de la lettre, il ajouta une barre, formant un T potencé. Puis il déposa le bois brûlé sur la table.

Le templier considéra un moment Robert de L'Aigle avec un regard interrogatif. Finalement, il saisit la branchette et ajouta aux trois extrémités du T trois autres signes : un triangle, une croix et un autre triangle, mais avec un point à l'intérieur.

Les signes que lui avait montrés le commandeur de Villers, observa Robert, soulagé. Ce templier était bien commandeur et il pouvait lui faire confiance.

Si le visiteur n'avait pas dessiné les signes, il l'aurait tué.

— Comment connaissez-vous le Tau ? s'enquit Etienne de Montricoux. Seuls les commandeurs apprennent ce signe de reconnaissance.

— Le commandeur de Villers me l'a révélé. Et cette figure vous a sauvé la vie.

— Vous doutiez ?

— Après ce qui m'est arrivé, oui. De plus, ce n'est pas à vous que j'apprendrai combien les faux frères du Temple sont nombreux. Mais qu'attendez-vous de moi ? Je m'apprête à partir en France.

— A la poursuite des ravisseurs de votre épouse ?

— Oui.

— Savez-vous qui l'a enlevée ?

— Un bailli du roi de France nommé Guillaume de Mussy.

— Mussy !

Le visage de Montricoux s'était fermé, comme plongé dans des souvenirs douloureux.

— Le connaissez-vous ?

— Je l'ai approché. Un homme dur, redoutable, rusé et sans pitié. Bailli en Champagne, il a travaillé durant quelques années avec Guillaume de Nogaret. Les templiers l'ont aidé dans l'adversité, et pourtant il les a trahis. Je croyais qu'il n'était plus bailli car il a plusieurs fois perdu sa charge pour concussion et malversations. J'avais souvenir qu'il avait été définitivement destitué et banni des affaires publiques par le Parlement...

— Il a donc repris du service à mon détriment, grommela L'Aigle, qui s'assit en songeant avec dépit à quel point il s'était trompé sur le faux drapier.

— Pourquoi votre épouse ? Et comment s'y est-il pris ? La connaissait-il ?

— Il s'est présenté ici comme un marchand venant de Troyes acheter de la laine. Il voyageait avec son fils et un garde du corps. Il connaissait parfaitement l'univers des foires et de la draperie. Tout le monde l'a cru. Je comprends pourquoi, s'il était bailli en Champagne. Il a gagné notre confiance tant il se montrait aimable, civil et courtois.

L'Aigle raconta la tentative contre lui et la mort du cellérier, puis la journée qu'il venait de vivre.

— J'ignore comment il est parvenu à entraîner mon épouse et sa sœur hors du château, mais elles n'avaient aucune raison de se méfier de lui. Peut-être leur a-t-il raconté que je les faisais chercher, que je m'étais blessé à la chasse, que sais-je ! Quoi qu'il en soit, elles sont entre ses mains.

Il sortit de la manche de son manteau la missive qu'il avait reprise au comte.

— Voilà ce qu'il a laissé.

Le commandeur lut la lettre et demanda :

— Avez-vous une idée de l'endroit où ils vont embarquer ?

— Aucune, sinon je ne serai pas là. Malgré l'envoi de crieurs partout dans l'Essex, Mussy n'a pas été signalé. Il avait certainement tout prévu et il a déjà dû quitter l'Angleterre. Je vais me rendre à

Londres, d'où je trouverai facilement une nef pour la France. Ensuite, je me rendrai à Paris.

— Que ferez-vous, une fois là-bas ?

— Je trouverai Mussy, le punirai et tenterai de délivrer Perrine et sa sœur. Si je n'y parviens pas avant Noël, je me livrerai.

— Vous ne pouvez pas vous livrer, vous possédez un trop important secret. Par ce que vous savez, vous tenez la vie et la mort de notre ordre. Si les archives du Temple tombent entre les mains du roi de France, ce sera notre disparition certaine.

— Pour l'heure, seule Perrine compte, répliqua sèchement L'Aigle.

— Alors, laissez-moi vous aider. J'ai encore beaucoup d'amis en France. Nombre de nos frères se cachent, mais ils me rejoindront si je le leur demande pour l'amour de la justice.

— Ma foi, pourquoi pas ? J'accepterais même l'aide du démon !

— Ne blasphémez pas, mon ami.

Un silence réprobateur s'installa, puis le commandeur reprit, conciliant :

— Mon cheval est prêt. Je connais Londres, nous pouvons y être demain et embarquer dans l'après-midi.

— Entendu ! accepta L'Aigle, pas fâché de cette aide inattendue. Laissez-moi cependant le temps d'aller faire mes adieux à mon voisin, un chevalier que j'estime fort. Je vous retrouverai à l'écurie.

Le templier acquiesça et s'en alla. Après son départ, le chevalier monta dans sa chambre et ouvrit un coffre de bois fermant à clef. Il en sortit une besace pleine d'or qu'il passa à son épaule, sous son manteau, puis il balaya les lieux du regard une dernière fois, cette pièce et ce lit où il avait aimé Perrine, et se signa. En bas, il enfila ses gants de mailles et sortit.

En revenant de la maison de Danbury, L'Aigle trouva Etienne de Montricoux déjà en selle. Quant à lui, son cheval était prêt et ses bagages, apportés le matin, déjà attachés sur la croupe derrière sa selle. Il partait avec peu de chose : son haubert dans une sacoche, une cotardie longue, des chausses et une chainse dans une autre, un heaume à visière, une épée supplémentaire, celle de son grand-oncle étant à sa taille avec ses couteaux, un petit écu recouvert de cuir afin de dissimuler l'aigle à deux têtes qui se trouvait dessous, une courte lance d'une toise, et ce qu'il portait sur lui.

— N'avez-vous pas un écuyer ? demanda le templier.

— L'époux de la sœur de Perrine, mais nous nous sommes querellés et il est parti.

Le commandeur ne posa point d'autres questions et, hormis le *Gloria Patri* qu'il reprenait régulièrement en l'honneur de la Sainte-Trinité, il resta silencieux durant la trotte, ce qui convenait à Robert. *In multiloquio non effugies peccatum*[1] était une des maximes du Temple.

Le crépuscule approchait quand ils virent l'enseigne d'une auberge au bord de la route : le Red Lion. D'un commun accord, ils décidèrent d'y faire halte.

Ils obtinrent un lit et s'attablèrent dans une salle à moitié pleine de marchands. Robert était affamé et dévora un lièvre tandis que son compagnon se contentait de bouillon et de légumes, comme c'était la règle pour les templiers, qui ne devaient manger de viande que trois fois par semaine.

Continuellement, de nouveaux voyageurs arrivaient. Le commandeur n'y prêtait pas attention, mais Robert de L'Aigle oui. C'est ainsi qu'il remarqua un marchand replet en robe lie-de-vin et chaperon turquoise qui évita son regard et alla s'attabler non loin d'eux.

Montricoux s'était plongé dans les grâces, qu'il murmurait avec humilité.

— Messire de L'Aigle, dit-il quand il eut terminé, je monte dans notre chambre. N'ayant pu entendre le service divin des vêpres, j'ai besoin de prier.

Le lendemain, dans l'après-midi et sous la pluie, ils pénétrèrent dans Londres par Ald Gate et suivirent un dédale de rues et de ruelles. L'Aigle obser-

1. « Trop parler incite au péché. »

vait combien le commandeur paraissait connaître la ville. Il s'exprimait d'ailleurs facilement dans la langue des habitants. A coup sûr, il était déjà venu ici pour le compte de l'ordre des pauvres chevaliers du Christ.

Ils passèrent une rue plus large que les autres, dont Montricoux expliqua qu'il s'agissait de Tower Street, puis une seconde qu'il nomma Thames Street, et pénétrèrent dans un quartier populaire où les marins paraissaient nombreux. Au bout d'un moment, une muraille de pierre se dressa devant eux. Ils la longèrent jusqu'à une porte fortifiée gardée par des archers et des commis faisant payer octrois et taxes. Par ce passage aux battants ouverts, on pouvait voir la berge du fleuve et d'innombrables bateaux de toutes tailles. En se penchant, L'Aigle distingua un immense pont portant des maisons et des églises.

— On est à Billing Gate, expliqua le templier. C'est ici que nous avons le plus de chance de trouver une nef qui se rendrait en France. Seulement, je remarque que la marée monte. Nous ne pourrons embarquer ce soir.

« Allons à cette auberge, ajouta-t-il en désignant une auberge face à la porte dont l'enseigne représentait un roi barbu nommé Belinus. On y trouvera un lit et on obtiendra facilement des renseignements sur les nefs en partance.

Alors qu'ils laissaient leurs chevaux aux palefreniers de l'établissement, Montricoux expliqua que

Belinus, ou Billing, était un des premiers rois anglais et avait donné son nom au quartier qui l'avait vu régner. Il tenait cette histoire de l'aubergiste car c'était là qu'il s'était arrêté, quelques jours plus tôt.

La salle était pleine de monde et le commandeur se dirigea droit vers l'hôtelier, qui le reconnut. Il lui demanda une chambre et l'interrogea sur les cogues se rendant en France.

L'homme leur demanda trois deniers pour le lit, leurs chevaux et leur dîner avant de les renvoyer vers un marchand de vin attablé avec un marinier. Ce dernier était le capitaine de la *Holy Trinity*, une nef à deux mâts qui venait de débarquer des barriques de vin et repartirait le lendemain à la marée pour Calais avec un chargement de poteries et de fer. Le patron accepta de les prendre à bord contre deux livres chacun.

Ayant fait monter leurs bagages par des serviteurs, ils se préoccupèrent de vendre leurs chevaux, dont ils obtinrent un bon prix car les acheteurs étaient nombreux et les montures robustes comme les leurs des plus rares. Ils gardèrent cependant leur sellerie, qu'ils firent porter à l'auberge.

Ils soupèrent à la nuit tombante et L'Aigle, qui surveillait sans cesse autour de lui, remarqua un religieux en soutane qui ressemblait fort au marchand replet déjà vu au Red Lion. Assurément, l'homme les suivait.

19

Mardi 28 novembre 1307

La *Holy Trinity* était une cogue de belle taille avec des châteaux avant et arrière qui servaient à la défense en cas d'attaque de pirates. En l'absence de danger, le château avant était occupé par la vigie et l'arrière restait vide. L'Aigle et le templier s'y installèrent donc pour discuter à l'écart des indiscrets, et même si le capitaine tenait la barre au-dessous, il ne pouvait les entendre dans le bruit des vagues.

— Qu'envisagez-vous de faire à Paris, messire de L'Aigle ?

— J'ai des amis. Ils se renseigneront afin d'apprendre où se trouve Guillaume de Mussy et où sont enfermées mon épouse et sa sœur.

— Mais en admettant que vous appreniez le lieu de leur enchartrement, envisagez-vous de les délivrer ? Si elles sont au Grand ou au Petit Châtelet, cela sera impossible.

— J'aviserai. Je questionnerai Mussy quand je l'aurai trouvé.

— Méfiez-vous, ce pourrait être lui qui vous trouve le premier.

— Je ferai attention. Mais vous-même, sur combien de guerriers pouvez-vous compter ?

— Au moins une dizaine de sergents.

— Accepteront-ils de se battre contre les gens du roi ?

— Pour la plupart, je n'en doute pas, mais si vous envisagez de prendre une prison d'assaut, je m'y opposerai. Je n'enverrai pas mes gens au carnage.

— Non, il ne s'agit pas de cela, plutôt d'une embusque en dehors de Paris.

— Expliquez-moi.

— C'est trop tôt. Je dois encore affiner mon plan, et vérifier quantité de choses.

Le commandeur se tut et L'Aigle l'imita, se contentant d'observer les mouettes. Ce plan, il le mûrissait depuis la veille, mais il y avait tant d'incertitudes. Quant aux risques d'échec, ils étaient prodigieux.

— A Paris, nous nous séparerons, décida-t-il brusquement.

— Pourquoi ?

— Je disparaîtrai, mieux vaut que vous ne sachiez pas où.

— Vous méfiez-vous de moi ?

— Non, mais on peut vous prendre, et la torture délie les langues. J'aurai juste besoin de savoir comment vous trouver.

Le commandeur accepta d'un signe de tête.

Dans l'après-midi, ils aperçurent les deux grosses tours qui marquaient l'entrée du port et l'embouchure de la Guigne. Comme d'autres nefs, la leur dut attendre que la marée soit favorable avant de pénétrer dans le chenal.

Les manœuvres furent longues car leur cogue était la quatrième et les quais déjà bien occupés, mais, dès qu'ils furent bord à bord avec un autre bateau, ils passèrent sur son pont puis sur le quai de bois. Des marins à qui ils avaient promis quelques deniers les suivaient en portant leurs selles et leurs bagages.

Un sergent du prévôt vint les interroger. Robert présenta son sauf-conduit, expliquant venir en France acheter des armes pour son maître, Montricoux étant son écuyer. Ce dernier avait abandonné son manteau blanc à Stratford, un village près de Londres où se tenait un grand marché, et s'était procuré à la place une épaisse chape de laine. Convaincu, le garde les laissa passer et ils franchirent la porte fortifiée.

Les marins qui les accompagnaient leur conseillèrent l'auberge de la Cloche, à côté du donjon. Ils y obtinrent une chambre sous les combles et Etienne sortit acheter des chevaux tandis que Robert gardait leurs affaires car la pièce ne disposait pas de fermeture. Au retour du templier, les deux voyageurs se firent monter une volaille pour souper.

Le lendemain, alors qu'on leur servait dans la salle un brouet aux pois et au lard sur un tranchoir, L'Aigle remarqua dans un recoin sombre l'individu bedonnant déjà vu au Red Lion et au King Belinus. Cette fois, il portait une robe noire et le chapeau carré des hommes de loi. De plus, ses cheveux étaient longs jusqu'au cou. Bien qu'ayant pris une autre nef, leur suiveur était donc parvenu à les retrouver. Un homme adroit.

Robert de L'Aigle ayant terminé son repas le premier, il proposa d'aller faire seller les chevaux tandis que Montricoux trouverait un valet qui porterait leurs bagages.

L'Aigle sortit et dès que le commandeur fut monté à l'étage l'homme de loi sortit à son tour.

Quatre jours plus tard, après un voyage sans histoires durant lequel le compagnon de L'Aigle ne parla guère, se contentant de louer la gloire du Seigneur à travers des hymnes qu'il chantait vigoureusement, ils se trouvaient sur le chemin de Pontoise, ayant juste quitté Gisors, où ils avaient passé la nuit, quand, à un carrefour, Robert annonça qu'il voulait prendre à senestre.

— Vers Chaumont ? Avez-vous des gens à rencontrer là-bas ? s'étonna le commandeur, le détour allant les retarder.

— Non, mais Chaumont ne sera pas notre destination, nous irons jusqu'à Ivry.

Montricoux s'abstint de le questionner plus avant. La commanderie templière d'Ivry était l'une des plus importantes de Picardie, avec de nombreuses fermes, des bois giboyeux et de riches prairies. En ce moment, les frères templiers d'Ivry devaient tous se trouver dans les geôles du roi, à Beauvais ou ailleurs, donc son compagnon ne s'y rendait pas pour approcher des chevaliers de l'Ordre. Se pourrait-il que ce soit en rapport avec le trésor et les archives ?

A none, ils entendirent le carillon de l'église, puis aperçurent son clocher.

— Etes-vous déjà venu ici ? s'enquit L'Aigle.

— Jamais.

— Moi, plusieurs fois. J'y apportais des messages et des paquets de notre grand maître ou j'en rapportais de fortes sommes. Le domaine de la commanderie est immense et sa richesse considérable. Durant le siècle dernier, les templiers de Paris ont reçu énormément de maisons, de fiefs et de terres en héritage dans cette partie du Vexin. Ils en ont vendu certains pour en acheter d'autres, afin de constituer un territoire d'un seul tenant. Ils possèdent, ou plutôt ils possédaient, des vignes, des moulins, des pressoirs, des fours et plusieurs fermes qui rapportaient énormément. Sans compter les dîmes, les cens et toutes sortes de taxes et octrois. En s'emparant de la commanderie, le roi de France s'est approprié tout cela, sans compter l'or et l'argent qui devaient se trouver chez le commandeur. J'ai besoin de savoir comment se présentent les lieux maintenant.

— Toutes ces terres appartenaient au Temple de Paris ? demanda Etienne de Montricoux en désignant des champs dans lesquels quelques vilains poussaient des charrues de bois.

— Toutes. Je crois que l'ensemble de leurs possessions fait huit cents arpents. Enfin, de ce qui était les biens de nos frères.

Ils commencèrent à distinguer les fumées qui montaient vers le ciel gris, puis découvrirent des maisons éparses et des fermettes, la plupart avec des toits de chaume et des murs de pierre et de bois. Pas de rues, mais des voies boueuses grossièrement empierrées entre les habitations. De nombreux enclos, avec des porcs et quelques chèvres. Ils passèrent devant une chapelle consacrée à saint Jacques le Majeur et une église offerte à saint Martin, devant laquelle le commandeur se signa. Les maisons étaient maintenant plus nombreuses. Quelques rares habitants, surtout des femmes et des enfants, sortirent pour les regarder passer. Un maréchal-ferrant s'arrêta de frapper sur son enclume en les apercevant, mais ne s'adressa pas à eux. L'inquiétude se lisait sur son rude visage. L'Aigle était en haubert sous son manteau, portait son heaume et tenait sa lance. Montricoux avait un casque rond à nasal. On ne pouvait guère distinguer leurs traits, mais c'étaient des chevaliers. Cherchaient-ils quelqu'un ?

L'artisan les vit s'éloigner avec soulagement. Il cracha par terre et reprit sa besogne.

Plus loin, les voyageurs aperçurent les ailes d'un moulin et le début d'un mur de pierre haut d'une toise. Ils le longèrent un moment, à l'abri des frondaisons de chênes et de tilleuls, jusqu'à un portail ouvert. Là, Robert de L'Aigle arrêta son cheval. Un oratoire surmonté d'une croix templière se dressait à droite du passage.

A l'intérieur de l'enceinte, une longue allée traversait un champ fraîchement labouré. Au bout se dressait un vaste corps de logis à deux étages, en pierre et colombages avec un toit de tuiles, une grosse tour d'angle, une chapelle, plusieurs granges et écuries. Le mur entourait environ cinq arpents de terre.

— La commanderie, indiqua Robert à son compagnon. La chapelle est dédiée à Notre-Dame du Temple.

— Il y a des gens, fit Montricoux en désignant une cheminée d'où sortaient des volutes.

— Oui, mais quand je suis venu ici, l'hiver dernier, toutes les cheminées fumaient. Ceux qui sont là n'occupent donc qu'une pièce, ils ne sont pas nombreux. Dommage qu'on ne puisse s'approcher pour voir combien de chevaux sont dans l'écurie…

— La cour est vide, observa le commandeur.

— Et aucun vilain dans le champ.

— Pourquoi sommes-nous venus ici ?

— J'ai besoin de savoir combien de gens du roi s'y trouvent.

— Nous pourrions interroger les habitants. Le forgeron, par exemple.

— Certains me reconnaîtront, je préfère ne pas prendre le risque.

— Est-ce ici qu'ont été portées les archives ? demanda Etienne de Montricoux, abruptement.

L'Aigle ne répondit pas.

— La ferme principale se trouve plus loin, on y fera boire les chevaux et on obtiendra du pain.

— On ne vous y connaît pas ?

— Non, je ne m'y suis jamais arrêté.

Ils poursuivirent. Le templier se posait des questions. La commanderie se situait quasiment dans le village. Si on y avait apporté des coffres, les habitants les auraient vus. Ce ne pouvait être là qu'était caché le trésor. Mais alors, pourquoi L'Aigle tenait-il à savoir s'il y avait des gens du roi ?

Le chemin se poursuivit à travers un massif boisé, puis ce furent à nouveau des champs et des prairies. Soudain un grand édifice apparut derrière des arbres. Un large sentier creusé d'ornières y conduisait. Ils l'empruntèrent en suivant des haies qui protégeaient des vergers.

De nouveau, un muret de pierre, mais il ne servait qu'à empêcher les animaux de s'éloigner. Un portail de branches était fermé avec un loquet de bois. De sa selle, L'Aigle le poussa et ils poursuivirent jusqu'à une cour avec un puits. Deux corps de maisons jouxtaient le logis principal, construit sur dix arches rondes en pierres massives. Sur leur droite, des granges aux toitures soutenues par de gros piliers de roche taillée. En face, des étables aux toits de chaume, qui paraissaient vides. A l'écart, une chapelle.

Ils pénétrèrent dans la cour et se rendirent au puits, où ils mirent pied à terre.

Une femme parut, sortant du plus petit logis. La quarantaine dépassée, visage apeuré, elle portait une robe noire en futaine, un bliaut de laine par-dessus, et ses cheveux gris étaient serrés sous une coiffe sombre.

— Messeigneurs, que Dieu vous protège, fit-elle avec une génuflexion.

— Dieu vous donne le bonjour, gente dame, lui dit L'Aigle avec un sourire chaleureux. Nous arrivons de Gisors, nos chevaux ont soif et nous avons faim. Nous vous achèterons volontiers un pain et de l'avoine.

— C'est possible, messire, mais les pains ont cuit la semaine dernière. Depuis, le four est fermé.

— Pourquoi ?

— La dîme était payée au Temple. Et il n'y a plus de templiers. Le bailli doit faire venir un receveur et l'évêque a pris tous les blés.

— Nous n'avons pas vu grand monde au village, poursuivit Robert tandis qu'Etienne de Montricoux faisait descendre le seau dans le puits.

— Vous savez forcément que les frères templiers ont été accusés d'hérésie. Depuis, tout a changé ici.

— Qui l'ignore ! Mais notre roi devait avoir de bonnes raisons pour proférer de si graves accusations, intervint le commandeur en vidant le seau dans un abreuvoir, devant les montures.

— Peut-être, bien qu'ici les frères aient toujours été assidus aux services religieux. Et surtout ils se montraient bons avec nous.

— Que s'est-il passé, à la commanderie ?

— Une armée d'archers et de chevaliers conduite par des prévôts et des baillis est arrivée dans la nuit, voilà un mois. Alors que se tenait l'office des laudes, tous les frères, les maîtres, le commandeur et le prieur ont été saisis et enchaînés. Ils sont partis à Beauvais en chemise et pieds nus.

— Y a-t-il eu combat ?

— Aucun, messire. Tous ont obéi, seulement en protestant. Après leur départ sont arrivés des commis, des secrétaires et des notaires, et des intendants de l'évêque de Beauvais. Ils ont dénombré tout ce qu'il y avait dans la commanderie, dans les étables, les greniers et les granges. En quelques jours, le bétail, les blés de la récolte, les tonneaux de vin et bien sûr le mobilier sont partis dans de grands chariots.

« Mon mari est le métayer de la ferme. Ici on était inquiets, mais on se rassurait en se disant que tout cela concernait uniquement le Temple, même si on ne comprenait pas ce qu'on reprochait aux frères.

Seulement, on se trompait. Il est arrivé d'autres baillis et d'autres procureurs, avec des religieux, des dominicains, qui ont interrogé tout le monde. D'abord les serviteurs de la commanderie, les charretiers, les valets, les gardes des forêts, le bouteiller, les chambriers, le fontenier et même les barbiers. Ils questionnaient sur leur foi, voulaient savoir s'ils honoraient bien le Seigneur, ou s'ils priaient le démon, le Baphomet, disaient-ils. Les gens d'ici sont tous bons chrétiens et l'ont juré, et pourtant presque tous ont été emmenés. Puis ça a été le tour des fermiers, des laboureurs et des vilains. Les interrogatoires se tenaient dans l'église du village, à la commanderie et ici à la ferme. Les dominicains posaient sans cesse les mêmes questions et comme on leur répétait que les frères du Temple étaient pieux, ils nous ont frappés et les baillis ont pris tout ce qu'on possédait, même si ça n'appartenait pas au Temple.

« Mon mari a protesté et ils l'ont sauvagement battu avant de l'emmener à Beauvais, comme beaucoup de ceux qui travaillaient ici. On m'a dit qu'ils seront libérés après avoir reçu le fouet pour s'être opposés aux gens du roi et qu'ils devront payer une amende. Une amende pour avoir empêché qu'on nous prenne ce qui nous appartenait !

— Il y a encore des animaux au village, et des vaches et des chevaux dans les champs, objecta L'Aigle.

— Ils ne pouvaient tout prendre, mais tout appartient au roi, désormais, nous a-t-on dit. Comment va-t-on vivre ? Que va-t-on devenir en hiver ? Ils ont vidé les greniers.

D'autres femmes étaient arrivées venant de la ferme, plusieurs avec leurs enfants dans les bras. Deux vieillards trottinèrent aussi vers les visiteurs afin de savoir ce qu'ils voulaient.

— C'est bien triste, fit L'Aigle, qui sentait sa haine croître envers le Bel, qui avait laissé faire ces exactions. Les gens du roi sont toujours là ?

— Presque tous sont partis. Il reste deux sergents et quelques archers, dans la commanderie. Nous devons leur porter à manger, alors que nous avons à peine de quoi nous nourrir.

L'Aigle sortit deux écus de son escarcelle et les lui donna.

— Pour le pain et le picotin.

— Je vais vous chercher le pain. Vous trouverez de l'avoine dans la grange, prenez ce qu'il vous faut.

20

Mussy comprit qu'il allait devoir céder. Après tout, abandonner la nommée Florida à la vindicte des Boulonnais ne le chagrinait pas. Au demeurant, il serait plus facile de surveiller et de ramener une seule prisonnière.

— J'en parlerai au sénéchal, fit-il sans cependant s'engager.

— Cette criminelle ne quittera pas la ville ! répéta le chevalier.

Les femmes avaient suivi la conversation avec une terreur croissante, mais si Florida, devenue livide, frissonnait au point que sa sœur dut la soutenir malgré ses mains liées, cette dernière fit montre d'un caractère bien forgé. Elle murmura quelques mots à l'oreille de l'épouse de Coquillard, et ces paroles parurent la réconforter.

Le groupe repartit en direction du château. Dans la cour de la forteresse, le prévôt du port discuta un instant avec un chevalier de garde qui proposa ensuite à Mussy de conduire les prisonnières dans la salle d'une tour où on enfermait les prisonniers de marque.

Le bailli accepta et les accompagna.

La prison se situait au deuxième étage. Il s'agissait d'une salle ronde avec une porte de fer, une paillasse, pas de feu.

— Messire de Mussy, je veux vous parler, dit Perrine alors que le bailli, ayant fait le tour de la pièce des yeux, réclamait la clef, qu'il conserverait.

— Je vous écoute, madame.

— Seul, insista-t-elle.

Il la considéra avec curiosité et un brin d'admiration. Elle n'avait jamais eu peur depuis son enlèvement, s'était toujours montrée fière et assurée. Pourtant il se souvenait que le prévôt de Paris lui avait dit que la sœur de la bagasse Florida n'était qu'une lavandière. D'où lui venait ce courage ?

— Qu'espérez-vous ? interrogea-t-il. Me prendre mon épée et vous enfuir ?

— Seulement m'entretenir avec vous au sujet de votre famille.

Sa famille ? Mussy savait reconnaître une menace. Il ne craignait point la prisonnière, mais il n'ignorait pas que mieux valait connaître les avertissements de ses ennemis. Il se tourna vers le chevalier et lui demanda d'attendre à la porte. L'autre sortit et poussa le battant.

— Je vous écoute.

— Je vous ai dit que mon époux vous retrouverait et vous punirait. Avant le jour de la naissance de notre Seigneur, vous, votre fils et votre serviteur ne serez plus que des charognes. Vous vous êtes moqués, et pourtant cela se fera.

— J'en doute, la coupa-t-il, impressionné malgré tout par l'arrogance de cette jeune femme qui semblait ne pas craindre d'être battue pour son insolence. Votre époux est seul et je sais me défendre. Qu'il s'en prenne à moi et c'est lui qui deviendra charogne.

— Je n'avais pas terminé. La fin que vous allez connaître sera douce à côté de celle des vôtres, si vous abandonnez ma sœur ici.

Il haussa les sourcils.

— Savez-vous qui elle a épousé ?

— Un gueux quelconque, répliqua le bailli en levant une main indifférente.

— Coquillard était le cagou du quartier Saint-Gervais et le capitaine du Grand Coësre. Quand celui-ci apprendra, et soyez certain qu'il l'apprendra, que vous avez livré sa femme aux gens de Boulogne, il n'aura de cesse de se venger de la plus horrible façon. Le roi recherche le trésor du Temple, mon époux me l'a dit, alors écoutez ceci : Robert ignore où il se trouve, mais il dispose tout de même d'une somme considérable qui devait être consacrée à aider les templiers en fuite. Cette fortune, il l'a partagée avec Coquillard. Grâce à elle, et à sa position, le mari de Florida n'aura aucune peine à rassembler des milliers de gueux...

— Le roi saura les mater et si Montfaucon n'y suffit pas, le bois de Vincennes portera des fruits ! la coupa Mussy.

— Ces ribauds ne se rassembleront pas à Paris, messire de Mussy. Ils iront jusqu'à votre domaine, votre maison. Vous y avez femmes, enfants et petits-enfants, je vous ai entendu en parler à votre fils. Aucun n'en sortira vivant, et vous savez combien les argotiers de la cour de Miracles peuvent être féroces. Florida sera morte, moi aussi sans doute, mais nous trépasserons sur l'échafaud. Votre famille passera dans les pires souffrances. Partez maintenant, et songez à eux.

Il la dévisagea longuement sans rien dire, puis se retourna, ouvrit la porte et sortit.

Si les yeux de Perrine avaient pu percer l'huis, elle aurait vu un homme ébranlé et préoccupé, qui s'appuyait au mur de l'escalier.

Au bout d'un instant, il se ressaisit, poussa le verrou et le condamna avec la clef.

— Conduisez-moi au sénéchal, ordonna-t-il au chevalier.

Guillaume de Mussy était un homme pragmatique et circonspect. Toute sa vie, il n'avait songé qu'à son intérêt et à celui des siens. Certes, il avait maintes fois été poursuivi, mais il était toujours parvenu à sauver sa fortune et son état. Retrouver et ramener Robert de L'Aigle avait été une mission imposée par Nogaret. Il n'avait pas eu le choix, bien qu'y trouvant son intérêt, et il jugeait avoir réussi, même s'il ne ramenait que l'épouse du fugitif. Une fois cette Perrine remise à Nogaret, il aurait accompli sa tâche de bailli et la suite ne le concernerait plus.

Sauf que la menace de la dame de L'Aigle changeait tout. Le chancelier et La Celle ne lui avaient guère parlé de ce Coquillard, ils lui avaient seulement dit qu'il s'agissait d'un ribaud. S'il était vraiment cagou et lieutenant du Grand Coësre, il pouvait effectivement se révéler redoutable. Surtout s'il avait de l'argent et qu'il pouvait solder d'autres argotiers. Si Robert de L'Aigle ne l'inquiétait pas, une armée de gueux s'en prenant à sa maison était une autre affaire. Il savait ce que pouvaient faire des fredains de cet acabit. Qui lui viendrait en aide ?

Peut-être que les paroles de la prisonnière n'étaient que rodomontades. Mais peut-être pas. Pourquoi irait-il se mettre dans une mauvaise affaire où il n'avait rien à gagner ?

En arrivant dans la chambre du sénéchal, sa décision était prise.

L'officier du roi l'attendait, assis devant la cheminée. Des damoiseaux et un religieux se trouvaient près de lui. Ainsi que Guy de Hainaut.

— Que Dieu vous conserve dans sa Sainte Grâce, messire bailli, dit courtoisement le sénéchal. J'ai appris que vous avez saisi les deux femmes qui s'en sont prises à mes gens. J'avoue que je n'y croyais guère et je vous en remercie. Elles seront jugées et condamnées.

— Pour les juger, vous les réclamerez au roi de France quand je les aurai conduites à Paris, messire sénéchal. Quant à moi, je les emmène demain et j'ai besoin d'une escorte.

— Vous vous moquez, messire bailli ? Ces femmes ont meurtri quatre hommes !

— Sans doute, mais le roi les attend et il serait fort fâché que je ne les lui amène point.

— Notre roi fait passer la justice avant tout, et il comprendra que j'ai à les juger.

— Il ne comprendra pas. Vous ignorez tout des raisons pour lesquelles il veut Robert de L'Aigle. Je n'ai pu saisir cet homme, mais il sait maintenant qu'il doit se livrer afin de sauver sa femme et sa belle-sœur. Perdre ces otages, c'est perdre ce chevalier. L'enjeu n'est pas la justice, il dépasse tout ce que vous pouvez imaginer.

Le sénéchal paraissait ébranlé, mais Guy de Hainaut et le religieux secouaient la tête, persistant dans leur opposition.

— Soyons clair, je me refuse à proférer des menaces, mais je puis vous assurer que le roi vous punirait et punirait votre ville d'une façon que vous ne pouvez même pas imaginer tant sa colère serait grande si vous exécutiez ces femmes. Pour le moment, elles sont intouchables, et si vous les empêchez de partir avec moi, vous déchaînerez l'enfer ici.

— Messire bailli, j'ignore tous des desseins de notre roi et j'obéirai de bonne grâce à ses décisions, mais vous l'avez dit vous-même, ce Robert de L'Aigle se livrera en échange de sa femme. Seule sa sœur est une criminelle, vous pouvez donc nous la laisser juger et condamner...

— Je crains fort que non, car la dame de L'Aigle m'a appris des faits nouveaux qui concernent sa sœur. Le roi voudra l'entendre.

— Quels faits ?

— Ils ne vous regardent en rien.

Un silence hostile s'installa. Le bailli s'approcha du feu et, ayant ôté ses gants, tendit ses mains vers le foyer afin de les réchauffer. Il s'efforçait de se montrer assuré et indifférent, mais il était rongé d'inquiétude.

Brusquement, il se retourna et annonça :

— Il me faut un chariot bâché tiré par deux chevaux, et une escorte de quatre hommes. L'Aigle et ses amis sont certainement déjà en France et, s'il me retrouve, je veux pouvoir faire face.

Le silence demeura.

— Vous avez vu mon mandatement. Il porte le sceau royal sur cire verte. Refusez de m'obéir, messire sénéchal, et vous serez coupable de crime de lèse-majesté ! menaça-t-il, un ton plus haut.

— Vous serez obéi, messire, fit le sénéchal en baissant les yeux.

— Nous partirons demain matin avant le lever du jour. Je veux l'escorte et le chariot dans la cour à matines.

21

Dimanche 3 décembre 1307

Peu après none, Robert de L'Aigle et Etienne de Montricoux franchirent la haute chaussée maçonnée qui surmontait les égouts du marais, puis le pont-levis de la porte Saint-Denis.

Ils avaient passé la nuit à Pontoise et il pleuvait depuis leur départ.

A l'intérieur de la fortification flanquée de tourelles à ses quatre angles, le commandeur du Temple présenta une lettre du sénéchal du Quercy, Jean d'Arreblay, le reconnaissant comme seigneur de Montricoux, un fief qui lui avait été attribué quelques mois plus tôt, et précisa que son compagnon était son neveu. Méfiant, le capitaine de la porte lut la missive puis examina le jeune homme de haut en bas.

S'efforçant de garder un visage souriant et indifférent, Robert de L'Aigle sentait son cœur battre à tout rompre. Si Mussy était déjà arrivé à Paris, il pouvait avoir demandé aux gardiens des portes d'arrêter tout chevalier inconnu, principalement venant d'Angleterre, raison pour laquelle il n'avait pas voulu faire état de son sauf-conduit anglais ni n'avait revêtu son haubert. Il était coiffé d'un chapeau de feutre à bord relevé sur lequel il avait rabattu le capuchon de son manteau, sous lequel il avait passé son surcot matelassé et une cotardie longue, bicolore bistre et lavande, avec amigaut boutonné. Son haubert était rangé dans une sacoche, son heaume se trouvait derrière la selle de son compagnon. Mis à part l'épée à sa taille, il avait tout d'un damoiseau et rien ne révélait le chevalier.

Son examen terminé, le maître de la porte jugea avoir affaire à des gentilshommes et les laissa entrer dans Paris sans autre questionnement.

En face de l'église Saint-Leu-Saint-Gilles, les deux voyageurs empruntèrent la rue de la Grande-Truanderie, puis celle de la Petite-Truanderie, qui se prolongeait par la rue Thérouenne, pour l'heure transformée en bourbier. Juste avant les Halles s'étendait un corps de logis à plusieurs pignons : il s'agissait de l'hôtellerie du Heaume, la plus grande et la plus confortable auberge du quartier. Montricoux l'avait choisie car il savait qu'elle disposait d'une seconde sortie vers la rue de la Grande-Truanderie, pratique en cas de danger.

Une allée détrempée conduisait à une cour intérieure entourée de galeries et d'écuries. Ayant laissé montures et bagages à des domestiques, les voyageurs trouvèrent l'aubergiste dans la grande salle. Une fois encore, pour justifier d'où il venait, Montricoux présenta la lettre du sénéchal du Quercy, car les hôteliers de Paris devaient fournir chaque jour au prévôt de Paris la liste de leurs clients.

Les deux hommes furent ensuite conduits à leur chambre par un valet. Là, une fois seuls, ils se dirent adieu. En effet, Robert n'avait pas prévu de loger dans l'hôtellerie. Il avait expliqué à Montricoux que ceux qu'il devait rencontrer ne se laisseraient pas approcher s'il était accompagné, ce que le commandeur comprenait parfaitement. Lui-même devait d'ailleurs retrouver des sergents et des écuyers non frères qui se cachaient autour de Paris et qui n'avaient confiance qu'en lui.

L'Aigle assura à son compagnon qu'il reviendrait dès qu'il aurait appris où se trouvaient enfermées Perrine et Florida, et lui recommanda la prudence. Montricoux le rassura en lui répondant qu'il n'était connu que par les templiers de la Villeneuve. Ceux-ci étant emprisonnés, personne ne pouvait dès lors l'identifier.

Une fois dehors, chargé de la besace contenant son haubert, Robert gagna les Halles en marchant sur le revers des rues afin de ne pas tremper ses chausses, même si elles étaient protégées par des heuses de cuir. Il prit la rue de la Cossonnerie, dans laquelle se succédaient auberges et cabarets. Il ignora les Trois Ecus et le Plat d'Etain, fréquentés par les marchands des Halles, et entra dans la taverne du Grand Godet, où se retrouvaient gens oiseux, joueurs de dés, gueux et mendiants, c'est-à-dire la lie des argotiers de Paris.

La salle était sombre et les trois tables occupées par des crocheteurs et des gagne-deniers qui travaillaient pour les marchands des Halles. Il ôta son manteau mouillé, le déposa près de la cheminée, à portée de vue, tant les voleurs étaient impudents dans cette sorte de bouges, et s'installa à une place vide, s'attirant les regards à la fois méfiants et intrigués de ses voisins puisqu'il n'arborait pas la vêture d'un miséreux. De plus, il portait sa besace pleine de pièces d'or qui ne le quittait jamais. Mais la bonne épée et les couteaux à son baudrier n'incitèrent personne à l'importuner.

Une femme dépoitraillée, en robe cramoisie, s'approcha.

— Du vin ! demanda-t-il. Le meilleur ! Et appelez Le Jaquet.

C'était le nom du patron.

Elle s'éloigna et il guigna vers ses compagnons de table, qui avaient cessé leurs clabaudages, les gratifiant d'un sourire de circonstance auquel personne ne répondit.

Un grand maigre voûté, en tablier de cuir, mains larges comme des battoirs, s'approcha. Nez cassé, essorillé, son visage était marqué de plusieurs cicatrices.

— Que me voulez-vous, messire ? s'enquit-il avec rudesse en prononçant « messire » comme une offense.

— Préviens Coquillard, il m'attend.

L'autre le considéra en plissant les yeux et balançant de la tête avant de s'éloigner sans mot dire.

Tout en préparant son départ de Pleshey Castle, Coquillard avait expliqué à son maître comment le retrouver. Ils ne pouvaient se rencontrer à la Truie Pendue, ni à l'ancienne maison de Guillaume de L'Aigle à l'angle de la rue Saint-Antoine, ni encore à celle de Coquillard, au cul-de-sac du Chat-Blanc, tous lieux peut-être surveillés par les sergents du Châtelet. Donc le cagou avait proposé le Grand Godet, ceci pour plusieurs raisons dont la principale était que Le Jaquet, son patron, était un ribaud de confiance. En quelques mots hachés, car il n'aimait pas parler de son passé, l'écuyer avait expliqué qu'après la mort de ses parents, qui avaient succombé à la peste, il s'était retrouvé à la rue. Au collège des Bons-Enfants où il apprenait le latin, les écoliers quêtaient pour survivre, et parfois volaient le bourgeois. C'est ainsi qu'il avait rencontré Le Jaquet, « dérobeur de gens en chemin » qui avait appris le métier de larron en faisant le pèlerinage à Compostelle. Un jour où il faisait le guet pendant que son ami s'introduisait dans une église à la recherche de troncs à piller, Coquillard n'avait pas entendu arriver les sacristains et Le Jaquet avait été pris. Bien que menacé de la pendaison, il n'avait pas donné le nom de son complice et avait finalement perdu uniquement ses oreilles, tranchées par le bourrel. Plus tard, devenu cagou du Grand Coësre, François La Coquille avait donné à l'essorillé de quoi acheter le Grand Godet.

Robert but son vin et réclama une tourte. Il dîna silencieusement, regardant vaguement ses voisins jouer au franc-carreau.

Soudain, Le Jaquet réapparut. Le cabaretier affichait maintenant un air respectueux.

— Je vais vous conduire à François, dit-il à voix basse.

Robert le suivit jusqu'à un escalier aux étroites marches de pierre. Le cabaretier avait pris une lanterne. Ils descendirent jusqu'à une cave voûtée en arcs soutenue par de massifs piliers. La salle servait d'entrepôt aux muids de vin. Ils la traversèrent pour atteindre une ouverture.

— Prenez par là, messire, dit l'homme en donnant la lanterne à Robert. Traversez trois caves, puis prenez l'escalier en limaçon et montez soixante marches.

L'Aigle le remercia et s'en fut.

La première cave, encombrée d'un bric-à-brac couvert de toiles d'araignée, était tout en longueur. La seconde, basse de plafond, le contraignit à se baisser pour avancer, tandis que la troisième contenait également des tonneaux. Il aperçut l'escalier, grimpa. Au bout d'une vingtaine de marches, il déboucha dans la bruyante salle d'une taverne. On ne fit pas attention à lui et il poursuivit son ascension. Au palier suivant, une porte ouverte lui permit de voir une chambre au plafond en poutres peintes meublée d'un lit aux courtines fermées, d'une huche, d'un dressoir et de bancs. Un feu brûlait dans la cheminée, mais la pièce était vide. Il y pénétra et se dirigea vers la fenêtre à croisée de bois, ouvrit un des battants et constata qu'il n'était plus dans la rue de la Cossonnerie. Il revint à l'escalier et compta encore vingt degrés jusqu'à une nouvelle chambre dont la porte était, elle aussi, ouverte.

Coquillard et Cappon l'attendaient. Le premier en casaque de buffle maclée de mailles et coiffé d'un feutre rond à rebord, le second en robe de velours safran avec un chaperon à cornette. Tous deux se levèrent du banc sur lequel ils bavardaient. Robert les accola dans une franche brassée.

— Qu'as-tu appris ? demanda-t-il à Coquillard.

— Rien. Elles ne sont pas encore arrivées à Paris. J'ai posté des mendiants devant toutes les prisons et l'hôtel de Nogaret. Je serai prévenu dès qu'ils verront des femmes prisonnières. Comme tous connaissent Florida, ils la reconnaîtront facilement.

— Je ne t'ai plus vu depuis Amiens, fit L'Aigle en s'adressant à Cappon.

— Je vous ai perdu, seigneur. Mais comme vous m'aviez dit à Calais que votre compère le commandeur envisageait de loger à l'hôtellerie du Heaume, j'y ai pris chambre hier, dès mon arrivée.

Plusieurs fois en effet, tant à Londres que sur le bateau, L'Aigle et Montricoux avaient discuté de l'endroit où ils logeraient à Paris. Le commandeur avait parlé de l'hôtellerie du Heaume et de ses deux accès bien pratiques quand on avait besoin de s'éloigner en toute discrétion, Robert lui avait dit qu'il s'installerait chez un parent de Perrine et Florida qui connaissait des argotiers, lesquels, tout au moins l'espérait-il, pourraient apprendre où elles étaient enfermées.

— On parlait de ce commandeur, dit Coquillard. Qui est vraiment cet homme ?

L'Aigle lui raconta tout ce qu'il savait et ajouta, à l'intention de son écuyer :

— Au début, je me suis méfié, surtout après ce qui s'est passé, et bien qu'il m'ait prouvé qu'il était commandeur du Temple j'avais demandé à Cappon de nous suivre par précaution. Cependant rien dans son comportement n'a éveillé ma défiance. C'est un frère fort pieux, plein de ressources et qui s'est montré bon compagnon. Je ne lui ai quand même rien révélé d'important, et surtout pas votre existence. Il m'a assuré pouvoir rassembler une dizaine de sergents templiers si j'avais besoin de soutiens... As-tu observé quelque chose de louche en nous suivant ? demanda-t-il au frocard.

— Non, mais j'étais dans la salle du Heaume quand vous êtes arrivés.

— Je ne t'ai pas vu.

— Je suis gros mais discret, messire, ricana l'ancien moine. Bref, à peine étiez-vous parti que ce commandeur vous a emboîté le pas jusqu'au Grand Godet.

— Ah.

L'information troubla le chevalier. Etienne de Montricoux n'avait aucune raison de le suivre.

— Ensuite ?

— Il est resté un moment à attendre dans une encoignure, puis il est revenu au Heaume, et moi je suis venu ici.

— Comment savais-tu où trouver Coquillard ?

— Je suis arrivé hier, seigneur, vous l'oubliez. On a eu le temps de tout préparer.

— C'est vrai, je n'y songeais pas. Avez-vous déjà un plan pour les libérer ?

— Oui, seigneur, mais auparavant il faut que vous rencontriez le Grand Coësre. Il veut vous connaître.

— Entendu.

— Quant au plan, il est des plus simples. Nogaret ne doit pas apprendre votre présence à Paris. S'il pense que vous n'êtes pas venu, il ne saura que faire et n'osera mettre sa menace à exécution.

— C'est un pari que je me refuse à prendre, dit Robert en secouant la tête.

— Un pari sans risque, seigneur. Admettons qu'il décide de… condamner nos épouses. Il ne disposerait ensuite de plus aucune arme contre vous.

Donc, il ne fera rien, et le temps jouera en notre faveur pour corrompre des geôliers et préparer un moyen de les libérer.

— J'avais envisagé une autre entreprise...

— Laquelle ?

— Avant de te répondre, il faut que j'en sache plus sur Montricoux. Est-ce un allié ou un félon ? Cappon, quand tu retourneras à son auberge, ne le quitte pas des yeux. Au fait, où sommes-nous, ici ?

— A l'auberge du Mouton.

— Puis-je y loger ?

— Oui, messire. Je vous ai choisi la pièce au-dessous, qui est chauffée. (L'Aigle remarqua alors qu'il n'y avait pas de cheminée dans celle où ils se trouvaient.) Quant à cette chambre, c'est la mienne, et elle nous permettra de filer facilement en cas de danger.

D'un geste, il désigna une autre porte, à l'opposé de celle par laquelle Robert était entré.

— Elle communique avec une galerie dans la maison d'à côté. Au bout de ce passage, on accède à un jardin avec une sortie rue Saint-Denis.

— Tu as abattu une belle besogne, en si peu de temps !

— Je n'ai aucun mérite, c'est le Grand Coësre qui m'a vendu ces lieux pour deux cents livres.

— Que lui as-tu dit ?

— A peu près tout ce que je sais sur vous, messire, mais sans parler du Temple, au sujet duquel j'ignore tout.

L'Aigle joignit l'extrémité de ses doigts en les mettant devant sa bouche.

— Je connais l'endroit où sont rangées certaines archives du Temple, François, mais le secret ne m'appartient pas et je ne le dévoilerai jamais. Même si je devais souffrir tous les supplices de l'enfer.

— Je m'en doute, messire, et moi vivant on ne vous prendra pas.

— Quelle confiance peut-on avoir envers le Grand Coësre ?

— Il est loyal, comme la plupart des argotiers. Mais surtout il est juste. C'est à cause de ces qualités qu'il a été choisi par les cagous. Sans lui, ce serait la guerre perpétuelle dans le royaume d'Argot. C'est plus un juge qu'un roi.

— Si tu te trompes, si Perrine et Florida sont quand même condamnées, que ferons-nous ?

— Je réunirai quelques centaines de gueux, on provoquera une émeute et nous empêcherons les exécutions. Bien sûr, si on doit en venir là, cela aura un coût.

— Combien ?

— Un millier de livres, au moins.

— Je t'ai donné cette somme, j'ai un peu plus de mille deux cents autres livres parisis de mon côté, donc on peut faire face. Mais s'il y a bataille, nos épouses seront meurtries les premières.

— Je trouverai des complices chez les gens du roi pour les protéger.

Un plan bien hasardeux pour Perrine et Florida, songea L'Aigle en grimaçant. Mais Coquillard avait peut-être raison. Par faiblesse, il accepta son projet.

Il frappa sur le flanc de son manteau.

— Je transporte toute ma fortune dans cette besace. Il faudrait la mettre à l'abri. Où as-tu caché ce que je t'ai passé ?

— Chez Le Jaquet. Dans la chambre au-dessus de son auberge, il possède un coffre de fer à triple serrure dont j'ai la clef. Personne ne pourrait le voler, et personne n'oserait.

— Entendu. Allons d'abord parler au Grand Coësre, décida L'Aigle, et au retour j'irai y déposer mon or.

22

Après avoir soigneusement fermé les portes à clef, ils sortirent en passant par l'auberge et se retrouvèrent dans la rue des Prêcheurs. Pour gagner la taverne des Trumelières, dans la rue de la Fromagerie, ils devaient passer par les Halles. En traversant la place du pilori, où se dressait un gibet, Coquillard désigna la potence en racontant à son maître avoir appris qu'on y avait pendu Baratteur, son ancien complice, celui-là même qui les avait dénoncés à Nogaret. L'exécution avait eu lieu le lendemain de l'échec de l'échange sur les Planches-Mibray.

Le cabaret des Trumelières était uniquement fréquenté par les truands et les larrons, aussi les bourgeois ne s'y montraient-ils jamais. La salle était sombre, crasseuse, à peine éclairée par des chandelles de suif. Il s'en émanait un remugle aigre et écœurant de vinasse, de sueur, de relents de cuisson et de déjections. Une poignée de louches individus jouaient à lancer leur couteau contre un des piliers de bois qui tenaient le plafond. D'autres ribauds dormaient sur les tables, ou faisaient semblant, tête dans les coudes.

L'arrivée de L'Aigle provoqua l'intérêt des gueux, puis ils remarquèrent Coquillard et s'écartèrent, sauf l'un d'eux.

— Je viens parler au roi d'Argot, lui dit Coquillard. Messire de L'Aigle est avec moi. Le maître nous attend.

— Je sais, articula l'autre d'une voix rauque, presque inintelligible. Le Chantre, accompagne-les.

— Inutile ! répliqua le cagou en se dirigeant vers une tenture qu'il souleva.

Ils la franchirent et accédèrent à une large galerie voûtée en croisées d'ogive et éclairée par de petits fenêtrons.

— Vous venez de traverser le corps de garde du Grand Coësre, messire, dit Coquillard à son compagnon. Ces hommes sont tous de redoutables tueurs. Celui qui nous a parlé a été condamné à avoir la langue arrachée pour avoir juré sur les mamelles de la Vierge Marie, mais alors que le bourreau le tenaillait, il s'est débattu avec une telle force qu'il est parvenu à lui donner un coup de tête mortel et à s'enfuir de l'échafaud.

— Et le dénommé Le Chantre ? Il fait chanter les argotiers ? plaisanta Robert.

— Plutôt les bourgeois. Il connaît toutes sortes de moyens pour faire parler ceux qui cachent leur or. Quant aux autres, évitez-les, ou tuez-les s'ils vous menacent. Mais agissez vite, dans ce cas !

Ils arrivèrent à une porte ferrée au bout de la galerie. Le cagou frappa et un judas grillagé s'ouvrit.

— Coquillard, annonça-t-il.

Bruits de verrous et le battant s'entrebâilla.

Ils pénétrèrent dans une vaste salle ogivale avec trois fenêtres gémellées portant des vitraux. Les murs accueillaient des riches tapisseries, sauf celui qui portait la grande cheminée. Devant le foyer, une table dressée avec un homme assis devant, sur une chaire très haute. Visage fripé, cheveux dissimulés sous un chaperon safran, en robe de soie galonnée d'or avec un garde-corps en fourrure, des bagues aux doigts, l'individu était large d'épaules, bien plus large que lui-même, jugea L'Aigle, et ses pieds ne touchaient pas le sol en carrelage. Un nain.

— Te voilà ! Je suppose que ton compagnon est messire de L'Aigle, fit le nabot en brandissant une cuisse de canard rôtie.

Il avait une voix de crécelle, très aiguë.

— Oui, grand maître.

— Je m'ennuyais. Asseyez-vous avec moi et partagez ma franche repue. Brisedent ! lança-t-il en s'adressant à un grand maigre au visage grêlé par la vérole qui se tenait près de lui, en cotardie rouge et noir. Va prévenir mon panetier, mon échanson et mon cuisinier que je reçois des invités.

Les visiteurs s'installèrent en face du roi d'Argot, qu'on appelait aussi le Grand César ou le Grand Coësre. Avant de prendre un siège, L'Aigle avait parcouru du regard la salle richement meublée de coffres et de dressoirs supportant de l'orfèvrerie, mais c'était surtout les quatre ribauds à un bout de la pièce qui avaient attiré son attention : des argotiers vêtus de cuir noir, avec des masses d'armes sur l'épaule. Des masses au fer en argent.

— Parlons clair, fit le nain en s'adressant à Robert, je sais qui vous êtes et pourquoi vous avez besoin de moi, et vous savez également qui je suis. Sortir votre femme et Florida d'une prison royale me semble impossible, et Coquillard en est d'accord avec moi. En revanche, provoquer du désordre au moment de leur exécution est envisageable. Ça s'est déjà fait. Les libérer à l'occasion de l'agitation est tout à fait réalisable, à condition qu'il n'y ait pas trop de sergents du roi. Seulement les conséquences seront fâcheuses pour le royaume d'Argot. Le Bel va s'en prendre à nous et, durant des mois, moi et mes gens seront pourchassés. Pour nous mettre à l'abri, il y aura un prix à payer.

— Je paierai.

— Mille écus d'or.

L'Aigle ne broncha pas.

— A cette somme, il faudra ajouter les gages de ceux qui s'en prendront aux gardes, mais ça, c'est l'affaire de Coquillard.

— Entendu, accepta L'Aigle à nouveau.

Le nain posa son cuissot et le considéra avec un regard singulier.

— Vous détenez des secrets...

Pas de réponse.

— ... que le roi veut connaître. Si votre femme lui échappe, Philippe sera fou furieux.

— Sans doute, reconnut L'Aigle avec un sourire sans joie.

Il était tout de même surpris que le roi d'Argot se montre si familier en appelant le roi « Philippe ».

— Cela a un prix de rendre le Bel furieux, poursuivit le Grand Coësre.

L'Aigle ne comprenait pas où le nain voulait en venir.

— Mille livres.

De plus ? s'inquiéta Robert en guignant Coquillard.

Plusieurs serviteurs pénétrèrent dans la pièce. On déposa deux assiettes de porcelaine devant les convives, on y plaça un tranchoir, on leur emplit des hanaps de vin et le Grand Coësre leur fit signe de se servir dans le plat de gibier et de volailles.

— J'étais le bouffon de Philippe le Hardi, reprit-il, les yeux dans le vague. J'aimais ce roi et je crois qu'il m'aimait. J'étais son jongleur, son farceur, son poète, son mire et son barbier. Je l'amusais et le délassais. Un jour, alors que son fils, notre bien-aimé Philippe (le ton changea à ces mots), pénétrait dans la salle où se trouvait son père, je le suivis, habillé comme lui et marchant à sa façon, avec le même air sévère qu'il affectait. Cela fit rire le Hardi, pas le Bel. C'était un mauvais tour, je le reconnais, je n'aurais pas dû me moquer, mais je n'ai pas cru mal faire, je suis si laid et lui si beau.

Il s'accoisa un instant, plongé dans ce souvenir.

— Quelques jours après, le Bel me fit battre par ses amis. Le roi trépassa un an plus tard, et le premier acte du nouveau souverain fut de me chasser du Louvre... La vie d'un nain n'est pas facile à Paris, elle est même souvent mortelle, et j'aurais dû vite finir charogne. Mais j'étais adroit. Surtout avec les serrures. J'ai le talent de parvenir à les ouvrir facilement, aussi m'a-t-on bien accueilli au royaume d'Argot. Je sais aussi grimer et transformer un bien portant en malade ulcéreux. J'ai vite été apprenti argotier, puis j'ai réussi mon chef-d'œuvre : saisir une bourse attachée à une corde avec des grelots sans en faire sonner un seul. Ensuite je suis passé coesme, huré puis coesmelotier[1] des malingreux et des francs-mitoux. J'oubliais : je suis robuste et agile, et, mon couteau à la main, deux hommes trois fois hauts comme moi ne m'effrayent pas. Quelques années plus tard j'étais l'un des archisuppôts[2] et lorsque les ribauds de Paris se sont révoltés contre leur roi, qui exigeait trop d'eux, j'ai été élu à sa place. Je suis roi, moi aussi, comme Philippe. Mais si lui m'a puni, moi je lui dois une punition.

Il eut un sourire glacial.

— Ce sera vous sa punition, messire de L'Aigle. Je ferai échouer son dessein. Je vous aiderai pour rien, uniquement afin de lui nuire. Mais je ne ris-

1. Grades dans le royaume d'Argot.
2. Les clercs et savants chez les argotiers.

querai pas la vie de mes gueux s'il n'y a aucun espoir de délivrer Florida et sa sœur. Coquillard, sais-tu où elles sont ?

— Toujours pas, grand maître.

— Tu me préviendras dès que tu l'apprendras. Nous nous reverrons quand ce sera nécessaire. Messire de L'Aigle, je vous souhaite le bonjour.

L'audience était terminée et L'Aigle n'avait rien mangé. Il vida son verre et, comme il se levait, une question lui vint à l'esprit :

— Je suis venu à Paris avec un commandeur du Temple qui se nomme Etienne de Montricoux. Il loge à l'auberge du Heaume. Je ne sais si je peux lui faire confiance. Cappon le surveille, mais il est seul. Auriez-vous quelqu'un qui pourrait le garder à l'œil, par exemple savoir s'il reçoit des visiteurs et écouter ses conversations.

— Je m'en occupe, répondit le Grand Coësre.

Le lendemain dans l'après-midi, Coquillard se fit reconnaître à la porte de la chambre de son maître, qui ouvrit aussitôt. Enfermé depuis le matin, Robert se morfondait mais ne voulait pas prendre le risque d'être aperçu dans Paris, même si peu de gens le connaissaient.

Le cagou était méconnaissable. Il portait le sayon d'un gueux avec un manteau rapiécé et de longs cheveux blonds graisseux sous son chapeau à large bord blanchi par la neige. A peine entré, il retira cette coiffe et les cheveux, collés dessous, partirent avec.

— Un cortège d'une dizaine d'hommes avec un chariot bâché est passé sous la voûte du Grand Châtelet, seigneur. Il était conduit par deux chevaliers, un âgé et l'autre plus jeune. Cela correspond à notre faux drapier et son fils. Mon homme a suivi le chariot et a vu en descendre deux femmes dans la grande cour. Il connaissait Florida et l'a reconnue quand elle a monté les degrés avec sa sœur.

— Comment étaient-elles ?

— Elles marchaient seules, mais portaient des chaînes.

L'Aigle bouillait intérieurement. Que l'on conduise son épouse au Châtelet chargée de chaînes le révulsait. Oui, ils paieraient tous cette ignominie, Nogaret, Mussy... et le roi, se promit-il.

— Ton homme est toujours là-bas ?

— Oui, et je vais m'y rendre. J'ai envoyé des espions surveiller la prison et découvrir si on conduit nos femmes ailleurs. Tout à l'heure, au Grand Godet, j'ai approché un sergent à verge que m'avait envoyé le Grand Coësre. L'homme m'a promis de se renseigner sur Florida et votre épouse. Je le reverrai demain.

Robert brûlait d'agir, mais c'était impossible. Même faire savoir à Perrine qu'il se trouvait à Paris lui était interdit, puisqu'il était nécessaire que Nogaret ignore sa présence. Certes, les sergents du Châtelet et les gens du prévôt utilisaient des musards, qui apprendraient vite que le cagou Coquillard était arrivé dans la capitale, mais le chancelier devait croire qu'il était rentré seul à la recherche de sa femme.

— Mussy... Il faut apprendre où il demeure, décida-t-il.

— Dès qu'il s'en ira, il sera suivi. Maintenant, je dois repartir, messire. N'ouvrez à personne. Dans la salle en bas se trouvent trois fidèles du Grand Coësre, ils vous préviendront en cas de danger.

— Où est Cappon ?

— Pas de nouvelles, il surveille toujours votre commandeur. Je reviendrai à la nuit, si je peux.

— Entendu.

Il partit et Robert resta seul. Il se rendit à la fenêtre, l'ouvrit un moment et regarda la neige tomber. Les flocons avaient commencé à voleter dans la nuit et maintenant la rue des Prêcheurs était blanche. Il éprouvait de la honte à être ici bien logé, bien chauffé et nourri comme un roi alors que son épouse devait souffrir du froid et de la faim. Il se jura une nouvelle fois qu'il punirait ceux qui avaient ainsi mal agi.

Il ferma la fenêtre, vint s'allonger sur son lit, se répétant mentalement le plan qu'il avait conçu et dont il n'avait parlé à personne, essayant d'en réduire les risques en envisageant tous les obstacles qui se présenteraient s'il le mettait à exécution. La réussite ou l'échec dépendrait du comportement du roi, or il ignorait tout du tempérament du monarque. Sa pensée glissa alors au Grand Coësre et à sa haine envers le roi. Il s'interrogeait sur cette rancune. Philippe le Hardi était trépassé l'année de sa naissance. Plus de vingt ans auparavant ! Le roi d'Argot ne pouvait plus souffrir d'avoir perdu sa charge au Louvre, il était autrement plus riche et puissant maintenant qu'alors, pourquoi donc un tel ressentiment envers le fils du Hardi ?

Il sentait confusément qu'il y avait une autre explication à cette hostilité et il s'efforça de se souvenir des paroles du roi d'Argot. Mais rien ne surgit, son esprit s'assoupit… et ne se réveilla que lorsqu'on gratta à la porte. Epée en main, il alla ouvrir. C'était Cappon, en froc de bure blanc de flocons.

Le frocard fila à la cheminée et y jeta une bûche car le feu s'éteignait.

— Je grelotte, dit-il en claquant des dents. J'ai passé la journée dehors, à cause de votre templier, seigneur.

— Est-il sorti ?

— Pour ça oui. Il est allé à Saint-Germain, à cheval, et moi je le suivais à pied…

Il désigna ses souliers trempés.

— Quand il a passé la porte de Bucy, j'ai hésité à poursuivre car la neige tombait dru ! Finalement, il s'est arrêté à une maison forte sur le chemin conduisant à Saint-Sulpice. La bâtisse est à l'enseigne de la Hache.

« Je suis resté un moment à tourner autour, mais aucun moyen de pénétrer dans la clôture qui l'entourait. Alors je suis allé me réfugier dans l'église, ou j'ai prié le Seigneur de m'aider. Il faisait froid, mais au moins il ne neigeait pas dans la maison de Dieu. Un sous-sacristain est venu me parler et je lui ai proposé d'aller vider une chopine de vin chaud mais, étant étranger au quartier, j'ignorais où aller. Il a accepté et m'a conduit à une auberge, L'Arbalète, pas très loin de l'abbaye de Saint-Germain, entre le pilori et le chemin du Four...

« Comme nous passions devant la maison forte, je me suis extasié et le bedeau s'est fait un plaisir de me renseigner. Elle appartient à un Jourdain des Prés qui se dit écuyer et ancien prévôt de Senlis. Quelqu'un qui ne déparerait pas au royaume d'Argot !

Le regard de Cappon s'égara à la recherche de quelque chose à boire ou à manger. L'Aigle s'en aperçut et lui servit un pot de vin à partir de la cruche qu'un domestique du cabaret avait apportée. Il lui désigna aussi les restes de son dîner, et le défroqué se précipita dessus.

— Après quelques verres, mon sacristain est devenu intarissable sur le nommé Jourdain. Ce brave homme a été poursuivi par l'abbé de Saint-Germain pour avoir battu à coups de pied une femme qui en est morte. Cependant, il a été mis hors cours après avoir assuré que ce n'était qu'une voleuse et avoir juré, main tendue sur les Evangiles, qu'il n'était pas coupable. Une autre fois, il a été accusé par un sergent à verge du Châtelet nommé Robert Mercier d'avoir tué et volé son père dans les bois de Saint-Germain. Jourdain des Prés a répliqué en assurant que c'était ce Robert qui avait lui-même tué son père afin d'hériter. La cour ne pouvant les départager, Jourdain a demandé un duel judiciaire. Le combat a eu lieu devant l'abbaye et l'accusé a tué le sergent. Il était donc bien innocent...

— Assurément ! grimaça L'Aigle.

— Mais l'accusation de Mercier n'était peut-être pas si fausse, après tout car il vit avec une dizaine de serviteurs, tous gens de sac et de corde, comme moi ! Il se murmure qu'ils formeraient la fameuse bande des Malastrus, qui rançonne les voyageurs sur les chemins de Saint-Germain.

— Qu'a à voir mon commandeur avec ces pendards ? s'interrogea L'Aigle à haute voix.

— Il faudrait lui demander, seigneur ! plaisanta Cappon en ingurgitant un ultime reste.

Etaient-ce ces fredains, les sergents templiers dont il lui avait parlé ? songeait le chevalier. Auquel cas, quel genre de commandeur était Montricoux ?

23

Des servantes venaient d'apporter le souper dans la chambre, brouet de cailles, canard grillé et potée de choux avec de la bière, quand Coquillard revint. Le cagou annonça, sans même ôter son manteau :

— Quand je suis arrivé, mes deux espions n'avaient pas vu ressortir celui qui commandait l'escorte du chariot. Je suis resté devant les bauves de la Grande Boucherie et, plus d'une heure après, je l'ai aperçu quittant la forteresse avec son fils et le maudit Alphonse. Tous trois à cheval. J'ai cru que je ne parviendrais pas à me dominer. Je voulais sauter sur lui et le poignarder, seigneur.

— Un trop doux châtiment, murmura L'Aigle. Sans compter que cela n'aurait pas sauvé Florida et Perrine.

— Oui, seigneur. Les trois ont pris la rue de Saint-Germain-l'Auxerrois. Comme s'ils allaient au Louvre, mais ils se sont rendus rue de l'Autriche.

— Chez Nogaret ?

— Lui-même.

— Tu es sûr qu'on ne t'a pas vu ?

— Certain, d'ailleurs ils ne se sont pas retournés. Mussy n'imagine pas qu'on est déjà là.

— Il ne faut pas le sous-estimer. As-tu vérifié qu'on ne te suivait pas ?

— J'étais cagou, seigneur, et je ne le serais pas resté si j'avais été aussi imprudent. Mes gens me suivaient et auraient égorgé un musard.

Robert hocha la tête.

— Ensuite ?

— Ils sont restés longtemps chez le chancelier, et quand je les ai revus j'étais transi.

— J'enrage de n'avoir pu être à ta place !

— Ils sont revenus au Châtelet, mais seulement pour le traverser, et se sont rendus rue de la Colombe, à la taverne Saint-Nicolas. Alphonse a conduit les chevaux à une écurie.

— C'est donc là qu'ils demeurent…

— Il faisait trop froid pour que je demande à mes hommes de passer la nuit à les guetter, alors j'en ai envoyé un au Grand Coësre afin que notre roi désigne un mercandier de belle allure, qui prendra chambre à la taverne Saint-Nicolas.

— Un mercandier ?

— J'oubliais que vous connaissez bien peu le royaume d'Argot ! Les mercandiers sont des pendards qui vont vêtus d'un bon pourpoint en demandant de l'aide aux bourgeois, assurant être des marchands en difficulté mais honnêtes et promettant de rembourser les prêts qu'on leur accorderait.

— Les croit-on ? s'enquit L'Aigle, amusé.

— Il leur suffit qu'on les écoute un moment. Alors, ils arrachent la chape de ceux à qui ils parlent, et si leurs victimes ne se laissent pas faire, ils ont le couteau facile ! Bref, mon mercandier surveillera Mussy. Si vous voulez, demain, on ira lui régler son compte.

— Non, une fois charogne, quelle utilité aurait-il ? S'il quitte Paris, alors on s'occupera de lui. Pour l'heure, il peut servir de monnaie d'échange.

— Vous avez raison, seigneur, approuva Coquillard après un instant.

Tout en parlant, tous trois s'étaient lavé les mains dans la bassine d'eau que Robert avait demandée, puis ils se mirent à table.

— Quand saurons-nous où elles sont enfermées et dans quelles conditions ?

— Le sergent à verge que j'ai approché sait uniquement qu'elles ne sont pas passées par le greffe et qu'elles ont été conduites directement dans la Grosse Tour.

— Qu'y a-t-il là ?

— Au premier étage, la salle de César sert de prison aux femmes, mais on ne les a pas enfermées avec les autres. Il y a des pièces plus petites, plus haut, et des cachots en sous-sol.

Avec ce froid terrible, elles devaient souffrir mille morts, songea Robert. Le seul moyen pour leur épargner ces tourments était qu'il se livre. Mais les libérerait-on ensuite ?

Deux jours passèrent encore. La neige avait cessé et le chevalier, qui n'en pouvait plus d'attendre, sortait maintenant régulièrement, couvert de son manteau dont le capuchon lui cachait le visage. Il se rendit même en bas de la rue Saint-Denis afin de regarder le sommet de la Grosse Tour du Châtelet. Il y resta longtemps, s'interrogeant sur les souffrances de son épouse, si proche et inaccessible.

Coquillard revenait tous les soirs, sans informations nouvelles. Robert ne supportait plus cette inaction et les souffrances certaines de Perrine, aussi décida-t-il de se rendre. Le mercredi, alors qu'il allait annoncer sa décision au cagou, ce dernier parla avant lui :

— Elles sont dans une chambre avec cheminée, messire ! Et elles ont droit à une bûche pour se chauffer, ainsi qu'à un pain par jour.

— Que sais-tu d'autre ? demanda le chevalier, soulagé.

— Elles vont à la messe dans la chapelle chaque matin. Nogaret est venu les interroger, ainsi que le prévôt et le chevalier qui nous avait questionnés avec Florida. J'ai appris qu'il se nomme Hugues de La Celle. C'est lui qui a préparé l'arrestation des templiers et c'est lui qui a payé leur séjour au geôlier[1].

— Y a-t-il un moyen de pénétrer jusqu'à cette grosse tour ?

1. Les prisonniers payaient un denier par jour pour leur séjour.

— Aucun, seigneur. Il faudrait qu'elles sortent. Alors, tout serait possible.

Ils soupèrent quand Cappon arriva. Le défroqué surveillait toujours Montricoux, mais ce dernier n'était plus retourné à Saint-Germain et ses seules sorties se faisaient chez les bordelières. Apparemment il respectait peu son vœu de chasteté et ne cherchait pas à rencontrer d'autres templiers.

La semaine suivante, le seul événement notable fut la visite d'un nommé Bachelier, accompagné de Cappon. Montricoux avait reçu une visite et Bachelier, ribaud grimé en clerc qui occupait la chambre mitoyenne dans l'auberge du Heaume, avait tout entendu. Il raconta ce qu'il avait appris et cela déplut au chevalier.

Quant à Mussy, il avait été rejoint par un rougeaud balafré querelleur qui se disait neveu du sergent Alphonse. Ils logeaient tous quatre dans une même chambre de l'auberge de la rue de la Colombe, avait affirmé le mercandier qui les surveillait.

Maintenant, Robert tenait absolument à faire connaître sa présence à Perrine. Une folie, lui avait dit Coquillard : pour l'heure, Nogaret se trouvait dans l'incertitude et il devait y rester. Cependant, son maître insistant tant et tant, le cagou avait élaboré un moyen : il avait approché celui qui portait les pains aux prisonniers et, contre trente écus, ce dernier avait accepté de donner aux femmes un pain avec un message glissé à l'intérieur.

Seulement, si le gardien trahissait, le message tomberait aux mains de Nogaret. Comment l'éviter ?

Après réflexion, Robert de L'Aigle avait décidé de ne pas faire mettre de lettre dans la miche. A la place, ce serait un sou et un denier. La somme qu'il avait versée à Perrine, et que Coquillard avait également donnée à Florida lors des noces. Personne ne pourrait interpréter le message, mais Perrine comprendrait que son époux s'occupait de son sort.

Le pain fut livré. Encore dix jours sans nouvelles s'écoulèrent et on approchait de la fatale Saint-Thomas. Les seuls événements durant cette période furent de nouvelles visites de Guillaume de Mussy chez Nogaret et du commandeur Etienne de Montricoux à Jourdain des Prés.

Mardi 19 décembre 1307

Ils étaient quatre dans la chambre d'apparat de Guillaume de Nogaret : Guillaume de Mussy, le prévôt Pierre de Dicy, Hugues de La Celle et, bien sûr, le garde des Sceaux lui-même. Les trois premiers avaient été convoqués quelques heures plus tôt.

— Votre plan a échoué, Mussy ! venait de déclarer Nogaret. J'ai vu le roi tout à l'heure et il est furieux contre vous. Je vous l'avais dit, il a désapprouvé l'enlèvement de ces femmes. C'était L'Aigle qu'il voulait, et il n'a jamais cru qu'un chevalier de vieille race se livrerait contre une lavandière !

L'ancien bailli resta silencieux. Malgré ces reproches, il demeurait persuadé d'avoir mérité les mille sous d'or bien que, dès le premier jour, Nogaret l'eût prévenu qu'il ne les recevrait que lorsque L'Aigle serait entre les mains du roi. C'était d'ailleurs la raison pour laquelle il était resté à Paris.

— Que doit-on faire, maintenant ? La Saint-Thomas se fête dans deux jours. Si on fait enfouir les femmes, nous n'aurons plus aucun moyen de pression contre L'Aigle, et si on ne le fait pas le roi sera jugé faible. Mussy a placé Sa Majesté dans une position intenable !

La Celle ne pipait mot et regardait ses pieds. La façon d'agir du bailli champenois lui avait répugné et il ne tenait pas à perdre son honneur dans une si honteuse entreprise.

— Le nommé Coquillard est à Paris, intervint Dicy. J'en ai la quasi-certitude. Plusieurs de mes espions ont appris sa présence.

— Mais on n'a que faire de ce truand ! s'emporta Nogaret.

— Je fais tout mon possible pour le saisir et j'y parviendrai, poursuivit le prévôt. Ensuite, je le ferai parler. Il doit savoir où se trouve son maître.

— En effet, reconnut le chancelier, un peu radouci. Mais dans l'immédiat il faut décider de l'enfouissement.

— Il est impossible de ne pas agir, intervint Mussy. Le roi serait discrédité et furieux. Il n'y a qu'une solution…

Il l'exposa.

— Aucune exécution ne peut être faite sans jugement, objecta Pierre de Dicy, fort contrarié par ce que proposait le bailli.

— Le roi est fontaine de justice, intervint Nogaret. Il n'a nul besoin de jugement. Il peut condamner ou absoudre selon son gré.

— Mais acceptera-t-il ? demanda La Celle avec une moue. J'en doute.

— Il m'a autorisé à conduire cette affaire à mon gré, répliqua sèchement Nogaret. Je préviendrai le procureur du roi et vous annoncerez l'exécution demain, messire de Dicy.

Le lendemain, des dizaines de hérauts accompagnés de sergents en cottes d'armes et munis de hallebardes parcoururent la capitale en s'arrêtant aux plus importants carrefours pour y clamer un nouveau jugement royal.

Coquillard venait de rencontrer un gardien du Châtelet qui avait aperçu Perrine et Florida se rendant à la messe quand il aperçut un attroupement devant le pilori. Il s'approcha. Le héraut venait de monter dans la petite tour aux huit fenêtres où se trouvait une roue de fer percée de trous par lesquels on passait tête et mains des condamnés à l'exposition. Pour l'occasion, l'exécuteur de justice avait fait descendre le voleur et le blasphémateur qui s'y trouvaient.

Lorsque la foule fut suffisamment nombreuse, le crieur demanda le silence, puis déclama :

— Messire Pierre de Dicy, prévôt de Paris, a dit : « Faisant droit aux conclusions du procureur du roi, nous ordonnons que le matin de la Saint-Thomas la femme nommée Florida, voleuse, meurtrière et ribaude ayant participé aux meurtres d'honnêtes gens du roi, soit enfouie vivante au marché aux chevaux à peine de punition… »

A ces paroles, Coquillard chancela comme s'il avait reçu un coup de masse.

24

S'étant ressaisi, le cagou courut à la rue des Prêcheurs et grimpa quatre à quatre jusqu'à la chambre de Robert de L'Aigle. En haletant, il lui annonça l'effroyable nouvelle.

— Florida serait la seule à être enfouie ! ? Quelle infâme perversité ! Mais n'aie crainte, je vais me livrer et elle sera libérée.

— Non, seigneur, mes hommes sont prêts, on va la délivrer !

Robert en resta muet. Il doutait fort de cette entreprise, et même si elle réussissait, ce qu'il souhaitait de tout son cœur pour Coquillard, Perrine resterait otage. Cependant, en aucune manière il ne pouvait s'opposer à la décision de l'ancien argotier.

— M'accompagnez-vous chez le roi d'Argot, messire ? Il me faut son accord.

— Non seulement je t'accompagne, mais je serai à tes côtés pour délivrer Florida.

Ils quittèrent la chambre ensemble. A la taverne des Trumelières, le Grand Coësre était déjà informé de l'exécution prévue et les reçut aussitôt, entouré de plusieurs de ses lieutenants et gardes du corps.

— Décidément, Philippe ne mérite pas l'estime de ses sujets, fit-il sombrement. Faire enfouir une femme sans jugement, quelle infamie !

— Mais le crieur a dit que c'était une décision du procureur, intervint un cagou du nom de Grand-Dol. Il y a donc eu audience, et il faut châtier les conseillers[1] du Châtelet qui ont siégé…

— Il n'y a pas eu d'audience, aucun interrogatoire sur la sellette ! intervint Coquillard. Je l'aurais appris. C'est juste une décision du roi, mais d'ici demain j'aurai deux cents hommes et j'empêcherai cette infamie.

Le roi d'Argot échangea un regard avec Robert de L'Aigle, et celui-ci n'y décela aucune raison d'espérer. Habituellement les crieurs annonçaient que les femmes suppliciées, enfouies ou brûlées, seraient « fustigées et battues de verges par les carrefours, à son de trompe ». Or rien de tel n'avait été notifié. Cela voulait dire que des précautions exceptionnelles seraient prises et que Florida serait directement conduite au lieu du supplice.

Dans la taverne des Trumelières, Coquillard rassembla une poignée d'argotiers et annonça à son maître qu'il se rendait au marché aux chevaux

1. Siégeaient alors au Châtelet quatre conseillers laïcs et quatre clercs sous l'autorité du prévôt.

afin de préparer l'esmuette[1] du lendemain. Robert décida de l'accompagner.

Le groupe fila par la rue Montmartre, franchit la porte et revint vers la porte Saint-Honoré en longeant la muraille jusqu'à la butte Saint-Roch, au pied de laquelle se tenaient les marchés aux chevaux et aux pourceaux. L'endroit servait de lieu de supplice lorsque, lors d'une exécution, le prévôt prévoyait une foule nombreuse, par exemple quand il s'agissait de condamnés devant être brûlés vif, écartelés ou cuits dans un chaudron d'eau bouillante. Autant de spectacles qui attiraient toujours un large public.

L'Aigle et ses compagnons découvrirent sur place une intense activité : tout autour de la porte Saint-Honoré des ouvriers dressaient des barricades de planches et des échafaudages. Du haut de l'enceinte, des arbalétriers surveillaient les travaux. Au milieu de l'espace délimité par les barrières, on creusait un grand trou. Celui dans lequel on enterrerait vivante Florida.

Ils restèrent un moment, comme bien d'autres curieux venus de Paris, à regarder les abominables travaux. Nogaret semblait avoir tout prévu, et en particulier que des gueux cherchent à empêcher l'enfouissement.

— Il sera impossible d'agir avec ces barrières, fit observer un des hommes de Coquillard, un colosse nommé Buridan.

1. Emeute, soulèvement.

— Surtout si les arbalétriers nous surveillent de là-haut, observa un autre gueux en désignant le sommet de l'enceinte.

— Il faut donc sauver Florida avant qu'elle arrive ici, décida le cagou. On se postera au Grand Châtelet et on arrêtera la charrette dès son départ.

— Possible, fit Buridan en mâchonnant une inexistante bouchée.

Son ton et son expression exprimaient ses doutes.

Ils restèrent encore un moment à observer les charpentiers avant de se séparer en petits groupes pour rentrer par la porte Saint-Honoré. Chacun restait silencieux et broyait du noir, parfaitement conscient de la folie de leur dessein. L'Aigle, Coquillard et Buridan se rendirent seuls à la Porte de Paris, cette place qui s'étendait devant la Grande Boucherie, et, s'étant installés à côté d'une bauve où on servait du vin chaud, se mirent à élaborer un plan.

— Il faut mettre des mendiants ici, ici et là, décida Coquillard en désignant successivement le début de la rue de Saint-Germain-l'Auxerrois en haut de la Porte de Paris, la rue de la Pierre-à-Poisson, qui contournait le Châtelet par la droite, et le début de la rue de la Triperie, sur la gauche. Quand la charrette d'infamie[1] sortira de la voûte, elle passera

1. Les condamnés étaient emmenés jusqu'au lieu de leur supplice sur ou derrière un tombereau qui servait à transporter les boues et les déjections des rues. Ils étaient ainsi assimilés à des déchets bons à jeter.

par la place. Les sergents à cheval seront autour et rien ne les protégera. Au signal d'un cor que je sonnerai, chacun prendra son homme, pas de quartier. Toi, Buridan, tu trancheras les cordes qui attacheront Florida à la charrette et je précipiterai mon cheval au galop pour la prendre avec moi.

— Sanglante affaire, observa Buridan.

— Et alors ? Ce sont nos ennemis ! répliqua rageusement le cagou.

Ce plan ne convenait pas à Robert, aussi proposa-t-il :

— Avec mon cheval, je foncerai le premier sur les sergents. Le désordre provoqué permettra aux argotiers de s'en prendre aux gens du Châtelet sans les meurtrir. Il suffira de les faire basculer de leur monture en soulevant leurs pieds des étriers. C'est alors que tu arriveras, Coquillard, et tu fileras avec Florida. L'affaire durera moins que le temps de traverser la place, et ensuite les ribauds s'éparpilleront.

Ils améliorèrent un peu ce plan à tout le moins bancal, puis Robert rentra à l'auberge et Coquillard et Buridan partirent prévenir les truands pour qu'ils se tiennent prêts.

Jeudi 21 décembre 1307,
jour de la Saint-Thomas

Le jour n'avait pas encore sailli quand des dizaines d'ombres silencieuses provenant de la rue

Saint-Denis et de la place de Grève se glissèrent vers le Grand Châtelet. A la barrière des sergents, les archers de garde qui s'étaient abrités des flocons sous la voûte de la forteresse sommeillaient et ne remarquèrent rien.

Les laudes carillonnèrent à Saint-Jacques, puis à Saint-Leufroy, Saint-Merry, Saint-Jean-en-Grève, Saint-Germain, Saint-Magloire et Notre-Dame. Un vacarme de cloches qui dura le temps de plusieurs patenôtres. Quelques regrattiers et marchands de légumes arrivèrent et installèrent leurs étals sous la voûte de la prison. Les bauves ouvrirent tandis que retentissaient les bêlements des troupeaux de moutons arrivant depuis la rue Saint-Martin, des animaux qui allaient être égorgés et découpés à la Grande Boucherie. Les écorcheurs, les bouchers et les tripiers s'interpellaient joyeusement en préparant couteaux et lardoires. Il faisait toujours nuit, même si la luminosité augmentait à chaque instant.

Au coin de la rue Saint-Jacques, sur des chevaux achetés la veille, Coquillard et L'Aigle attendaient, enroulés dans leur manteau, aux aguets du moindre bruit provenant du Châtelet. Les sergents d'escorte devraient arriver sous peu, ainsi que la charrette d'infamie, sans compter le prévôt et des hallebardiers. Tout cela provoquerait agitation et tumulte, qui les alerteraient.

Mais rien. Etonnant ! De plus, peu de monde traînait dans les rues. Sans doute les badauds étaient-ils déjà sur le lieu de l'enfouissement.

Le jour vint. Toujours rien, aucune allée et venue. L'exécution étant prévue à l'aube, ce retard était singulier, insensé même. L'Aigle reprit espoir.

— Le roi aura annulé l'enfouissement, dit-il à son écuyer.

Soudain, ils aperçurent Cappon qui, bousculant les étals sur son chemin, accourait depuis la rue Sainte-Catherine en faisant de grands gestes.

25

— Vite ! criait-il. La charrette est partie du Louvre ! La charrette est partie du Louvre !

En un instant, Coquillard comprit. On avait transféré Florida dans le cachot de la Grosse Tour de manière à réduire la longueur du trajet de la charrette dans les rues où elle aurait été vulnérable. Le convoi avait dû sortir par la porte orientale et gagner la rue Saint-Honoré par la rue de l'Autriche.

D'un coup d'éperon, il fit bondir son cheval vers la place et hurla, sans s'inquiéter de la réaction des sergents devant le corps de garde :

— Tous avec moi, à la porte Saint-Honoré !

L'Aigle aussi avait compris et déjà s'était précipité vers Cappon, le faisant monter en croupe derrière lui.

La meute des gueux s'élança, véritable marée humaine déchaînée qui renversa tout sur son passage. Coquillard avait promis dix écus d'or à chacun si Florida était délivrée, tous voulaient gagner cette fortune.

La horde gagna la rue Sainte-Catherine, la rue de la Tabletterie, traversa le cloître Sainte-Opportune, prit la rue de la Cordonnerie et s'engagea dans la rue Saint-Honoré. L'Aigle était en tête, brandissant son épée. Derrière lui, Coquillard portait Buridan avec lui.

Ils arrivèrent en vue de la Croix du Trahoir, cet échafaud de pierre où se tenait habituellement une barrière de sergents qui, pour l'occasion, avait été renforcée de deux douzaines d'archers et d'arbalétriers. Ceux-ci avaient entendu le vacarme et se tenaient prêts. Ils lâchèrent leurs traits dès qu'ils virent la foule vociférante débouler sur eux.

Flèches et viretons pénétrèrent comme des guêpes dans la malemaisnie[1], provoquant un carnage.

Les premiers atteints furent les chevaux, qui chutèrent. Sa monture touchée au poitrail, Robert tomba dans la boue. Lui aussi avait reçu un trait mais la pointe s'était brisée sur son haubert et il se releva, épée au poing, fou d'angoisse. Tournant la tête, il vit quantité de ribauds à terre, d'autres se débandant dans une incroyable confusion. Près de lui, Coquillard se relevait, le bois d'un carreau lui sortant de l'épaule. De derrière la barrière, une dizaine de sergents à cheval conduits par Guillaume de Mussy apparurent, chargeant les gens d'Argot tandis que les archers continuaient de lancer flèche sur flèche.

1. Foule de ribauds.

Robert comprit qu'ils allaient se faire exterminer. Se battre sur place, c'était la mort assurée. Ignorant où se trouvait Cappon, il attrapa la main de Coquillard et, ayant reconnu la rue des Vieilles-Etuves à sa dextre, il s'y précipita.

Le cagou serrait les dents tant le trait dans son épaule le faisait souffrir. Le cœur battant à tout rompre, L'Aigle s'en remit à son seul instinct de survie. Entendant un galop derrière lui, il s'engagea dans la première traverse étroite qu'il découvrit. Ayant aperçu un porche, il y poussa Coquillard et fit face à son poursuivant, la longue et solide épée de son grand-oncle tenue à deux mains. Il eut à peine le temps de distinguer un barbu en haubergeon qui fondait sur lui en brandissant une masse d'armes.

Le sergent du Châtelet ne pouvait manœuvrer dans l'étroite ruelle, il éperonna donc seulement sa monture afin de heurter le chevalier avant de le frapper de son marteau.

L'Aigle parvint à s'aplatir dans une encoignure et, comme son agresseur abattait sa masse pour lui briser la tête, il para d'un revers d'épée, déviant le coup. Le sergent ne put arrêter son cheval ni frapper une seconde fois.

Tandis que la bête passait devant lui, le chevalier donna un coup de taille dans le dos de son adversaire, brisant les mailles de la cotte. L'animal poursuivit sa course tandis que son cavalier ensanglanté s'affaissait, puis chutait, retenu quand même par un étrier, ce qui arrêta la course de la monture.

— En selle ! hurla L'Aigle à son écuyer en remettant son épée au fourreau.

Il se saisit du corps du mourant, le poussa sur le côté et sauta sur le cheval, attrapant l'épaule non blessée de Coquillard afin de le tirer jusqu'à lui. Une fois son serviteur devant sa selle, il éperonna et fila tout droit.

La ruelle déboucha sur la lice qui longeait la haute enceinte. A gauche, c'était la porte Saint-Honoré, aussi Robert prit-il à droite, vers la porte Montmartre.

— Arrêtez-vous, seigneur ! sanglota Coquillard.

Il avait aperçu un de ses étroits escaliers de pierre permettant de grimper sur le chemin de ronde.

L'Aigle comprit qu'il voulait savoir ce qui se passait de l'autre côté. Il tira sur les brides, mit pied à terre et aida son écuyer à descendre. Sous le manteau cloué par le carreau, la cotte de Coquillard était maintenant sanglante.

— Pourras-tu monter ?

— Oui, seigneur.

Serrant les dents, le cagou entreprit de grimper, son maître derrière lui, prêt à le retenir s'il venait à chuter.

En haut se tenaient une poignée de badauds qui avaient préféré s'installer là pour assister à l'exécution plutôt que de se retrouver au milieu de la populace, même si l'endroit se trouvait à une centaine de toises de l'enfouissement.

Ces spectateurs regardèrent les nouveaux venus avec curiosité, puis s'écartèrent en voyant que l'un d'eux était blessé. L'Aigle les ignora, s'intéressant plutôt aux arbalétriers placés près des tours de la porte. Mais apparemment ceux-là n'avaient pas remarqué leur arrivée.

— La larronnesse est dans la charrette, expliqua un badaud. Vous avez bien fait de venir ici, on verra tout.

— Mais on n'entendra rien du jugement, ni son aveu, ni l'amende honorable, fit d'un ton grincheux la femme qui accompagnait le bonhomme.

— C'est pas une larronnesse, murmura Coquillard sans agressivité.

La fin prochaine de son épouse semblait lui avoir ôté toute hargne. Il voulait seulement prier pour elle.

— Ce sont les larronnesses qu'on enfouit ! glapit la femme avec un air mauvais tandis que son homme lui faisait signe de se taire.

Pourquoi cet individu qui défendait la larronnesse avait-il un carreau dans l'épaule ? Etait-ce un ribaud ? Pourtant son compère semblait être un chevalier, s'inquiétait le badaud.

L'Aigle n'écoutait pas. Il vit qu'on tirait Florida de la charrette d'infamie qui avait franchi la porte fortifiée. Des murmures montaient de la foule autour des barrières. Une foule immense. Deux hommes tenaient fermement la condamnée car elle se débattait. Elle avait les poings liés et portait un sac noir sur la tête, seuls ses cheveux dénoués apparaissaient dans son cou. Sans doute le prévôt ne voulait-il pas qu'elle hurle trop fort ni qu'on voie ses expressions d'horreur. Les gens changent si vite d'avis ! La menuaille pouvait bien avoir pitié et exiger sa libération…

Plusieurs personnages importants, en robe, surcot et chaperon, se tenaient à l'écart. L'un d'eux s'avança.

— Dicy… le prévôt de Paris, murmura Coquillard.

Le garde de la prévôté lut un texte, un second individu se tenant près de lui pendant la lecture. Selon l'un des badauds, c'était le procureur du roi. Florida était toujours maintenue.

L'Aigle aperçut alors Mussy, qui arrivait par la porte Saint-Honoré mais resta à l'écart. Un prêtre s'approcha de Florida et lui parla. Elle arrêta alors de se débattre tandis qu'il la bénissait puis lui présentait une croix qu'elle embrassa à travers son masque.

— Elle a pas fait d'aveu, ni amende honorable ! protesta la voisine de L'Aigle, décidément fort mécontente du déroulement de l'exécution.

Les magistrats s'étant éloignés, le bourreau vint à son tour et noua les chevilles de la victime. Pendant ce temps, un de ses aides était descendu dans la fosse, un trou rectangulaire d'une profondeur de deux ou trois pieds. L'exécuteur saisit alors la jeune femme, qui se débattait à nouveau, par les bras et la souleva, l'offrant à celui qui se trouvait dans le trou et qui lui attrapa les pieds.

Un mortel silence s'installa dans la foule.

Lorsque le bourreau lâcha Florida, elle chuta au fond du trou. L'aide l'attrapa et lui tira violemment les pieds, puis posa une de ses bottes sur sa poitrine afin de la maintenir au sol. Elle tenta alors vainement de se relever. L'exécuteur de justice sauta à son tour dans le trou, une cordelette à la main. Il la passa au cou de la condamnée et l'étrangla d'un geste sec. La populace entama alors le *Salve Regina* tandis que Coquillard fondait en sanglots. Robert, qui s'était signé à l'instant où l'âme de Florida s'envolait, resta impassible bien que ses lèvres murmurassent une prière pour la sœur de Perrine. Jusqu'au dernier moment il avait craint qu'elle ne soit enfouie vivante, mais au moins Nogaret avait-il eu la miséricorde de la faire étrangler. Il se jura qu'il lui ferait quand même payer son crime.

L'exécuteur et son aide remontèrent, saisirent chacun une pelle et commencèrent à jeter des pelletées de terre sur le corps. La foule chantait. Le prêtre bénissait le cadavre, exhortant autour de lui à prier pour la défunte.

La populace entama le *Veni Creator*.

— Partons ! décida L'Aigle en prenant Coquillard par l'épaule.

Le cagou se laissa faire.

Dans l'escalier, le *Miserere* retentit, venant du haut des murailles, et en montant en selle ils entendirent l'*Ave Maria*.

26

Pour L'Aigle, il était hors de question que Perrine subisse cet effroyable supplice. Il mena le cheval jusqu'aux Halles et l'abandonna près de Saint-Eustache. L'animal appartenant au Châtelet de Paris, le garder aurait pu les faire prendre. Ils se rendirent ensuite rue des Prouvaires, où Coquillard connaissait un barbier chirurgien qui pourrait lui retirer le carreau et le panser.

L'intervention fut finalement aisée et pas trop douloureuse car, si la pointe du trait s'était fichée dans la clavicule, elle n'avait pas brisé l'os et, surtout, le fer n'était pas ébarbé.

A haute none, ils quittèrent la maison du barbier et se rendirent chez le Grand Coësre, qui les reçut dès qu'ils arrivèrent, ne cachant pas sa surprise de les retrouver vivants. Le roi d'Argot était attablé avec plusieurs de ses lieutenants, lesquels rapportaient justement la violence de la riposte royale. Il demanda à L'Aigle et Coquillard de s'asseoir avec eux et de s'expliquer.

Ce fut Robert qui raconta comment ils avaient été joués et comment ils avaient tenté de gagner la porte Saint-Honoré en forçant la barrière des sergents.

— Buridan y a laissé la vie, lui reprocha le nommé Brisedent quand il eut terminé.

Coquillard montra son épaule bandée.

— Sans messire mon maître, je serais entre les mains de Nogaret, dit-il. Quant à Buridan, il savait ce qu'il risquait, comme les autres compères. Mais je reconnais mon erreur de jugement, le prévôt de Paris a été plus habile que moi et je réparerai autant que je le pourrai.

— Douze des nôtres ont trépassé, poursuivit hargneusement Brisedent, et une trentaine de braves ribauds sont entre les mains des gens du roi. A coup sûr les pendaisons commenceront demain.

— Il n'y aura pas de pendaison, décida L'Aigle. Je me livrerai demain en échange de la vie des prisonniers.

— Non, seigneur ! protesta Coquillard.

— Perrine ne subira pas le sort de sa sœur, mon ami, fit L'Aigle en regardant son écuyer. J'aurais dû agir ainsi plus tôt et éviter ces grands malheurs. Mais nous en reparlerons plus tard. Pour l'instant, il faut songer aux victimes, tu remettras vingt pièces d'or aux familles de ceux qui ont été tués, et dix pour ceux qui ont été pris.

Le Grand Coësre approuva du chef.

— L'un de vous sait-il ce qu'il est advenu de Cappon ? demanda encore Robert.

Les argotiers s'entre-regardèrent, mais aucun n'avait de nouvelle du moine défroqué.

— Il a dû être meurtri ou pris, fit Coquillard dans une grimace. Je l'ai vu tomber en même temps que vous. Quelle misère ! Cappon et moi étions comme le pouce et l'index. Unis pour toujours.

— Il n'a pas été blessé quand il était sur mon cheval, affirma L'Aigle, mais peut-être a-t-il été frappé par les sergents. S'il est vivant, je le sauverai également, je te le jure. Le roi n'obtiendra de moi ce qu'il désire qu'après sa libération, celle de Perrine et des ribauds prisonniers.

— Pourquoi accepterait-il votre marché ? interrogea Brisedent, légèrement méprisant. Si vous détenez un secret qu'il veut connaître, il vous fera déchirer les chairs tant et si bien que vous révélerez tout et demanderez même à mourir le plus vite possible.

— Il acceptera car je ne parlerai pas sous la torture, répliqua farouchement Robert, pourtant en vérité épouvanté.

— Narrez-nous plutôt ce qui s'est passé, le coupa le Grand Coësre, qui avait donné ordre à voix basse à son chambellan de poser un verre de vin bien rempli et des écuelles garnies de tranchoirs devant les nouveaux convives.

Coquillard raconta leur fuite depuis la Croix du Trahoir, le combat de son maître contre le sergent et, enfin, l'effroyable exécution de Florida, qu'il ne put terminer tant les sanglots l'étouffaient.

— Il... il faut reprendre son corps afin qu'elle ait une sépulture chrétienne, parvint-il à dire.

— Je ferai le nécessaire, promit le roi d'Argot pour le consoler.

Mais il savait que la dépouille serait tirée du trou dans la soirée et brûlée ensuite sur un bûcher. Il demanderait quand même à Brisedent de négocier un accord avec l'exécuteur. Sans grand espoir.

Le repas se poursuivit lugubrement. L'Aigle et Coquillard mâchonnaient à peine, ne répondant que brièvement aux questions posées par les argotiers. Le Grand Coësre lui-même demeurait méditatif.

— Avant de me livrer, intervint soudain Robert alors qu'une femme apportait des noix et des oublies, je veux punir celui qui est cause de tous ces malheurs : le bailli Mussy. Il ne verra pas le jour se lever.

— On viendra avec vous, messire, proposa Brisedent, dont la défiance envers le chevalier s'était effacée depuis que ce dernier avait annoncé qu'il se livrerait en échange de la libération des ribauds prisonniers.

— Non, cela ne regarde que moi et Coquillard. Nous n'avons besoin de personne, le remercia Robert en le gratifiant d'un triste sourire.

— Messire de L'Aigle a raison, approuva le roi d'Argot. Vous autres (il s'adressa à ses gens), laissez-nous, maintenant. Brisedent, je te charge d'aller parler à l'exécuteur. Paye le prix qu'il faut, menace-le, mais qu'il rende le corps de Florida. Je veux une grand-messe pour elle à Saint-Leu-Saint-Gilles.

Les lieutenants obtempérèrent et quittèrent la pièce.

— Parlons francs, maintenant, messire. Comment comptez-vous convaincre le roi ? demanda le nain. Brisedent a raison, une fois dans les mains du prévôt, vous serez enfermé et l'exécuteur tirera de vous tout ce que Philippe exigera.

— Je sais cela, mais ai-je le choix ? Il faut donc que je parvienne à convaincre le roi. Vous qui avez vécu près de lui, que pouvez-vous me révéler qui me serait utile ?

Le Grand Coësre demeura un instant silencieux, avant de dire :

— C'est un homme fier, distant, imbu de lui-même et de sa race. Il sait se montrer brutal et impitoyable si c'est son intérêt ou si l'on s'en prend à lui. Souvenez-vous de la façon dont il a puni ceux qui prétendaient l'assiéger dans le Temple[1].

— Est-il de parole ?

1. En septembre 1306, Philippe le Bel avait réévalué la monnaie, provoquant la ruine des locataires, qui avaient vu leurs loyers multipliés par trois ou quatre. N'étant pas entendus par les conseillers du roi, principalement par Etienne Barbette, maître des monnaies, les mécontents avaient assiégé le Bel dans l'enceinte du Temple, où il s'était réfugié. Ne pouvant rencontrer le roi, les émeutiers avaient incendié les maisons de Barbette. Philippe IV avait alors répondu par la violence, faisant pendre les séditieux aux arbres de Paris afin que tous les voient.

— Sûrement pas, s'il juge que ce n'est pas à son avantage. Ne vous fiez à lui en aucune manière.

Un portrait bien alarmant, songea Robert.

— Est-ce lui qui a donné ordre d'enfouir Florida sans jugement ? interrogea Coquillard, les poings serrés.

— Son père ne l'aurait jamais fait.

— Mais lui ? Vous avez vécu avec lui, grand maître, insista le cagou.

Pour Coquillard, le monarque restait le représentant de Dieu sur terre et il avait du mal à admettre qu'il puisse mal agir.

— Oui, j'ai vécu avec lui. Mais mon jugement est faussé par tant de choses… répondit le roi d'Argot, les yeux dans le vague.

— Il vous détestait, et vous tout autant, d'après ce que vous m'avez dit, remarqua L'Aigle. Y avait-il des raisons à cette haine ?

— Oh oui, la principale étant son père, qui nous aimait tous deux.

Le ton singulier de ces paroles mit Robert en alerte.

— Tous les deux, dites-vous ? Vous aimait-il de la même façon ?

Pas de réponse, mais le regard du roi d'Argot se planta dans les siens et le soupçon qui avait effleuré le jeune chevalier resurgit comme une certitude.

— Comment êtes-vous entré au service de Philippe le Hardi, grand maître ? s'enquit-il.

— Je suis né à la cour, ma mère était chambrière de la reine et, à sa mort, son époux m'a gardé près de lui, malgré ma difformité. Il faut dire que si j'étais nain j'étais également drôle et affectueux. Il m'aimait autant que ses animaux familiers.

Le silence s'installa et Coquillard prit conscience que les paroles des deux hommes avaient été pleines de sous-entendus.

— Vous aimait-il comme un fils ? lâcha alors Robert.

Le Grand Coësre hocha lentement du chef.

Nouveau silence.

— Si vous étiez à sa place, comment réagiriez-vous à ma proposition d'échanger mes secrets contre Perrine et les gueux arrêtés ?

— Je serais trop fier pour accepter, à moins que vous ne me prouviez mon indignité.

— Comment le pourrais-je ?

— La fin ignoble de Florida peut être un argument. Je doute que Philippe ait décidé lui-même de son enfouissement. Mais même s'il acceptait, pourquoi vous ferait-il cette faveur ?

L'Aigle réfléchit un long moment avant de dire :

— Afin de ne plus être en dette.

Robert et son écuyer revinrent à la rue des Prêcheurs. C'est dans la salle de l'auberge du Mouton qu'ils découvrirent Cappon, regard songeur devant un pot de vin presque vide.

— Béni soit le Seigneur ! s'exclama L'Aigle en s'approchant du frocard. Je craignais le pire !

— Et moi tout autant, messire ! répondit le défroqué en se levant d'un bond pour serrer Coquillard dans ses bras, ce qui provoqua un cri du cagou quand le moine appuya sur sa blessure.

— Montons ! décida Robert, qui ne tenait pas à ce qu'on les remarque.

Dans la chambre, chacun relata ses aventures. Cappon expliqua avoir roulé dans la boue puis détalé par la rue de la Croix-du-Trahoir et s'être caché dans un jardin de la rue des Bourdonnais. Il était resté des heures sous un tas de paille tandis que des gens du roi fouillaient partout et arrêtaient tous les truands qu'ils découvraient.

— Quand les choses se sont calmées, j'ai filé par la rue de l'Arbre-Sec jusqu'aux Halles, conclut-il. Montre-moi ta blessure, demanda-t-il alors à Coquillard.

— Inutile ! Un barbier m'a soigné et mis un onguent. J'ai l'épaule engourdie, mais pas trop douloureuse… tant qu'un moine défroqué ne la martyrise pas !

— Cappon, je vais régler tous les comptes avec Mussy, es-tu des nôtres ? déclara L'Aigle.

— Evidemment, seigneur, j'aurais été fâché de ne pas en être ! répondit le défroqué avec un sourire cruel.

Il ouvrit sa chape et dévoila ses couteaux.

— Nous attendrons la nuit, lâcha Robert. François, profites-en pour te reposer.

Il faisait sombre quand les trois hommes arrivèrent rue de la Colombe. La taverne Saint-Nicolas était une grande bâtisse à la façade en pignon, au plain-pied en pierre et aux deux étages en encorbellement en colombes et plâtre. Un saint Nicolas de bois peint, souriant et chaleureux, trônait dans une niche près de la porte.

Cappon pénétra seul dans la grande salle et aperçut le mercandier que le Grand Coësre avait envoyé surveiller Mussy. Il lui fit un signe et ressortit. L'autre le rejoignit à l'extérieur.

L'espion affichait un visage glabre et honnête. En houppelande verte, robe de velours lie-de-vin et chaperon avec une médaille de la Vierge, il avait tout de l'honorable négociant.

Coquillard, qui le connaissait tout comme Cappon, le présenta à son maître et demanda si le bailli était là.

— Dans sa chambre, au deuxième étage (l'aviseux désigna une fenêtre). Il s'y trouve avec un nommé Alphonse et son neveu, des sortes de gardes du corps. En revanche, le fils de ce Mussy vient de sortir. J'ai cru comprendre qu'il se rendait aux étuves voir des garces.

L'Aigle et Coquillard échangèrent un regard interrogatif : allaient-ils attendre son retour ?

— Tant mieux pour le fils, décida Robert. Peut-être est-ce le Seigneur qui veut lui sauver la vie. Nous n'irons pas contre Sa volonté.

— Voulez-vous que je vous accompagne ? demanda l'espion, qui avait compris que c'était la fin du voyage pour le nommé Mussy. J'ai mon couteau.

Il tâta sa robe.

— Non, c'est une affaire qui nous regarde. Vous pouvez rentrer chez vous, répondit L'Aigle en fouillant son escarcelle et en lui remettant deux écus d'or. Entrons, ajouta-t-il quand le faux marchand fut parti.

Ils pénétrèrent dans la salle à moitié pleine. Cappon, qui connaissait tous les cabarets et auberges de Paris, désigna l'escalier au fond. Ils traversèrent la salle, ne provoquant qu'indifférence.

Ils montèrent les deux étages, les yeux aux aguets, ayant ouvert leurs manteaux et dégagé leurs armes. En haut, une large galerie traversait la maison. A son début, deux portes permettant d'accéder aux chambres du côté de la rue. Cappon désigna celle de Mussy. Ils s'approchèrent et il gratta.

— Qui est-ce ? Que voulez-vous ? gronda une voix.

— Je suis maître Olivier, messire, un archer vient de porter une missive à vous remettre, fit le frocard en imitant la voix de l'aubergiste.

Bruits de verrous, la porte s'entrebâilla et Alphonse apparut.

— Mais vous n'êtes pas... fit-il en ouvrant la bouche d'étonnement.

— Non, répondit Cappon en lui enfonçant sa dague pointue dans le ventre jusqu'à la garde.

Aussitôt L'Aigle et Coquillard bondirent, brandissant leur épée. D'un bond, le neveu d'Alphonse se dressa du coffre sur lequel il était assis pour prendre une arme. Trop tard. La lame du cagou s'abattit et lui trancha la main. Quant à L'Aigle, il frappa de taille le bras de Guillaume de Mussy, qui tentait de dégainer sa brette.

En un instant, le plancher fut rouge de sang et le hurlement de Malvin emplit la pièce. Coquillard le fit taire du plat de sa lame sur la tête. Le garçon s'affaissa.

Le cagou se retourna et vit que Cappon sortait les cordes qu'il avait dissimulées dans son dos, sous son manteau.

— Tu vas devoir rendre des comptes au Seigneur, dit L'Aigle à Mussy. Comment as-tu pu imaginer que l'on ne te ferait pas payer ?

Mussy était tombé à genoux et murmurait un Notre Père, suppliant Dieu de l'accepter dans son paradis.

Cappon avait lancé une corde à Coquillard, qui chercha un endroit où l'attacher. Avisant les crampons servant à placer la barre qui fermait les volets intérieurs de la fenêtre, il en vérifia d'abord la solidité, puis y noua une extrémité de sa corde et alla passer l'autre bout au cou du fils d'Alphonse, qui reprenait conscience.

Mussy leva des yeux vitreux vers Robert de L'Aigle, son bras était presque tranché, le sang s'en écoulait en gros flots.

— Je n'ai pas… voulu la croire, balbutia-t-il.

— Qui ?

— Votre épouse… Elle m'avait dit que vous me trouveriez et qu'avant le jour de la naissance de Notre Seigneur je ne serais plus qu'une charogne. Je vous en supplie, épargnez mon fils, qui n'a fait que m'obéir.

L'Aigle ne répondit pas. Cappon tirait Alphonse vers la fenêtre, au travers de laquelle Coquillard hissait Malvin, toujours inconscient.

— Votre épouse m'a maudit. Par miséricorde, demandez-lui de me pardonner.

— As-tu pardonné à Florida ? intervint Coquillard, qui venait de précipiter Malvin au-dehors. J'espère que les démons te dévoreront le foie et te feront griller toute l'éternité !

— Si je sauve mon épouse, je lui demanderai, promit L'Aigle, mais ce sera elle qui décidera.

— Florida ? Ce n'est pas moi… Je veux être enseveli dans la collégiale que j'ai offerte à Dieu…

Déjà Coquillard avait passé une corde au cou du bailli.

Peu après, ils sortirent de l'auberge. Dans la rue, de nombreux clients étaient sortis en entendant la chute des corps et leur danse contre la façade. Ils commentaient ce qu'ils voyaient : trois dépouilles sanglantes, dont l'une gigotait encore, et ne firent pas attention aux hommes qui s'en allaient.

27

Philippe le Bel avait placé son règne sous la marque de la justice dont il s'estimait garant, tant pour les grands que pour les gens du néant. La *Curia regis*, le conseil des barons dont s'entourait son père, était devenue un conseil privé dont les participants étaient avant tout des hommes de loi et des financiers. Les juristes étaient nombreux dans son entourage et il préférait les conseils des avocats à celui des comtes et des ducs. Il avait toujours affirmé son pouvoir en s'appuyant sur la loi, que ce soit dans ses conflits avec l'Eglise, les grands féodaux, les vassaux, les Juifs ou les templiers.

Quand Philippe de Nogaret était venu lui annoncer que Guillaume de Mussy avait enlevé l'épouse de Robert de L'Aigle et prévenu le chevalier que sa femme serait exécutée s'il ne se livrait pas, il avait approuvé du bout des lèvres. Cette façon d'agir lui déplaisait, mais le trésor du Temple valait bien un écart à sa morale.

Cependant, Robert de L'Aigle ne s'était pas rendu. La veille, Nogaret lui avait donc dit qu'il voulait annoncer l'enfouissement de sa belle-sœur afin de le décider à se livrer. Cette femme était une drôlesse, meurtrière de surcroît, avait affirmé le chancelier.

Mais elle n'avait pas été jugée, avait objecté Philippe.

L'ancien avocat languedocien avait trouvé une parade afin de surmonter cet obstacle et l'avait exposée au monarque. Selon lui, le supplice pouvait parfaitement se faire dans les règles du droit.

Une exécution dans cette forme déplaisait encore plus au roi, mais Nogaret l'avait quand même convaincu. Après tout, n'était-il pas homme de loi ? Le Bel avait cependant exigé qu'il n'y ait aucun trouble à cette occasion. Les événements survenus un an plus tôt marquaient encore son esprit, quand il avait été assiégé dans la Villeneuve du Temple à cause des erreurs de son maître des monnaies.

Malgré tout fort contrarié, il était allé chasser à Vincennes toute la journée et c'est en rentrant qu'il avait appris l'émeute de la Croix du Trahoir. Nogaret et Pierre de Dicy lui avaient cependant assuré qu'elle était sans conséquence, qu'il ne s'agissait que d'une poignée de gueux.

Philippe les avait écoutés se justifier sans rien dire tant il était fâché car il était garant de l'ordre public. Ce désordre était de sa faute, parce qu'il avait pris les mauvaises décisions.

Après leur départ, il avait soupé, seul comme à son habitude, ressassant sombrement toute l'affaire depuis le début. L'Aigle ne s'était pas manifesté. Seuls les truands de Paris avaient réagi, à cause de cette Florida. Nogaret s'était trompé, Mussy avait commis une erreur.

Philippe le Bel avait alors demandé à son intendant de faire venir Gilles Aiscelin et Raoul de Presles, deux de ses conseillers. Il voulait prendre leur avis.

Cela faisait près d'une heure qu'il discutait avec eux, après leur avoir exposé toute l'affaire en précisant seulement que Robert de L'Aigle possédait des informations sur le Temple qu'il voulait connaître.

Gilles Aiscelin, archevêque de Narbonne, siégeait au Conseil royal et s'opposait souvent à Nogaret et parfois au roi lui-même. C'était un homme rigide, respectueux des règles de procédure et du droit. Il avait approuvé l'arrestation des templiers au vu des documents accusatoires, qui l'avaient convaincu. Mais ces pièces n'étaient, pour la plupart, que des déclarations sous serment d'Esquieu de Floyran, le prieur félon.

Raoul de Presles, avocat du roi auprès du Parlement, défendait inlassablement les intérêts du roi contre ceux de la féodalité laïque et ecclésiastique. Pour l'heure, il collationnait les preuves contre les templiers. C'était un juriste, certes, mais sans la morale de l'archevêque de Bordeaux, car il était parfaitement capable de parjure, d'usure et de fraude.

Ces deux conseillers, pourtant fort différents, avaient désapprouvé la façon d'agir du chancelier et conseillé à Philippe le Bel de pardonner et de libérer tous les prisonniers, y compris Perrine de L'Aigle. La mansuétude, selon eux, pouvait faire des miracles et inciter son mari à redevenir un fidèle sujet.

Les deux juristes s'apprêtaient à partir quand Pierre de Dicy se présenta, visage sombre et défait.

Il s'agenouilla et s'exprima ainsi :

— Majesté, un terrible événement vient de se produire…

— Quoi encore ?

— Messire de Mussy vient d'être meurtri dans son auberge avec ses gardes du corps.

— Quoi ! Qui a osé !

— On ne sait, Majesté. J'ai envoyé deux conseillers du Châtelet questionner les témoins. D'après le quartenier que j'ai vu, qui était avec l'aubergiste, les assassins étaient trois. L'un d'eux semblait être un gentilhomme.

— L'Aigle, murmura le roi, qui resta un instant bouche bée. Mais comment ont-ils fait ? Mussy était homme à se défendre !

— Ils sont montés dans sa chambre, sans doute les ont-ils surpris. Certains ont entendu des cris dans l'hôtellerie. Il y a eu combat car les trois victimes ont été blessées.

— Blessées ? Vous m'avez dit qu'elles avaient été tuées.

— Oui, Majesté. Les assaillants les ont pendus par la fenêtre alors qu'ils étaient encore vifs.

Vendredi 22 décembre 1307

Le lendemain, au lever du jour, alors que des flocons voletaient dans un ciel gris, Robert de L'Aigle se rendit à l'hôtellerie du Heaume. Il faisait si froid qu'il y avait peu d'étals ouverts aux Halles. Le jeune chevalier traversa la salle déjà bien remplie et monta à l'étage.

Etienne de Montricoux vint lui ouvrir. Le commandeur tenait un couteau aiguisé et se faisait la barbe. Il écarta les bras et afficha sa satisfaction :

— Messire de L'Aigle, quelle émotion, et quel bonheur de vous revoir ! J'ai appris hier la fin abominable de votre belle-sœur et l'émeute des gueux. Depuis, je prie notre Seigneur Jésus et sa mère la benoîte Vierge de vous sauver ! Je craignais que vous ne soyez parmi les victimes et j'allais partir tenter d'obtenir de vos nouvelles.

— Je suis parvenu à m'enfuir.

— Vous n'avez donc rien pu faire pour empêcher l'exécution…

— Rien. J'avais pourtant avec moi une armée de gueux mais, en face, se trouvaient Guillaume de Mussy et sa clique, avec des archers et des sergents à cheval.

— Décidément, messire de Mussy se trouve toujours sur votre chemin.

— C'en est terminé pour lui. Je lui ai fait payer ses crimes, hier.

En quelques mots, il confia au commandeur ce qui s'était passé avant de conclure :

— Il ne me reste plus qu'à me livrer au roi afin de sauver mon épouse, et j'ai besoin de vous.

Visage défait par cette terrible décision, Montricoux considéra le jeune chevalier avec attention.

— Réfléchissez bien ! Vous n'avez aucune garantie qu'il la libérera. Au contraire, elle sera un moyen de pression effroyable s'il décide de la torturer.

— Quoi qu'il arrive, elle ne subira pas le sort de sa sœur.

Montricoux comprit qu'il ne parviendrait pas à le faire changer d'avis.

— Je suis à vos ordres.

— Avez-vous rencontré vos amis du Temple ?

— Je l'ai fait, et ils se mettent à votre service.

— Vous les remercierez. Combien sont-ils ?

— Une dizaine, tous de rudes guerriers.

— Pourraient-ils se rendre maîtres de la commanderie d'Ivry ?

— Certainement. C'est donc là-bas que se trouvent les archives de l'Ordre ?

— Pas à la commanderie même, mais les gens d'armes qui s'y trouvent pourraient nous gêner. Voici ce que j'envisage…

Quand il eut terminé ses explications, et répondu aux questions du commandeur, Robert ajouta :

— Il est possible… Non, il est certain, que Guillaume de Nogaret m'accompagnera à Ivry. Il voudra être le premier à découvrir la fortune du Temple. Que vos amis veillent à lui laisser la vie sauve. C'est moi, et moi seul, qui le punirai.

Montricoux marqua une hésitation avant de hocher la tête.

— Je ferai ce que je pourrai, mais vous vous doutez bien que dans un affrontement de ce genre rien ne peut être assuré. Ceux qui vous escorteront seront à coup sûr nombreux et les tirs d'arc ou d'arbalète ne pourront être qu'imprécis dans le désordre d'un guet-apens.

— Vous agirez au mieux, je vous fais confiance. Quand vous m'aurez délivré, je vous conduirai à la cachette. Ensuite, l'avenir du Temple reposera uniquement sur vous et je serai enfin déchargé de ce fardeau.

— Vous n'aurez pas à regretter votre décision, et sachez que j'ai prié le Seigneur pour qu'il m'assiste dans cette rude tâche. Mais nous n'avons pas parlé de la façon dont vous me préviendrez. Comment ferez-vous, puisque vous serez emprisonné ?

— Quelles que soient les tortures que l'on m'infligera, je ne révélerai rien tant que Perrine ne sera pas élargie, donc je reste persuadé que le roi la relâchera. Une fois libérée, elle saura où se rendre pour être en sécurité et mes amis la mettront à l'abri. Ensuite, ils viendront vous prévenir.

— Quand allez-vous vous rendre ?

— Aujourd'hui.

— Si près de Noël ?

— L'exécution de Perrine pourrait être annoncée à tout moment, et si elle recouvrait la liberté avant la fête de la Nativité, ce serait un signe de notre Seigneur.

Le templier approuva d'un hochement du chef.

— En admettant que le roi accepte votre marché et la libère, je doute cependant que Nogaret quitte la cour au moment de Noël, objecta-t-il quand même.

— Il n'aura pas à le faire. Je ne conduirai les gens du roi à Ivry que lorsque Perrine sera en sécurité en Angleterre. Mes amis l'accompagneront et vous préviendront à leur retour.

— Ne serait-il pas plus simple que je connaisse vos amis ?

— Ce que l'on ne sait pas ne peut être révélé sous la géhenne, répondit tristement Robert.

— C'est juste. Et si vos amis veulent m'accompagner ?

— Ils ne sont que des gueux du royaume d'Argot. Ils ne peuvent survivre qu'à Paris et seraient comme des poissons hors de l'eau en se rendant dans un endroit comme Ivry. Surtout, ils ne savent que manier le couteau et ne feraient pas le poids en face des sergents d'armes de la commanderie. Ils ont déjà été écrasés à la Croix du Trahoir.

— En effet, approuva le commandeur avec un signe de tête. Mais si personne ne vient me prévenir ?

— Alors le secret des templiers sera perdu à tout jamais.

Robert retrouva ensuite Coquillard et Cappon, qui l'attendaient pour leur dernier repas en commun. Le dîner fut particulièrement copieux et bien arrosé, le cagou y avait veillé car il se doutait bien que son seigneur allait connaître la faim dans les jours à venir.

Durant la repue, L'Aigle rappela le déroulement de l'entreprise prévue si Perrine était libérée et conclut ainsi :

— Coquillard, j'aurais dû être plus courageux et refuser ton plan. Je ne l'ai accepté que par couardise, tant je craignais ce qui allait m'arriver si je mettais en œuvre mon propre dessein. Puisses-tu me pardonner ma lâcheté.

— Je suis seul responsable de mon malheur, messire. J'ai fait preuve de trop de vanité. J'étais persuadé de ma force, du courage des gens d'Argot, de la lourdeur des gens du roi. Je me suis trompé. Mais si tout se passe comme vous l'avez prévu, je serai bientôt vengé.

Jugeant qu'il était temps d'affronter son destin, Robert se leva, déboucla son baudrier et confia son épée à son écuyer. Tous deux s'embrassèrent avec émotion. Cappon promit de prier afin que le Seigneur protège son maître. Ils redoutaient de ne jamais se revoir.

Robert partit seul. Des flocons voletaient dans la bise, il avait rabattu le capuchon de son manteau sur sa tête. Ses hauts souliers de cuir et les guêtres sur ses chausses le protégeaient de la boue. Il s'était vêtu chaudement car il savait qu'il souffrirait du froid dans le cachot où on le jetterait. Triste veille de Noël, songeait-il, mais il tentait de se réconforter en songeant que Perrine serait peut-être libre bientôt.

Il avait longuement réfléchi à la façon de se rendre. Il pouvait se présenter à l'hôtel de Nogaret, mais comment réagirait le garde des Sceaux ? Ce félon était capable de l'enfermer dans un cachot et de le torturer sans même en parler au roi. Il pouvait aussi le faire rouer de coups jusqu'à ce qu'il reste invalide, uniquement pour le punir d'avoir châtié Guillaume de Mussy. Non, Nogaret n'était point un bon choix.

La seconde opportunité était d'aller au Palais et de se livrer au capitaine du logis royal. Ce dernier l'enfermerait et préviendrait Philippe le Bel. Mais le chevalier de garde, ne connaissant rien à l'affaire, pourrait se contenter de le faire emprisonner et ne prévenir son capitaine que plus tard.

Pour ces raisons, L'Aigle avait choisi une troisième solution : il se rendrait au Grand Châtelet, où logeait le prévôt de Paris. Certes ce dernier avait également une maison en ville, mais le roi tenait à ce qu'il habite la plupart du temps dans la forteresse. Son logis se situait au-dessus de la voûte d'entrée, entre deux tourelles, ce qui lui permettait de voir la place de Paris et la Grande Boucherie depuis sa chambre.

Le jeune chevalier s'arrêta justement un instant sur cette place et regarda l'endroit où demeurait le prévôt. Etait-il chez lui ? Rien ne permettait de le savoir. Robert savoura un moment ce dernier instant de liberté, laissant les flocons le recouvrir, puis il se dirigea vers la voûte, la traversa et pénétra dans la cour. Au vu de sa vêture et de sa bonne mine, aucun archer ne l'interrogea et il gravit les marches conduisant à une salle où se trouvaient des sergents vêtus de cottes d'armes et munis de hallebardes.

Il s'approcha de l'un d'eux.

— Que le Seigneur vous conserve dans sa bonne garde, sergent. Je dois parler à messire de Dicy.

— Dieu vous protège également, messire, mais qui êtes-vous ?

— Mon nom est Robert de L'Aigle. Le prévôt me connaît et m'attend.

Il avisa une banquette de bois et ajouta :

— Je vais m'asseoir ici, le temps que vous le préveniez.

28

Le sergent alla dire quelques mots à ses compères, sans doute pour qu'ils surveillent le visiteur, et emprunta un escalier. L'attente ne fut guère longue pour Robert car très vite le garde revint en compagnie d'un homme en robe noire et chaperon cramoisi, épée au flanc et houppelande vert olive fourrée avec le col entrouvert.

Il paraissait interloqué. Le sergent désigna le chevalier et Dicy s'approcha :

— Seriez-vous messire de L'Aigle ?

Robert avait ouvert son manteau. Il se leva et écarta les pans du vêtement, dévoilant un surcot brodé d'un aigle à deux têtes éployé de sable.

— Je le suis. Pouvez-vous prévenir Sa Majesté que je suis prêt à lui confier certains secrets ?

Dicy le dévisagea de haut en bas avant de hocher la tête.

— Est-ce vous qui avez assassiné hier messire de Mussy et ses serviteurs ?

— Je ne les ai pas assassinés, messire prévôt, je les ai châtiés.

Un lourd silence s'installa. Dicy s'interrogeait sur cet homme qui ne craignait ni la mort ni les tortures, et il en éprouva un singulier sentiment d'admiration, même s'il s'agissait d'un malfaiteur dont la tête était mise à prix.

— J'ignore quelle sera la décision royale à votre sujet, messire, mais je crains qu'elle ne soit cruelle pour vous. Cependant, en l'absence d'ordre vous concernant, vous serez bien traité. Portez-vous une arme ?

— Aucune, pas même un couteau.

— Simon, François, Adam, conduisez ce gentilhomme au geôlier. Qu'il soit enfermé dans la Petite Salle et que celle-ci soit chauffée. Je paierai les frais de geôlage. Colin, fais préparer mon cheval et rassemble une escorte.

Il salua L'Aigle, qui s'inclina poliment, et repartit par où il était arrivé. Les sergents emmenèrent le désormais prisonnier dans la cour, lui firent traverser la voûte et demandèrent à l'homme de garde qu'on les laisse pénétrer dans les prisons.

Robert se tenait assis sur une escabelle devant le maigre feu qui chauffait à peine sa geôle, une pièce en croisées d'ogive assez vaste au deuxième étage d'une tour, quand il entendit des bruits de clefs et de verrous ainsi que des paroles indistinctes.

Il devait être là depuis deux heures, jugea-t-il en se levant.

La porte s'ouvrit et le prévôt pénétra en compagnie de deux individus. Le premier, de petite taille, en robe écarlate et manteau fourré de petit-gris, affichait un visage tourmenté marqué de plis et de verrues avec un nez busqué comme le bec d'un rapace. Le second, robuste et plus grand d'un pied, montrait une tête carrée sous un chapeau rond blanchi par la neige. Le prisonnier distingua l'épée qui déformait le manteau. A coup sûr une arme de chevalier.

— Ainsi donc, c'est vous, L'Aigle, fit le petit d'un ton suintant de mépris. On a donc fini par vous prendre !

— Et vous, qui êtes-vous ? demanda le prisonnier.

— Guillaume de Nogaret, chancelier de France.

Robert aurait pu lancer quelques piques insolentes, mais il choisit de s'abstenir. Il serait toujours temps de répliquer plus tard, se dit-il.

— Et lui ?

— Hugues de La Celle, répliqua le chevalier, sans la moindre agressivité.

— Hier, vous avez assassiné un fidèle serviteur du roi, dit Nogaret. Votre châtiment sera à la hauteur de ce crime.

— Vous avez fait assassiner une femme innocente, messire de Nogaret, et pour cela et pour d'autres crimes, vous serez damné.

— Une insolence de plus et je vous fais jeter dans un cul de basse-fosse. Maintenant, répondez-moi si vous souhaitez vous éviter le fouet : où avez-vous conduit les chariots contenant le trésor du Temple ?

— J'ai conduit des chariots contenant des coffres à la demande du grand maître de l'Ordre. J'ignore ce qu'ils contenaient.

— Où donc ?

— Le secret ne m'appartient pas. J'ai juré à messire de Molay que je ne le révélerais jamais, et pourtant je suis prêt à être parjure pour sauver mon épouse. Quand elle sera libre, je dirai ce que je sais au roi. Et uniquement à lui.

— Je saurai vous faire parler.

— En me torturant ? Comme vous l'avez fait avec les frères du Temple ? Dites-moi, maître Nogaret, avez-vous obtenu un résultat ?

Anobli par le roi depuis peu, le garde des Sceaux s'efforça d'ignorer l'insulte de celui qui le qualifiait de maître et ignorait volontairement son nouvel état de gentilhomme. Il demeura un instant méditatif, hésitant à adoucir l'insolent par une séance de flagellation. Mais Dieu sait comment le roi réagirait s'il prenait cette initiative. Il avait bien cru perdre sa charge ce matin, quand Philippe IV l'avait convoqué afin de lui reprocher ses erreurs. Mieux valait se montrer patient. L'Aigle payerait ses insolences après avoir parlé.

Il s'adressa à Dicy :

— Plus de feu, plus de nourriture. De l'eau seulement.

Il se dirigea vers la porte et sortit.

Le prévôt et La Celle échangèrent un regard désapprobateur, puis ce dernier considéra L'Aigle en hochant la tête, et le gratifia de ce qui ressemblait à un sourire d'admiration.

Samedi 23 décembre 1307

La nuit fut glaciale et, à l'aube, la faim lui tiraillait le ventre. Pour se réchauffer, il courut autour de la salle jusqu'à épuisement et un peu de chaleur lui revint. Il s'assit alors sur le cadre du lit, but de l'eau se trouvant dans un pot et tira d'une trousse cousue dans son manteau une tranche de pain qu'il avait pris la précaution d'emporter. Il en grignota la moitié.

Le temps s'écoula. Peu de bruits parvenaient jusqu'à lui, sinon le carillon des cloches de Saint-Leufroy et Saint-Jacques. None sonna.

Il sommeilla un peu, pria, courut encore, but et termina son pain. Retentirent alors des bruits de voix, puis des cliquetis de verrous.

Trois porte-clefs et un serrurier qui tenait des chaînes entrèrent.

— Asseyez-vous, messire, dit un des gardiens. On va vous mettre les fers.

— Craint-on que je passe à travers les murs ? plaisanta-t-il.

— Ce sont les ordres.

Il obtempéra.

Sous la surveillance des porte-clefs, le serrurier lui déboucla les guêtres, le laissant en chausses, puis lui passa un anneau à la cheville droite et donna un tour de clef dans la fermeture. Le second anneau était relié au premier par une chaîne. Il le boucla à l'autre pied. Des deux fers partait une troisième chaîne qui se terminait également par un anneau. Il le lui serra au poignet gauche et ferma la boucle. Désormais L'Aigle ne pouvait plus utiliser sa main gauche, sinon en relevant un pied.

— Venez, messire, on vous attend, ordonna celui qui avait parlé.

— Où donc ?

— Dans la cour.

De nouveau, il se montra docile, n'ayant pas le choix.

Il descendit avec difficulté les marches de l'escalier en limaçon, traversa une courette, puis la salle d'écrou, d'autres pièces glaciales, et arriva à la grille d'entrée. Les gardiens ouvrirent. On lui fit traverser la voûte et il vit une voiture entièrement fermée attelée à deux mulets avec une escorte de quatre hommes à cheval. La porte arrière du véhicule était ouverte. On lui ordonna d'entrer et il se hissa à l'intérieur. C'était une caisse en bois sans aucun siège. On ferma la porte et il se retrouva quasiment dans le noir. Il s'assit.

Où le conduisait-on ? Au Louvre ? Au Palais ? Plus loin, au château de Vincennes ?

Il déplaça les chaînes qui le gênaient. Même si les anneaux de fer n'étaient pas trop serrés, ils lui avaient déjà écorché les mollets sous ses chausses.

La voiture s'ébranla. En se déplaçant il parvint à trouver une fente dans un bois. Il y colla l'œil, ne reconnut rien. Cependant, le véhicule avait tourné à droite en sortant de la cour. Il se dirigeait donc vers le Palais. Effectivement le martèlement des sabots et le roulement des roues révélèrent qu'ils passaient sur un pont de bois. Le pont au Change.

Donc il allait rencontrer le roi.

Il s'appuya le plus confortablement qu'il put contre une des parois et attendit.

Après le pont, la voiture roula encore un moment, puis s'arrêta. L'Aigle entendit que celui qui commandait l'escorte faisait état d'un ordre royal. Le chariot repartit, tourna à plusieurs reprises et s'arrêta à nouveau. L'Aigle entendit que les cavaliers descendaient de cheval. La porte s'ouvrit et on lui demanda de sortir.

Il se trouvait au pied d'une grosse tour et reconnut le donjon du Palais. Levant les yeux, il n'aperçut que d'étroites meurtrières.

L'entrée, une porte ogivale, se situait à deux pieds du sol avec quatre degrés de pierre pour y accéder. Devant se tenaient une douzaine d'arbalétriers et autant de gardes munis de hallebardes, tous coiffés de casques ronds et revêtus de cottes fleurdelisées sur leurs chemises de mailles.

Un chevalier grisonnant en manteau et chapeau de castor de couleur rouille se tenait en haut des marches, devant la porte en chêne ferrée qui était ouverte.

— Veuillez entrer, messire, ordonna-t-il d'un ton neutre.

L'Aigle s'approcha, sans se presser, feignant l'indifférence, puis il s'arrêta pour se retourner et examiner son escorte. Ensuite il balaya la cour des yeux, s'arrêtant un moment sur l'arrière du logis du roi.

— On vous attend, messire ! fit le chevalier, cette fois d'un ton exaspéré.

— Ah ? Je l'ignorais.

Il grimpa lentement les marches et comme l'homme ne passait pas devant lui il poursuivit dans un escalier circulaire bâti dans l'épaisseur du mur. Ses chaînes cliquetaient en heurtant les pierres.

Il devinait qu'on le suivait.

— Arrêtez-vous à la porte et grattez. Vous entrerez quand on vous l'ordonnera.

Il s'exécuta et entendit l'ordre. Il souleva alors le loquet et pénétra.

Il s'agissait d'une salle ronde aux murs couverts de fresques représentant la vie du Christ. Sur une estrade de deux marches, en face de lui, se dressait une haute chaire surmontée d'un dais fleurdelisé.

Un homme au visage lisse, carré, autoritaire, la chevelure serrée dans une couronne dorée, était assis sur ce trône. Il tenait la main de justice, en ivoire et en or.

Robert de L'Aigle fit deux pas et s'agenouilla en baissant les yeux, non sans avoir vu les deux autres personnes présentes dans la pièce : Guillaume de Nogaret et Hugues de La Celle.

29

Comme on ne lui ordonnait pas de se relever, il demeura agenouillé.

— Voici donc le félon qui prétend s'opposer à son roi, déclara sèchement Philippe le Bel.

L'Aigle ne bronchant pas, le monarque s'adressa à Nogaret :

— Celui qui ose assassiner mes serviteurs ici même, dans ma capitale, comme un truand d'Argot !

Visage fermé, L'Aigle se redressa sans y être autorisé et planta son regard dans celui de le Bel.

— Majesté, celui que vous gratifiez du titre de serviteur a enlevé mon épouse et sa sœur, et a fait tuer un fidèle sujet du comte d'Essex. Il se disait chevalier mais foulait aux pieds les divines lois de la chevalerie. Oui, j'ai fait justice, non seulement pour moi mais à la demande de mon suzerain, messire Humphrey de Bohun.

— Vous osez ! rugit Philippe, brusquement écarlate.

— A genoux, ribaud puant ! gronda Nogaret. Vous allez demander pardon à Dieu, à votre roi et à la Justice !

— A genoux ? Faire amende honorable ? Devant Dieu, certainement, devant mon roi, oui s'il agissait comme un roi. (Il se tourna vers le chancelier.) Mais devant la Justice représentée par un petit-fils d'hérétique qui a fait enfouir vivante une innocente et qui a commis tous les crimes possibles contre les saints chevaliers du Temple ! ? Jamais.

Malgré l'entrave des chaînes, il parvint à croiser les bras en lâchant ces fières paroles.

— Les templiers étaient des hérétiques ! Comme vous ! glapit Nogaret en le désignant de l'index. Vous finirez comme eux ! Sur le bûcher !

— Vous n'êtes qu'un fourbe et serez maudit pour vos félonies ! Mais libre à vous de me croire hérétique, vous qui n'êtes qu'un homme du néant. Apprenez quand même que ce prétendu hérétique devant vous a sauvé la vie de son roi à Mons, alors qu'il allait succomber sous les coups des Flamands. Pouvez-vous en dire autant, vous qui n'avez jamais manié une épée ?

L'Aigle s'adressa ensuite à Philippe, qui serrait la main de justice si étroitement que ses doigts en étaient livides.

— Je n'aurais pas été présent ce jour-là, avec l'épée templière de mon grand-oncle, Votre Majesté reposerait en ce moment dans une crypte.

C'en était trop pour La Celle, qui s'avança vers L'Aigle afin de le corriger, mais le roi leva la main de justice.

— Etiez-vous à Mons ?

— Oui, sire. Ne vous souvenez-vous pas de mon écu ?

De sa main libre, il écarta son manteau, révélant les armes sur son surcot.

— Je l'ai mis devant vous afin de vous protéger tandis que mon épée écartait les masses qui allaient vous écraser. Vous m'avez dit alors : « Vous êtes un preux ! »

Philippe le Bel demeura impassible, mais chacun voyait combien il était ébranlé par ce qu'il avait entendu. Nogaret n'osait plus ni bouger ni parler, comprenant que le prisonnier venait de retourner la situation. La Celle, à la fois satisfait et indigné par le comportement de Robert de L'Aigle, attendait des ordres qu'il exécuterait sans états d'âme.

Le silence se prolongea, lourd et pénible. Robert de L'Aigle demeurait dans son attitude fière et inflexible.

— Je n'ai jamais demandé à Guillaume de Mussy d'enlever votre épouse, messire, laissa finalement tomber le roi. Et s'il a meurtri un homme du comte d'Essex, il a commis une faute. Quant à la femme enfouie…

Il s'adressa à son chancelier :

— Faites venir les prisonnières.

Surpris par ces paroles, Robert plissa le front. Les prisonnières ? Perrine était-elle ici ? Avec d'autres femmes ?

Le chancelier se rendit à la porte, l'ouvrit et murmura quelques paroles au chevalier qui montait la garde.

Robert regarda le roi, qui demeurait imperscrutable, puis La Celle, tout aussi impavide. Des bruits provenaient de l'escalier. Retentirent des grincements de verrous, des ordres, des voix féminines... Il crut reconnaître le timbre de Perrine... Son cœur battait à tout rompre. Il se tourna vers la porte.

On descendait les marches... et Perrine pénétra, suivie de sa sœur, Florida.

Florida vivante ! ? Robert chancela, n'en croyant pas ses yeux.

Les deux femmes paraissaient terrorisées. Elles portaient encore les robes et bliauts qu'elles avaient en Angleterre, des vêtements sales mais non déchirés. En un regard, Perrine reconnut le roi, et son époux. Hésitant, elle s'agenouilla après un sourire envers son mari. Florida l'imita.

— Robert de L'Aigle, j'ai longuement apensé à votre épouse et à sa sœur. J'ai désapprouvé leur rapt et j'entends que la justice règne dans le royaume de France. En ce temps de la Nativité, j'ai décidé de rendre la liberté à ces deux femmes. Quant à vous, vous allez me révéler maintenant où vous avez conduit les chariots du Temple. Après quoi, vous ferez amende honorable, pour vos paroles et vos crimes, à la Sainte Chapelle devant moi, mon chancelier et ma cour, et vous serez banni de France. Voilà ma décision.

Le soulagement envahit le chevalier, mais pouvait-il croire ce roi réputé pour ses félonies ?

— Quand mon épouse et sa sœur seront en sécurité au royaume d'Angleterre, je m'engage à conduire les gens que vous désignerez à une commanderie où je leur montrerai un certain souterrain. Vous ferez ensuite de moi ce que vous désirez.

Le roi guigna son chancelier afin de connaître son avis.

— La parole de Sa Majesté ne vous suffit pas ? gronda ce dernier.

— La parole du roi, certainement, mais pas la vôtre ! De surcroît, je demande une rémission pour ceux qui m'ont aidé à essayer de délivrer la femme que je croyais être ma belle-sœur.

Le roi haussa les sourcils.

— Les argotiers qui se sont rebellés seront pendus demain, déclara le chancelier.

— Alors, je me tairai. Je n'ai jamais abandonné mes gens dans les batailles, car tel est le devoir de loyauté de tout suzerain.

— Ce sont des gueux ! gronda Nogaret.

— Ce sont mes gens ! répliqua fièrement Robert de L'Aigle.

Philippe le Bel montrait une belle impassibilité, mais il bouillait intérieurement devant cette incroyable insolence. Malgré l'indulgence dont il venait de faire preuve, cet homme lui résistait et il se promit de le briser.

— Entendu ! annonça-t-il, mais les ribauds seront bannis de Paris.

Il s'adressa aux femmes :

— Vous deux, vous êtes libres à cette heure, allez au diable ou ailleurs. Robert de L'Aigle sera enfermé dans le cachot de cette tour. Si dans un mois vous n'avez pas fait parvenir à messire mon chancelier une missive assurant que vous vous trouvez en Angleterre, il sera écorché en place de Grève après avoir révélé ce qu'il sait.

— Sire, dit Robert en s'agenouillant, montrant ainsi qu'il acceptait et se soumettait, m'autorisez-vous à parler à mon épouse ?

— La Celle, vous emmènerez le prisonnier au cachot de la tour, où il sera mis au régime le plus sévère. Les femmes pourront l'accompagner et vous le laisserez faire ses adieux.

Crispé et désapprouvant toutes ces décisions, Nogaret serrait les poings en se jurant intérieurement qu'il prendrait sa revanche. La Celle s'inclina devant le roi et se rendit à la porte, qu'il ouvrit. Il parla à voix basse au chevalier toujours présent devant, puis s'approcha des deux femmes. Sur un regard impératif du roi, elles se levèrent pour sortir.

Robert de L'Aigle se redressa à son tour et les rejoignit.

Le roi les regarda partir et, dès que la porte fut fermée, il dit à son chancelier :

— Vous veillerez à ce que ses conditions d'emprisonnement soient dures, mais pas mortelles.

— Le libérerez-vous vraiment quand il nous aura conduits au trésor, Majesté ?

— Je l'ai promis, après l'amende honorable, mais il recevra le fouet, sera chassé de la noblesse et conduit en Alsace en chemise et pieds nus. Avec le froid, il ne survivra point.

En bas de l'escalier, une porte voûtée avait échappé à Robert de L'Aigle, elle était pour l'heure ouverte et La Celle lui demanda de la franchir. Les deux femmes étaient déjà là, serrées l'une contre l'autre, surveillées par le chevalier de garde.

Dans la maigre lumière d'une étroite meurtrière au fond de l'embrasement du mur épais d'une demi-toise, Robert distingua trois coffres massifs. Les murs étaient nus, le sol dallé, sauf à l'emplacement d'une trappe ferrée en face de la porte par laquelle ils étaient entrés.

Perrine se précipita vers lui et l'enlaça tandis que Florida lui demandait d'une voix suppliante :

— Coquillard ?…

— Il est sauf. Dès votre libération, rendez-vous chez Le Jaquet.

Florida hocha la tête, connaissant bien le cabaretier. Robert ne craignait rien en lâchant ce nom car des dizaines de gens le portaient.

Robert poursuivit :

— Il va se pâmer de joie en te retrouvant, nous te croyions morte.

— Morte ? dit-elle en ouvrant grand les yeux.

— Les crieurs ont annoncé que tu allais être enfouie. On a tenté de te délivrer, en vain, et on t'a vue enterrée vivante...

— Enfouie ? Moi ? s'exclama-t-elle, éberluée. Mais on n'a jamais quitté notre prison au Grand Châtelet.

Apparemment elle ignorait tout de la sinistre comédie qui avait eu lieu. La Celle intervint alors :

— Ce fut une idée de messire de Nogaret et de Guillaume de Mussy. Comme vous ne vous étiez pas livré, l'exécution publique de votre belle-sœur devait hâter votre décision. Mais Sa Majesté s'y serait opposée, aussi le chancelier a choisi une femme sur le point d'être condamnée pour vol et meurtre. Elle a été jugée et condamnée à l'enfouissement, et c'est elle qui a été exécutée. Voilà pourquoi elle avait la tête couverte.

— Quelle ignominie ! murmura L'Aigle tandis que La Celle baissait les yeux, faisant comprendre sa désapprobation.

Il se tourna alors vers le chevalier qui les avait accompagnés.

— Comme je vous l'ai dit, messire de L'Aigle doit être enfermé dans le cachot sur ordre du roi. Pour l'heure, il restera seul dans cette salle. Vous veillerez à la porte après m'avoir donné la clef. Je vais prévenir le geôlier. Les dames sont libres.

Perrine serrait son époux aussi fort qu'elle le pouvait et son visage ruisselait de larmes. Pourtant, il la repoussa, sachant que la séparation allait être encore plus dure s'ils restaient trop longtemps ainsi.

— Ne crains rien, dit-il. Tout se passera bien. Coquillard et Cappon vont vous raccompagner en Angleterre. Dans la lettre que tu lui remettras, parle de ce que nous avons fait à Maldon et je saurai que c'est toi.

Il se tourna vers La Celle.

— Faites ce que vous avez à faire.

Ce dernier demanda aux femmes de sortir, les suivit, et le chevalier grisonnant fit de même, puis verrouilla la porte en laissant Robert de L'Aigle seul dans le froid et l'obscurité.

Il ignorait depuis combien de temps il se trouvait dans cette cave. Le froid, l'humidité et la faim l'avaient affaibli à un point qu'il n'aurait jamais cru possible. Le cachot était bas. Il ne pouvait s'y tenir debout et la chaîne qui l'entravait le gênait douloureusement dans ses mouvements. Un peu de paille sur le sol l'isolait de la pierre. Ses excréments s'accumulaient. Etait-ce le jour ou la nuit ? Il ne pouvait même pas le deviner. Seul le silence régnait. Parfois, la trappe s'ouvrait et il reprenait espoir, mais on jetait juste un pain qui roulait jusqu'en bas des étroites marches de l'escalier.

Son sommeil était empli de cauchemars où Perrine apparaissait noyée en mer et où Mussy revenait, avec des fouets et des couteaux, pour le torturer. Le froid, l'absence de bruit et l'isolement l'engourdissaient. Au fil des périodes de sommeil et des miches tombant dans l'escalier, il perdit courage, persuadé que Perrine n'était jamais arrivée en Angleterre. Il priait sans cesse la Vierge Marie afin qu'elle abrège ses souffrances.

Bruits de verrous. Machinalement il tendit la main vers le pain qu'il n'avait pas terminé. Pourquoi lui en portait-on un autre si tôt ?

Rien ne tomba.

— Montez ! ordonna une voix.

Il se traîna jusqu'aux marches et entreprit de les grimper à quatre pattes. En haut, il s'arrêta, ébloui par la lumière pourtant bien faible provenant de la porte ouverte. Il avait devant lui deux hommes d'armes qui le regardaient avec une once de pitié, et le chevalier aux cheveux gris, lequel l'aida à se mettre debout.

— Quel jour est-on ?

— Le jour des Rois.

— Où me conduit-on ?

— Au Grand Châtelet.

En le soutenant, on l'aida à sortir. La cour était blanche mais déneigée par places, et il plissa les yeux tant la lumière l'aveugla. Au bout d'un instant, il vit la même voiture en bois qui l'attendait, avec une escorte de six hommes à cheval. Il repoussa ceux qui le tenaient et resta immobile, savourant l'air glacial de la liberté. Son regard balaya les édifices. Les clochetons, arcatures, pignons et voussures supportaient des colonnes de glace brillantes comme des diamants. Il devait être midi.

En frissonnant, il avança seul jusqu'au chariot et monta à l'intérieur en faisant des efforts inouïs. Il était faible mais, désormais, l'espoir était revenu. Le combat reprenait.

30

Au Châtelet, on le ramena dans la salle où il avait été enfermé. Pas de feu, pas de pain. La porte fut refermée derrière lui et, en se traînant, il alla s'allonger sur la paillasse, se serrant dans son manteau humide.

Il sommeillait quand on ouvrit la porte. N'espérant rien, il ne bougea pas.

— Debout ! gronda une voix rauque.

Il ne broncha point, reçut un coup de verge sur le flanc.

Maîtrisant la douleur, il se retourna lentement et s'assit.

Nogaret venait d'entrer avec un geôlier qui tenait un nerf de bœuf. Hugues de La Celle se tenait derrière eux.

— C'est vous qui m'avez frappé ?

— Oui, et je recommencerai volontiers, répliqua le bonhomme, un individu petit, râblé, avec deux grosses verrues poilues sur un visage porcin aux petits yeux noirs.

— Maître Nogaret, je devine les raisons pour lesquelles vous m'avez sorti de ma tombe. J'ai fait une promesse au roi, mais je suis capable de ne pas la respecter. Voici ma décision : je ne vous écouterai que quand vous aurez fait pendre cet individu.

Nogaret changea de visage. Jusque-là sévère, sa face afficha la surprise. Quant au geôlier, il demeura interdit, puis pâlit légèrement.

— C'est vous que je vais faire pendre ! menaça Nogaret.

— Faites donc. La mort ne me fait pas peur, car contrairement à vous, je n'irai pas en enfer.

Nogaret se tourna vers La Celle, cherchant conseil. Il s'était persuadé que L'Aigle, après deux semaines au fond d'un cachot, dans le froid et à peine nourri, serait tellement affaibli qu'il accepterait tout. Il découvrait qu'il n'en était rien. Et il ne disposait d'aucune arme pour le contraindre. Or si ce maudit chevalier ne respectait pas sa promesse, le roi voudrait savoir pourquoi, et c'est lui qui serait mis en défaut.

La Celle fit un pas en avant et désigna le porte-clefs.

— Il a eu tort, messire, et il va faire amende honorable.

Le geôlier resta indécis, regarda tour à tour Nogaret et La Celle, mais, les voyant hostiles, il s'agenouilla :

— Pardon messire, murmura-t-il.

L'Aigle tendit la main vers la verge. Désespéré, l'autre la lui abandonna. En un éclair, le chevalier cingla le visage du garde, qui se renversa, la joue ensanglantée.

— Vous avez une lettre pour moi ? interrogea Robert en lâchant le nerf de bœuf.

La Celle dissimula un sourire devant l'incroyable audace du prisonnier et sortit un quareignon de son escarcelle.

— On l'a apporté ce matin à l'hôtel de messire de Nogaret, dit-il.

Le pli avait été ouvert. L'Aigle le lut :

Mon cœur,

Avec C et C, nous avons pris une nef à Calais, qui nous a débarqués à Maldon. Nous avons passé la nuit au Black Swan et le lendemain maître William nous a vendu des chevaux. J'ai été reçue par monseigneur de Bohun, qui s'est montré d'une immense bonté. Je lui ai raconté nos mésaventures et il t'attend avec hâte.

Perrine, ton épouse

Les larmes lui montèrent aux yeux aussi garda-t-il la tête baissée en repliant la lettre, qu'il conserva.

— Nous partons dans une heure, décida Nogaret.

— Vous plaisantez ? Je suis incapable de monter à cheval après le séjour que vous m'avez offert. Demain, peut-être, si j'ai mangé un bon repas pour me revigorer et eu un bon feu pour me réchauffer…

De nouveau, le chancelier ravala sa rage. Comment passer outre aux volontés de cet homme ? Il interrogea La Celle du regard.

— Les conditions d'enchartrement de messire de L'Aigle étaient trop rudes, je vous l'avais dit, messire Chancelier. Il faut certainement qu'il reprenne des forces. Mais je suis certain que demain il aura retrouvé sa vigueur. Où devons-nous aller ?

— Je vous le dirai demain. Il y a deux jours de voyage et nous ferons halte à Pontoise, répondit Robert.

— Soit, demain ! décida Nogaret en le désignant d'un index menaçant. Et j'espère que vous n'envisagez pas quelque traîtrise ou coup fourré ! Vous serez entouré de cinquante hommes et si dans deux jours je n'ai pas mis la main sur ce que le roi désire, vous supplierez le Seigneur de mettre fin à vos souffrances !

Sur ces rudes paroles, il sortit.

— Que l'on m'ôte ces chaînes ! dit L'Aigle à La Celle. Et qu'un mire vienne soigner mes plaies.

Le chevalier hocha du chef et s'en alla. Le geôlier sortit à son tour, une main sur sa joue meurtrie.

Peu après, deux autres gardiens se présentèrent avec des bûches qu'ils allumèrent dans la cheminée, provoquant une fumée suffocante mais merveilleusement chaude. Un peu plus tard, ce fut le serrurier, puis on apporta écuelle, cuillère, pain et bouillon, avec un canard rôti, du nougat et des pommes. Un repas royal, se dit L'Aigle, qui dévora tout.

Le mire vint à la nuit. Il examina les plaies provoquées par les chaînes, étala un onguent et un pansement en assurant au prisonnier qu'il serait entièrement guéri dans les trois jours, si on ne lui remettait pas de fers. Robert, qui avait conservé son escarcelle avec quelques pièces, lui demanda s'il pouvait lui raser la barbe hirsute qu'il portait. Les mires étant souvent barbiers, l'homme accepta contre un denier d'argent.

Quand il se réveilla, le foyer ne contenait plus que des braises et le froid était revenu. Robert remit son manteau qu'il avait laissé sécher devant le feu, puis rongea le peu de pain qui lui restait. Il se sentait mieux, prêt à affronter tous les démons de l'enfer. Il songea une nouvelle fois à l'escorte de cinquante hommes dont avait parlé Guillaume de Nogaret. C'était beaucoup. Trop, même. Comment ferait Montricoux avec sa dizaine de combattants ? Même s'ils parvenaient à en abattre une dizaine avec des arbalètes, en supposant qu'ils aient pensé à utiliser des carreaux perce-mailles, car les gens du roi seraient en haubert ou en armure, les survivants n'auraient aucun mal à massacrer leurs assaillants.

Mais en vérité, cela importait peu à Robert. Quelle importance cela avait-il que ce soit l'un ou l'autre camp qui l'emporte ? Ce qui comptait, c'était qu'il parvienne à s'enfuir à l'occasion du désordre de l'attaque. Etre sans chaînes lui offrait un bel avantage.

Une heure plus tard, ses geôliers vinrent le chercher. Il avait faim et le leur dit, mais les gardiens n'avaient pas d'ordre pour son repas. Ils devaient juste le conduire dans la cour.

L'escorte se rassemblait. La Celle était là, avec une poignée de chevaliers en armure sous leurs manteaux. Des sergents criaient des ordres. Quelques écuyers damoiseaux bavardaient en tenant leur monture par la bride. Les arbalétriers attachaient leurs pavois aux selles. Il y avait bien cinq ou six dizaines d'hommes, dont quatre porte-bannières et guidons affichant les fleurs de lys de France. Robert n'aperçut pas Nogaret, mais La Celle le vit arriver et vint à sa rencontre.

— Dieu vous donne le bonjour, chevalier, lui dit-il courtoisement. Voici votre cheval.

Il lui désigna une jument tachetée.

L'Aigle répondit par un hochement de tête et se dirigea vers elle. Il monta en selle. L'animal était doux. Tant mieux, car il ne disposait pas d'éperons.

Un sergent s'approcha en tenant une corde.

— Tendez-moi vos mains, messire.

Robert s'exécuta.

— Ne serrez pas, sinon je ne pourrai la diriger.

— Vous n'aurez pas à le faire, messire, c'est moi qui la garderai en longe et qui vous tiendrai également.

L'homme lui attacha les poignets, sans cependant trop serrer, ce qui permettait au prisonnier de tenir l'arçon et les brides. La corde était assez longue et le sergent monta sur sa propre selle, puis attacha l'extrémité du lien à son arçon. Un autre homme d'armes noua une seconde corde au mors du cheval et tendit le bout à son chef.

Nogaret apparut alors, en cotte de mailles sous son manteau. Il descendait les degrés du Châtelet avec un homme en robe et chape, un notaire certainement. Le chancelier jeta un regard haineux au prisonnier et alla à son cheval. On lui avait préparé un escabeau car il était trop petit. Il grimpa après une courte discussion avec La Celle et la troupe s'ébranla.

Robert avait faim. Malgré ses mains attachées il fouilla dans son escarcelle et parvint à en sortir deux deniers. Comme ils avaient franchi la voûte, il interpella un archer près de lui :

— L'ami, veux-tu ces deux deniers ?

L'autre plissa le front en regardant avec envie les pièces que L'Aigle tenait entre le pouce et l'index.

— Vous êtes prisonnier, messire, fit-il. Si vous voulez une faveur, demandez-la à messire La Celle.

— Je ne demande pas de faveur, j'ai seulement faim. Achète un ou deux pâtés en passant devant une bauve, et garde la monnaie.

L'autre regarda autour de lui. L'arroi avançait et les premiers cavaliers arrivaient à la fin de la place de Paris. Dans un instant il n'y aurait plus de bauve.

— Entendu, dit-il.

Il prit les pièces et, passant près d'un étal, il se pencha et fit son affaire.

Quelques instants plus tard, Robert avalait deux succulents pâtés à la viande d'oie.

Après quelques haltes pour faire boire les chevaux, la troupe arriva à Pontoise. Un écuyer de La Celle avait réservé des lits dans deux auberges. Robert fut enfermé dans un cellier dans lequel on mit une paillasse. Nogaret et La Celle l'y interrogèrent :

— Où allons-nous ?

— Je vous le dirai demain, fit L'Aigle avec un sourire déroutant.

Nogaret serra la mâchoire de rage. Il voulait envoyer des gens sur place afin de vérifier qu'aucun guet-apens n'était envisagé, bien qu'il ne craignît rien, du fait de l'importante troupe qu'il conduisait.

— Quand vous serez décidé à me le dire, vous souperez ! décida-t-il.

L'Aigle s'endormit donc le ventre vide.

31

Le lendemain, il demanda à passer en tête afin de guider l'escorte. Nogaret ne put que s'incliner, se promettant de terrifiantes représailles contre l'insolent qui restait attaché par une corde à la monture du sergent.

A midi, ils arrivèrent à Ivry et Robert était parvenu à desserrer son lien. Il s'arrêta devant l'église.

— Est-ce ici ? interrogea le chancelier.

— C'est ici, dans la commanderie.

— Elle a été entièrement fouillée ! Je le sais, et on n'a rien trouvé.

— Bien fouillées ? ironisa Robert.

— On va voir !

Quelques habitants qui travaillaient dehors ou qui étaient sortis de chez eux regardaient avec surprise et inquiétude ce déploiement de force. Le maréchal-ferrant s'était arrêté de travailler. Les étendards, les surcots et les écus portaient les fleurs de France. Que se passait-il ?

— Toi ! fit Nogaret en s'adressant à une femme devant chez elle. Où est la commanderie ?

— Là-bas, messire, à dextre après le moulin, répondit-elle en levant la main pour indiquer la direction.

— Qui l'occupe ?

— Des gens du roi venus de Beauvais, messire.

— Combien sont-ils ?

— Sept ou huit, nous devons leur porter des vivres.

Rassuré, le chancelier donna ordre à ses hommes d'avancer et la troupe se mit en branle.

— Tout ce monde va connaître où se trouvent les millions du Temple, j'espère que vous avez confiance dans vos gens, plaisanta Robert, qui se trouvait près de La Celle et de Nogaret.

Comme les deux échangeaient un regard perplexe, il ajouta :

— Mazette, trente coffres d'or, c'est tentant.

Ces paroles n'ayant eu aucun effet visible, il poursuivit discrètement le dénouage de ses liens par-dessous son manteau. Au matin, le sergent n'avait guère serré la cordelette et, durant le trajet, L'Aigle était parvenu à détendre encore le nœud. Sans même regarder, il venait de faire sortir le bout de la boucle desserrée.

L'arroi arriva à l'enceinte de pierre, qu'il longea jusqu'à la croix templière et au portail ouvert. Nogaret s'engagea seul dans l'allée, avançant de quelques toises. Au fond, la cour était vide. Une bannière fleurdelisée flottait au sommet de la tour d'angle. Rien d'inquiétant.

— Messire de La Celle, dit le chancelier en revenant en arrière, ne viendront avec moi que vos chevaliers. Les hommes d'armes attendront dans le champ.

Le capitaine de la troupe approuva cette prudence et désigna ceux qui l'accompagneraient. Parmi eux, il y eut bien sûr le sergent tenant L'Aigle en longe. Après quoi, les écuyers prévinrent les soldeniers, qui s'installèrent dans la partie non labourée de la prairie, sous les frondaisons de tilleuls.

Nogaret s'engagea à nouveau dans l'allée, suivi par les cavaliers.

A proximité de la cour, ils aperçurent un homme en cotte marquée de trois fleurs de lys qui sortait du corps de logis. Il demeura sur le seuil à les regarder.

La troupe approcha et l'un des chevaliers lança :

— Messire Guillaume de Nogaret, chancelier de France, vient faire une perquisition !

Les cavaliers descendirent de cheval, Robert fit de même en se retenant à l'arçon. Comme ses poignets étaient cachés dans son manteau, personne ne pouvait voir que le lien était défait et que c'était lui qui le tenait. Avec nonchalance, profitant de la longueur de la corde, il se rapprocha du porche ogival de l'entrée.

L'homme de garde s'inclina.

— Très honoré seigneur, dit-il à l'attention de Nogaret, je vais prévenir mon sergent.

Il rentra. A cet instant, L'Aigle bouscula ceux qui se trouvaient devant lui et se précipita vers la porte. D'un bond, il franchit les marches du perron, pénétra et rabattit l'huis tandis que le faux soldat poussait les verrous en criant :

— Tirez !

Immédiatement les fenêtres d'étage s'ouvrirent, des arbalètes surgirent et des traits partirent. Dans une confusion totale, des corps tombèrent, des chevaux ruèrent, les chevaliers descendus de leur monture s'écroulèrent, Nogaret s'effondra à son tour. Ce fut un enchevêtrement furieux avec de vaines tentatives de défense, d'inutiles sorties d'épée, des cris, des jurons, des insultes et des plaintes. Les tireurs disposaient de plusieurs arbalètes car ils ne cessaient pas de tirer. Un chevalier parvint pourtant à s'enfuir, mais reçut un vireton dans le dos. Il hurla « Alerte ! » avant de s'écrouler. C'était Hugues de La Celle.

Mais tout ceci, Robert de L'Aigle ne le vit pas. Montricoux avait surgi à ses côtés.

— Vite, par là ! dit-il en lui saisissant la main.

Ils traversèrent la salle et franchirent une porte arrière. Des chevaux attendaient. Ils sautèrent en selle et filèrent vers une poterne ouverte qu'ils passèrent au galop.

— Par où, maintenant ? cria Montricoux.

— Suivez-moi !

Robert s'élança dans un chemin avant de gagner un bois touffu. Il savait qu'on allait les poursuivre, mais la chasse ne serait pas immédiate. Les tireurs avaient pour instruction d'exterminer l'escorte dans la cour avant de filer à leur tour. Nogaret, s'il n'était pas blessé, devrait s'occuper des victimes, et ses hommes d'armes n'étaient pas du pays. Ils auraient du mal à les retrouver.

En chevauchant, il interrogea :

— Que sont devenus les gens du roi dans le château ?

— Pas de quartier, répliqua Montricoux. On est arrivés hier et on les a surpris en se faisant passer pour une troupe royale venue de Paris.

L'Aigle s'accoisa. Il regrettait toutes ces effusions de sang. Mais c'était Nogaret qui avait commencé cette guerre. Il songea aussi à La Celle, qui s'était montré gentilhomme envers lui, espérant qu'il avait réchappé.

Peu après, ils arrivèrent en vue d'un bâtiment de pierre isolé, une sorte de grange qui paraissait abandonnée. Depuis un moment, le chemin était constitué de larges dalles de pierre recouvertes de mousse, ce qui suscitait la perplexité de Montricoux. L'Aigle fit avancer son cheval jusqu'au bâtiment et descendit.

— C'est ici ? s'enquit le commandeur.

— Presque. On est à l'entrée de la carrière qui a servi à construire l'église et la commanderie. Depuis trente ans, elle est abandonnée.

Il poussa un vantail vermoulu et fit entrer son cheval. Le templier l'imita.

— Une fois le battant fermé, personne ne se doutera qu'on est là.

— Nous avons laissé des traces de sabots sur le chemin.

— Pas beaucoup, la chaussée était en pierre. Au demeurant, on ne va pas rester ici et les gens de Nogaret vont plus facilement poursuivre vos amis. Je vais vous conduire à la cache et vous y laisser. La suite vous appartiendra.

En parlant, il décrocha une lanterne de fer aux parois de cornes et ouvrit le petit sac qu'il avait toujours gardé à sa taille contenant un briquet et de l'étoupe.

— La bougie de suif n'a pas disparu, plaisanta-t-il en retirant un côté de la lanterne.

Il s'accroupit, frappa le briquet par deux fois et alluma la mousse sèche, puis la mèche. Il se releva et désigna le fond de la salle.

— Un escalier, là-bas.

Montricoux examinait tout avec attention. Il aperçut un charroi avec une roue brisée. Des ornières avaient été creusées au fil du temps sur les dalles de roche.

Il suivit L'Aigle et découvrit des degrés et une rampe creusée dans la pierre.

En bas, un large couloir s'enfonçait dans l'obscurité. Marchant en silence, ils débouchèrent dans une vaste salle à piliers carrés et voûtes en arcades. Montricoux se sentit déçu. Il n'y avait rien, pas le moindre coffre. L'Aigle continua à avancer et une porte de fer apparut. Un verrou la fermait, qui n'était pas poussé. Le jeune homme tira le battant qui grinça, provoquant un sinistre écho.

— Par ici, dit-il en proposant au templier de passer.

Ce dernier entra. Obscurité totale. Il sentit L'Aigle dans son dos et entendit qu'il tirait l'huis de fer.

Soudain, deux lumières parurent. Montricoux comprit qu'elles étaient jusque-là cachées par des toiles qu'on venait de soulever. Deux ombres près d'elles.

— Que se passe-t-il ? demanda-t-il, brusquement inquiet.

— Vous avez beaucoup à nous dire, commandeur, laissa tomber durement Robert de L'Aigle. Mais auparavant, détachez votre baudrier et laissez tomber votre épée. Mes amis ont chacun une arbalète pointée sur vous, alors ne tentez rien.

Etienne de Montricoux sentit l'extrémité d'une épée dans son dos. Comment était-ce possible, L'Aigle n'avait aucune arme ?

Robert sentit sa surprise.

— Ma bonne épée m'attendait à la porte, plaisanta-t-il.

Le commandeur comprit qu'il ne pourrait rien faire. Il obtempéra et dénoua sa double ceinture en déclarant :

— Drôle de reconnaissance envers celui qui vous a sauvé la vie.

— Je n'oublie rien, messire, et je ne souhaite pas votre mort, mais vous allez devoir vous expliquer.

Silence durant un moment, puis finalement le templier demanda :

— Depuis quand savez-vous ?

— Dès votre arrivée à Paris. Frère Cappon se trouvait à l'auberge du Heaume et ne vous perdait pas de vue. Il vous a suivi chez Jourdain des Prés, qui se dit écuyer et ancien prévôt de Senlis. Etait-ce lui, à la porte de la commanderie ?

— Non… J'avais pourtant vérifié que personne n'était dans mes pas.

— Je n'étais pas seul, intervint Cappon. Parfois un mendiant marchait derrière vous, parfois un bourgeois, tous d'Argot, et je ne les perdais jamais de vue. Le reste du temps, je modifiais la forme de mon chapeau…

— Jourdain des Prés m'a mis la puce à l'oreille, mais c'est surtout la visite de l'archer royal à l'auberge du Heaume qui m'a fait comprendre que vous me trompiez, intervint L'Aigle. Cappon vous a suivi à nouveau après cette visite, quand vous vous êtes rendu rue de l'Autriche, chez Nogaret. Dès lors, le doute n'était plus permis… Alors, maintenant, dites-moi qui vous êtes vraiment, et quel jeu vous jouez puisqu'à cette heure vous avez peut-être fait assassiner le chancelier, alors même que vous semblez être son serviteur puisqu'il vous avait convoqué. N'essayez pas de me tromper, j'ai appris d'autres choses sur vous, et au premier mensonge je vous passe mon épée au travers du corps. Seule une honnête confession peut vous sauver.

32

Le silence s'installa à nouveau. Le petit homme réfléchissait. Que pouvait savoir Robert de L'Aigle ? Et lui dire la vérité ? Mais dans ce cas, il allait le punir aussi durement que s'il découvrait ses mensonges. Que faire ? Les idées s'emmêlaient dans l'esprit du félon. Finalement, il choisit la moins mauvaise :

— Si je vous dis tout, et quelles que soient mes révélations, jurez-vous devant la benoîte Vierge de me laisser partir, sans punition ni châtiment ?

— Je vous le jure et je vous laisserai même les chevaux. Je me refuse à être juge. Seulement, si je découvre une fausseté, c'est la mort pour vous.

— Mon nom est Esquieu de Floyran, j'étais prieur de la commanderie de Montfaucon. J'ai eu des problèmes là-bas et un commandeur qui me détestait m'a fait injustement emprisonner. Quand j'ai été libéré, j'ai juré de me venger. Je connaissais nombre de pratiques déviantes dans l'Ordre et je suis allé les confesser à messire de Nogaret, que j'avais rencontré à l'époque où il enseignait le droit à Montpellier. Il m'a fait rencontrer le roi. Des enquêtes ont eu lieu et plusieurs témoignages ont confirmé mes dires...

— C'est faux ! le coupa L'Aigle avec colère.

— Qu'en savez-vous ? répondit calmement Floyran. Avez-vous été templier ? Le roi a fait faire de longues investigations. Il en a informé le Saint-Père.

— Le roi voulait s'approprier les richesses du Temple, et rien d'autre !

— C'est vrai, je le reconnais.

— Pourquoi avez-vous choisi ce nom de Montricoux ?

— Le roi m'a cédé ce fief en récompense de mes dénonciations. A la fin du mois d'octobre, il m'a convoqué à une audience. Il y avait là le prévôt de Paris, messire de La Celle et messire de Nogaret. C'était à votre sujet. J'ai ainsi appris votre existence et que vous connaissiez le lieu où étaient dissimulés les archives et le trésor du Temple. Philippe le Bel voulait savoir si j'avais des idées sur l'endroit où vous auriez pu vous réfugier et j'ai parlé de l'Angleterre. Il y a eu ensuite un autre entretien avec messire de Nogaret, qui a fait venir Guillaume de Mussy. C'est ainsi qu'il a été décidé que le bailli partirait à votre recherche. C'est alors que j'ai songé à faire ma pelote. J'ai suivi Mussy, qui ne s'est douté de rien. Arrivé à Dunkerque après son départ, je me suis vraiment rendu à la maison templière et le prieur m'a renseigné sur vous et lui. J'ai appris que vous aviez utilisé la même barque et que vous étiez partis pour Maldon. J'étais persuadé de vous retrouver facilement car j'étais déjà allé en Angleterre. J'ai donc embarqué sur une nef qui m'a laissé à Londres et de là je suis allé à Maldon. Après de longues recherches, j'ai su que vous étiez au château du comte de Bohun, j'hésitais à m'y rendre car je craignais de rencontrer Mussy, aussi j'attendais dans une auberge proche quand j'ai entendu parler de l'enlèvement de votre dame. Je me suis alors précipité, et je vous ai trouvé.

— Donc, vous n'aviez jamais rencontré messires de Villers et de Chalon ?

— Jamais.

— Vous êtes un sacré menteur.

— On le dit, répliqua l'ancien prieur avec un sourire impudent.

L'Aigle réfléchissait. Tout paraissait vrai dans cette confession. En tout cas, cela correspondait avec ce qu'il savait.

— Et vous croyiez vraiment que j'allais vous conduire aux archives ? interrogea-t-il.

— Je pensais avoir réussi. Le trésor n'est donc pas ici ?

— Il n'y a jamais été. Je me suis arrêté à Ivry avec vous car j'envisageais de tromper Nogaret et de le conduire à cet endroit en contrepartie de la libération de mon épouse. Je pensais obtenir votre aide à ce moment-là, et finalement tout s'est déroulé comme je l'avais calculé.

— Vous avez été plus fort que moi, je le reconnais. Mais aussi c'est la faute de Nogaret, qui a envoyé son maudit archer à mon hôtellerie !

— Vous n'auriez pas dû loger là-bas s'il savait qu'il pouvait vous y trouver ! intervint Coquillard.

— J'étais persuadé que vous ne me suspectiez pas.

Il ajouta, après un moment de silence :

— Allez-vous vraiment me libérer ?

— Oui, je vous abandonne avec une lanterne. Maintenant, avancez jusqu'à l'extrémité de la salle. Coquillard, Cappon, par ici, on s'en va !

Esquieu de Floyran s'exécuta et les trois hommes sortirent, poussèrent la porte sans la verrouiller et poursuivirent dans la galerie. En chemin, Coquillard protesta quelque peu :

— On n'aurait pas dû le laisser vivant.

— Il m'a sauvé la vie et ne m'a pas causé de tort. Et puis, il ne pourra nous nuire tant il va être occupé. J'ignore dans quel état sont Nogaret et ses chevaliers, mais les gens de Jourdain ont fait un carnage en leur tirant dessus à bout portant. Mon escorte comprenait une cinquantaine d'hommes, qui vont tous partir à leurs trousses.

— Aux nôtres aussi, grommela Coquillard.

La galerie déboucha dans une carrière à ciel ouvert emplie de ronces. Six chevaux attendaient.

— Je connais le pays, et avec deux montures chacun on galopera si vite que personne ne pourra nous rattraper.

Ils firent ainsi et ne rencontrèrent aucune patrouille. Ils arrivèrent à Amiens à la fermeture des portes et prirent chambre dans une hôtellerie. Ils purent enfin se raconter leurs aventures depuis leur séparation. Coquillard expliqua qu'ils étaient restés trois jours à Calais à cause d'une tempête, Perrine en était désespérée, mais qu'ensuite tout s'était bien passé. Moyennant finances, la nef les avait laissés à Maldon. Ils avaient acheté des chevaux et filé à Pleshey Castle, où Perrine et Florida s'étaient directement rendues chez messire Danbury. Lui et Cappon étaient aussitôt repartis à Maldon, d'où une barque les avait transportés à Dunkerque. En arrivant, il était allé prévenir Etienne de Montricoux, alias Esquieu de Floyran, puis avait porté la lettre de Perrine au chambellan de Nogaret. Ensuite, ils s'étaient procuré des montures, avaient récupéré les bagages de leur maître, en particulier son haubert, l'argent déposé chez Le Jaquet, et avaient filé vers Ivry. Grâce aux explications reçues avant que Robert ne se livre, ils avaient aisément trouvé la carrière dans laquelle ils avaient passé la nuit.

Le lendemain, ils firent en une éprouvante journée le trajet entre Amiens et Gand, où ils laissèrent des chevaux épuisés. Dans le port flamand, ils embarquèrent sur une cogue à deux mâts qui les laissa à Londres. Après l'achat de chevaux et d'un viatique pour la route, ils filèrent immédiatement sur la route de l'Essex.

La neige tombait et le froid était vif. Cappon se serait bien arrêté dans une auberge afin de se réchauffer, mais il devinait qu'il était inutile de seulement le suggérer. Son maître et Coquillard ne pensaient qu'au château de Pleshey et à leurs épouses.

Ils durent pourtant faire halte à Chelmsford, quand il fit trop nuit. Ils en repartirent à l'aurore et poursuivirent leur chevauchée malgré la neige qui tombait dru. Enfin, le château fut en vue.

C'est en s'approchant de la porte de l'enceinte que Robert aperçut les deux femmes qui attendaient. Il cria, hurla, en faisant de grands signes, et elles se précipitèrent dans la neige épaisse.

Ils sautèrent au sol et les étreignirent, pleurant et riant à la fois, sous le regard attendri du moine défroqué.

— Nous venions tous les jours depuis une semaine, parvint à dire Perrine, alors que son époux la portait sur sa selle.

Quelques jours plus tard, exactement le 21 janvier, eut lieu le mariage entre Isabelle de France, fille de Philippe le Bel, et le roi Edouard II d'Angleterre. La noce eut lieu à Boulogne et si Humphrey de Bohun s'y rendit, ce ne fut pas le cas de Robert de L'Aigle, bien évidemment. Cependant lors des cérémonies du couronnement, célébrées à Londres en février, le jeune chevalier accompagna son suzerain. Les fêtes se déroulèrent dans une grande confusion avec des banquets aux plats mal cuits, mal présentés et mal servis, et des mouvements de foule provoquant même la mort d'un chevalier. Mais Robert rencontra de nombreux Français proches de Charles de Valois, frère de Philippe le Bel, qui avait accompagné sa nièce. Il apprit ainsi qu'un affrontement avait eu lieu près d'Ivry entre des rebelles qui s'étaient saisis d'une commanderie templière et une troupe royale conduite par Hugues de La Celle, lequel avait été touché par un carreau, une blessure heureusement sans gravité. Le plus grand secret entourait cette affaire et il se disait que Philippe de Nogaret aurait aussi été présent durant cet engagement, ce qui expliquait son absence de la cour car il souffrait d'une méchante blessure. Quant aux rebelles, quelques-uns avaient été saisis et auraient dénoncé un ancien prieur ou commandeur templier comme ayant été le commanditaire de l'affaire. Mais tout ceci n'était que rumeurs.

Vrai et faux

On ne sait quand trépassa Guillaume de Mussy, mais ses biographes jugent que ce fut entre 1306 et 1308, à environ soixante-cinq ans, après une longue carrière de bailli au service du comte de Champagne, puis du roi de France.

Guillaume de Mussy fut effectivement plusieurs fois poursuivi pour prévarication, mais ces condamnations ne l'empêchèrent pas d'être chargé, sous les ordres de Guillaume de Nogaret, d'enquêter diligemment sur les concussions et les excès de toutes natures que des officiers, agents de justice ou autres pouvaient perpétrer, sous le couvert de leurs fonctions, aux dépens des habitants.

Il eut trois enfants, Pierre, Joffroy et Jean, qu'après sa mort les gens du roi refusèrent de considérer comme nobles. On ignore pourquoi. Ils n'obtinrent un retour à cet état de gentilhomme qu'en 1315, après le décès de Philippe le Bel.

Le roi de France ne mit jamais la main sur le trésor du Temple. Après sept ans d'emprisonnement, Jacques de Molay fut condamné et brûlé vif en mars 1314 sur l'île aux Juifs, à Paris. Il maudit Philippe le Bel et ses enfants jusqu'à la treizième génération. Ce dernier trépassa quelques mois plus tard. Nogaret avait disparu l'année précédente.

En 1312, Philippe le Bel avait nommé Hugues de La Celle gouverneur du comté d'Angoulême et sénéchal du Poitou et de la Saintonge. Sous Louis X, La Celle revint à Paris comme conseiller au Parlement.

Esquieu de Floyran, prieur de Montfaucon chassé de l'Ordre, aurait effectivement dénoncé à Nogaret les pratiques du Temple. Il reçut en 1307 la seigneurie de Montricoux, mais en fut peu après dépossédé sur ordre du roi.

Pleshey Castle fut un des plus grands châteaux construits sur motte en Angleterre. Domaine des Bohun, comtes de Hereford et d'Essex, il n'en reste qu'une immense colline de terre d'environ quinze mètres de haut.

Remerciements

Je dois remercier ici mon épouse et ma fille cadette, toujours premières lectrices. Elles restent les plus sévères juges des premières versions de mes ouvrages.

J'éprouve beaucoup de reconnaissance envers Clarisse Enaudeau, mon éditrice aux Presses de la Cité, qui a apprécié les aventures de Robert de L'Aigle et de Perrine.

Enfin sans les pertinentes corrections de François des Accords, ce livre aurait présenté bien des défauts.

Bibliographie

Batiffol, Louis, « Le Châtelet de Paris vers 1400 », *Revue historique*, t. 61, p. 226, 1896

Bée, Michel, *Le Spectacle de l'exécution dans la France d'Ancien Régime*, Annales (Economies, Sociétés, Civilisations), vol. 38, n° 4, 1983

Bélin, François, *Histoire de l'abolition de l'ordre des Templiers*, 1779

Berty, Adolphe, *Typographie historique du vieux Paris, région du Louvre*, 1885

Bordonove, Georges, *Philippe le Bel. Roi de fer*, Flammarion, 2013

Boutaric, Edgard, *La France sous Philippe le Bel : étude sur les institutions politiques*, Pion, 1861

Bove, Boris, « Les palais royaux à Paris au Moyen Age (XIe-XVe siècles) », dans M.-F. Auzepy et J. Cornette, *Palais et Pouvoir, de Constantinople à Versailles*, Presses universitaires de Vincennes, 2003

Champion, Pierre, *La Vie de Paris au Moyen Age*, Calmann-Lévy, 1933

Clauzel, Isabelle, *Le Port de Boulogne au Moyen Age*, Cercle d'études en Pays boulonnais, 2012

—, *La Ville de Boulogne au Moyen Age*, Cercle d'études en Pays boulonnais, 2012

Curveiller, Stéphane, *Dunkerque, ville & port de Flandre à la fin du Moyen Age : à travers les comptes de bailliage de 1358 à 1407*, Presses universitaires du Septentrion, 1989

—, « L'étranger à Dunkerque à la fin du Moyen Age à travers une source comptable (fin XIVe-début XVe siècle) », Annales de Bretagne et des pays de l'Ouest, 2010

Desmaze, Charles, *Le Châtelet de Paris, son organisation, ses privilèges : prévôts, conseillers, chevaliers du guet*, 1870

Favier, Jean, « Les légistes et le gouvernement de Philippe le Bel », *Journal des savants*, vol. 2, n° 1, avril-juin 1969

Gauvard, Claude, *« De grace especial », Crime, Etat et Société en France à la fin du Moyen Age*, Publications de la Sorbonne, 1991

Géraud, Hercule-Joseph, *Paris sous Philippe le Bel, d'après des documents originaux*, Crapelet, 1837

Gonthier, Nicole, *Sanglant Coupaul ! Orde Ribaude ! Les injures au Moyen Age,* Presses universitaires de Rennes, 2007

—, *Le Châtiment du crime au Moyen Age (XIIe-XVIe siècles)*, Presses universitaires de Rennes, 1998

Hamon, Etienne, et Weiss, Valentine, *La Demeure médiévale à Paris*, Archives nationales, 2012

Henry, J. F., *Essai historique, topographique et statistique, sur l'arrondissement communal de Boulogne-sur-Mer,* Leroy-Berger, 1810

Lebigre, Arlette, *La Justice du roi*, Albin Michel, 1988

Le Clech-Charton, Sylvie, *Philippe IV le Bel et les derniers Capétiens*, Tallandier, 2002

Legrand, H., *Plans de restitution : Paris en 1380*, Imprimerie impériale, 1868

Leguay, Jean-Pierre, *La Rue au Moyen Age*, Ouest-France, Rennes, 1984

Lemoine, Henri, *La Rue Saint-Martin des origines à nos jours*, Mona Lisait, 1997

Lombard-Jourdan, Anne, *Les Halles de Paris et leur quartier (1137-1969)*, Ecole nationale des chartes, 2009

Lorentz, Philippe, et Sandron, Dany, *Atlas de Paris au Moyen Age*, Parigramme, 2006

Soubeiran, *Les Souterrains-refuges de l'Oise*, Bulletin de la Société préhistorique de France, vol. 17, n° 8, 1920

Toureille, Valérie, *Vol et Brigandage au Moyen Age*, PUF, 2007

DU MÊME AUTEUR (Suite)

AUX ÉDITIONS JEAN-CLAUDE LATTÈS

La Conjecture de Fermat
Le Captif au masque de fer
Les Ferrets de la reine
L'Homme aux rubans noirs
Les Rapines du duc de Guise
La Guerre des amoureuses
La Ville qui n'aimait pas son roi
Juliette et les Cézanne

AUX ÉDITIONS FLAMMARION

Le Secret de l'enclos du Temple
La Malédiction de la Galigaï
Dans les griffes de la Ligue
La Bête des Saints-Innocents
Rome, 1202
Rouen, 1203
Le Grand Arcane des rois de France
L'Evasion de Richard Cœur de Lion
Béziers, 1209

AUX ÉDITIONS J'AI LU

Marseille, 1198
Paris, 1199
Londres, 1200
Montségur, 1201
Récits cruels et sanglants
La Vie de Louis Fronsac

Vous pouvez joindre l'auteur :

aillon@laposte.net
aillon@orange.fr
http://www.grand-châtelet.net

Composition et mise en pages
Nord Compo à Villeneuve-d'Ascq

MIXTE
Papier issu de
sources responsables
FSC™ C003309